Dark Web

MIA LEKSSON

City
Poche

Cet ouvrage est paru dans une première édition publiée
par Librinova en avril 2016.
Couverture : © Shutterstock/Studio City
ISBN : 978-2-8246-1375-8
Code Hachette : 62 9574 6
Collection dirigée par Christian English & Frédéric Thibaud.
Catalogue et manuscrits : city-editions.com

Dépôt légal : Novembre 2018

Achevé d'imprimer en Italie par Grafica Veneta SpA

1
Le saut de l'ange

Ça ne pouvait pas être elle… La fille était trop maquillée, ses lèvres, entrouvertes, trop rouges, et son regard, étrangement fixe. C'était un cauchemar, elle allait se réveiller.

Mais la fille était toujours là, ses petits seins naissants offerts dans une pose qui ne laissait aucun doute. Puis la photo s'effaça, remplacée par une autre. Cette fois, elle était allongée sur un drap aux reflets satinés qui avait glissé autour de sa taille et dévoilait ses fesses.

Une vague de panique submergea Sybille.

Elle appuya de toutes ses forces sur la touche *Delete* de son ordinateur pour faire disparaître la fille qui n'était pas elle... mais rien ne se passa. Elle continuait à la narguer dans sa pose obscène.

Un signal l'avertit qu'elle avait un message sur sa page personnelle : *Tu prends combien ? T'es libre, salope ?*

D'autres commentaires apparurent : *Sale tepu... T'as l'air bonne ! Tu suces ?*

Les insultes n'allaient pas cesser… Tout son réseau et celui de ses amis allaient s'emparer de ces sales images. Bientôt, la terre entière saurait qu'elle était une pute.

Sybille sentit les larmes rouler sur ses joues, et une solitude effrayante s'empara d'elle : plus jamais elle n'oserait remettre les pieds au collège, plus jamais elle n'aurait le courage d'affronter le regard de ses camarades, de ses professeurs…

Et sa mère et Léo ? Elle allait ruiner leur existence.

Soudain, son portable se mit à vibrer. Numéro masqué. Elle hésita, puis décrocha. Une voix basse et profonde qu'elle connaissait bien murmura :

— Tu ne veux toujours pas venir ? On t'attend pour la fête, ma petite lolita !

Sybille était tétanisée. Elle ne voulait pas, elle ne voulait plus servir d'objet à cet homme et aux autres.

L'homme s'impatientait.

— Si tu viens, je fais immédiatement supprimer les photos, comme la dernière fois.

La voix devint menaçante.

— Dépêche-toi avant qu'il soit trop tard.

Sibylle balaya sa chambre du regard, le poster de Christine and the Queens au-dessus du lit, ses manuels scolaires, les peluches qu'elle avait toujours refusé de descendre à la cave. Dans un souffle, elle murmura :

— Je viens. C'est où ?

— Métro Filles du Calvaire dans une heure. Quelqu'un viendra te chercher et t'emmènera. Ne le fais pas attendre.

L'homme raccrocha.

Quelques instants plus tard, les photos disparurent de l'écran.

Les insultes allaient cesser, puis elle recevrait des textos curieux et inquiets de Leslie et de Nina qui lui demanderaient des explications au sujet de cette putain aux poses suggestives qui lui ressemblait tant.

Comme la dernière fois, Sybille leur dirait que ce n'était pas elle. La fille sur les photos avait au moins vingt ans, et elle, quatorze. Cette fois, elle supprimerait son compte et ferait un signalement auprès du webmaster du site.

Tout allait redevenir comme avant…

Le mauvais rêve était en train de s'évanouir. Mais Sybille savait que ce n'était pas vrai.

Ils ne la lâcheraient jamais.

Elle devrait continuer à se plier à leurs désirs, sentir leurs mains sur son corps, supporter leurs jeux pervers et leurs odeurs de sueur quand ils s'affalaient sur elle.

Soudain, elle eut la sensation d'étouffer, son cœur se mit à battre très fort, ses mains devinrent moites. Elle s'approcha de la fenêtre, l'ouvrit grand. La chaleur de ce début du mois de juin la fit suffoquer davantage.

Elle contempla un instant le ciel et se pencha.

Du huitième étage, elle pouvait apercevoir le square au pied de son immeuble. Une femme surveillait un enfant dans le bac à sable, des gamins jouaient au foot, et, assises sur un bout de pelouse, trois filles de son âge rigolaient en s'aspergeant d'eau.

Un après-midi presque comme les autres.

Sybille revint vers son lit, prit son ours en peluche, le serra fort dans ses bras. Et, brutalement, retourna à la fenêtre, grimpa sur le rebord.

Elle ferma les yeux, rêva un instant qu'elle était aussi légère qu'un oiseau et se jeta dans le vide immense.

2
N'oublie jamais

Huit mois plus tard

Malgré le froid, un nuage de pollution jaunâtre stagnait depuis plusieurs jours dans le ciel immobile de Paris. Quelques flocons de neige striaient l'éclairage artificiel des réverbères. Les rares passants qui se hâtaient dans la nuit ne prêtaient aucune attention aux deux ou trois paumés qui traînaient encore à l'intérieur du McDo de l'avenue d'Italie.

L'un d'eux semblait vissé à son ordi dans l'espace wi-fi du fast-food. C'était un grand type mince aux cheveux clairs, vêtu d'un jean noir, d'un pull à col roulé et de baskets en toile. Son visage de gamin était creusé par la fatigue.

Ce n'était pas son aspect qui faisait paraître Léo plus âgé qu'il ne l'était en réalité, c'était son regard, des yeux qui semblaient avoir vu des choses qu'on ne connaît pas encore quand on a à peine vingt ans. À ses pieds était posé un sac à dos dont la toile était tendue par des vêtements entassés en vrac à l'intérieur.

Les doigts de Léo couraient à toute vitesse sur le clavier, comme dotés d'une vie indépendante. Il tentait d'explorer dans tous ses détails l'histoire de Ludane, la fille du juge Vandermeck. Un peu plus tôt dans la soirée, une alerte d'Europaco, un site spécialisé dans les révélations à scandale, avait attiré son attention…

Léo avait d'abord été sceptique. Comment la fille s'était-elle fait coincer aussi stupidement ? L'affaire avait commencé deux jours plus tôt lorsqu'une photo de Ludane, dix-neuf ans, à moitié nue et en train de sniffer de la coke, s'était retrouvée sur Internet. Les réseaux sociaux s'étaient déchaînés.

Si Ludane n'avait pas été la fille de Vandermeck, personne n'y aurait prêté attention. Célèbre pour son intransigeance dans l'instruction de plusieurs dossiers politico-financiers, le juge menait une enquête sur le groupe bancaire ViaBank, spécialisé dans l'optimisation fiscale. Il suspectait la holding de fraudes, de blanchiment d'argent et de montages occultes dans plusieurs paradis fiscaux.

Ludane avait immédiatement contre-attaqué. Elle avait porté plainte et réclamé la suppression immédiate des photos. Le lendemain, elle avait fait une déclaration sur ZN, une webtélé que Léo visionnait pour la seconde fois.

À l'écran, Ludane ressemblait à une gamine de quinze ans. Sous un air crâneur, Léo devinait une fragilité à fleur de peau.

— Je ne nie pas avoir participé à une soirée qui s'est terminée par un strip-tease de ma part… J'avais trop bu, trop...

Ludane se reprit. Manifestement, elle récitait un texte écrit par quelqu'un d'autre.

— Je ne comprends pas comment les photos ont circulé sur les réseaux sociaux. Elles ont été faites avec mon téléphone et je ne les ai données à personne. Je me suis juste contentée de les mettre sur FunBox pendant deux heures.

FunBox, Léo connaissait bien : c'était un réseau social qui permettait à ses membres d'afficher des photos en toute sécurité. Impossible de les copier, de quelque façon que ce soit. Un procédé secret empêchait de prendre même un cliché de l'écran. Et pourtant…

Ludane poursuivit :

— C'était un pari stupide de ma part. Une vengeance contre mon copain qui venait de me larguer…

Pour Léo, le fait qu'on ait voulu atteindre le juge à travers sa fille ne faisait aucun doute. Mais cet aspect-là des choses ne l'intéressait pas. Il était certain, même s'il n'avait aucune preuve, qu'il y avait eu un dysfonctionnement quelque part dans le système de FunBox…

Sybille aussi avait mis ses photos sur FunBox...

Il avait recommencé à fouiner, relisant des dizaines de blogs. Comme huit mois plus tôt, il n'avait trouvé aucune remarque concernant d'éventuels détournements de photos mises en ligne sur le site.

À l'époque, il avait même pensé qu'il faisait fausse route, que ses soupçons n'étaient pas justifiés. Aujourd'hui, le compteur était remis à zéro. Une coïncidence, oui, deux, non. Ça n'existait pas… La pub de FunBox avait beau affirmer que la sécurité du réseau était assurée à cent pour cent, Léo était bien placé pour savoir qu'aucun système informatique n'était infaillible.

L'employé pakistanais du McDo s'approcha.

— Désolé, monsieur, c'est l'heure de la fermeture.

L'homme continua sa ronde tandis que Léo rangeait son ordinateur. Il soupira en constatant qu'il avait oublié de recharger son téléphone portable. Il enfila les bretelles de son sac à dos et se prépara à affronter la nuit.

En quelques secondes, un vent glacial s'engouffra dans sa parka usée. Il se raidit pour lutter contre le froid et jeta un regard autour de lui. La neige tombait dru et avait recouvert les voitures d'un linceul scintillant.

Soudain, une envie irrésistible de faire des boules de neige s'empara de lui. Des images de Sybille dansant autour d'un bonhomme de neige remontèrent à la surface.

La petite fille battait des mains et éclata de rire lorsque Léo noua une écharpe autour de la statue givrée... Ses yeux brillaient...

La gorge de Léo se noua.

Très vite, il balaya ses souvenirs…

Il jeta un regard à l'horloge au pied du métro Tolbiac. Une heure du matin… Trop tard pour appeler le 115 et trouver une place dans un des nombreux refuges du quartier. Il décida d'aller dormir dans le métro, là au moins il ne mourrait pas de froid.

Mais auparavant, il enverrait quelques SMS…

3
Rébecca

Elle aimait la sensation d'être emportée par la musique, mais par-dessus tout, elle aimait se sentir anonyme au milieu des corps qui pulsaient au rythme de la techno. Ce soir-là, Kavinsky, l'un des meilleurs DJ du moment, était à la console. Il avait composé la bande-son de *Drive*, un film qui racontait l'histoire improbable d'un type mutique cherchant à échapper à un gang mafieux.

Situé au sommet de la nef verte de la Cité de la mode, qui dominait la Seine près du pont d'Austerlitz, le Wanderlust était l'un des lieux les plus branchés du moment. Trentenaires yuppies y côtoyaient people venus faire la fête et autres étranges animaux de la nuit parisienne. D'habitude, Rébecca préférait les bars côté République, leur ambiance plus cosy, mais ce soir-là, elle était venue se défouler et revoir Maud qui rentrait d'un séjour londonien.

En attendant que son amie prenne sa pause, Rébecca s'était mise à danser au milieu de la foule qui s'agitait sur la piste. Un type au regard allumé lui tournait autour depuis un bon moment et gâchait son plaisir. Elle lui avait fait comprendre qu'il ne l'intéressait pas, mais il insistait. Ses mains et ses bras tatoués dessinaient des gestes obscènes au rythme saccadé de la techno. Encore une fois, elle se détourna, espérant le tenir à distance. Mais il la cherchait, dansait corps à corps avec elle, alors qu'elle voulait qu'on lui foute la paix.

Soudain, elle eut un haut-le-cœur et voulut s'enfuir quand elle sentit son portable vibrer dans la poche de son jean. Elle se calma et découvrit le SMS suivant : *C'est FunBox qui est responsable de la mort de Sybille Barthélémy.*

Si le message troubla la jeune femme, elle n'en montra rien. Elle l'effaça immédiatement, s'apprêta à jouer des coudes pour rejoindre Maud. Elle fut prise en étau entre un groupe de filles excitées et le type au regard allumé qui l'attrapa de sa main moite. Le rythme binaire devint assourdissant, les flashs blancs, de plus en plus syncopés.

Le pouls de Rébecca s'accéléra quand l'homme approcha son visage pour l'embrasser. D'un mouvement vif, elle pencha le buste en arrière, et sa jambe partit comme une flèche. *Side kick*. Frappé du plat du pied en pleine tête, l'homme perdit l'équilibre, s'effondra sur la piste et disparut au milieu des danseurs. Elle s'enfuit vers le bar.

Appuyée au comptoir, Rébecca expira profondément pour faire baisser son taux d'adrénaline et commanda un mojito. Une main légère se posa sur son épaule. Une jeune femme menue, aux yeux en amande, vêtue de la tenue noire et rouge des employés du Wanderlust, murmura :

— Fais attention à toi, Rébec. Le mec qui te tournait autour, c'est un vrai méchant !

— T'inquiète pas. Je contrôle.

Maud leva les yeux au ciel. Mi-amusée, mi-agacée.

— Fais gaffe quand même…

Rébecca lui sourit en retour et tendit un billet au serveur qui lui apportait son cocktail. Son portable se remit à vibrer. Elle jeta un œil sur l'écran. Toujours le même message…

C'est FunBox qui est responsable de la mort de Sybille Barthélémy.

Cette fois, Rébecca tiqua. Très peu de gens avaient accès à son téléphone privé. Le numéro était masqué. Qui était l'emmerdeur ? Elle se promit de tirer la question au clair dès le lendemain. Milan l'aiderait.

Elle eut un petit geste tendre vers Maud et lui souffla à l'oreille :

— Je rentre. Tu dors chez moi ?

— Ça dépend à quelle heure je termine.

— Tu me tiens au courant ?

Maud acquiesça et suivit du regard la longue silhouette androgyne de Rébecca qui se faufilait à travers la foule du Wanderlust. Puis elle rejoignit l'agent de sécurité à l'entrée. C'est là qu'elle travaillait. Physionomiste dans les bars ou les salles de jeu, elle n'oubliait jamais un visage ni un corps…

***

Des plaques de neige grises s'étaient solidifiées sur les trottoirs du quai d'Austerlitz lorsque Rébecca sortit du Wanderlust. La rive gauche de la Seine était déserte à cette heure tardive de la nuit.

Elle se dirigea vers sa Yamaha MT-03, garée en contre-bas. La moto l'avait séduite par le côté un peu burlesque de son design et l'agilité de sa tenue de route. Elle se pencha pour en détacher la chaîne de sécurité, lorsqu'elle entendit un crissement de pas.

Immédiatement, elle reconnut les baskets fluo dans son champ de vision. C'étaient celles du type qu'elle avait envoyé dans le décor.

La peur lui serra la gorge.

Elle n'avait rien pour se défendre sinon le câble crénelé de l'antivol. Une arme puissante. Mais aurait-elle le temps de s'en servir ? Elle tirait dessus de toutes ses forces quand l'homme l'attrapa par le cou et commença à serrer. Rébecca paniqua et laissa échapper un hurlement.

— Tu vas me demander pardon, sale garce !

— Laissez-moi…

— À genoux, espèce de salope !

Rébecca tenta de se libérer, mais son agresseur ne relâcha pas la pression. Il continuait de l'étrangler tout en la fixant de son regard de cinglé. C'est alors que la voix de Maud retentit.

— Lâche-la, tu m'entends ? Lâche-la tout de suite !

Puis tout alla très vite. Elle vit son agresseur s'affaisser brutalement, comme foudroyé. Elle reconnut l'un des agents de sécurité du Wanderlust qui venait d'immobiliser l'homme au moyen d'un Taser.

Rébecca resta quelques secondes tremblante, choquée avant de reprendre ses esprits.

***

La neige avait cessé de tomber. Plantée devant la baie vitrée de son appartement, Rébecca observait les grandes cheminées de l'usine de retraitement de déchets de Vitry qui crachaient leur vapeur blanche. Dans le ciel sombre, les volutes dessinaient un motif vivant mais abstrait, comme un test de Rorschach.

D'habitude, elle appréciait ces moments de solitude silencieuse, car elle avait la sensation que rien ne pouvait l'atteindre. Pourtant, cette nuit-là, la jeune femme était préoccupée par l'incident du Wanderlust. Elle fit mentalement le point : elle n'avait pas été suffisamment vigilante. Vis-à-vis d'elle-même surtout. Elle s'était laissé emporter par son impulsivité et son agressivité alors qu'elle aurait dû se maîtriser. Heureusement, l'histoire s'était bien terminée pour elle.

Elle haussa les épaules : elle connaissait la violence qui était en elle. Malgré la carapace qu'elle avait patiemment construite, elle resurgissait, incontrôlable comme une traînée de poudre qui pouvait prendre feu à tout moment. Pourtant, Rébecca n'avait cessé de la canaliser et de lutter contre son comportement antisocial. Elle y était parvenue. Avec succès.

Elle se détourna de la baie vitrée et se dirigea vers la salle de bain pour se démaquiller. Demain, une rude journée l'attendait, une journée terriblement excitante.

Le miroir lui renvoya l'image d'une jeune femme de trente et un ans, aux courtes mèches rousses en bataille, au teint pâle et aux grands yeux noisette, cernés par le manque de sommeil. En s'approchant, elle découvrit une marque sur son cou. La trace de son agresseur. Elle passa son doigt dessus. Rien de grave, elle disparaîtrait d'ici quelques jours.

Elle se sourit à elle-même tout en songeant qu'elle avait eu de la chance et se promit de ne plus user des armes dont elle avait appris à se servir au *bodycombat*. Il fallait qu'elle cesse de vouloir ressembler à Hillary Swank dans *Million Dollar Baby*.

Soudain, son ordi émit un signal. Elle se retourna et traversa rapidement le salon. Rangé dans un ordre maniaque.

Un message s'afficha sur l'écran :

Ludane, la fille du juge Vandermeck, a mis ses photos

sur FunBox. Comme Sybille Barthélémy. Qui les a récupérées pour faire chanter son père ?

Rébecca lut attentivement le texte. Elle cliqua sur le nom de l'expéditeur : *White Hacker*. Agacée, elle pianota rapidement :

Vous êtes qui ?…

Quelques secondes plus tard, son portable sonna. La jeune femme eut un moment de panique. Et si son agresseur l'avait suivie jusque chez elle ? Elle se précipita vers la porte d'entrée, vérifia que le système de sécurité était correctement enclenché, puis hésita un court instant avant de répondre.

À l'autre bout du fil, elle entendit une voix d'homme, très jeune, presque atone :

— Je ne sais pas si tu te souviens, Sybille avait quatorze ans. C'était son anniversaire aujourd'hui.

Un silence. Et on raccrocha.

Sybille avait quatorze ans…

Le pouls de Rébecca s'accéléra.

Elle fit un effort pour se maîtriser, respira profondément…

Éviter toute émotion négative, tout trouble psychique. Je dois me concentrer, ne pas me laisser envahir par la peur.

4
Faux-semblants

L'événement se déroulait dans un lieu à la mode du IXe arrondissement de Paris. Le Salon des Miroirs, une reproduction très design de la galerie des Glaces de Versailles, avait récemment accueilli Usain Bolt pour la présentation de la nouvelle console vidéo Xmax.

Mais ce soir-là, le salon était devenu une forteresse. Chefs d'entreprises, journalistes, hommes politiques de tous bords et people triés sur le volet se pressaient, dans la halle centrale décorée aux couleurs bleu et blanc de SoftTech, pour apercevoir Virgil Hammersmith.

L'histoire d'Hammersmith ressemblait à un conte de fées médiatique. Fils d'un ouvrier du bâtiment et d'une immigrée russe, il avait grandi dans les friches industrielles de l'Arkansas avant d'inventer un système de développement révolutionnaire dont les brevets lui avaient permis en quelques années d'envahir la sphère des logiciels.

Multimilliardaire et requin de la finance, il apparaissait comme un grand philanthrope pour ses actions en faveur de l'écologie, même si une partie de ses investissements allait à des compagnies pétrolières qui polluaient les côtes d'Afrique de l'Ouest.

Hammersmith avait depuis toujours à cœur de faire émerger des jeunes talents dans le secteur de l'informatique. Depuis dix ans, sa fondation organisait un concours de projets entrepreneuriaux proposés par des trentenaires ambitieux. Vêtu comme à son habitude d'une chemise blanche et d'un veston noir, Hammersmith s'apprêtait à chausser ses petites lunettes rondes qui lui donnaient un air d'éternel adolescent.

Dans un anglais limpide, il annonça le résultat du vote.

Le prix du Jeune Entrepreneur pour la fondation Hammersmith allait être remis à Rébecca Fersen pour la conduite du programme FunBox, également mené par Julien Campana et Milan Lachenal. Le seul projet made in France vivement soutenu par le ministère de l'Industrie.

Les flashs crépitèrent lorsque Rébecca apparut sur la scène suivie par Julien et Milan. Ses deux partenaires arboraient l'uniforme du parfait geek entrepreneur : veste sombre et chemise blanche sans cravate.

La jeune femme avait troqué son blouson de cuir contre un élégant ensemble veste pantalon noir et un chemisier très cintré mettant sa poitrine en valeur. Elle s'était légèrement maquillée et ses courtes mèches rousses dansaient autour de son visage pâle. À son cou, un foulard dissimulait les traces de son agression.

Virgil Hammersmith lui fit signe de venir le rejoindre sur le podium.

— *Hello Rébecca ! I am very glad to meet you again here in Paris. I enjoy your success.*

Rébecca afficha un sourire éclatant. L'homme qu'elle rejoignait sur le podium était à la tête d'une fortune estimée à plus de vingt milliards de dollars, selon le magazine *Forbes*. S'il n'était pas très connu du grand public (il se situait entre Steve Jobs et Mark Zuckerberg), c'était une véritable légende dans le monde de l'informatique et dans celui du business en général, car SoftTech avait investi dans les matières premières, dans l'immobilier et d'autres secteurs-clés de l'industrie mondiale.

Tout en prenant la pose pour les photographes, Rébecca songea à son propre chemin, depuis son placement au foyer des jeunes de Rueil-Malmaison par le juge des tutelles jusqu'au succès d'aujourd'hui.

***

Au même moment, devant l'immeuble du passage Jouffroy qui abritait l'évènement, des centaines de fans de SoftTech avaient les yeux rivés sur les écrans plasmas retransmettant la cérémonie.

Parmi eux, Léo se réchauffait les mains au-dessus d'un des braseros installés pour l'occasion. SoftTech pensait toujours au confort de ses admirateurs. Il y avait aussi des smoothies bio servis gratuitement et un jeu concours pour obtenir des invitations au prochain salon SoftTech de la porte de Versailles.

Léo observait avec attention Rébecca qui avait rejoint Hammersmith. Il l'avait imaginée autrement, plutôt comme une fille de bourge. La reproduction des élites… Avec ses cheveux roux indisciplinés et son corps longiligne, elle avait cette beauté non conventionnelle qui attirait les regards.

Pourtant, malgré son apparente décontraction et son air de manager *hype*, elle avait quelque chose de cassé au fond des yeux. Une sorte d'inquiétude qui transparaissait rarement, mais qui était là, bien présente. Léo en était persuadé.

À l'écran, Hammersmith racontait sa première rencontre avec Rébecca.

— C'était en 2006 à Los Angeles. Lors d'une présentation de projets juniors à l'université d'été de Stanford, je me suis retrouvé face à cette belle personne que vous voyez ici.

Rébecca piqua un léger fard. Hammersmith poursuivit avec un sourire amusé :

— Rébecca avait déjà un parcours étonnant. Une école de commerce française, HEC, suivie par un cursus à la California Institute of Technology... et j'oublie un master de gestion à Harvard. Cette jeune femme est une des têtes les mieux faites que j'ai rencontrées.

Un show bien rodé, songea Rébecca. Elle avait passé deux ans aux USA et appris à connaître le côté protestant des Américains qui aimaient mettre en avant la réussite de leurs subordonnés pour se valoriser. Pourtant, Hammersmith n'en avait aucunement besoin.

— Aujourd'hui, elle est la « tête pensante » (il poursuivit dans un français approximatif – Mon français *is very bad*) de FunBox. Une réussite pour ces milliers de jeunes et de moins jeunes qui cherchent à préserver leur zone de confidentialité dans un monde où la liberté est un concept souvent galvaudé.

***

Du côté coulisses, Léo sursauta. *Confidentialité, liberté !* Hammersmith ne manquait pas d'air !

Depuis que son père lui avait expliqué le maniement de son premier PC, le garçon avait été persuadé que l'informatique allait changer le monde, améliorer la connaissance, protéger la vie privée, lutter contre le fichage abusif et défendre les droits fondamentaux du citoyen.

Aujourd'hui, il pensait qu'il s'était montré bien naïf. Il n'avait pas pris en compte les effets pervers de la soi-disant idéologie de la transparence prônée par les multinationales comme SoftTech, qui accumulaient pourtant des bénéfices colossaux sur le dos des usagers du Net. Que pouvaient les individus face à ce tsunami numérique ?

Sybille en avait été l'une des victimes collatérales, comme ces gamines qui s'étaient suicidées au Canada, aux USA, en France et ailleurs, parce que leur intimité avait été exposée à la vue de tous par des cybercriminels…

***

Après la cérémonie, Hammersmith prit Rébecca à part. Elle ne fut pas surprise. Sans doute souhaitait-il la débaucher dans l'une des nombreuses filiales de SoftTech.

— J'ai une proposition à te faire : j'aimerais que tu rejoignes un cercle dont je fais partie et qui regroupe des talents d'exception.

Rébecca eut un bref moment de perplexité.

— Nous réfléchissons au devenir de notre planète… à travers, bien sûr, le développement des nouvelles technologies.

Hammersmith poursuivit avec un petit rire :

— Rassure-toi, nous n'avons rien d'un groupe conspirationniste. Viens à notre prochaine rencontre qui a lieu à Londres au début du mois prochain. Je suis persuadé que cela te passionnera !

— Le mérite de l'invention de FunBox revient également à mes deux associés, Julien et Milan, répliqua Rébecca. Cette aventure, nous l'avons menée ensemble depuis le début et…

Hammersmith esquissa une mimique amusée.

— Je sais, je sais. Mais c'est toi qui m'intéresses… pas eux. Tu veux savoir pourquoi ?

Rébecca acquiesça. Elle connaissait la réponse.

— Tu es une femme et, dans ce monde des geeks, rien que des machos… et des misogynes. J'ai besoin de gens comme toi auprès de moi. Réfléchis, je suis convaincu que nous nous reverrons très vite.

Hammersmith s'éloigna accompagné de ses agents de sécurité, laissant Rébecca seule au milieu de la foule.

Elle chercha Julien et Milan du regard. Ils surgirent derrière elle. Julien fut le premier à la questionner :

— Alors ? Qu'est-ce qu'il voulait ? Nous racheter FunBox ?

Rébecca préféra passer sous silence la proposition que venait de lui faire Hammersmith. Elle connaissait la susceptibilité de Julien lorsque ses yeux brillaient d'un éclat dur. Trop de cocaïne ou autres substances...

Quant à Milan, il paraissait hors d'atteinte… sans doute plongé dans les calculs complexes de leur prochain programme. Un algorithme capable d'analyser plus de deux mille cinq cents variables et de passer au crible les tendances du moment chez les quinze-vingt-cinq ans. Un puissant aimant publicitaire qui permettrait aux annonceurs de cibler les jeunes susceptibles de consommer leurs produits selon des grilles très précises. S'ils parvenaient à lancer ce nouveau programme, FunBox deviendrait le plus gros groupe européen Web pour les jeunes.

5
L'ombre d'un doute

La fête battait son plein dans les locaux de FunBox. Des développeurs aux stagiaires, tout le monde arrosait le succès de FunBox et les retombées financières à venir.

Un verre à la main, Rébecca réfléchissait à la prochaine campagne publicitaire tout en observant Julien. Depuis le début de soirée, il ne cessait de peloter et d'embrasser deux filles à peine majeures qui s'accrochaient à lui. Il finirait la nuit avec l'une ou l'autre – peut-être avec les deux – en échange d'une dizaine de rails de cocaïne et de quelques centaines d'euros. Un grand classique depuis plusieurs mois…

Où était le Julien qu'elle avait connu sur les bancs de la fac ? L'ingénieur brillant, un brin frimeur, son meilleur ami, celui avec lequel elle avait fondé FunBox ?

Elle aperçut Milan qui se dirigeait vers elle, une bouteille de champagne à la main, en compagnie de Serge Hoffner, le directeur de la maintenance du site. Alors que Julien, malgré ses excès, conservait la rondeur joviale de ses années étudiantes, Milan semblait en permanence préoccupé, comme l'exprimaient sa raideur et son air introverti… Quand il n'était pas dans un de ses épisodes dépressifs, il savait aussi se montrer charmeur et séduisant. Rébecca eut un mouvement de tendresse pour lui.

Dans ses rares confidences, Milan reconnaissait préférer vivre dans un univers virtuel où les algorithmes étaient ses confidents. Tellement plus rassurant que la vraie réalité… C'était lui le concepteur, le génie qui avait mis au point les logiciels qui avaient fait la fortune de FunBox.

Julien, très excité, suivi par ses deux groupies, rejoignit Rébecca. Il portait son iPad comme un serveur tient un plateau. Avec plusieurs lignes de coke alignées sur l'écran.

— Popularité maximum. Plus de cinquante mille *likes* sur notre page Facebook depuis qu'Hammersmith t'a sacrée reine de l'univers ! Allez-y ! Du dragon blanc. Pure colombienne en direct du lieu de production.

Il tendit la pipette. Rébecca fit signe que non... tout comme Milan et Serge. Elle murmura à Julien :

— Tu devrais arrêter pour ce soir !

Julien attrapa la bouteille de champagne de Milan.

— T'as raison, je vais picoler. Il faut fêter ça ! À nous trois… *We are the best !*

Il éclata de rire et commença à boire au goulot, manqua de s'étouffer à plusieurs reprises, puis tendit la bouteille à Rébecca avec un air provocant.

— À toi, à la seule fille que j'aime !...

Les deux groupies commencèrent à glousser et s'accrochèrent un peu plus à lui. La poudre glissa de l'iPad et se répandit dans un nuage de poussière sur la chemise blanche de Serge qui contempla les dégâts d'un air navré. Julien explosa :

— Connasses… Pouvez pas faire gaffe !

Rébecca décida d'interrompre la scène. Elle prit Julien par le bras et l'entraîna à l'écart.

— Il faut que tu arrêtes de te défoncer à tout et à n'importe quoi… Tu vas trop loin…

Julien éclata d'un rire amer. Rébecca poursuivit :

— Arrête ! Tu es en train de te foutre en l'air…

Soudain, il eut l'air très malheureux et fixa Rébecca d'un air étrange.

— Peut-être que j'en ai envie !…

Puis il tourna les talons et disparut parmi les invités.

Rébecca eut soudain un arrière-goût âcre dans la bouche, comme si quelque chose d'irréversible était en cours…

6
La fille du juge

Lorsqu'il gravit les marches de la sortie du métro Jaurès, Léo fut surpris par la douceur bleue du ciel. La pluie de la nuit avait emporté les frêles plaques de neige qui recouvraient le bitume.

Il venait de quitter les locaux de Pôle emploi, où il avait tenté de démêler l'écheveau des démarches administratives concernant les aides auxquelles il pouvait prétendre. Cela devenait urgent, son compte était à sec.

L'employée lui avait conseillé d'entrer en contact avec la mission locale qui l'aiderait à monter un dossier pour obtenir le RSA. Ensuite, il pourrait postuler pour une place dans un Foyer de jeunes travailleurs. Léo y aurait droit dès qu'il aurait une promesse d'embauche. C'était le serpent qui se mordait la queue…

Il y a huit mois, jamais Léo n'aurait imaginé que sa vie d'étudiant en mathématiques appliquées prendrait un tournant aussi sombre. Originaire de Rouen, il était venu à Paris préparer le concours de l'ENSAE, une grande école d'ingénieur, lorsque Sybille s'était suicidée.

Sa mort avait entraîné toute une série de conséquences qui, en peu de temps, avait fait de lui un sans-abri. Il avait fini par squatter chez les uns et les autres, car sa mère ne pouvait plus l'aider à payer la colocation de l'appartement qu'il partageait avec deux étudiants de la fac. Puis les copains en avaient eu marre, et un soir il s'était retrouvé sans endroit où dormir.

Après une nuit d'errance dans Paris, il y en avait eu une seconde, puis une troisième… Il avait été trop fier pour demander de l'aide. Au début, il avait cru que cela n'arrivait qu'aux autres, mais depuis un mois, il faisait l'expérience des centres d'hébergement et de la rue, les soirs où le 115 était saturé.

Le plus dur n'était ni le froid ni la violence des toxicos, SDF ou autres marginaux, mais la solitude qui le tenaillait chaque instant. Et puis il y avait la crasse qui s'imprégnait partout… jusque dans les pores de sa peau.

Léo tentait par tous les moyens de rester propre et avait appris à utiliser les douches municipales, où grâce à sa carte d'étudiant il ne payait qu'un euro.

Ce matin, il s'était rasé et avait revêtu un tee-shirt propre. Il avait été surpris par l'image que lui renvoyait le miroir : malgré ses traits creusés, il ressemblait encore à n'importe quel garçon de vingt ans…

La misère n'avait pas encore fait son œuvre. Il n'avait pas eu à affronter les regards aveugles, les soupirs agacés, les mouvements de tête négatifs auxquels se heurte celui qui mendie pour survivre.

Léo se dirigea vers le bassin de la Villette, où se trouvait le Cours Florent, une école d'art dramatique dont la liste des anciens élèves était éloquente : Isabelle Adjani, Daniel Auteuil, Guillaume Gallienne… et beaucoup d'autres célébrités.

Il voulait rencontrer Ludane, la fille du juge Vandermeck.

Elle rêvait de monter sur les planches. Léo avait fait des recherches sur Internet : elle était en deuxième année, section cinéma, et avait déjà à son actif quelques figurations dans des séries pour la télévision. Comme toutes les apprenties comédiennes, elle courait les castings pour décrocher un vrai premier rôle.

Léo s'arrêta devant le porche de l'école et attendit. Des garçons et des filles de son âge s'éparpillèrent joyeusement dans la rue. Il se sentit encore plus seul qu'à l'habitude.

Une fille vêtue d'une doudoune bariolée s'avança vers lui. Léo reconnut immédiatement Ludane. Avec son petit air de Scarlett Johansson, elle paraissait beaucoup plus jeune que sur les photos.

— Je ne sais pas pourquoi j'ai accepté de te voir…

Elle s'exprimait déjà comme une actrice, songea Léo, vaguement impressionné.

— Qu'est-ce que tu veux ? Excuse-moi, mais je suis pressée.

— Les photos de toi qui ont circulé sur le Net, tu les aurais pas envoyées par erreur à ton ex-copain ou à…

Ludane regarda Léo avec un air exaspéré.

— Même quand je bois, je ne fais pas ce genre de conneries.

— Alors, où est-ce qu'on a piqué tes photos ? Ça s'est passé via ton portable, ton ordi, Facebook ou… ?

— Je n'en sais rien et je m'en fous. Je ne veux plus en entendre parler !

— Et FunBox ? Tu avais mis les clichés sur leur site, non ?

— Un copain de mon père qui est flic a enquêté. Il a rien trouvé. Il a même interrogé un informaticien qui travaille chez eux, et leur système est, paraît-il, sûr à cent pour cent. Voilà, c'est tout ce que je sais. Salut, j'ai rendez-vous pour un casting.

Léo insista et la rattrapa alors qu'elle s'apprêtait à tourner les talons.

— Pourtant, quelqu'un a balancé tes photos sur le

Net après qu'elles ont été mises sur FunBox ! Comme pour Sybille ! J'y crois pas, à leur système soi-disant infaillible.

— Je suis désolée pour ta sœur… Salut.

Léo la retint encore par le bras.

— Tu pourrais m'aider à rencontrer ton père ?

Ludane se raidit et le regarda droit dans les yeux.

— Ça tombe plutôt mal, parce qu'on n'a pas vraiment de bons rapports, lui et moi. Et depuis l'histoire des photos, c'est encore pire.

Elle fit une pause avant de continuer :

— Franchement, je te conseille de laisser tomber.

Le regard de Léo se durcit.

— C'est important que je le voie. Il peut m'aider à mettre la main sur le salaud qui a poussé ma sœur au suicide.

— Oublie mon père, il a d'autres problèmes en ce moment. Et moi, je te répète que je veux plus entendre parler de cette histoire. Jamais, t'as compris ? Ciao, ciao !

Elle s'éloigna d'un pas dansant.

Léo fronça les sourcils et réfléchit pendant un moment. Il lui faudrait trouver un autre moyen pour entrer en contact avec Vandermeck.

7
Le dernier métro

Depuis qu'il déroulait son sac de couchage sur les bancs du métro, Léo avait appris à devenir invisible. Ce soir-là, à la station Châtelet, le groupe dominant était composé majoritairement de Russes.

La plupart du temps, l'alcool et le froid les anesthésiaient, et ils sombraient dans une léthargie neurasthénique, mais ce soir-là, une violente bagarre avait éclaté avec les Ukrainiens. Ils voulaient en découdre avec ceux qu'ils nommaient les « envahisseurs ». La géopolitique au niveau du lumpen !

Léo, lui, n'appartenait encore à aucun groupe. Il s'installa en bout de quai près de la sortie Hôtel de Ville. Là, il pouvait surveiller les allées et venues et s'enfuir en cas de problème.

Suite au refus de Ludane, Léo avait passé une bonne partie de la journée dans la salle de documentation de Beaubourg pour enquêter sur Vandermeck. Il voulait découvrir son point faible. Depuis le début de sa carrière, le juge n'avait cessé de mettre en cause l'hypocrisie des politiques : « Il n'y a eu aucune volonté sérieuse d'éradiquer les paradis fiscaux », déclarait-il encore ce matin dans les médias à propos de son enquête sur ViaBank. L'homme s'était fait beaucoup d'ennemis au cours de sa carrière…

Grâce à ses entrées dans *Hacker News*, un site communautaire proche des *Reddits*, puis à quelques heures passées sur le Net, Léo avait réussi à décrypter l'adresse IP du juge.

Rien de très compliqué pour lui.

Avec un peu de patience, les informations concernant la « cible » étaient facilement accessibles pour n'importe quel hacker de base : les forums en ligne fourmillaient de messages d'utilisateurs qui détaillaient les caractéristiques de leur système en cherchant une solution à leur problème.

Une fois ces informations obtenues, le pirate avait le choix entre plusieurs procédés, comme l'intrusion par un port TCP/IP non protégé ou l'exploitation des failles de sécurité des logiciels.

Léo avait utilisé cette dernière technique et avait réussi à s'introduire dans le planning personnel de Vandermeck.

Il avait découvert que le juge avait des rendez-vous hebdomadaires au service ophtalmologie de la Pitié-Salpêtrière. Depuis six mois, il consultait le Pr Silvera, un grand ponte spécialiste du glaucome.

Le garçon avait décidé de creuser cette piste-là…

Puis il avait relu plusieurs faits divers concernant de jeunes adolescentes qui avaient été victimes de harcèlement et qui comme Sybille avaient mis fin à leurs jours.

Il y avait deux types de profils : les filles qui pour une raison ou une autre devenaient les têtes de Turc de leur classe et d'autres qui par naïveté étaient victimes d'arnaques.

L'histoire commençait presque toujours de la même façon.

Croyant bavarder avec leur petit copain, les filles acceptaient de se dévêtir et de se caresser devant une webcam. Manque de chance, ce n'était pas le fiancé, mais quelqu'un qui avait usurpé le profil du petit copain et qui enregistrait la scène pour les faire chanter en réclamant des sommes d'argent ou des relations sexuelles. Pourtant, Sybille n'avait pas de petit copain. Léo en était persuadé.

Alors, qui était le type qui l'avait persuadée de se déshabiller et l'avait prise en photo ?

Il avait cherché parmi les relations de sa sœur. Leslie et Nina, ses meilleures copines depuis le primaire, avaient affirmé qu'elles ne lui connaissaient pas de petit ami depuis qu'elle avait rompu avec Jérémy. Jérémy, Léo le connaissait bien, n'avait pas l'esprit tordu et aurait été incapable de publier des photos de Sybille nue. Ils s'étaient quittés en bons termes.

Quelques semaines avant le drame, Leslie avait noté un changement chez Sybille. La jeune fille semblait planer sur un petit nuage ; sans doute était-elle tombée amoureuse. Pourtant, malgré les nombreuses sollicitations de ses copines, Sybille était restée silencieuse. Comme si elle voulait préserver l'identité de son nouvel ami. L'avait-elle rencontré dans un de ces nombreux blogs pour ados sur Internet ? Cela faisait plusieurs mois que Léo enquêtait… Sans résultat.

Qui avait fait circuler les photos de Sybille à moitié nue sur les réseaux sociaux ? Ses camarades de classe, ses professeurs ou d'autres ?

Seule l'ouverture d'une enquête de police permettrait de faire la lumière sur le drame. C'est pour cette raison qu'il voulait rencontrer Vandermeck. Quand il aurait mis la main sur l'ordure qui avait poussé sa sœur à se balancer du huitième étage, il pourrait retrouver un semblant de paix.

Allongé sur le banc du métro, Léo tenta de faire le vide, d'oublier la bagarre, les insultes et les cris avinés des SDF de l'autre côté du quai.

Il se pelotonna dans son sac de couchage et ferma les yeux.

Mais la dernière image de Sybille, le corps fracassé sur le terre-plein de l'immeuble, son ours en peluche serré dans ses bras revint le hanter. Comme toutes les nuits.

Un frisson parcourut Léo, une coulée de sueur lui glaça l'échine. Il ne parviendrait pas à s'endormir. Il replia son duvet et sortit son ordi de son sac à dos.

La photo de Sybille apparut en fond d'écran. Blonde, avec de grands yeux verts, elle souriait encore à la vie. Lumineuse.

Curieusement, il ne vit rien venir…

Il entendit juste un crissement de pas, puis sentit comme un frôlement. Il se retourna brusquement et dans un battement aperçut une ombre qui tombait sur lui. Une main lui arrachait son ordinateur.

Léo bondit derrière les deux silhouettes qui s'enfuyaient en direction de la sortie opposée…

Il hurla, implora.

Mais personne ne semblait l'entendre…

Soudain, il vit l'un des deux voleurs trébucher, glisser et s'affaler sur le sol. Un homme venait de l'arrêter d'un croche-pied. L'homme se précipita sur le malfaiteur et lui allongea un coup de pied en plein visage.

Un silence de plomb envahit subitement la station Châtelet. Dans la bagarre, l'ordi glissa le long du quai.

Léo bondit pour le récupérer avant qu'il ne tombe sur la voie, mais le deuxième type avait déjà fait demi-tour. Il n'avait aucune intention d'abandonner son butin.

Il agrippa Léo et lui balança un coup violent sur le crâne.

8

Les ombres de la nuit

Une vague lueur vacilla devant ses yeux, puis les néons clignotèrent sur la voûte carrelée et l'éblouirent. Une douleur aiguë lui vrilla le crâne. Léo était couché à même le sol de la station. Il tenta de se relever, mais une main l'obligea à rester allongé.

— Bouge pas…

Léo leva les yeux et reconnut l'homme qui avait tenté d'arrêter ses agresseurs. Avec ses traits émaciés et sa barbe qui n'avait pas été taillée depuis longtemps, il semblait sorti tout droit d'un roman de Dickens. Ses yeux gris brillaient d'un éclat perçant.

— J'espère au moins que tu as fait des sauvegardes…

Malgré son haleine alcoolisée, l'homme s'exprimait avec une aisance inhabituelle pour un type de la rue. Léo eut envie de fondre en larmes. Sans son ordi, il n'était plus rien… C'était le seul fil qui le rattachait à Sybille. Un morceau de sa mémoire qui lui permettrait peut-être un jour de trouver une explication à la mort de sa sœur. Il se mit à sangloter convulsivement.

L'homme parut ennuyé.

— J'ai récupéré ton sac à dos et tes affaires. Un geek comme toi, ça a sûrement un tas de disques durs là-dedans… Ça fait plusieurs soirs que je t'observe.

Il commença à fouiller au milieu des vêtements… sortit plusieurs clés USB et deux disques durs.

— Va falloir apprendre les règles de la rue. Sinon tu ne passeras jamais l'hiver.

***

Pourquoi Léo avait-il suivi l'inconnu ?

Il n'en savait rien. Lorsque ce type lui avait proposé de l'héberger pour la nuit, Léo avait juste hoché la tête… Il était à bout.

Ils avaient traversé le pont de la Cité, puis longé la Seine. Par instants, des nappes de brouillard surgissaient de l'eau noire du fleuve comme des respirations et s'enfuyaient, chassées par le vent glacial. Arrivés au pont de Sully, ils avaient descendu l'escalier de pierre qui menait au quai et s'étaient engouffrés sous la voûte de l'arche.

Là, ils avaient dépassé des corps endormis qui ressemblaient à des gisants dans leurs sacs de couchage. D'autres, plus chanceux, s'étaient réfugiés dans des tentes de la Croix-Rouge. Une misère crasse, où avenir et passé agonisaient dans un présent sans fin.

L'homme sortit une clé et s'approcha d'une porte cachée dans un des recoins de l'arche du pont. Il déverrouilla un cadenas et fit signe à Léo de le suivre. Ils pénétrèrent dans une pièce aveugle d'une vingtaine de mètres carrés. Malgré des fils électriques qui couraient sur les murs rongés par le salpêtre, l'endroit sembla presque accueillant à Léo qui tremblait de froid et de fatigue.

Des restes de nourriture, des bouteilles vides s'empilaient à côté de piles de journaux en équilibre instable. Sur la table, un téléviseur dont l'antenne surgissait tel un trident côtoyait un très vieil ordinateur. Un peu plus loin, un jeu d'échecs avec une partie en cours. Dans un recoin, une sorte de lit de camp et un fauteuil club qui avait connu des jours meilleurs occupaient l'espace restant. L'homme actionna un chauffage électrique, puis fit apparaître une bouteille recouverte d'un sac en papier. Il la tendit à Léo.

— Ça te fera du bien…

Léo saisit la bouteille et avala une lampée. L'alcool lui brûla la gorge… Il se détendit. C'est alors qu'il aperçut le mur en face de lui…

Écrits à la craie sur la pierre grise et suintante, des centaines, voire des milliers de « Claire » avaient été rayés, raturés comme si on s'était acharné sur ce prénom pour le faire disparaître à jamais…

Seulement, malgré toutes ces tentatives, le prénom Claire était plus vivant que jamais… Il avait pris d'autres formes. Par endroits, il s'était transformé en arabesques qui avaient fini par recouvrir toute la surface du mur.

Dans l'un des angles, Claire s'était transformée en « clarté », « clairement », « scarification », « obscurité », « noirceur »...

9
Jasmine

Elle avait mis son téléphone sur vibreur pour être sûre de ne pas manquer le rendez-vous. Depuis minuit, elle n'avait pas fermé l'œil ; elle était bien trop impatiente de le retrouver.

Dans un peu moins de dix minutes, elle tchatterait avec Ludovic. Son cœur battait à tout rompre…

Doucement, elle posa ses pieds nus sur le parquet en prenant soin de ne pas le faire grincer. Son père avait le sommeil léger. L'adolescente se dirigea vers le coin bureau et s'assit devant son PC, cadeau de Noël de ses grands-parents. Elle le mit en marche, prit sa trousse à maquillage et sortit un miroir qui lui renvoya l'image d'une très jeune fille. Elle fit la moue et saisit un pinceau avec lequel elle commença à ombrer ses paupières.

Puis elle se ravisa : Ludovic aimait les filles naturelles. Ce qui lui avait plu, c'est qu'elle ne cherchait pas à copier Lana Del Rey ou d'autres stars du moment qui ressemblaient à des camions volés, lui avait-il dit lors de leur première rencontre.

La jeune fille hésita entre deux tee-shirts, un uni très simple et un autre avec une tête de tigre. Elle choisit le blanc qui mettrait en valeur sa peau mate, coiffa ses longs cheveux et attendit, le cœur battant.

Elle repensa à leur première rencontre. Tous deux étaient venus chercher des réponses sur un blog spécialisé pour ados.

Jasmine avait été très ébranlée par la séparation de ses parents. Elle avait le sentiment d'être devenue leur otage depuis que le juge avait décidé qu'elle vivrait une semaine chez son père et la suivante chez sa mère. De plus, leurs disputes autour de la mise en vente de l'appartement familial ne cessaient de prendre de l'ampleur.

Ludovic avait connu un parcours à peu près semblable. Son père le rejetait depuis qu'il s'était mis en couple avec une très jeune femme.

Jasmine et Ludovic s'étaient tout de suite plu.

Ils avaient une passion commune pour la nature et les animaux. Comme elle, il rêvait d'entreprendre des études de vétérinaire. Il était en terminale S, habitait Toulon et espérait venir à Paris pour poursuivre ses études.

L'alerte clignota sur l'écran. Jasmine sut que Ludovic était là… tout près d'elle. Ses doigts se mirent à courir sur son clavier.

Elle se sentait merveilleusement libre.

Après s'être raconté leurs journées respectives, Ludovic proposa de continuer par webcam. Jasmine accepta.

L'image apparut. Entouré de ses livres, de manuels scolaires et de classeurs multicolores, Ludovic était dans sa chambre. Derrière lui, un poster représentant un ours blanc dans la banquise. Il militait pour WWF et d'autres ONG pour la défense de l'environnement.

Jasmine n'arrivait toujours pas à comprendre comment un garçon aussi séduisant s'était intéressé à elle. Sous sa tignasse décolorée par la mer – Ludovic était un adepte du windsurf –, il avait un sourire tellement craquant. Quand il la regardait avec ses yeux bleu profond, elle fondait littéralement.

Elle se sentait insignifiante, tellement peu sûre d'elle…

Elle avait menti sur son âge : elle n'avait pas seize ans, mais quatorze ans et huit mois…

Ludovic la contempla avec un petit air amusé.

— J'ai une super bonne nouvelle. Je viens bientôt venir à Paris pour le salon de l'étudiant. Tu crois qu'on pourra se voir ?

Le cœur de Jasmine se mit à battre à toute vitesse.

— Oh oui ! Tu vas habiter où ?

— Chez un oncle qui a un appartement dans le Marais. Écoute, Jasmine, j'ai quelque chose à te demander. Je pense à toi tout le temps… C'est très dur d'être aussi loin… J'aimerais tellement te toucher, t'embrasser… dormir avec toi.

Jasmine rougit, hésita avant de répondre.

— Moi aussi…

— Tu aurais pas des photos de toi un peu déshabillée ?

Par certaines filles de sa classe, Jasmine avait entendu parler des nouveaux rituels, où la drague passait par des photos d'elles dénudées, par du déshabillage en ligne et de la masturbation. On faisait même l'amour devant une caméra. Mais la jeune fille avait peur…

— C'est que… non, j'en ai pas.

De l'autre côté de l'écran, le regard de Ludovic s'assombrit légèrement.

— Bon, tant pis… Je vais dormir tout seul. On arrête là pour ce soir !

Il s'apprêtait à couper le contact lorsque Jasmine se lança :

— Moi aussi, je pense à toi tout le temps… Mais je te jure, j'ai pas de photos de moi comme ça…

Elle hésita.

— Je veux bien en faire…

— Et si tu enlevais ton tee-shirt, on pourrait se caresser, tous les deux.

Jasmine rougit. Elle n'aimait pas sa poitrine, qu'elle jugeait trop petite. Et puis elle ne s'était jamais caressée devant une caméra. Mais elle avait peur de déplaire à Ludovic.

— D'accord, demain, je fais les photos.

Ludovic sentit l'angoisse de Jasmine et voulut la rassurer.

— C'est bon, je veux pas te forcer.

— Ça ira…

— Fais-les avec ton portable… Et après, tu les mets sur FunBox. Comme ça, je pourrai les regarder. Personne pourra les copier. T'as rien à craindre, c'est sans risque.

— OK, ça marche. Mais j'ai pas une super poitrine.

Le garçon éclata de rire…

10

Drôle d'endroit pour une rencontre

Il fallut un bon moment à Léo pour émerger.

Sa tête tournait et ses membres étaient ankylosés par l'humidité. Il se redressa, porta la main à son crâne et sentit une énorme bosse. Rassuré, il se leva, fit quelques pas et découvrit qu'il était seul.

Le lieu où il se trouvait lui parut encore plus étrange que la veille au soir. Sans doute à cause de l'absence de fenêtres...

Le mur recouvert par les centaines de « Claire » était à présent noyé dans l'ombre. Léo se promit de demander une explication à Guillaume, son hôte. Il n'avait pas appris grand-chose sur l'homme qui l'avait hébergé, juste qu'il avait « hérité » du lieu d'un autre SDF qui était mort. Une histoire sans doute inventée de toutes pièces.

Puis il commença à fureter autour de lui. Il aperçut un mot posé sur l'écran de l'ordi.

N'hésite pas à te servir de ma vieille bécane.

Léo haussa les épaules et jeta un œil navré sur le vieux MacBook, une véritable antiquité qui ne lui servirait pas à grand-chose, mais il fut touché par l'attention de Guillaume. Soudain, il éprouva une curieuse sensation. Comme si quelqu'un l'épiait. Il se retourna et distingua deux yeux qui le fixaient dans la pénombre. Un instant, il crut voir Guillaume.

Mais ce n'était pas lui.

L'homme qui approchait avait la carrure d'un guerrier viking. Des cheveux blonds jusqu'aux épaules, et une balafre barrait son front comme un signe tribal. Son regard avait la fixité des grands psychopathes ou des alcooliques invétérés. De son doigt, il désigna le sac à dos de Léo qui reposait sur la table.

— Donne !

Le type parlait avec un fort accent russe ou nordique.

Paniqué, Léo voulut saisir son sac, mais l'autre fut plus rapide et s'en empara. Le garçon fonça sur l'inconnu pour récupérer son bien, mais son agresseur le plaqua contre le mur et commença à le frapper violemment tout en l'insultant dans une langue inconnue.

Léo crut que sa tête allait exploser. Il tenta de se dégager, mais le Viking lui comprimait la gorge ; bientôt, il ne pourrait plus respirer... Soudain, la porte s'ouvrit sur Guillaume.

— Lâche-le ! Immédiatement !

Le ton de Guillaume était sans appel. L'homme hésita un très court instant, desserra ses poings et relâcha Léo qui se releva avec difficulté.

— Je vois que tu as fait connaissance avec Dyorik.

Tout en se frottant le cou, Léo s'interrogea : dans quel piège était-il tombé ? Un sourire amusé flotta sur le visage de Guillaume.

— Dyorik, rends le sac au gamin.

Sans discuter, le Viking tendit le sac à Léo qui le serra contre lui et s'apprêta à filer. Guillaume s'avança vers Léo.

— Tu peux laisser tes affaires ici.

Léo explosa :

— Si tu crois que je vais rester une seconde de plus ici… avec un cinglé qui veut m'étrangler ! Je suis tout sauf maso !

Guillaume se marra.

— Dyorik, dont tu viens de faire la connaissance d'une façon imprévue, est responsable de la sécurité du coin. C'est la seule façon de ne pas se faire racketter ici sous le pont.

Léo ne décolérait pas.

— Mais c'était pas une raison pour me péter la gueule…

— Il a vu la porte entrouverte, cru qu'il y avait un cambrioleur. Je ne voulais pas t'enfermer ici, des fois que tu aurais été claustro.

Léo se calma. Son regard glissa vers son portable. Il était presque onze heures. Il lui restait tout juste dix minutes pour coincer Vandermeck à sa consultation de la Pitié-Salpêtrière.

Il demanda à Guillaume s'il pouvait lui laisser ses affaires quelques heures. Il reviendrait les chercher plus tard.

***

À la sortie du métro Nationale, Léo longea l'Institut du cerveau et de la moelle épinière, un bâtiment dont la construction venait de s'achever, et pénétra dans le plus grand centre hospitalier d'Europe.

La Pitié-Salpêtrière était une ville dans la ville. Une superficie de plus de cent hectares fondé par Louis XIV. D'abord destiné à enfermer les mendiants, puis les femmes jugées folles, l'hospice qui abritait aussi une prison était devenu un hôpital au dix-neuvième siècle. Des médecins comme Charcot, Freud et d'autres célébrités y avaient exercé…

Le garçon s'engagea dans un dédale de rues bordées de pavillons noircis par les ans et finit par repérer le service d'ophtalmologie au bout d'une allée. Au moment où il s'apprêtait à grimper les marches de l'escalier qui menaient au sas d'entrée, il reconnut le juge. Vandermeck resta un moment hésitant, comme aveuglé par la lumière du jour.

Léo fut surpris : il n'imaginait pas cet homme aussi grand. Peut-être était-ce à cause de sa silhouette anguleuse ? Le juge descendit les marches d'un pas incertain en se tenant la main à la rampe. Il regardait autour de lui comme s'il cherchait quelque chose… Léo s'approcha.

— Monsieur Vandermeck ?

L'homme dévisagea Léo d'un regard hésitant.

— J'aimerais vous parler, dit Léo.

— J'attends un taxi qui ne va pas tarder.

— C'est important.

Vandermeck eut un mouvement d'agacement.

— J'ai d'autres préoccupations en ce moment ; alors, soyez aimable de me foutre la paix !

Léo décida de jouer le tout pour le tout ; il n'avait rien à perdre.

— Depuis six mois, vous avez des rendez-vous hebdomadaires avec le professeur Silvera, le spécialiste du glaucome en France…

La réaction de Vandermeck fut inattendue.

— Et alors ! Vous êtes journaliste ? Qu'est-ce que vous voulez encore me… ?

Il se reprit et observa attentivement le garçon qui poursuivit :

— Vous suivez un traitement par ultrasons pour un glaucome aigu. Une maladie dégénérative du nerf optique qui conduit à la cécité.

— C'est Ludane qui vous envoie ?

Léo décida de bluffer.

— Oui. Elle s'inquiète pour vous.

Vandermeck eut un petit sourire attristé.

— Dommage, vous mentez mal. Mais vous avez raison : je suis en train de devenir aveugle. J'arrive à peine à lire sur un écran d'ordinateur. Personne n'est au courant. À part Silvera… et vous maintenant.

L'aveu de Vandermeck cueillit Léo par surprise.

— Je suis venu vous demander de rouvrir l'enquête sur la mort de ma sœur Sybille.

— Sybille ? Votre sœur ? De quoi me parlez-vous, mon garçon ?

— Laissez-moi vous expliquer.

— Non, je ne vous laisse pas. Enquêter sur une mort, ce n'est pas mon rayon. Moi, je suis dans la finance, vous devriez savoir cela aussi.

— J'ai vraiment besoin de votre aide, je vous en prie !

Le juge tourna la tête vers Léo. Son expression s'était adoucie.

— Prenez conseil auprès de mes collègues du pénal. Ils sauront mieux vous aider.

Un taxi s'arrêta devant le juge qui s'engouffra dans le véhicule. Avant de refermer la portière, il lança :

— Il faut un nouvel élément d'importance pour rouvrir un dossier d'enquête ! Bon courage.

La voiture s'éloigna dans l'allée. Léo sentit sa gorge se serrer et accusa le coup. Puis il se redressa, chercha l'adresse mail de FunBox sur son portable et commença à rédiger un message.

11
Sybille

Dans peu de temps, j'apporterai la preuve que FunBox est responsable de la mort de Sybille Barthélémy. Je ferai rouvrir l'enquête et vous serez condamnés pour avoir poussé une jeune fille au suicide.

Le message n'était pas signé, mais pour Rébecca, il n'y avait pas de doute possible : il s'agissait du même expéditeur qui avait inondé son téléphone et sa boîte mail de messages accusateurs depuis plusieurs jours.

À présent, le harceleur s'en prenait ouvertement à FunBox.

Le message était apparu simultanément sur tous les ordinateurs de la boîte. Il s'était même affiché sur le grand écran LED du hall d'entrée et avait provoqué un moment de stupéfaction chez des Espagnols venus renégocier les droits de FunBox pour l'Amérique latine. Heureusement, Milan avait fait rapidement disparaître le message, et l'incident avait été clos.

Peu après, Rébecca, Milan et Julien s'étaient retrouvés dans leur salle de réunion high-tech. Lampes en forme de montgolfières, fauteuils fluo, un design supervisé par Julien. Serge Hoffner, le directeur de la maintenance du site, et Natacha, la directrice financière, étaient également présents.

Chacun se souvenait de l'affaire Sybille Barthélémy. Une gamine de quinze ans s'était suicidée au début de l'été dernier parce qu'elle était harcelée par un crétin qui avait divulgué des photos d'elle à moitié nue sur les réseaux sociaux. Le procureur de la République avait réclamé une enquête. Les flics avaient procédé aux auditions et investigations d'usage, mais FunBox avait été mis hors de cause. Il avait été prouvé que les photos qui circulaient sur le Net ne pouvaient pas provenir de leur serveur, car leur système de sécurité était sans faille. Personne ne pouvait copier les images mises en ligne par les abonnés, et aucun piratage n'avait été signalé.

L'affaire avait été classée.

La fille semblait assez fragile psychologiquement. Avait-elle pu les balancer elle-même sur le Net ? Rébecca se souvint que Julien avait avancé cette théorie au moment du drame.

Quant à elle, prise dans un tourbillon de travail, elle avait considéré qu'il s'agissait d'un fait divers malheureux comme il en existe tant.

Les trois fondateurs de FunBox étaient préoccupés, chacun à leur façon. Mais ils étaient d'accord sur un point : l'« incident » était une très mauvaise pub au moment où Dumaurrier, leur unique actionnaire extérieur, voulait injecter de l'argent frais dans le capital de l'entreprise. Il fallait faire cesser le chantage au plus vite.

— Il faut faire passer l'envie à cet abruti de nous emmerder ! lança Julien. Il faut le coincer, sinon il va nous faire beaucoup de mal.

Milan eut une hésitation et prit la parole d'un ton solennel :

— J'ai un aveu à vous faire. Il y a eu, depuis quelques semaines, plusieurs intrusions sur notre site. Des documents et des photos appartenant à certains clients sembleraient avoir été piratés.

Serge sursauta.

— Tu rigoles ? Je m'en serais aperçu !

— Tu n'as rien vu tout simplement parce que ces intrusions n'ont eu absolument aucune incidence sur le fonctionnement du site.

Rébecca fusilla Milan du regard.

— Qu'est-ce que tu veux dire ? Arrête de tourner autour du pot !

— Je viens seulement de m'en rendre compte, poursuivit Milan, soucieux. J'ai choisi de ne pas vous alerter immédiatement pour deux raisons : primo, je voulais remonter l'historique pour connaître la date précise de la première effraction. Vous savez comme moi que ce type d'intrusion est très difficilement décelable. Secundo, je ne voulais pas installer un climat de panique dans la boîte.

Julien réagit violemment :

— Je te rappelle que le succès de l'application FunBox est basé sur le principe que les données injectées par nos clients sont inviolables !

— Alors, elles ne le sont plus ? demanda Rébecca à Milan.

— Comment tu expliques ça ? dit Julien qui contenait mal son irritation.

— Je ne l'explique pas encore… rétorqua Milan. Il faut me laisser un peu de temps pour comprendre.

— Mais pourquoi tu ne nous en as pas parlé plus tôt ?

Milan soupira.

— Je n'ai pas voulu vous inquiéter. Les programmes, c'est plutôt mon domaine... Surtout FunBox. Mais pas de panique, j'ai un début de solution. Je viens d'identifier le numéro IP du pirate et son fournisseur d'accès. Et je connais quelqu'un qui travaille chez ce fournisseur.

Rébecca ne parut pas convaincue. Milan poursuivit d'un ton apaisant :

— Je vais tenter de le convaincre de me trouver le nom de l'abonné, enfin du pirate. Tout ça le plus discrètement possible. Évidemment…

La proposition de Milan agaça encore plus Julien.

— Milan, tu te fous de moi ? Tu nous prends pour des brêles, Rébecca et moi ? Tu fais quoi après ? Tu préviens Interpol, le FBI ?

Milan ignora Julien et se tourna vers Rébecca.

— Je fais tout pour régler cette histoire au plus vite, et toi, tu te charges de Dumaurrier.

La jeune femme acquiesça.

— Une dernière question : tu crois qu'il y a un rapport entre les intrusions sur le site et les accusations que je reçois concernant Sybille Barthélémy ?

— Peut-être la tentative de déstabilisation d'un concurrent ? Ce serait pas la première fois, marmonna Julien.

— Pour l'instant, il n'y a aucune incidence sur nos contrats pub, les rassura Natacha.

Rébecca réfléchit. Elle allait devoir tirer tout ça au clair le plus rapidement possible. Examiner la popularité de FunBox sur les différents sites communautaires, car le Web était un univers de rumeurs dont certaines pouvaient se révéler fatales si on ne les contrôlait pas.

Pourtant, elle ne parvenait pas à se concentrer…

Un suicide d'adolescent, c'était choquant et tellement révoltant. Un drame qui révélait une impuissance flagrante, songeait Rébecca. Depuis le premier SMS accusateur, toute une kyrielle de sensations contradictoires s'était réveillée en elle.

Qui était celui qui la poursuivait ?

Le père, le frère, le petit copain de Sybille ? Peut-être les trois ensemble ?

Elle n’était pas responsable. Il n’était pas question qu’elle endosse la responsabilité du suicide d’une ado mal dans ses baskets, mais la peur s’immisçait en elle. À force de vouloir fuir ses vieux démons, elle s’était construit une carapace d’acier, sauf que depuis quelque temps la carapace prenait l’eau.

Il fallait qu’elle réagisse avant qu’il ne soit trop tard.

12

Un dimanche à la campagne

Léo passa son dimanche après-midi à la Résidence du Parc, une maison de convalescence située dans la banlieue de Rouen. Il avait apporté une jolie boîte de chocolats et contemplait la femme d'à peine cinquante ans, aux traits fatigués, qui peinait à défaire le nœud.

Ses gestes étaient terriblement lents et hachés. Était-ce le nouveau protocole de soins qui produisait cet effet sur sa mère ? Désemparée, elle finit par lui tendre la boîte pour qu'il l'ouvre.

— Tu dois me trouver désespérante…

— Mais non, maman. Ils font les nœuds beaucoup trop serrés. La prochaine fois, je le leur dirai…

— Bien sûr, mon grand.

Il défit le ruban, puis observa sa mère. Elle avait tellement changé depuis la mort de Sybille. La femme jamais vaincue, toujours positive, était devenue l'ombre d'elle-même. Soudain, elle sembla se réveiller, et son visage s'illumina.

— Alors, raconte-moi. Tu habites toujours chez… Élodie ?

— Dorothée… Non, on est plus ensemble…

Une profonde angoisse apparut dans les yeux de Jeanne. Léo prit sa main pour la calmer.

— Ne t'inquiète pas. Un copain m'a prêté sa chambre le temps que je trouve quelque chose. J'ai un plan pour une colocation… avec des collègues de la fac.

Depuis l'hospitalisation de sa mère, il avait appris à mentir. À chacune de ses visites, il s'inventait une vie, avec des personnages qui apparaissaient et disparaissaient comme dans une série télévisée. Pas question qu'elle puisse un instant imaginer qu'il vivait dans la rue. Sa dépression l'avait rendue si fragile.

Elle prit un chocolat et commença à le manger avec précaution. Léo continua :

— Et puis j'ai une bonne nouvelle. J'ai trouvé un boulot de magasinier à mi-temps.

— Je me sens tellement en dessous de tout, si tu savais.

Les yeux de sa mère se remplirent de larmes. Sa bonne humeur n'avait duré que quelques secondes. Puis son regard glissa sur le portrait de Sybille posé sur la table de nuit.

— Regarde ce que je suis devenue… Même pas capable de m'occuper de ton frère.

Léo prit tendrement le bras de sa mère et l'obligea à se retourner vers lui.

— Arrête de t'apitoyer sur toi-même. Il faut que tu guérisses, que tu sortes d'ici…

Soudain, il s'énerva.

— Que tu ailles mieux, tu m'entends ? Fais un effort, maman, je t'en prie !

Mais Jeanne n'entendait rien. Elle était absorbée dans la contemplation de la photo de Sybille qu'elle tournait entre ses doigts. Léo connaissait les moments d'absence de sa mère. Il attendit qu'elle reprenne pied, puis il lui proposa d'aller faire un tour dans la salle de télé pour se changer les idées. C'était devenu un rituel depuis qu'elle était en convalescence à la Résidence du Parc.

Auparavant, elle avait été internée à l'hôpital Sainte-Clotilde de Rouen à la suite d'un épisode dépressif particulièrement violent qui s'était déclenché deux mois après le suicide de Sybille. Depuis, elle oscillait entre des moments de mélancolie profonde et des périodes de rémission.

***

Une heure plus tard, après avoir raccompagné sa mère dans sa chambre, Léo fut arrêté par un cadre de l'établissement à qui il avait déjà eu affaire pour des formalités administratives.

— Il faut que je m'entretienne avec vous, monsieur Barthélémy.

— Ça tombe bien, répondit Léo, je voulais vous voir. J'ai l'impression que le traitement de ma mère n'est pas adapté. Elle a l'air de plus en plus… absente.

— Voyez cela avec le docteur Belgrand. Ce n'est pas mon domaine. Il va falloir trouver une solution.

— Comment ça ?

— Un courrier de la mutuelle de madame Barthélémy m'informe qu'elle ne poursuivra pas la prise en charge de son séjour ici. Il semblerait, pour des raisons qui ne me regardent pas, que votre mère soit en cessation de paiement.

Il fit une pause. Sans doute une stratégie bien rodée pour des clients sans fric comme lui.

— Vous comprendrez que la Résidence du Parc ne peut prendre en charge les personnes n'offrant pas les garanties nécessaires. De plus, nous avons une liste d'attente extrêmement longue. Je vais vous diriger vers une assistante sociale qui saura vous conseiller et vous aider à trouver une solution.

Léo bafouilla.

— Il manque combien ? Je veux dire, ça coûterait combien pour qu'elle puisse rester ici ?

L'homme tendit une enveloppe à Léo.

— Vous avez tous les renseignements sur ce courrier que j'ai préparé à votre intention. Appelez-moi rapidement pour me faire part de votre décision.

***

Dans le train qui le ramenait à Paris, Léo tournait la lettre entre ses doigts. Il ne l'avait pas ouverte. En vérité, il appréhendait ce moment depuis plusieurs semaines. Dernièrement, en parcourant le courrier de sa mère, il avait découvert une série de lettres de relance de divers organismes : banque, mutuelle, assurances diverses, etc. Elle avait des arriérés partout et elle était au chômage depuis plus de deux ans.

Pourtant, après le début de sa dépression, Léo avait cru parer au plus pressé. Il s'était séparé de l'appartement où elle vivait avec Sybille, une location dans une HLM de la banlieue de Rouen, et avait entreposé leurs affaires dans un garde-meuble. Il n'avait pas songé au reste…

À qui pouvait-il faire appel pour que sa mère ne se retrouve pas à la rue ?

Léo songea à son père qui vivait en Australie depuis presque dix ans. Il ne s'était même pas déplacé pour l'enterrement de Sybille. Du côté de la famille de sa mère, ce n'était pas terrible non plus. Elle avait bien une demi-sœur à Marseille, mais elles se connaissaient à peine. Le grand désert…

C'est alors qu'il aperçut deux contrôleurs qui entraient dans la voiture. Il se leva, se fraya rapidement un chemin dans le sens opposé.

Heureusement, le train arrivait en gare de Mantes. Léo en profita pour sauter sur le quai.

Tout en attendant la prochaine rame, Léo réfléchit à sa situation. Elle n'était guère brillante. Pour pallier le plus pressé et démêler la situation de sa mère, il lui fallait récupérer un ordi au plus vite. Bien que boosté à mort, son iPhone n'était pas suffisamment performant pour ce qu'il avait décidé d'entreprendre, et surtout il en avait assez de jouer au geek SDF.

13
Trahison

D'abord, Jasmine crut s'être trompée…

Elle cliqua une nouvelle fois sur la page Facebook de Ludovic pour s'assurer qu'elle n'avait pas fait fausse route. Non, il n'y avait pas de doute, c'était bien lui en train de surfer sur une vague bleue gigantesque à Nazaré. Un souvenir de ses dernières vacances au Portugal avec des copains…

Et la jolie brune, les seins à l'air, qui regardait l'objectif avec une moue sensuelle, c'était bien elle !

Il y avait déjà plusieurs *likes* et des commentaires d'amis : *Super, j'aime, trop belle ta nouvelle petite copine... Tu nous la présentes bientôt ?*

Jasmine sentit une coulée de sueur glacée glisser le long de sa nuque. La honte et la peur l'envahirent. Elle commença à examiner les autres posts de Ludovic sur le fil de son actualité…

Comme promis, elle lui avait envoyé trois photos d'elle. Heureusement, il ne semblait pas avoir fait paraître les deux autres où elle avait posé poitrine nue vêtue d'un jean entrouvert à la taille. Une idée qui ne lui plaisait pas. Mais elle avait fini par accepter…

Soudain, elle entendit la porte d'entrée se refermer et un bruit de clés qu'on posait sur la table du salon. Bientôt, son père toquerait à sa porte pour savoir comment s'était passée sa journée au collège. Il aimait bien faire le point avec elle sur ses avancées en maths. Une habitude qui pour Jasmine s'apparentait à du flicage, mais qu'elle acceptait sans rechigner. Un compromis pour avoir la paix et tchatter le restant de la soirée.

Mais ce soir-là, Jasmine était trop bouleversée pour écouter son père lui expliquer les équations du second degré. Elle se leva précipitamment, ferma sa porte à clé.

Il fallait qu'elle parle rapidement à Ludovic, qu'il fasse disparaître cette horrible image d'elle avant qu'elle ne soit reprise sur d'autres réseaux. Heureusement, il n'était ami avec aucune de ses copines du collège, mais on ne savait jamais…

On frappa à sa porte.

— Je peux entrer, ma chérie ?

— Non… Je sors de la douche, je m'habille.

— Prends ton temps, ma chérie, je mets une pizza au four, ça te va ?

— Très bien, papa.

Pour la première fois, Jasmine se prit à regretter sa leçon de maths. Ses doigts se mirent à courir sur le clavier :

Faut absolument que tu enlèves la photo que tu as mise de moi sur FB. Appelle-moi, c'est urgent !

Jasmine se demanda si son mail n'était pas trop sec. Elle décida que non et cliqua fébrilement sur la touche ENVOYER.

La réponse de Ludovic ne se fit pas attendre :

Qu'est-ce qui t'arrive ? Tu branches la webcam ?

Oui. Mais cinq minutes. Après, je dois dîner.

L'image de Ludovic apparut sur l'écran de Jasmine. Il venait d'arriver chez lui, car il s'apprêtait à enlever son blouson et à dérouler une grosse écharpe en laine. La température frôlait les zéro degré à Toulon. Le garçon sourit à la jeune fille et s'assit devant son écran.

— Qu'est-ce qui se passe ? Il t'est arrivé quelque chose, Jasmine ?

Chaque fois, elle était subjuguée par sa voix un peu rauque qui lui rappelait un chanteur dont elle avait été très amoureuse lorsqu'elle avait dix ans. Mais cette fois-ci, elle était en colère.

— Ludovic, il faut que tu enlèves tout de suite ma photo de ta page Facebook.

Ludovic eut un mouvement d'incompréhension. Il paraissait sincèrement désolé.

— Je pensais pas que ça t'angoisserait à ce point. Tu es si jolie que j'ai pas résisté. Tu m'en veux pas ?

Jasmine poussa un soupir angoissé.

— Tu l'as pas… ? Je veux dire… Tu l'as pas postée… ailleurs ? Sur un autre réseau ?

— Non, pourquoi ?

Elle fronça les sourcils.

— Y a un truc que je comprends pas. J'ai mis les photos sur FunBox pour une durée d'une heure. Entre onze heures et minuit. Normalement, on peut pas les copier ?

Le garçon eut l'air ennuyé.

— Écoute : j'ai pas compris non plus. J'ai cliqué dessus, et elle s'est dupliquée toute seule sur mon ordi…

— Et les autres ?

Ludovic acquiesça. Un sentiment de colère envahit Jasmine.

— Faut que je les récupère ! Le plus vite possible, c'est très important.

— Je peux les effacer si ça t'angoisse.

— Et qu'est-ce qui me garantira que tu les auras pas copiées ailleurs ? Ou…

— Tu as confiance en moi, Jasmine ?

La jeune fille esquissa un timide sourire.

— … oui.

— Demain, je monte à Paris pour le week-end. J'aurai mon ordi avec moi et, comme ça, je supprime les photos devant toi. OK ? Et après, on va au ciné. D'accord ?

Jasmine n'était pas si crédule.

Elle savait que rien ne s'effaçait jamais complètement sur le Net. Elle devrait donc faire confiance à Ludovic.

À l'avenir, elle se promit d'être plus prudente.

14

Au-dessus de tout soupçon

L'extrême affabilité d'Arnaud Dumaurrier n'était qu'une façade.

Avec son look austère, crâne rasé et fines lunettes sur une silhouette tout en rondeurs, l'homme ressemblait plus à un moine bouddhiste qu'à un expert financier. Pourtant, il avait supervisé le montage financier d'un nombre impressionnant de start-up dans le domaine des nouvelles technologies et était considéré comme un des experts mondiaux en la matière.

Depuis quelque temps, Rébecca rencontrait Dumaurrier dans le bar discret et cosy d'un hôtel étoilé du VIIIe arrondissement.

Tous les deux préféraient ces boiseries feutrées à l'agitation qui régnait dans les bureaux de FunBox. Ils buvaient toujours le même Lapsang Souchong, un thé chinois fumé, la boisson préférée de Dumaurrier. Rébecca avait fini par s'y habituer, même si elle avait l'impression de siroter une décoction de goudron.

Dumaurrier venait d'annoncer à Rébecca que la holding d'investissement canadienne EuroTrade, dont il était l'un des conseillers pour l'Europe, avait décidé d'apporter des nouveaux fonds à FunBox, de façon à procéder à une augmentation de capital conséquente.

Une excellente nouvelle, car EuroTrade venait d'investir dans SA (Sécurité absolue), un gros hébergeur de *data centers* dont l'efficacité s'était révélée extrêmement probante. Les entreprises souhaitaient à présent stocker leurs données privées, très sensibles, en interne.

En termes de stratégie, cette nouvelle alliance permettrait à FunBox de gagner en visibilité et de se rapprocher du marché étasunien tout en restant en dehors du Patriot Act, la loi antiterroriste qui permettait aux autorités américaines d'accéder à toutes les données hébergées dans le pays.

La jeune femme eut un petit sourire satisfait. Dumaurrier avait parfaitement bien manœuvré. Depuis qu'elle avait fait sa connaissance, Rébecca admirait son savoir-faire. Derrière son sourire placide, l'homme était redoutable : rien ne lui échappait, pas un chiffre, pas un détail concernant un contrat, un futur partenaire ou un concurrent. C'était un homme aux réseaux efficaces et toujours en mouvement.

Quand elle avait cherché des capitaux pour créer FunBox, il l'avait immédiatement soutenue et il continuait aujourd'hui. Chaque fois qu'elle avait un doute concernant l'avenir de l'entreprise, elle n'hésitait pas à le solliciter.

Dumaurrier possédait une autre qualité que Rébecca appréciait infiniment, c'était sa discrétion. Jamais il ne l'avait interrogée sur son passé. Il s'était sans doute renseigné sur elle, mais avait toujours eu la délicatesse de ne pas l'évoquer. De son côté, Rébecca respectait le cloisonnement strict qu'il imposait entre vie professionnelle et vie privée. Elle savait vaguement qu'il était marié et avait deux enfants.

Pour Rébecca, il était extrêmement reposant de ne pas avoir à parler « famille » avec l'un de ses collaborateurs, même si Dumaurrier était bien plus que cela…

— Tu resteras directrice générale et ta rémunération sera alignée sur les salaires américains, plus des stock-options, annonça-t-il en conclusion.

— Et en ce qui concerne Julien et Milan ?

— Milan bénéficiera d'un ajustement conséquent. Quant à Julien… je voulais t'en parler.

Il prit son temps pour soulever la délicate théière de porcelaine et se resservir. C'était sa façon de faire mijoter l'interlocuteur.

— Je ne te cache pas, reprit-il, que Julien me pose un problème. Chacun est libre de vivre comme il l'entend, à condition que cela n'ait pas d'incidence sur sa vie professionnelle. Et ce n'est pas le cas pour Julien. Ses addictions et son comportement dans l'entreprise ne sont plus tolérables et…

— Je t'arrête tout de suite. Julien et moi, on s'est connus à la fac et depuis on ne s'est pas quittés.

— Je le sais, mais cela ne change rien au problème. Je suis en train de te parler de business, pas de sentiments.

— Je le sais, mais cela ne change rien au problème, répliqua-t-elle fermement.

Ils se mesurèrent du regard.

— Mon travail, le tien et celui de n'importe quel chef d'entreprise, insista-t-il, c'est de prévoir les catastrophes avant qu'elles n'arrivent, afin de les éviter.

— Il n'y aura pas de catastrophe. Je contrôle Julien. Je m'en porte garante.

Dumaurrier joignit le bout des doigts et eut une petite mimique des lèvres.

— Parfait. J'espère que tu n'auras pas à regretter cette décision. Alors, maintenant, autre chose. Milan m'a fait part du harcèlement dont tu es la cible. Il m'a aussi alerté à propos des comptes clients piratés. Sans doute une tentative de déstabilisation de WayNet.

Rébecca secoua la tête.

— Je n'y crois pas trop.

Dumaurrier eut l'air surpris.

— Tu as des preuves ?

— Non, rien de concret… juste une intuition.

— J'ai une vieille relation à la cybercriminalité. Il enquêtera discrètement. En attendant de tirer l'affaire au clair, je préfère que rien ne filtre. Les rumeurs vont vite, surtout sur le Web. Un faux pas pourrait compromettre notre joint-venture avec EuroTrade.

Rébecca acquiesça.

— Tu as raison.

Elle fit un signe au serveur, puis se tourna vers Dumaurrier.

— Je vais déroger à notre règle. Je vais boire un gin-tonic ! Pour fêter notre futur contrat.

15
L'ombre du passé

Une neige sale et collante tombait sur Paris lorsque Rébecca regagna FunBox sur sa moto. Elle n'avait pas froid, l'alcool l'avait réchauffée, et elle avait retrouvé un peu de légèreté.

Dans le hall d'entrée, elle croisa Julien qui l'avertit qu'un homme l'attendait. Rébecca fronça les sourcils. Elle n'avait pas de rendez-vous.

Alors qu'elle se dirigeait vers son bureau, un effluve la saisit insidieusement à la gorge. Eau Sauvage de Dior, une eau de toilette reconnaissable entre toutes… Un mélange subtil de vétiver, de basilic et de thym. En une fraction de seconde, des souvenirs remontèrent à la surface. *Méfiez-vous de l'eau qui dort…* Rébecca n'avait pas oublié le slogan de la virilité triomphante des mâles des années 2000.

Elle s'arrêta sur le seuil.

Sa gorge se noua et elle eut du mal à respirer.

Le visiteur ne l'avait pas entendue, il observait le trophée du Jeune Entrepreneur qu'elle avait reçu lors de la soirée SofTech. Rébecca contempla la nuque et les épaules de l'homme ajustées dans un pardessus à la coupe impeccable. Il se tenait toujours aussi droit, même si ses tempes avaient légèrement blanchi…

Son regard glissa vers ses mains, qui auscultaient la statuette : elles étaient toujours aussi soignées et belles. Capables du meilleur comme du pire. Un frisson la parcourut. Alors, comme lorsqu'elle était enfant, Rébecca sentit qu'elle se dédoublait : elle était de nouveau la petite fille qui tremblait devant son père. Un phénomène nommé autoscopie.

Un délire qui consiste à se voir soi-même, un moyen pour les victimes de violences d'échapper virtuellement à leur bourreau ou à leur geôlier.

Lors des séances chez son psy, Rébecca avait peu à peu appris à repousser son double inquiétant, à le contrôler. Pourtant, l'angoisse la saisit à nouveau à la gorge et la paralysa comme lorsqu'elle était enfant et qu'elle se trompait dans un accord.

Mais la haine fut la plus forte.

Elle se reprit, chassa son double indésirable et s'avança.

Les yeux bleu acier de Pierre Corelli détaillèrent Rébecca. Un examen minutieux dont il sembla satisfait.

— Je te félicite. Tu as l'air bien… très bien même. J'ai lu un article sur toi dans *La Croissance*, la semaine dernière. Bravo, Rébecca, belle réussite.

Il avait toujours le même sourire charmeur et cette élégance naturelle mêlée d'une décontraction absolue. Mais Rébecca savait que c'était au prix d'un immense travail sur lui-même.

— Curieux, je n'aurais jamais pensé que tu te lancerais dans la finance ! Mais je suis très fier de toi, ma fille.

Il appuya sur *ma fille*. Rébecca chercha quelque chose à dire. En vain. Elle était tétanisée devant lui comme avant.

— Cela fait combien de temps ?

Corelli la fixa un moment avant de poursuivre.

— Cela fait combien de temps que nous ne nous sommes pas revus ? Dix ans ? Non… laisse-moi réfléchir, douze ans, quinze ans ? Peu importe, ma chérie, il est temps de faire une croix sur le passé, n'est-ce pas ?

Il s'assit dans l'un des fauteuils et fit signe à Rébecca de prendre place à son bureau. La jeune femme resta debout. Ce n'était plus à lui de dicter ses volontés. Tout en croisant ses jambes, il lui lança :

— Tu as maintenant une petite sœur, qui s'appelle Louise. Elle a huit ans et est mignonne comme un cœur. Vous vous ressemblez beaucoup, même caractère déterminé, même talent pour la musique.

Rébecca sentit ses mains devenir moites. Corelli continua :

— Louise rêve de te rencontrer. Tu l'aimeras beaucoup. Je suis venu, car j'aimerais beaucoup te présenter… à ta nouvelle famille.

L'insistance de Corelli provoqua un haut-le-cœur chez Rébecca.

— Je te demande de partir. Immédiatement.

— Tout de suite les grands mots ! Tu n'as pas changé. J'ai réfléchi. On a beaucoup de torts, tous les deux… Mais je suis venu faire la paix, oublier...

Corelli n'eut pas le temps d'aller plus loin, car Rébecca fit un pas vers lui.

— Je ne veux plus jamais te revoir. Barre-toi ! Immédiatement, sinon j'appelle la sécurité.

L'homme prit tout son temps pour se lever. Rébecca ne le quitta pas des yeux. Leurs regards se croisèrent : un mélange de haine et de violence de part et d'autre.

— Ne reviens plus jamais. Dégage !

— Ton refus de faire la paix avec le passé ne te conduira nulle part, Rébecca.

Il sortit une carte de visite de son pardessus et la posa sur le bureau.

— Appelle-moi quand tu seras calmée.

Une sensation d'étouffement se propagea dans la poitrine de Rébecca. Des gouttes de sueur perlèrent sur son front.

Elle ne parvenait pas à détacher son regard de celui de Corelli qui la fixait d'un air mauvais. Pendant un court instant, elle crut que ses genoux allaient se dérober…

À cet instant, Milan passa la tête par la porte.

— Tout va bien, Rébecca ?

La jeune femme se reprit.

— Ça va. Merci, Milan.

— Tu as l'air très pâle, insista-t-il.

— Tout va bien. Tu peux raccompagner monsieur Corelli vers l'ascenseur. J'ai un coup de fil urgent à passer.

Corelli sortit de la pièce sans un regard vers Rébecca.

Une fois seule, Rébecca reprit son souffle, puis se précipita vers les toilettes, où elle s'enferma à double tour et plongea la tête dans la cuvette des W.-C.

Là, enfin, elle se vida et vomit pendant un long moment.

Lorsqu'elle se redressa, elle avait un horrible goût acide dans la bouche, mais elle se sentit plus légère.

Plus jamais elle ne le laisserait gâcher sa vie.

Plus jamais elle ne serait une victime…

16
Les initiés

Vandermeck connaissait les signes précurseurs.

Depuis une vingtaine de minutes, il combattait une fatigue visuelle intense doublée de picotements douloureux dans son œil gauche. Un mal de tête sournois s'immisçait dans sa nuque et allait bientôt rayonner dans son crâne.

Pourtant, il refusait d'interrompre l'audition, ne fût-ce que quelques instants, pour prendre un analgésique et du Xalatan, le seul collyre qui soulagerait ses douleurs.

Depuis plus de trois heures, le juge interrogeait Jean-Patrick Chemoun et il savait qu'il touchait au but. Le prévenu, un ex-cadre de ViaBank, avait cessé de se défendre des accusations qui pesaient contre lui. Suite à une perquisition effectuée à son domicile niçois, un listing de comptes numérotés en Suisse avait été retrouvé dans son ordinateur.

Même s'il n'y avait pas de noms, Vandermeck était persuadé qu'il s'agissait d'une partie de la fameuse liste des six mille contribuables français qui avaient délibérément fraudé le fisc. Cela faisait maintenant plus de quatre ans qu'il enquêtait sur les agissements frauduleux de ViaBank en matière de placements off shore.

L'affaire avait débuté par la dénonciation d'anciens salariés qui voulaient en découdre avec Koscelny, le directeur général de ViaBank pour la France. Malheureusement, le plus virulent d'entre eux, Mauduy, avait succombé dans un accident de voiture deux ans plus tôt. Une mort qui avait toujours semblé suspecte au juge. Depuis, les autres témoins s'étaient rétractés.

Mais Vandermeck était tenace. Sur son ordi, il avait affiché l'autocollant de la révolte des juges :

Assis, debout, mais pas couché !

Dans les enquêtes comme dans les débats, il ne s'était jamais couché ni laissé marcher sur les pieds. Il n'avait pas ménagé sa peine et ferraillé sans relâche pour mener à bien des dossiers sensibles, que ce soit avec le pouvoir politique en place ou le monde de la finance.

Le juge soupçonnait également Koscelny d'avoir démarché ses clients en leur offrant des possibilités d'évasion fiscale et en leur proposant d'investir dans des sociétés off shore aux îles Caïmans et à Chypre. Plusieurs milliards d'euros avaient été ainsi détournés des caisses de l'État français depuis des années.

La gêne oculaire devenait de plus en plus présente. Il ne distinguait plus que le centre de l'image, les bords étaient devenus flous. La douleur irradiait dans ses tympans… Il passa la main sur son front dans l'espoir de la faire disparaître. En vain…

Lors de sa première audition, Chemoun avait prétendu qu'il avait été victime de pressions et d'intimidations de la part de Martin Koscelny, son ancien employeur. Le cadre avait été licencié, pour une soi-disant faute professionnelle, alors qu'il dirigeait précisément le service qui gérait les relations avec les comptes bancaires à l'étranger. Celui-là même qui organisait la fuite des contribuables indélicats, et auquel Vandermeck s'intéressait. Il était persuadé que Chemoun connaissait la liste et que son éviction avait un rapport avec l'affaire.

Par un travail de recoupement très complexe – ViaBank reposait sur une cascade de holdings aux ramifications compliquées basées au Luxembourg –, le juge avait pu pister plus d'une vingtaine de fraudeurs. Pour la plupart des personnalités liées au monde du sport et du spectacle et dont le patrimoine excédait les vingt millions d'euros.

Quand Vandermeck avait proposé à Chemoun – qui avait un passeport libanais – le statut de témoin protégé, l'avocat de ce dernier avait hésité pour la forme. À partir de là, l'homme avait commencé à lâcher des infos et évoqué les « barbouzeries » de ViaBank.

Via sa filiale française, la banque avait permis à des commerciaux suisses d'approcher des clients en France (à Roland-Garros et dans d'autres lieux sélects de la capitale), en violation complète avec la législation française. Parallèlement, Koscelny avait mis en place une double comptabilité pour masquer des mouvements de capitaux entre la France et la Suisse.

Incitation à l'évasion fiscale, article 1741 du Code général des impôts.

Quant à la fameuse liste, Chemoun était persuadé que Koscelny en avait conservé une copie quelque part.

Malgré la douleur qui pulsait dans ses tempes, le juge se frotta les mains. Il allait enfin coincer le financier. Quatre ans qu'il attendait ce moment.

Vandermeck expédia la fin de l'audition. Une fois Chemoun parti, il se tourna vers Catherine, la greffière, pour lui demander de mettre en place une procédure d'urgence afin d'ordonner une perquisition dans les bureaux parisiens de ViaBank.

Puis il sortit dans le couloir pour faire quelques pas, avala un cachet et sortit le collyre de la poche de sa veste. Il fit couler un peu de liquide dans son œil. En quelques instants, sa vision retrouva un peu de netteté. Il se sentit tout de suite mieux.

Il chaussa ses verres pour constater qu'il y voyait à peine plus clair. Avec ou sans lunettes, le monde était devenu obscur, opaque…

Il s'approcha d'une fenêtre, ralluma son portable et vérifia les appels. Toujours aucune nouvelle de Ludane. Depuis leur dispute suite aux images parues sur Internet, sa fille ne s'était pas manifestée. Il devrait l'appeler dans la soirée. Peut-être lui répondrait-elle ?

Un SMS retint son attention :

J'ai suivi votre conseil. J'apporterai bientôt une preuve concernant le suicide de Sybille. Et vous rouvrirez l'enquête.

Décidément, le garçon était tenace. Il ne connaissait même pas son nom. Il avait oublié de le lui demander.

Pourquoi ce jeune homme s'acharnait-il sur lui ? Il avait pourtant été clair : le pénal, ce n'était pas son domaine. Le juge se promit d'interroger Ludane à son sujet. Il décida de conserver le message et de l'enregistrer dans la mémoire de son smartphone.

Quand il revint à son bureau, Catherine l'accueillit avec une mauvaise nouvelle.

— Le procureur vient d'appeler. Il aimerait vous parler…

Vandermeck haussa les épaules. Il connaissait la prudence de Viguier, sa proximité envers le pouvoir en place. Il avait déjà dû être averti de la mise en examen de Chemoun. Les nouvelles circulaient vite au palais. Trop.

Catherine continua, l'air soucieux :

— Et je n'ai pas trouvé d'officier de police pour vous accompagner.

Cette fois, le juge vit rouge.

— C'est quoi, ce bordel ? Appelez tout de suite ce connard de Viguier !

Il se calma aussitôt, regrettant de s'être laissé emporter. Il aurait dû s'y attendre : les coups bas allaient pleuvoir. Mais il savait aussi se montrer patient. Très patient.

17
Rendez-vous

De l'excitation.

De la peur de ne pas être à la hauteur.

Du ressentiment… Tels étaient les sentiments éprouvés par Jasmine lorsqu'elle sortit du métro Saint-Paul.

Elle regarda autour d'elle pour apercevoir Ludovic parmi les passants qui se hâtaient par cette glaciale fin d'après-midi. Mais il n'était pas encore là. La jeune fille avait averti son père qu'elle irait préparer son contrôle d'anglais chez Mariana. Elle ne rentrerait pas avant vingt et une heures. Ainsi, elle pourrait passer deux heures avec Ludovic.

Même si Jasmine le trouvait toujours aussi craquant, quelque chose s'était brisé depuis qu'il avait mis sa photo sur Facebook. Elle avait accepté de le rencontrer, car elle voulait à tout prix le convaincre d'effacer les photos où elle avait posé seins nus.

L'adolescente souffla dans ses mains pour se réchauffer et commença à faire les cent pas sur la place. Un orgue de barbarie se mit à égrener ses premières notes, et un manège à l'ancienne commença à tourner en scintillant dans la nuit. Quelques rares enfants chevauchaient les chevaux de bois. Jasmine eut soudain l'impression d'être dans une carte postale de Noël. Avec une inextinguible nostalgie de sa petite enfance.

Un garçon en scooter s'arrêta près d'elle et la tira de sa rêverie.

Elle était bien Jasmine ?

La jeune fille acquiesça. Lui, c'était Marco, un ami de Ludovic. Ludo avait du retard et lui avait demandé de l'emmener chez son oncle. C'était à deux pas.

Jasmine était décontenancée.

Soudain, elle sentit son portable vibrer. Elle le sortit de sa poche. Un SMS s'afficha :

Pour ke t'attendes pas dans le froid, Marco te conduit chez mon oncle, si t'es OK. On se voit là-bas. Bisous. Ludo.

La jeune fille scruta Marco qui s'impatientait.

— Je t'emmène ou tu attends là ?

— OK, je viens. C'est loin ?

— Non, en scoot, c'est à cinq minutes.

Le garçon lui tendit un casque. Elle le prit, le glissa sur sa tête, puis enfourcha le scooter.

Ils remontèrent la rue de Turenne, puis s'arrêtèrent devant un immeuble ancien dont la façade était occupée par un grossiste de prêt-à-porter. Ils entrèrent dans une cour pavée et grimpèrent un escalier qui était en travaux.

Marco sortit une clé de son anorak et ouvrit la porte. Soudain, Jasmine eut un mouvement de recul comme si elle voulait fuir.

— Tu préfères attendre Ludo sur le palier ?

— Non, non…

Elle se reprit et entra. L'appartement était un loft spacieux à la déco de magazine de mode. Sur le canapé, Jasmine reconnut l'écharpe rouge de Ludovic. Il l'avait oubliée. Les lourds rideaux ocre étaient tirés, sans doute à cause des échafaudages…

Le téléphone sonna. Marco répondit et lui passa l'appareil.

C'était Ludovic. Il serait là dans dix minutes. Qu'elle fasse comme chez elle. Son oncle reviendrait tard. Ils auraient la soirée pour eux deux. Si elle avait soif, il y avait de la bière et de l'eau au frigo. Qu'elle n'hésite pas à se servir.

Marco fit un petit signe à Jasmine, laissa les clés sur un guéridon et ferma doucement la porte.

Une fois sur le palier, il se baissa vers le paillasson.

Son visage s'illumina. Comme promis, l'enveloppe était bien là, avec à l'intérieur deux cents euros en billets de cinquante.

Il sifflota. C'était joliment bien payé pour une course d'à peine vingt minutes. Surtout lorsque le pli était une jolie fille comme Jasmine. Un peu trop jeune pour lui… mais ce n'était pas son problème !

18
Soupçons

Il pleuvait des cordes lorsque Rébecca gara sa moto devant le Wanderlust. Elle enleva son casque et se faufila dans l'entrée. Que voulait Maud ? Pourquoi semblait-elle préoccupée ?

En passant devant le vestiaire, elle l'aperçut qui discutait avec un client au ton vindicatif. Rébecca connaissait par cœur la douceur persuasive de son amie pour contenir les mauvais coucheurs. Malgré son petit gabarit, elle inspirait du respect. Maud lui fit un signe de la main : *J'arrive…*

Rébecca se dirigea vers le bar et commanda un mojito. Tout en trempant ses lèvres dans le cocktail, elle observa les clients au comptoir.

Leurs visages et surtout leurs mains la fascinaient. À travers elles, on pouvait y lire la plupart des sentiments humains, la séduction, l'arrogance en passant par le cynisme, la cupidité et l'addiction à l'alcool ou à d'autres substances. La jeune femme détailla à son tour ses propres mains qui aujourd'hui faisaient tout autre chose que ce dont elle avait rêvé. Son travail qui consistait à jongler avec les capitaux de FunBox et inventer de nouvelles stratégies de marketing s'apparentait plus à des prises de risque ou à des coups de poker qu'à un travail artistique, songea-t-elle, pensive.

Elle fut interrompue dans ses pensées par Maud qui s'assit à côté d'elle et commanda une eau pétillante.

— Bravo ! J'ai vu ta photo dans la presse ce matin. *La plus jeune entrepreneuse du Net reçoit un prix des mains de Virgil Hammersmith, le géant du Web !* Pas mal ! À ton succès !

Rébecca ne put s'empêcher de sourire. C'était à la fois un reproche et une tendre approbation. Elles se connaissaient depuis si longtemps… Maud joua un moment avec son verre, puis planta ses yeux en amande dans ceux de son amie.

— Ils sont venus me cuisiner hier soir. Me poser des questions à ton sujet…

Devant l'air d'incompréhension de Rébecca, Maud continua.

— Les flics.

À la fois perplexe et préoccupée, Rébecca fronça les sourcils.

— Le type que tu as envoyé dans le décor, il est avocat. Un certain David Pontet. Le genre hargneux. Et manque de bol, c'est le fils d'un haut placé. Un président de Cour de cassation. Il a porté plainte contre toi. À mon avis, il veut ta peau ou au moins ton scalp, conclut Maud.

— Et ton patron a menacé de te foutre à la porte si tu ne me balançais pas ? questionna Rébecca. Je ne me trompe pas ?...

Embarrassée, Maud acquiesça. Rébecca poursuivit avec un sourire amusé :

— Et tu as eu raison de le faire !

— À peu de chose près, c'est ça !

La voix de Maud prit un ton faussement dramatique.

— Tu te rends compte ? Je t'ai balancée aux flics, ma meilleure amie… Je m'en veux, terriblement.

Rébecca n'eut pas le temps de répondre, car un SMS de Milan venait de s'afficher sur son portable.

Reçu info suivante : le type qui a piraté FunBox s'appelle Santucci.

Le nom n'était pas inconnu à Rébecca. Elle pianota rapidement sur le clavier de son téléphone :

Santucci ??? C'est quoi, son prénom ?

La réponse ne se fit pas attendre.

Alexandre. Tu le connais ? On fait quoi ?

Je réfléchis et je te recontacte.

Rébecca sembla soudain très mal à l'aise. Elle se tourna vers Maud.

— Tu te souviens d'un certain Santucci ? Alexandre Santucci ?

— Oui. L'un de nos profs d'informatique de la fac.

Rébecca acquiesça.

— Je n'ai jamais été très assidue à ses cours, poursuivit Maud. Contrairement à toi… Bon, excuse-moi pour les flics, je ne pouvais pas faire autrement.

— Je sais… Oublie, ça me servira de leçon. Il faut que je me calme, que je me ressaisisse. Je peux compter sur toi ?

***

En dépit du radiateur branché sur la dérivation électrique qui alimentait la tanière de Guillaume, le froid bleuissait les phalanges de Léo qui couraient sur le clavier de l'ordinateur.

Il venait de prendre connaissance de l'échange Rébecca/Milan sur son nouveau MacBook Air quinze pouces qu'il avait tout juste configuré. En comparaison avec son vieil ordi, celui-ci était d'une rapidité surprenante. Une vraie petite bombe dont il était devenu le propriétaire, d'une manière aussi simple qu'efficace.

Curieusement, cela avait été beaucoup plus facile qu'il ne l'avait imaginé. Il avait passé une partie de l'après-midi dans le rayon Apple de la FNAC de la rue de Rennes. Au bout d'une heure, son choix s'était porté sur un jeune cadre arrogant et frimeur qui avait sorti sa Golden Card pour régler son MacBook.

Quand l'heureux propriétaire du Mac flambant neuf avait franchi les portes vitrées du magasin, Léo lui avait emboîté le pas et s'était collé à lui. Quelques mètres plus loin, il avait glissé sa main dans les anses du sac qui contenait l'ordinateur et tiré d'un coup sec…

Le type avait été tellement surpris qu'il avait mis plusieurs secondes à comprendre ce qui lui arrivait. Quand il avait commencé à hurler au voleur, Léo s'était déjà fondu dans la foule de Montparnasse sans être inquiété. C'était cela, la redistribution des richesses… Sa façon à lui de lutter contre *le capitalisme financier et les libéraux adeptes du darwinisme social.*

Sur son écran, Léo suivait en direct les recherches de Rébecca concernant Santucci. Apparemment, il n'y avait qu'un seul Alexandre Santucci en Île-de-France. Il habitait Paris dans un arrondissement de la rive gauche. Professeur d'informatique, spécialisé en bases de données, il avait quitté Paris VIII et enseignait depuis un an dans une école privée d'ingénieurs.

***

Toujours au comptoir du Wanderlust, Rébecca pianotait sur son iPhone, à la recherche, elle aussi, d'infos concernant Santucci. Elle avait parcouru les différents réseaux sociaux, mais n'avait pas appris grand-chose, sinon que son ex-prof avait été contacté par une université norvégienne pour participer à un colloque sur les nouveaux outils de sécurité numériques.

Elle commanda un autre mojito et décida d'arrêter là ses investigations. Elle questionnerait Milan le lendemain. Elle balaya la discothèque du regard et nota que la piste était à présent noire de monde. Au loin, elle aperçut Maud en compagnie du patron des lieux.

Ne voulant pas lui porter préjudice, elle décida de s'éclipser.

Elle coiffait son casque lorsque son portable lui signala la réception d'un SMS :

M. Hammersmith sera de passage à Paris le 18. Il assistera à la conférence sur Internet dans les salons de l'hôtel Crillon. Il vous invite à le retrouver. Suit carton d'invitation.

Il lui fallut quelques instants pour établir la connexion : Hammersmith lui avait parlé d'un groupe de réflexion sur le devenir de la planète et les nouvelles technologies. Pourquoi la poursuivait-il ainsi ? Elle nota le rendez-vous dans son agenda, cherchant déjà un prétexte pour échapper à la corvée.

En quittant le Wanderlust, elle ne put s'empêcher de penser à Santucci : quelque chose clochait ; il n'avait pas le profil d'un pirate du Net. Elle se souvenait d'un prof de fac assez insignifiant et terne, pas sexy pour un sou… Mais elle avait appris à se méfier des apparences.

***

De l'autre côté de la Seine, dans l'antre de Guillaume, Léo continuait de fouiller dans la vie d'Alexandre Santucci. Quand il comprit qu'il ne trouverait rien d'intéressant dans les moteurs de recherche classique, il décida de se plonger dans le *Deep Web* ou « Web profond », la face immergée d'un gigantesque iceberg.

Trois cents fois plus vaste que le Web visible et où, pour celui qui savait naviguer, l'accès aux sites, aux bases de données des universités, des centres de recherche et autres réseaux plus ou moins impénétrables pouvaient faire surgir une mine d'informations confidentielles.

Il dissimula son identité derrière le logiciel Tor qui avait été conçu par l'armée américaine au début des années 1990 et se plongea dans le réseau de l'ombre. Une gigantesque toile d'araignée où fleurissaient toutes sortes de trafics. On pouvait tout y acheter : des armes, de la drogue, louer les services de tueurs à gages et bien sûr trouver toutes sortes de renseignements. Les réseaux islamistes y recrutaient leurs combattants. C'était aussi là que les pédophiles échangeaient leurs fichiers et leurs photos pornographiques. C'est là que Léo découvrirait peut-être des traces de Santucci…

Parallèlement, il créa diverses alertes sur *Darknet*, un réseau de communautés restreintes d'internautes particulièrement réactives et invisibles. Il était l'un des trois mille internautes membres du mouvement des Anonymous qui combattaient toute forme de censure ou de fichage sur Internet. *Nous ne sommes pas des pirates, mais plutôt les représentants d'une conscience collective. Notre combat n'est pas politique mais moral.*

Avec un peu de patience, Léo trouverait certainement d'autres traces concernant le pirate de FunBox.

Existait-il un lien entre Santucci et Sybille ?

Et avec Ludane ?

C'est ce qu'il devait apprendre.

Il se tourna vers Guillaume. Prostré devant son plateau d'échecs, il avait entamé une partie contre lui-même. Il avait débuté par une ouverture sicilienne, joué une dizaine de coups, mais semblait au point mort depuis une heure.

Léo, qui avait quelques notions d'échecs, aurait bien aimé lui proposer une solution, mais il n'osa pas. En quelques jours, le garçon avait appris à apprécier l'homme qui l'hébergeait. Malgré leur différence d'âge, une complicité silencieuse s'était créée entre eux. Chacun respectait le territoire de l'autre. Tous les deux étaient des taciturnes et n'aimaient pas exprimer leurs sentiments.

Ce soir-là, Guillaume était dans un mauvais jour. Enfermé dans un silence obstiné, il avait passé l'après-midi à boire de la bière.

Et à fixer le mur où étaient griffonnés les centaines de « Claire »…

Vers minuit, il avait commencé à en effacer une partie, puis était revenu se poster devant le mur un long moment. Comme hypnotisé par le vide qu'il venait de créer…

Puis il avait pris un feutre et avait soigneusement réécrit les « Claire » qu'il avait supprimés.

Déréalisation ou schizophrénie obsessionnelle ?

Léo avait tenté de questionner Guillaume, mais il n'avait pas appris grand-chose sinon que « Claire » l'avait quitté pour son meilleur ami… Elle avait dû le faire terriblement souffrir pour qu'il s'acharne ainsi sur son prénom, songeait Léo qui n'avait pas encore vécu de grande rupture amoureuse. Mais où était la vérité ? Comme nombre d'alcooliques, Guillaume ressassait beaucoup. Il était difficile de démêler le vrai du faux, car il prenait un malin plaisir à emmener ses interlocuteurs au bord du gouffre pour les mettre à l'épreuve.

Claire demeurait un mystère, tout comme sa vie d'avant…

Léo était convaincu que Guillaume avait eu une existence professionnelle sans doute liée au monde de la banque ou de la finance. Par moments, il se plongeait dans des revues économiques qu'il ramenait de ses virées avec Dyorik, l'Islandais, qui assurait la sécurité du groupe de sans-abri sous le pont. Léo avait tenté d'interroger l'Islandais, qui restait muet comme une tombe.

Il avait poursuivi son enquête auprès des types qui traînaient dans le coin. Même si le silence et l'anonymat étaient une règle d'or parmi les sans-abri, il avait réussi à tirer les vers du nez des deux plus vieux squatteurs des berges. D'après eux, Guillaume avait été mouillé dans une sale histoire. Il aurait braqué une banque et fait de la prison.

Intrigué, Léo avait glané des infos sur Internet.

Il avait retrouvé le nom de Guillaume Masselin associé au scandale qui avait éclaboussé La Société bancaire, l'une des plus importantes banques françaises, il y a une dizaine d'années. Guillaume y travaillait alors comme trader et avait été accusé d'avoir à l'insu de sa hiérarchie pris des positions spéculatives de dizaines de millions d'euros sur des marchés à risque.

Jugé responsable de la perte de plus de deux milliards, il s'était défendu bec et ongles en arguant que ces manipulations frauduleuses avaient eu lieu à la demande de la direction. Il avait suivi les ordres. Mais très vite on l'avait fait plonger en lui imputant la responsabilité de la totalité des pertes. Bouc émissaire idéal pour un système cynique devenu fou au moment de la crise des subprimes, il avait été condamné à cinq ans de prison.

Après avoir bénéficié d'une remise de peine, Guillaume était sorti au bout de trois ans. Mais une fois dehors, il n'avait retrouvé que des dettes. Sa femme Claire l'avait quitté pour un autre et, en quelques semaines, il avait connu la rue. Après des mois de galère, il avait fini par squatter le local du pont de Sully grâce à un agent de la brigade fluviale qui l'avait à la bonne.

Le destin de Guillaume avait ébranlé Léo, mais il n'avait pas osé en discuter avec lui. Peut-être par peur de perdre pied, tout autant que l'ex-trader.

En attendant les résultats des alertes qu'il venait de lancer concernant Santucci, Léo leva le nez de son écran et aperçut Guillaume qui s'était brusquement animé. Il était en train de déplacer sa tour à toute allure sur l'échiquier. Il jubilait : en cinq coups, il allait mettre les noirs en échec. Ce qu'il fit. D'excellente humeur, il proposa à Léo d'aller faire un tour pour fêter le versement du RSA.

Léo hésita. Il savait par expérience que les débuts de mois étaient des périodes à risque pour ceux qui vivaient dans la rue. En quelques jours, la plupart d'entre eux buvaient la totalité de leur allocation. Et ce soir-là, il n'avait aucune envie de se frotter à leurs coups de gueule et à leur violence, mais il savait que Guillaume avait déjà avalé une dizaine de canettes et il ne voulait pas le laisser seul. Parfois, les vannes cédaient, la colère qu'il avait en lui devenait effroyable et il devenait alors son pire ennemi.

Léo jeta un œil sur l'écran. Pour le moment, rien de neuf concernant les activités professionnelles ou privées de Santucci. Aucun élément suspect.

Un détail intriguait Léo. Il n'avait détecté aucune intrusion de Santucci dans le système de FunBox. Mais peut-être n'avait-il pas poussé ses recherches assez loin ?

Les moteurs de recherche tournaient à fond, et les dizaines de communautés de hackers et d'invisibles contactées par Léo cherchaient sur la Toile… Il fallait savoir être patient.

Le garçon décida de suivre Guillaume dans ses vagabondages nocturnes.

19
Intermezzo

En poussant la porte d'entrée de son immeuble, Rébecca remarqua immédiatement une grosse enveloppe brune qui dépassait de sa boîte aux lettres.

Elle la prit et entra dans l'ascenseur. Elle ne l'ouvrit pas tout de suite, car elle ne parvenait pas à chasser Santucci de ses pensées… Existait-il un lien entre son ancien prof et celui qui n'avait cessé de la harceler par SMS ?

Après avoir refermé la porte d'entrée de son appartement, Rébecca se décida enfin à ouvrir l'enveloppe. Elle eut un mouvement de recul lorsqu'elle découvrit la partition.

Il s'agissait du *Concerto pour violon en ré mineur, opus 47* de Sibelius. Pour exorciser son malaise, elle se força à déchiffrer les premières mesures… L'ambiance sombre et minérale qui caractérisait l'œuvre du compositeur finlandais l'enveloppa sournoisement comme un linceul. Elle connaissait chaque mesure, chaque note sur le bout des doigts. Durant des heures, des semaines, des mois, elle avait répété le morceau pour le présenter au concours Marguerite Long, l'une des plus prestigieuses compétitions en matière de piano et violon.

Ses mains se mirent à trembler lorsqu'elle découvrit la carte de visite : *De la part de ton père qui t'aime...*

Toujours aussi déliée et élégante, l'écriture n'avait pas changé.

Rébecca se mit à frissonner. Soudain, le son strident d'un violon s'éleva autour d'elle. Il gagna en puissance jusqu'à envahir l'espace et devenir insupportable. Pour se protéger, elle plaqua ses mains sur ses oreilles… mais la vibration devint de plus en plus perçante. Affreusement discordante, comme si elle s'immisçait dans sa boîte crânienne pour mieux la faire souffrir.

La jeune femme jeta rageusement les feuillets sur le parquet et fonça dans sa chambre impeccablement rangée. Elle se jeta sur son lit et tira la couette sur elle pour étouffer le cri du violon.

Malgré l'épaisseur de l'édredon, la complainte ne cessa pas.

Comprenant qu'elle n'avait plus d'issue, Rébecca se leva et se précipita vers l'armoire. Elle ouvrit le meuble scellé dans le mur, se précipita à l'intérieur et referma la porte derrière elle. L'espace était tout juste assez grand pour contenir un individu de taille moyenne. Rébecca se replia en position fœtale…

Comme lorsqu'elle était enfant et qu'il l'enfermait dans le placard pour la punir de ne pas répondre à ses espérances.

C'était son cocon à elle.

Là, il ne pouvait pas l'atteindre. Elle était protégée des regards malfaisants des hommes, de leurs humiliations et de leurs dangers. Elle pouvait s'enfoncer dans son labyrinthe et rêver à d'autres musiques moins sombres que celle de Sibelius. Elle chassa loin, très loin l'entêtant morceau où l'archet faisait vibrer ses nerfs. Puis de mémoire, elle se mit à retranscrire une sonate de Bach pour violon seul. Les premières notes eurent un effet apaisant et commencèrent à chasser le son strident qui avait envahi ses tympans…

La construction quasi mathématique du premier mouvement la tranquillisa. Rébecca commença à se détendre… Les douleurs dans son corps s'estompèrent.

Lentement, ses doigts commencèrent à s'agiter comme s'ils jouaient sur un violon imaginaire…

20
Le piège

Jasmine se débattait de toutes ses forces contre son agresseur qui tentait de lui écarter les jambes.

Le loup noir qui lui masquait le haut du visage se rapprocha dangereusement de celui de l'adolescente. Elle tenta de le lui arracher de sa main libre. Mais il fut plus rapide, plaqua Jasmine sur le sol et éclata de rire.

— Laisse-toi faire, ma petite lolita. Je connais ton visage, tes seins, ta bouche… Je te regarde et je vis avec toi depuis des semaines.

La jeune fille hurla que ce n'était pas vrai. Il mentait…

— Je veux voir Ludovic !

Il riait de plus belle.

— Ludovic, c'est moi…

— Vous êtes pas Lud… Laissez-moi partir, je vous en prie.

Elle avait essayé de lui échapper plusieurs fois, mais il était agile, très expert pour contourner les obstacles. Le jeu du chat et de la souris auquel il la soumettait semblait l'exciter infiniment, comme s'il retardait le moment où il allait prendre possession d'elle.

Chaque fois qu'il la rattrapait, il répétait :

— Ma petite lolita, je te rendrai les photos si tu sais te montrer reconnaissante !

L'adolescente luttait. Elle ne voulait pas plier. Il fallait qu'elle trouve une manière d'échapper au monstre…

La somnolence qui s'était emparée d'elle après qu'elle avait bu un verre d'eau pris de la carafe du frigo s'était presque dissipée. Heureusement, elle reprenait des forces.

Elle s'était réveillée dans un bain moussant. Un déshabillé en soie fuchsia reposait sur un tabouret à côté de la baignoire.

Jasmine avait été prise d'une crise de panique. Qui l'avait déshabillée ? Où étaient ses affaires ? Pourquoi ne se souvenait-elle de rien ? Soudain, elle pensa à la drogue des violeurs quand elle sentit une brûlure entre ses cuisses.

Derrière la porte, elle avait trouvé un peignoir d'homme trop grand, elle l'avait revêtu et était sortie de la salle de bain.

C'est alors qu'elle l'avait vu.

De dos, il ressemblait à Ludovic : même gabarit, même silhouette… mais quand il s'était retourné elle avait eu un choc. L'homme portait un masque, une sorte de loup noir comme elle en avait vu à Venise pendant le carnaval lors des dernières vacances de février.

L'homme était toujours sur Jasmine et tentait de la pénétrer lorsque Jasmine plia le genou de toutes ses forces et lui balança un coup dans le sexe. Le type s'arc-bouta et roula sur le côté du lit en poussant un hurlement.

Jasmine se releva et en profita pour se ruer vers la porte d'entrée. Elle secoua la poignée de toutes ses forces. Mais la porte resta obstinément close. Son regard terrorisé parcourut la pièce. Il n'y avait aucune autre issue à part les deux grandes fenêtres à la française. Elle se précipita vers l'une d'elles et écarta les lourds rideaux.

Pas une lumière dans l'immeuble d'en face ; la cour était sombre, déserte. Elle tourna la poignée et se mit à crier.

Peut-être quelqu'un l'entendrait-il ?

L'homme surgit derrière elle et la plaqua contre le mur. Cela ne servait à rien de gueuler. L'immeuble était vide en raison des travaux. Il n'y avait personne. Pourquoi ne voulait-elle pas de lui ? Elle lui plaisait. Il essaya de l'embrasser.

Pourtant, l'adolescente réussit encore une fois à échapper à son bourreau et courut se réfugier dans la cuisine. Elle se sentait comme une bête affolée, cherchant une issue… lorsqu'elle aperçut quelque chose sur le plan de travail. Un bloc de porte-couteaux. Elle tira la plus longue lame, celle qui servait à découper les rôtis les dimanches en famille, et le brandit devant l'homme qui s'avançait vers elle.

— Laissez-moi sortir, je dirai rien… Je vous jure.

Il recula d'un pas sous la menace.

— Ne fais pas de bêtises, ma petite lolita...

Les yeux pleins de haine, Jasmine avança vers l'homme le couteau pointé vers lui.

— Ouvrez la porte, sinon je vous tue…

21
Filatures

L'air glacé mordait les joues de Léo. Les pieds gelés, il maudissait l'hiver qui n'en finissait pas. Cela faisait plus d'une heure qu'il faisait le guet devant l'immeuble où vivait Alexandre Santucci.

Il avait passé la nuit à éplucher les infos qu'il avait ramassées dans les endroits les plus confidentiels et secrets du Web. Mais la pêche avait été succincte. Fils unique d'une famille de fonctionnaires, après Maths sup et Maths spé, Santucci avait entrepris des études d'informatique à Paris VIII. Il avait commencé sa carrière universitaire à la fac de Bordeaux, puis était revenu à Paris, où il avait occupé le poste de maître assistant avant de donner sa démission et d'enseigner dans le privé.

Sa vie personnelle ressemblait à un encéphalogramme plat. Divorcé, pas d'enfant, aucune liaison connue, peu de déplacements à part deux voyages récents à Moscou dans le cadre d'un échange universitaire. Il y a deux ans, ses parents étaient retournés en Corse pour leur retraite et depuis il avait la jouissance de leur appartement.

Léo avait enquêté du côté de FunBox et découvert que Santucci n'avait jamais été inscrit sur le site. Le logiciel du programme était très sophistiqué et il était impossible de s'y introduire sans laisser d'empreintes. Mais le type était un informaticien de haut niveau ; il avait peut-être réussi là où les autres avaient échoué. À moins qu'il ne se soit inscrit sous un pseudo… Ce qui était probable.

Soudain, la porte cochère s'ouvrit, laissant passer un homme engoncé dans une parka bleu marine. Léo identifia immédiatement Santucci.

La petite quarantaine, l'allure d'un père de famille tranquille, il semblait encore plus insignifiant que sur la photo pêchée sur LinkedIn.

Le garçon le suivit pendant une bonne dizaine de minutes jusqu'à une boulangerie, située en face d'un grand bâtiment en briques rouges : *Le collège Sainte-Cécile.*

Selon un rituel qui semblait bien rodé, Santucci entra s'acheter un croissant, bavarda quelques instants avec la boulangère, puis ressortit en grignotant et attendit patiemment.

Quelques minutes plus tard, les portes du collège s'ouvrirent sur des grappes d'ados qui s'éparpillèrent dans la rue.

Le portable de Léo vibra dans sa poche. Il hésita, puis jeta un coup d'œil sur l'écran. Un numéro qui commençait par 0061. L'Australie. Son père. Un œil sur la sortie du collège, il décrocha.

— Alors, écoute-moi. J'ai envoyé un mandat international de deux mille euros à la clinique où est ta mère. Ça va suffire pour les calmer et ils m'ont assuré qu'elle pourrait rester là-bas.

Il était comme ça, son père. Pas « Bonjour » ni « Comment ça va ? », juste le vif du sujet. Pourtant, ce qu'il venait d'annoncer ôtait un sacré poids de la poitrine de Léo.

— Super, papa, merci, c'est cool.

— Et toi, les études, comment ça va ?

— Ça roule, t'inquiète pas.

Il vit Santucci se redresser à l'instant où un groupe de quatre gamines d'une douzaine d'années se rassemblait devant le collège. Il perdit la moitié de ce que disait son père à propos de l'Australie.

Santucci prenait les gamines en photo à l'aide d'un appareil miniature. Puis il se mit à les suivre.

— Je suis obligé d'arrêter, papa. Je suis dans le métro, ça va couper. On se rappelle… Merci encore, je t'embrasse.

Santucci avait rejoint les filles. Il engagea la conversation et tendit une carte à l'une d'entre elles. La jeune fille hésita, puis la prit. Les autres avaient l'air intéressés…

Tout en épiant le manège de l'homme, Léo réfléchissait : comment Santucci serait-il entré en contact avec Sybille ? Sans doute via Internet, car sa sœur ne venait que très rarement à Paris. Il imaginait mal le prof allant draguer à la sortie des collèges à Rouen. Trop compliqué.

Il repensa à l'appel de son père. Sa mère était tirée d'affaire et lui, il allait enfin pouvoir respirer librement, libéré de cette préoccupation qui ne le lâchait pas.

Soudain, Santucci rebroussa chemin. Léo hésita entre interroger les gamines pour savoir quel baratin il leur avait servi ou continuer à suivre le pédophile. Il opta pour le dernier choix.

Arrivé devant son immeuble, Santucci composa le code d'entrée et ne prêta aucune attention au garçon qui s'engouffra à sa suite dans le hall. Léo le dépassa et grimpa l'escalier recouvert d'un épais tapis à l'ancienne amortissant les bruits tandis que Santucci pénétrait dans l'ascenseur qui s'éleva poussivement jusqu'au cinquième étage.

Il venait d'ouvrir la porte de son appartement lorsque Léo, qui l'attendait un demi-étage plus haut, dévala quatre à quatre les marches, percutant l'homme pour le propulser à l'intérieur de son logement.

Tétanisé, Santucci n'opposa aucune résistance.

Léo balaya du regard le salon vieillot meublé à l'ancienne. Au milieu, une table recouverte par des piles de dossiers, deux ordinateurs et une imprimante professionnelle pour tirer des photos.

Croyant avoir affaire à un cambrioleur, Santucci blêmit.

— Je dois avoir deux cents euros en liquide. Je vais les chercher !

Sur la table, Léo aperçut une carte de visite qui traînait :

PETER CORLEY, AGENCE NEW FACES, BOOKER DE MANNEQUINS ENFANTS ET ADOS.

Léo eut presque pitié. Et dire qu'il y avait des gamines qui marchaient…

— Je vous ai vu tout à l'heure devant le collège avec les petites.

L'homme suait à grosses gouttes.

— Vous voulez combien ?

— Je sais que vous avez piraté le site de FunBox et je veux savoir pourquoi.

— FunBox, je n'ai jamais été inscrit ! Et je ne pirate rien du tout, moi ! Qu'est-ce que vous voulez ?

C'était évident, le type le menait en bateau. Léo devint menaçant.

— Et Sybille Barthélémy, vous l'avez oubliée ? Et Ludane ? Et toutes les autres dont vous avez piqué les photos et que...

— Je vous jure que je ne connais pas de Sybille. Partez ou j'appelle la police !

Soudain, Léo vit rouge.

— Vous vous trompez de rôle. C'est moi qui vais appeler les flics. Je vais examiner vos deux ordis.

L'homme se mit à hurler :

— Je vous donne ce que vous voulez et vous fichez le camp. Mille, deux mille euros ??? Trois mille euros !

Léo cliqua sur l'une des icônes. Santucci tenta de l'en empêcher, mais le garçon lui balança un coup de poing dans le thorax, puis il sortit son portable et le mit en évidence à côté du clavier.

— Si vous tentez quoi que ce soit, sachez que j'ai tout enregistré depuis votre petite promenade au collège. Et j'ai aussi quelqu'un en ligne ; les flics se pointeront immédiatement.

Santucci blêmit encore plus et s'effondra dans un fauteuil tandis que Léo introduisait une clé USB dans l'ordinateur.

22

La lumière des étoiles mortes

Les étoiles brillaient dans le ciel noir au-dessus de la passerelle industrielle d'Ivry qui enjambait la Seine. Mais elles n'éclairaient pas la ruelle du chantier plongée dans l'obscurité depuis plusieurs semaines. Une pancarte rouillée indiquant le numéro du permis de construire battait au vent d'une façon lugubre.

L'homme longeait la palissade taguée, le chien trottant devant lui, reniflant joyeusement dans les gravats et les détritus.

Depuis l'arrêt des travaux, il avait élu domicile dans une cabane au fond du terrain vague un peu en contrebas du fleuve. L'endroit était tranquille, trop reculé pour les toxicos et les autres sans-abri.

Une forme fila sur le bitume, traversa la ruelle et disparut sous la clôture. Le berger allemand commença à aboyer furieusement. Sans doute un ragondin ; ils pullulaient par ici… La Seine était à moins de cinquante mètres.

— Kubrick !

Le chien n'écouta pas et parvint à se faufiler entre deux planches.

— Kubrick, viens ici !

Il faudrait qu'il se débarrasse de l'animal, pensa-t-il. Il n'apprendrait jamais à obéir. Soudain, il eut mauvaise conscience et agita un petit sac de croquettes qu'il avait toujours au fond de son anorak.

— Kubrick, on rentre…

Mais le chien ne réapparut pas. Il l'entendit aboyer bruyamment. Comme s'il appelait son maître au secours. Il hésita, puis décida de passer à son tour de l'autre côté. Kubrick allait recevoir une sacrée correction.

L'homme écartait les planches quand il aperçut la jambe blanche qui dépassait d'une bâche recouverte de détritus.

Soudain, il eut peur. Il n'avait rien à faire ici.

Il rappela le berger allemand, mais l'animal n'écoutait pas. Il tirait de toutes ses forces sur le plastique, comme s'il refusait de lâcher sa proie.

De là où il était, des arbustes dissimulaient le corps.

Brusquement, les efforts du chien furent récompensés. La bâche glissa, découvrant le cadavre jusqu'aux épaules.

Il fit un pas en avant. À travers le plastique, il vit une très jeune fille dont les cheveux sombres se mêlaient aux herbes folles raidies par le gel.

Trop blanche, trop calme, trop jeune…

Le chien observait avec attention le cadavre, tourna autour une fois, deux fois, puis commença à le flairer avec précaution tout en gémissant. Il s'approcha du visage de la morte et commença à lécher l'intérieur du plastique.

La bâche glissa. Le chien pleurait de plus belle. Puis il s'allongea près du bras de la fille comme pour la protéger et lui donner un peu de chaleur.

Il fallait vraiment qu'il se barre au plus vite… Il sortit la laisse de sa poche et s'approcha pour agripper Kubrick par la peau du cou. Mais l'animal commença à grogner et à lui montrer les dents.

C'est alors qu'il vit les plaies sanguinolentes qui traversaient le ventre de la morte.

Elle était allongée dans une pose étrange sur un tissu fuchsia aux reflets satinés et le fixait de ses grands yeux noirs immobiles.

Pourquoi ne regardait-elle pas les étoiles dans le ciel ?

23
La femme flic

Ce qui l'avait bouleversée, c'était que le chien avait refusé de quitter la jeune morte. Le berger allemand était resté obstinément blotti contre elle et grognait dès que quelqu'un voulait approcher.

Il avait fallu appeler un véto armé d'un fusil lance-seringues pour l'endormir. Ce n'est que plus tard que les techniciens en combinaisons blanches avaient pu entamer leur travail. Ils avaient relevé les traces d'ADN sur l'animal endormi avant qu'il ne soit évacué vers un refuge de la SPA.

Un appel anonyme avait prévenu la police peu après minuit. La fille aurait pu rester là longtemps, car le coin était tellement glauque que personne ne s'y aventurait.

Lorsque la commissaire Anne Lavelli arriva sur la scène de crime, elle avait immédiatement été interpellée par le contraste entre le corps presque translucide et le tissu rouge fuchsia sur lequel il reposait. Comme si le meurtrier avait voulu l'envelopper dans un linceul. Sauf que le linceul était un de ces déshabillés bon marché provenant d'un sex-shop de Pigalle.

En s'approchant du cadavre, elle décela une odeur de vanille qui s'accrochait au corps comme un parfum apaisant.

Ce qui l'intrigua, c'était la blessure qui trouait le ventre de l'adolescente comme si elle avait retourné l'arme – probablement un grand couteau – contre elle-même. Comme si elle avait voulu mourir. Il était encore trop tôt pour dire si elle avait subi des violences sexuelles, mais c'était probable vu l'extrême sauvagerie des blessures.

Une chose était certaine : la fille n'avait pas été tuée dans le terrain vague. On avait balancé son corps à cet endroit pour qu'on la retrouve le plus tard possible. La commissaire se tourna vers les policiers présents pour faire le point.

— On sait qui elle est ?

— Non. Pas encore.

— Des témoins ?

Elle fut rejointe par Kim, son adjoint. Lieutenant Patrick N'Guyen. Tout le monde avait oublié pourquoi on l'avait surnommé Kim, et lui aussi. Grand, costaud, rassurant, toujours calme, sauf au début de chaque enquête, où il semblait être la proie d'une angoisse existentielle. Comme à l'instant.

— On a trouvé une cabane de SDF à côté, annonça-t-il d'un air lugubre. Vide. J'ai mis un gars en planque, si le propriétaire revient…

— Et le type qui a passé l'appel ?

— Il avait l'air complètement bourré. Il parlait d'étoiles et de Stanley Kubrick.

— Récupère l'enregistrement. Je l'écouterai tout à l'heure.

Lavelli soupira. Elle savait que l'enquête deviendrait difficile si elle ne trouvait pas une piste sérieuse dans les prochaines heures.

— Quelqu'un l'a amenée ici, et sûrement pas en Vélib' ! Je veux la liste de tous les véhicules qui ont circulé dans un périmètre de trois kilomètres depuis vingt-quatre heures.

— On vérifie aussi les caméras de surveillance des alentours et on commence l'enquête de voisinage dès le lever du jour.

Lorsqu'elle quitta la scène de crime, une pluie fine s'était mise à tomber. Les techniciens du labo ratissaient le terrain vague à la lumière des projecteurs, mais elle savait déjà qu'ils ne retrouveraient pas l'arme du crime, car la Seine était si proche. Peut-être des empreintes, mais elle n'avait pas grand espoir non plus…

Elle s'enveloppa dans son K-way, remonta la capuche et, accompagnée par Kim, regagna sa voiture.

***

Ils roulèrent un moment en silence dans les rues désertes d'Ivry. Puis ils s'engagèrent sur la rive droite en direction du quai des Orfèvres.

Anne Lavelli déposa Kim place de la Nation, en bas de son studio. Il n'avait pas à supporter ses insomnies. Elle appréciait particulièrement la nuit au 36, les bureaux déserts et le silence propice à la réflexion.

En arrivant dans son bureau, elle ouvrit son ordinateur et cliqua sur le dossier *Disparitions d'enfants*. Vingt mille enfants disparaissaient chaque année en France, un chiffre considérable. Heureusement, beaucoup étaient retrouvés, mais pas tous.

Les portraits s'affichèrent. Des gosses trop souriants, trop lisses. Malgré le travail des techniciens de la Crime qui avaient vieilli leurs visages grâce à différents procédés de morphing, ils resteraient pour la plupart des enfants. Ils ne grandiraient jamais…

Lavelli les connaissait par cœur. Or le visage de Jasmine lui était inconnu. Elle entra l'âge approximatif de la fille, sa couleur de cheveux et celle de ses yeux.

En attendant le résultat, elle écouta l'enregistrement de la voix anonyme qu'on venait de lui faire parvenir. Le type était très confus, probablement ivre : il répétait que Kubrick refusait d'abandonner la fille morte… Il parlait aussi des étoiles dans le ciel et du regard de la fille.

Kubrick, c'était à coup sûr le nom du chien. Elle sourit à l'idée que son propriétaire était sans doute un cinéphile. Peut-être allait-il tenter de retrouver son berger allemand ? Le véto avait parlé d'un refuge où l'animal serait placé. Affaire à suivre…

Soudain, elle songea à *2001 : l'Odyssée de l'espace* et essaya de mettre un nom sur l'ordinateur embarqué sur le vaisseau spatial. HAL… quelque chose. Elle vérifierait dans ses fiches en rentrant. Puis elle ferma les yeux et revit la scène où la machine prenait les devants pour neutraliser les humains. Kubrick avait toujours été l'un de ses cinéastes préférés. Diaboliquement intelligent.

Il y a tout juste vingt ans, elle avait commencé des études de cinéma à la faculté de Censier. Alors qu'elle rêvait de travailler sur les plateaux et de côtoyer les grands metteurs en scène, elle avait soudain changé de voie.

À la mort de son père tué par un chauffard dans un accident de la route, elle s'était interrogée sur le sens de sa vie. Comment pouvait-elle aider les gens ? Les rendre meilleurs ?… Une autre question avait commencé à la hanter : comment combattre le mal ? En voyant les photos des enfants qui défilaient devant ses yeux, elle songea, comme chaque fois, que la tâche était immense.

Il ne fallut que quelques secondes à l'ordinateur pour proposer trois profils de jeunes filles disparues. La première, Nina, avait fugué de Lille, il y a deux mois, mais ce n'était pas elle. La seconde était signalée sous la rubrique *Disparition inquiétante* et ne ressemblait pas non plus à la jeune morte d'Ivry-sur-Seine... En revanche, pour la troisième, aucun doute : il s'agissait bien de Jasmine Levert.

Son père avait signalé sa disparition la veille au soir au commissariat du XVe arrondissement.

Lavelli calcula que Jasmine avait quatorze ans, huit mois et trois jours... Elle était beaucoup trop jeune pour mourir.

24

Autopsie d'un meurtre

— Je viens de vérifier : Jasmine Levert est bien inscrite sur notre site. Depuis un peu plus de quatre mois.

Milan tendit un listing papier à la commissaire Anne Lavelli.

— Voici les publications de Jasmine, ainsi que les personnes avec lesquelles elle a été en contact depuis son inscription chez nous.

Rébecca examina avec attention la commissaire. Depuis son arrivée, elle était à peine aimable, si ce n'est hostile. La mèche blanche qui barrait le côté gauche de ses cheveux noirs coiffés à la Louise Brooks accentuait son allure étrange. Elle ne leva même pas les yeux pour s'adresser à Milan.

— J'aimerais aussi consulter le relevé des photos que Jasmine a mises en ligne.

Il eut l'air ennuyé.

— Pour des raisons de confidentialité, nous ne conservons pas les photos de nos clients, c'est le principe même de FunBox.

La commissaire dévisagea Milan, un brin sceptique.

— Pourtant, rien ne disparaît jamais sur le Net !

— Détrompez-vous : nous, nous garantissons une

suppression définitive ! De toute façon, archiver serait trop onéreux.

Lavelli eut un petit sourire narquois.

— J'enverrai un gars de la cybercriminalité qui analysera les données. Peut-être parviendra-t-il à récupérer les photos ? Qui sait ?...

Une heure plus tôt, l'hôtesse d'accueil avait appelé Rébecca pour lui annoncer que la commissaire Lavelli souhaitait la rencontrer. Elle était alors en visioconférence avec Dumaurrier qui se trouvait à Londres. Ils mettaient au point les derniers réglages de l'augmentation de capital de FunBox. Une négociation plus complexe que prévu avec leurs futurs partenaires canadiens.

Elle avait été extrêmement surprise par la venue de la police. En accord avec Milan et Julien, elle avait décidé de ne pas ébruiter les attaques dont ils étaient victimes tant que le contrat avec les Canadiens ne serait pas signé.

Alors, que voulait cette Lavelli ?

Rébecca avait senti un vent de frayeur la balayer quand la flic avait annoncé qu'elle enquêtait sur le meurtre d'une jeune fille de quatorze ans inscrite sur FunBox. Elle pensa aussitôt à Sybille Barthélémy, qui s'était suicidée il y a un peu plus d'un an… Puis à la fille du juge Vandermeck. Des photos d'elle s'étaient retrouvées sur le Net, mais elle avait eu plus de chance : elle était en vie !…

Lavelli ne vit aucune conversation suspecte, aucune prise de rendez-vous dans le listing concernant Jasmine. Juste des *likes* ou des appréciations très sommaires. Sur une autre page figuraient les noms des « amis » de Jasmine avec lesquels elle avait été en contact. La plupart, des filles, des copines du collège. Avec les noms et les adresses mail pour certaines. Car FunBox n'était pas seulement un site où l'on affichait ses photos, mais un lieu d'échange, un peu comme Twitter. Lavelli soupira. Aujourd'hui, ce n'étaient plus les images qui illustraient un texte, mais l'inverse… une des conséquences de l'utilisation du Net.

Lavelli leva les yeux vers Milan et Rébecca.

Derrière sa « coolitude » affichée, une impression de dureté se dégageait de Rébecca Fersen. Il fallait être un oiseau de proie quand on était une femme pour réussir dans un monde de geeks machos et diriger une boîte qui générait un chiffre d'affaires de plus de quatre millions par an. Pourtant, elle était convaincue que cette attitude n'était qu'une façade.

Quant à Milan Lachenal, l'ingénieur et développeur du programme, il était un peu plus âgé, paraissait efficace, précis, mais semblait planer dans une autre dimension. Les autres membres de l'équipe, elle les verrait à leur tour, un par un.

C'est alors que la porte s'ouvrit sur un garçon d'une trentaine d'années, qui cachait mal sa nervosité. Rébecca le présenta : Julien Campana, le troisième membre du trio fondateur.

— Que se passe-t-il ? grimaça-t-il.

Rébecca, visiblement éprouvée, prit la parole :

— Madame la commissaire Lavelli enquête sur le meurtre d'une jeune fille inscrite chez nous.

Lavelli toisa Julien qui semblait ne pas avoir imprimé l'information.

— Jasmine Levert, ça vous dit quelque chose ?

— Non, pourquoi ?

— Parce que vous auriez pu la connaître !

— Je vous dis que non.

Rébecca sentit que Julien était en train de virer parano

et voulut changer de sujet, mais Lavelli ne lui en laissa pas le temps.

— Récemment, vous avez constaté des vols de fichiers sur votre site ?

Julien et Milan se regardèrent et haussèrent les épaules. Milan prit la parole :

— Notre système est totalement sécurisé...

Soudain, Rébecca ne supporta plus cette duplicité. Si Santucci était mêlé de près ou de loin à la mort des deux adolescentes, elle ne voulait pas se taire. Elle ne pouvait pas tolérer qu'un pervers ou un assassin se soit emparé des données de deux jeunes filles et les ait jetées en pâture sur le Net. Elle coupa Milan.

— Je viens de découvrir qu'un certain Alexandre Santucci se serait introduit dans notre système d'exploitation. Pourquoi ? Je n'en ai aucune idée. Comment ? Je ne sais pas non plus…

Lavelli hocha la tête et dévisagea Rébecca. Pourquoi avait-elle coupé l'herbe sous le pied de ses deux associés ? Milan et Julien étaient blêmes.

Rébecca décida de continuer :

— Alexandre Santucci, s'il s'agit bien de lui, est professeur d'informatique. J'ai été son élève à Paris VIII.

La commissaire esquissa un très léger sourire.

— C'est une curieuse coïncidence, vous ne trouvez pas ?

— Oui, effectivement.

***

— Là, tu déconnes complètement. Non seulement tu mets en danger notre future association avec les Canadiens…

Julien faisait les cent pas dans le bureau de Rébecca.

Depuis le départ de la commissaire, il fulminait. Un peu à l'écart, Milan faisait craquer ses doigts, signe de contrariété chez lui.

— Et tu livres le nom de notre ancien prof de fac à cette flic ! C'est pourtant pas à nous de faire leur sale boulot !

Rébecca arrêta Julien d'un geste violent.

— Santucci est peut-être lié au meurtre de cette ado et tu veux que je me taise ?

— Rien ne dit qu'il a quelque chose à voir avec cette fille. Pourquoi FunBox devrait-il porter la responsabilité de tous les meurtres de filles de la planète ?

— D'accord avec toi. Mais dans le cas contraire, tu as pensé aux conséquences ?

Soudain, Julien éclata de rire.

— Si ce passe-muraille de Santucci a réussi à nous pirater, c'est qu'il est un génie… parce que notre système est aussi blindé que la Banque de France ! Un grand talent méconnu de l'informatique s'introduit dans le cœur de FunBox et va voler les…

Cette fois, Rébecca sortit ses griffes.

— Ou tu es complètement infantile ou tu as perdu tout contact avec la réalité !

Ce fut au tour de Julien de devenir agressif.

— Ma réalité, c'est qu'on est sur le point de décrocher le jackpot après avoir bossé pendant des années et qu'il est pas question qu'on soit planté par l'histoire de cette fille ! Et puis j'en ai marre que tu tires en permanence la couverture à toi. Pourquoi c'est toi qu'Hammersmith a récompensée et pas nous ?

Rébecca n'était pas d'humeur à répondre. Elle planta là Julien et Milan.

25
Présumé coupable

En quittant FunBox, Lavelli prit la décision de se rendre chez Santucci. Elle voulait l'interroger au plus vite et avoir accès à ses ordinateurs. Avec le sentiment qu'il ne fallait pas perdre de temps.

Dehors, il faisait de nouveau un froid glacial. Les gens circulaient, perdus dans leurs pensées.

Au moment de s'installer dans sa voiture, elle reçut un appel de Kim, qui lui communiqua les résultats de l'autopsie. Les multiples entailles et les coups de couteau dans la région de l'abdomen étaient, selon Apostolos, le médecin légiste, autant de signes que la jeune fille avait dû se débattre violemment contre son agresseur. Il y avait aussi des blessures de défense qui s'étaient imprimées sur ses bras.

La victime portait également des marques de strangulation sur le cou, mais d'après la tomodensitométrie, la cause directe du décès était due à une blessure qui était allée droit au cœur.

Kim souligna que, d'après la taille et l'angle de la plaie, le légiste n'était pas loin de penser que la jeune fille avait réussi à retourner le couteau contre elle-même pour se donner la mort.

Lavelli songea au visage presque serein de Jasmine qui contrastait avec les entailles qui lui lacéraient l'abdomen.

Elle avait choisi de mourir plutôt que de céder à son meurtrier. Elle en était persuadée.

D'après les analyses toxicologiques, la victime avait ingurgité une molécule dérivée de la kétamine, un anesthésiant utilisé dans les hôpitaux pour des interventions chirurgicales de très courte durée.

L'adolescente avait subi des violences sexuelles.

Elle avait été violée probablement dans un bain. Lavelli fronça les sourcils. Cette odeur de vanille qu'elle avait décelée sur la scène de crime, c'était sans doute le parfum d'un bain moussant dans lequel l'assassin avait plongé sa victime endormie pour abuser d'elle.

Le meurtrier connaissait-il sa victime ? Pour le moment, elle n'avait aucune piste, pas le moindre petit indice.

Quant aux traces ADN, il était encore trop tôt pour dégager des conclusions. Même si, d'après Kim, il y avait peu d'espoir, car le corps avait été soigneusement nettoyé avant d'être abandonné dans le terrain vague.

Les recherches sur l'ordinateur de Jasmine n'avaient rien donné. La police scientifique continuait à fouiller. Kim et Lavelli décidèrent de se retrouver en bas de l'immeuble de Santucci.

Tout en pestant contre les embouteillages, Lavelli réfléchissait. Rarement elle avait été confrontée à un début d'enquête qui mettait en scène des protagonistes liés aux réseaux numériques. Elle était convaincue que, depuis l'avènement des nouvelles technologies, l'identité des individus s'était fragilisée, fluidifiée.

La possibilité d'avoir de multiples profils et d'en jouer avait fait de chacun un transformiste à la Fregoli qui refusait d'endosser la responsabilité de ce qu'il avait fait. Ce n'est pas moi, c'est lui… La multiplication des psychopathes et des pervers narcissiques était sans doute une conséquence de cette nouvelle culture où l'individu peinait à rassembler ses différents avatars.

Jasmine avait-elle joué avec le feu ? Avait-elle créé d'autres profils que le sien ? Qui avait-elle croisé sur le Web ? Sous quels traits son meurtrier lui était-il apparu ?

Autant de questions auxquelles elle devrait trouver rapidement une réponse.

Elle regarda autour d'elle. Cela faisait plus de dix minutes qu'elle était coincée dans les embouteillages ; soudain, elle en eut assez et décida de mettre en marche le gyrophare.

Quelques minutes plus tard, elle stoppait devant l'immeuble de Santucci. Kim était déjà là ; il s'avança vers elle.

— Qu'est-ce qu'on fait ?

— On y va. Tu as le code ?

— Oui.

Ils entrèrent dans le hall à l'ancienne quand la porte de l'ascenseur s'ouvrit sur un homme engoncé dans une parka bleu marine. Il portait un sac de voyage et semblait très tendu.

Lavelli reconnut immédiatement Santucci. Elle jeta un regard à Kim qui s'avança vers lui.

— Monsieur Santucci ?

— Je n'ai pas le temps ! Excusez-moi.

— Police, nous aimerions nous entretenir avec vous.

Une vague de panique traversa les yeux de l'homme, qui balbutia que ce n'était pas possible. Un avion à prendre ; il était très en retard. Il tenta de se frayer un passage entre eux, mais Kim l'arrêta et lui prit le sac des mains.

— Nous allons remonter chez vous, monsieur Santucci.

L'homme devint blême.

— Qu'est-ce que vous voulez ?

— Nous voulons juste avoir une petite conversation avec vous. Ou nous vous embarquons au poste.

— J'ai droit à un avocat.

Cette fois, Lavelli prit la parole. Ils s'étaient partagé les rôles, elle la gentille, et Kim le méchant. Tous les premiers du mois ils changeaient. Un jeu qu'ils appréciaient particulièrement, tous les deux.

— Soyez raisonnable et tout se passera très bien. Allez, on va monter tranquillement chez vous… Vous êtes à quel étage ?

— Quatrième gauche.

L'homme sembla sur le point de fondre en larmes, puis s'apprêta à s'engouffrer dans l'ascenseur. Mais Kim lui fit signe que non ; ils allaient passer par l'escalier. Ils grimpèrent en silence sur le tapis fané. Santucci sortit les clés de sa poche. Kim les subtilisa et ouvrit.

L'appartement était sens dessus dessous. Il y avait des papiers, des photos déchirées sur le parquet. Des ordinateurs, il ne subsistait que les écrans. Soudain, Santucci les dépassa et bondit vers une chambre avoisinante. Ni Lavelli ni Kim n'eurent le temps de l'arrêter, car la porte se referma. Ils tentèrent d'entrer, mais le type avait tiré un verrou…

— On veut vous parler ; il ne vous arrivera rien. Ouvrez !

Soudain, une détonation troua le silence.

Lavelli et Kim se regardèrent. Glacés par l'effroi.

Kim se jeta contre la porte, qui céda rapidement.

Santucci venait de se faire exploser la cervelle. Une flaque de sang se répandait doucement sur le parquet autour de ce qui subsistait de son visage.

26
Brève rencontre

Rébecca gara sa Yamaha devant chez elle. Malgré sa combinaison matelassée, l'humidité imprégnait tout son corps. Elle se frotta la nuque. L'hiver était pourri, mais ce n'était pas seulement l'hiver, c'était sa vie. Depuis la réapparition de son père, elle avait le sentiment de ne plus rien maîtriser. Elle enleva son casque, secoua ses courtes mèches rousses tout en se dirigeant vers la porte d'entrée de son immeuble. Pas loin, un type emmitouflé dans une parka noire pianotait sur son portable. Il la dévisagea avec insistance lorsqu'elle le dépassa. Cela dura à peine une fraction de seconde. Mais elle eut le temps d'apercevoir son regard très clair, presque enfantin. Rébecca commença à composer son code quand elle le sentit derrière elle. Étrangement, elle n'eut pas peur.

— Mademoiselle Fersen, j'aimerais vous parler.

Le garçon la regardait avec un sourire un peu bravache.

Rébecca hésita, puis décida qu'elle ne parlait pas aux inconnus. Elle poussa la lourde porte cochère et s'engouffra dans le hall qui s'illumina sous l'impulsion de la cellule photoélectrique. Il entra à son tour derrière elle.

— Je suis pressée…

Sur la droite, près de la seconde porte, il y avait un autre code avec une sonnerie pour appeler le gardien en cas de problème. Pas question que ce type l'emmerde une seconde de plus. Elle s'apprêta à appuyer sur la touche lorsqu'il surgit devant elle.

— Vous allez m'écouter.

Elle haussa les épaules, un brin amusée. Il se prenait pour qui, le type ?

— Alexandre Santucci n'est pas le bon coupable. Ce n'est pas celui que vous cherchez, même si son ordinateur est bourré de gamines à poil, de prostituées mineures et d'enfants dans des scènes vraiment horribles… À gerber, les photos…

Rébecca ne souriait plus. Léo continua.

— Il faisait partie d'un réseau pédophile qui échangeait des photos sur le Net et commanditait des viols à distance.

Elle sentit un malaise sournois s'insinuer en elle.

— Mais pourquoi vous me racontez tout ça ? Foutez-moi la paix ! Laissez-moi passer.

— Non, vous allez m'écouter.

Elle voulut presser la touche alarme, mais il l'arrêta de la main.

— Santucci n'a pas piraté FunBox… Vous captez ?

— C'est vous qui m'inondez de mails et de SMS ?

Le regard du garçon changea et devint dur.

— Léo Barthélémy, le frère de Sybille... Vous vous souvenez ?

Rébecca expira… Depuis qu'elle l'avait vu, elle savait qu'il était celui qui la poursuivait.

— Je ne vous lâcherai pas tant que je n'aurai pas mis la main sur le salaud qui a poussé ma sœur au suicide, dit Léo. Je pense que vous pouvez m'aider.

— Venez, on parlera chez moi.

***

L'appartement avait une magnifique vue panoramique sur Paris.

À travers la nappe de brouillard qui auréolait le disque du soleil apparaissaient la tour Montparnasse, puis, un peu plus loin, les Invalides, où les dernières lueurs du jour se reflétaient sur son dôme recouvert à la feuille d'or.

C'était la première fois que Léo se trouvait dans un endroit aussi élevé dans la ville. Il avait la sensation de flotter, d'être en apesanteur, sentiment qu'il avait désappris depuis qu'il errait dans la ville basse parmi les laissés-pour-compte et les crève-la-dalle.

Il regarda Rébecca, qui lui apportait un mug avec du thé. Curieusement, il ne l'avait pas imaginée vivre dans un endroit aussi dépouillé. Il y avait juste un grand canapé beige au design épuré, une table basse en verre avec un ordinateur portable. Au mur, un grand écran LED diffusait les news en boucle d'une chaîne d'infos.

Rébecca semblait bien plus petite, plus fragile que lorsqu'il l'avait vue lors de la remise du prix du Jeune Entrepreneur. Les images étaient souvent trompeuses.

Elle lui tendit le thé brûlant.

— Je suis atterrée par ce que vous venez de m'apprendre sur Santucci. Mais contrairement à vous, je suis persuadée que son suicide est un aveu de culpabilité.

— J'ai passé des heures à fouiller son ordinateur. Je peux vous garantir qu'il n'a même jamais tenté de s'introduire dans le système de FunBox… Il n'y a pas non plus trace de l'adresse mail de Sybille, j'ai vérifié.

Rébecca coupa sèchement Léo :

— Vous vous plantez complètement. On a les preuves que Santucci est entré dans le programme. On a les traces. On a retrouvé son IP. Il s'est procuré les photos des filles et il les a fait chanter. C'est lui le responsable de la mort de votre sœur, Léo !

— Je n'y crois pas. C'est impossible de s'introduire dans FunBox, j'ai vérifié.

— Certains sont suffisamment habiles pour entrer n'importe où, n'est-ce pas, Léo ?

Léo préféra ne pas répondre à la provocation de Rébecca. Il poursuivit.

— Malgré toutes mes tentatives, je n'ai pas réussi. Et je ne suis pas le seul, d'autres avant moi se sont plantés.

— Il faut croire que vous n'êtes pas aussi performant que vous le croyez ! commenta Rébecca.

— C'est quelqu'un à l'intérieur de FunBox qui détourne vos fichiers clients. C'est forcément un employé de votre entreprise ou un de vos associés…

Rébecca haussa les épaules.

— Impossible, vous faites fausse route.

— Non, c'est vous qui vous trompez, répliqua Léo.

Ils se jaugèrent un moment. Rébecca brisa le silence :

— Laissez-moi tranquille, maintenant, sinon je n'hésiterai pas à vous dénoncer aux flics.

C'était sans appel. Léo se leva, prit sa parka et se dirigea vers la porte d'entrée. Il ne s'abaisserait pas à lui demander quoi que ce soit ! Elle était vraiment trop con !

Au moment de sortir, il ne put s'empêcher de tourner la tête pour lui adresser un dernier regard, qui signifiait clairement qu'il ne renonçait pas. Il claqua la porte derrière lui.

Une fois seule, Rébecca réfléchit.

Pourquoi Léo s'obstinait-il ? Santucci était coupable. Ça ne faisait pourtant pas l'ombre d'un doute…

27
Hacker

La riposte de Léo ne se fit pas attendre.

Quelques heures plus tard, il contemplait avec satisfaction le blog qu'il venait de créer.

Sous l'identité de White Hacker, qui réclamait le respect de la vie privée et le droit à l'oubli, Léo accusait FunBox d'avoir un comportement de gangster et d'être à l'origine de la mort de deux filles de quinze ans : Sybille Barthélémy et Jasmine Levert. Il lança également un appel à tous ceux qui avaient été en contact avec elles, un peu à la façon d'un avis de recherche. Les renseignements seraient collectés dans une boîte mail et demeureraient anonymes.

Il expliquait aussi que, sous prétexte de partager des photos, FunBox avait délibérément jeté en pâture à des pervers psychopathes et peut-être à des assassins des informations concernant ses clients, qui pour la plupart étaient des adolescents fragiles. Où se trouvaient les pervers ? À l'extérieur ou à l'intérieur de FunBox ?

Il était donc grand temps de dénoncer « la fausse politique de sécurité » de Rébecca Fersen pour que l'économie du Web en prenne conscience et exige un système plus ouvert et sécurisé pour tous les internautes.

Puis il créa un autre blog, cette fois sous l'identité d'un père de famille qui s'interrogeait sur les dangers des réseaux sociaux. L'homme affirmait avoir pris connaissance du meurtre de Jasmine Levert et s'inquiétait des dangers que FunBox pouvait faire courir à ses enfants, deux préados de neuf et onze ans.

Le système était-il suffisamment sécurisé pour empêcher des pédophiles de s'y introduire ? Ne fallait-il pas boycotter la start-up et demander une enquête à la Commission informatique et liberté ? Il attendait avec impatience les avis des internautes sur son forum.

Enfin, Léo inonda les divers chats et forums de messages renvoyant aux deux blogs tout en mettant personnellement en cause Rébecca Fersen, l'instigatrice de ce réseau criminel.

Quand il eut terminé, il se jeta en arrière. Satisfait de son travail de démolition systématique. Pas de preuves ? Aucune importance, c'était aussi ça, Internet... Il s'endormit d'un sommeil profond.

28
Musique dans les ténèbres

Le cauchemar avait revêtu la silhouette d'une petite fille sans visage, dont le corps avait l'apparence d'un fantôme qui ondulait et flottait dans les airs, un peu à la façon du personnage du *Cri*, la célèbre toile d'Edvard Munch.

Du haut du balcon d'une salle de concert aux nuances rougeâtres, la petite fille sans visage observait la répétition d'un orchestre à cordes qui s'immobilisait chaque fois que la jeune violoniste du premier rang faisait une fausse note.

À chaque arrêt, le chef d'orchestre, un homme revêtu d'un costume noir, l'insultait violemment. L'anxiété ne cessait de grandir dans les yeux de la gamine, quand soudain il leva la main sur elle pour la frapper.

Au moment où le coup allait partir, la petite fille sans visage comprit que la violoniste, c'était elle… Elle eut envie de hurler, mais aucun cri ne sortit de sa gorge. Elle était muette. Comme pétrifiée. Elle ne pouvait échapper au vertige qui l'avait saisie et la clouait sur son fauteuil.

Dans la fosse d'orchestre, la petite fille la suppliait et tendait ses bras vers elle. Elle fit un effort surhumain pour se libérer. Mais au moment où elle put enfin s'avancer pour la prendre dans ses bras, elle tomba dans un gouffre obscur…

Rébecca émergea tremblante de son sommeil médicamenteux. Pardonner suffirait-il à la libérer de son passé ? Durant des années, elle avait tenté d'oublier. Elle avait presque réussi jusqu'à ce qu'il revienne.

Elle tenta de s'assoupir à nouveau, mais dès qu'elle ferma les yeux, les images défilèrent dans sa tête comme un film visionné des milliers de fois.

À l'âge de cinq ans, elle avait commencé à prendre des leçons de violon. Ce fut ce qu'on pouvait appeler un coup de foudre. Elle adorait la musique, et son professeur qui la trouvait très douée l'accompagna jusqu'à la maladie de sa mère. Ses parents s'étaient séparés peu après sa naissance et elle avait peu connu son père, Pierre Corelli, un violoniste célèbre.

Après le décès de sa mère, elle était partie vivre avec lui dans son grand appartement parisien. Au début, elle avait été sous le charme. Il l'emmenait partout et disait à qui voulait l'entendre qu'un jour elle serait une très grande violoniste.

Il avait voulu s'occuper d'elle personnellement. Lorsqu'il n'était pas en concert, il devenait son professeur de musique. Son désir profond était vite apparu : faire de sa fille une bête de concours. Les deux heures quotidiennes s'étaient rapidement transformées en quatre, cinq heures…

Son père était devenu tyrannique, intolérant, obsessionnel. Quand elle n'arrivait pas à jouer un morceau à la perfection, il l'insultait froidement et l'humiliait. Souvent, elle était privée de repas, parfois même il l'enfermait pour la nuit dans le placard de l'entrée qui servait de garde-robe aux rares invités qui venaient lui rendre visite.

Curieusement, c'était là où elle se sentait le plus à l'abri de ses injures et de ses mauvais traitements. Dans sa minuscule prison, elle parvenait à s'évader et à devenir une autre. Une petite fille normale, dans une famille normale comme ses camarades de classe. Elle n'avait jamais parlé à personne du cauchemar qu'elle vivait. À l'école, aux auditions, ou lorsque son père l'emmenait, elle s'arrangeait pour cacher les traces de coups sous des tee-shirts à manches longues ou des gros pulls d'hiver.

Elle avait bien trop peur qu'il la retire de l'école, car c'était son seul lien avec l'extérieur.

Une sonnerie retentit dans le silence. Rébecca jeta un œil à son portable, mais ce n'était pas lui, c'était son ordinateur.

Elle se leva et alla consulter sa boîte mail.

Plusieurs dizaines d'alertes concernant FunBox s'affichèrent.

Toutes provenaient d'usagers qui s'interrogeaient sur la fiabilité du site. Certains évoquaient le suicide d'une jeune fille, d'autres, le meurtre de Jasmine Levert. Tous réclamaient que la lumière soit faite autour de ces affaires.

Les rumeurs les plus folles couraient déjà. Un père de famille se répandait sur la toxicité des réseaux sociaux, des internautes annonçaient qu'ils mettaient fin à leur abonnement, et une association de consommateurs parlait d'assigner FunBox en justice.

Rébecca sut immédiatement qui était derrière cette campagne de dénigrement. Léo Barthélémy… Elle pressentit le danger : un microévénement bien relayé pouvait tourner très rapidement au buzz médiatique. Peu importait qu'il s'agisse d'un tissu de mensonges, le résultat était le même.

Rébecca sentit la colère monter en elle. Pas question que ce petit hacker de merde lui pourrisse la vie et mette FunBox en danger !

Elle prit son téléphone, envoya un SMS à Dumaurrier et attendit.

Sur le grand écran de télévision, un reportage montrait des colonnes de réfugiés qui marchaient dans un désert de caillasse. Les femmes portaient des enfants dans de misérables serviettes éponge, leurs visages étaient creusés par les privations, les souffrances et la peur, mais elles respiraient la dignité, l'espoir d'un avenir meilleur.

Un peu plus loin, dans un camp où des tentes s'étendaient à perte de vue, des humanitaires distribuaient des vivres, des vêtements et des médicaments.

Des images devenues tellement banales aujourd'hui… alors que la moitié de la planète préférait afficher ses selfies sur les réseaux sociaux !

29

Secrets et mensonges

La perquisition avait débuté la veille à huit heures trente du matin.

Trois policiers de la Direction de la police judiciaire et deux agents de la Lutte contre la corruption et les infractions financières et fiscales avaient pénétré dans le siège général de ViaBank, situé dans un immeuble cossu du XIIIe arrondissement, non loin de la place de l'Étoile.

À quelques minutes d'intervalle, dans le cadre de la même enquête, une autre perquisition eut lieu au domicile de Martin Koscelny, le patron de ViaBank. Koscelny était sur le point de quitter son hôtel particulier de Neuilly lorsque le juge Vandermeck se présenta en compagnie de deux officiers de la brigade financière.

Le juge avait finalement eu gain de cause auprès du procureur Viguier. Sous la menace de faire fuiter certaines infos à la presse concernant de vieilles affaires, le juge avait fini par obtenir l'aval de son supérieur. Les délits invoqués sur la commission rogatoire étaient : *Trafic d'influence, faux et usage de faux, dissimulation, blanchiment et recel de délit.*

Koscelny, qui s'apprêtait à conduire sa fille et son fils au collège, avait réagi violemment à ce qu'il considérait comme une intrusion dans sa vie privée. Sous les menaces à peine voilées du financier et de son avocat qui l'avait rejoint, le juge procéda à la perquisition.

Ce n'était pas la première fois qu'il se trouvait face à Koscelny. Il l'avait déjà entendu plusieurs fois au quai des Orfèvres. Chaque fois, il était surpris par sa morgue teintée d'arrogance. Un physique de sportif bien entretenu, la petite cinquantaine, Koscelny ne cachait pas sa grande proximité avec certains dirigeants politiques de droite. Il jouait aussi beaucoup sur le soutien de personnalités du monde des médias. Plusieurs fois, il avait déclaré à la presse qu'il avait été outré par la manière dont la justice le malmenait.

Le juge ne trouva pas grand-chose. L'ordinateur portable du financier, un ordinateur familial, deux tablettes tactiles appartenant aux enfants et quelques dossiers récents qui concernaient les affaires privées de Koscelny, lequel ne possédait pas de coffre-fort.

La prise fut plus conséquente dans les bureaux du VIIIe arrondissement. Les policiers quittèrent les lieux en emportant plusieurs cartons contenant des dossiers papier et des ordinateurs provenant du service informatique et financier de la banque.

Vandermeck savait qu'il disposait de peu de temps. Koscelny avait beaucoup d'entregent, et Viguier était pétochard, très sensible aux pressions du ministère. S'il ne produisait pas rapidement des preuves concernant les malversations financières de ViaBank, on allait semer sur sa route toutes les embûches de la procédure.

Le juge avait passé la journée à dépouiller les dossiers. Deux experts du département informatique de la police scientifique travaillaient d'arrache-pied sur les ordinateurs saisis.

Pour le moment, ils n'avaient trouvé aucune trace de la fameuse liste des six mille contribuables. Rien non plus concernant les montages financiers off shore de ViaBank. Ils avaient prévenu qu'il leur faudrait une bonne semaine avant de venir à bout de leurs recherches. Le manque d'effectifs se faisait sentir jusque dans les enquêtes criminelles.

Vandermeck soupira et tourna la tête vers la fenêtre de son bureau. Les nuages s'amoncelaient, menaçants, au-dessus de l'île de la Cité, des paquets de feutre anthracite. Opaques et lourds comme son état d'esprit. Ses yeux commençaient à le faire souffrir. Ils devenaient trop sensibles à la lumière.

Il s'écarta vers un coin sombre, sortit le flacon de Xalatan de la poche de son veston et fit couler le collyre dans la cornée. Tout en se demandant combien de semaines, combien de mois il lui restait avant de perdre complètement la vue.

Mais l'apitoiement sur soi n'était pas dans les habitudes de Vandermeck. Il plissa les yeux et songea soudain au garçon qui l'avait pisté jusqu'à la Salpêtrière. Il devait être particulièrement compétent en informatique, car il avait réussi à entrer dans son ordinateur personnel. Peut-être pourrait-il l'aider à examiner les ordis saisis au domicile de Koscelny.

Ce n'était pas très légal, mais tant pis… Il n'avait plus le temps.

***

Léo avait été très surpris lorsqu'il avait vu le nom du juge s'afficher sur l'écran de son smartphone. En pleine nuit, Vandermeck lui avait demandé de venir à son domicile. Il avait refusé de lui en dire plus. Il lui expliquerait sur place.

Sur le conseil de Guillaume qui admirait le travail et l'intransigeance de Vandermeck, Léo avait accepté.

Il était arrivé un peu avant onze heures du soir chez le juge. C'était un appartement bourgeois situé sur le boulevard Richard-Lenoir, côté Bastille. Une fois introduit dans le salon au plafond orné de moulures anciennes, Vandermeck expliqua à Léo ce qu'il attendait de lui. Puisqu'il avait été capable de s'introduire dans l'ordinateur sécurisé d'un juge, il ne devrait avoir aucun mal à entrer dans celui qui était posé là, sur la table à côté des colonnes de dossiers. Léo fut un peu soufflé ; il ne s'attendait pas à ce que le juge lui demande d'utiliser ses talents de hacker.

— Qu'est-ce que vous donnez en échange ? La réouverture de l'enquête sur la mort de ma sœur ?

Le juge soupira.

— Je ne peux pas. Je vous l'ai dit, je suis aux affaires financières. Mais je peux vous rétribuer pour ce travail.

Il fit glisser un comprimé dans sa main et le porta à ses lèvres. Dans une dizaine de minutes, il ne souffrirait plus.

— Pourquoi vous ne demandez pas aux flics de la police scientifique, demanda Léo.

Ils sont débordés.

Léo esquissa un petit sourire.

— Je ne vous crois pas. Vous êtes devenu parano suite à l'affaire de votre fille. Et vous craignez une fuite, une trahison…

Vandermeck fut sidéré par l'aplomb et la perspicacité du garçon qui poursuivit :

— OK. Dites-moi ce que je dois chercher.

— Cet ordinateur a été saisi au domicile d'un des cadres dirigeants de ViaBank.

— Koscelny. J'ai entendu parler de lui dans les infos. Dites-moi ce que vous cherchez.

— Puisque vous vous intéressez à l'actualité, vous avez sûrement entendu parler d'une liste qui concerne des contribuables ayant fraudé le fisc. Je cherche aussi des informations concernant des montages financiers frauduleux opérés par ViaBank.

— Et si je ne trouve rien ?

— Tant pis. Deux cents euros, ça vous va ?

Léo avait accepté. Deux cents euros, c'était super correct pour ce qu'il avait à faire. Ce fric le dépannerait pendant plusieurs jours.

Il s'était mis au travail sous l'œil impatient du juge qui arpentait le salon tout en faisant craquer les lames de parquet sous chacun de ses pas. Le garçon avait été obligé de lui demander de faire moins de bruit. Il ne pouvait pas se concentrer. Un peu vexé, le juge était parti faire du café dans la cuisine.

L'ordinateur de Koscelny étant bardé de systèmes de sécurité, il fallut un bon moment à Léo pour cracker les mots de passe et réussir à pénétrer dans les fichiers personnels.

Il trouva un unique dossier caché, mais aucun répertoire ou autre document pouvant s'apparenter à la fameuse liste. Vandermeck constata, à la fois amer et furieux, que Koscelny allait encore une fois échapper à la justice. Il n'avait pas le début d'une preuve tangible pour boucler son enquête !

Léo voulut le calmer, mais cela ne fit qu'aggraver la colère du juge qui, du revers de la main, balança les piles de dossiers à travers la pièce. Un long silence s'ensuivit… où Léo se demanda s'il ne ferait pas mieux de partir quand Vandermeck proposa d'aller voir ce que contenait le fameux dossier caché.

Ils découvrirent une série de comptes rendus qui avaient trait à un certain groupe Spinoza. Le juge fronça les sourcils : il avait vaguement entendu parler de ce groupe très fermé qui, un peu à la manière du groupe Bilderberg, réunissait les élites intellectuelles, politiques et financières des pays les plus riches. Un groupe composé de personnalités de tous bords qui se retrouvaient pour réfléchir à la gouvernance du monde à travers les nouvelles technologies.

Léo était perplexe :

— Une sorte de secte, comme les Illuminati du *Da Vinci Code* ?

— Personnellement, je ne crois pas à ces thèses conspirationnistes, dit Vandermeck. Mais il y a des tas de gens convaincus du contraire. Qu'il existerait une sorte de complot international pour s'emparer des leviers du pouvoir.

— Mais je ne comprends pas pourquoi Koscelny a dissimulé ce dossier en particulier…

— C'est la question. Peut-être fait-il lui-même partie du groupe Spinoza ?

Ils examinèrent attentivement les comptes rendus, mais n'apprirent pas grand-chose. Visiblement, les participants débattaient d'une thématique particulière à chacune de leurs rencontres. « L'individualisme au sein des nouvelles technologies » était l'objet du prochain colloque du groupe Spinoza, qui devait se dérouler dans un grand hôtel parisien. Une liste avec les noms des intervenants figurait également dans le dossier.

Le regard de Léo tomba soudain sur celui de Virgil Hammersmith, le patron de SofTech. Pas étonnant que l'un des géants de l'informatique ait ses entrées dans ce genre de club. L'homme était un philanthrope et avait le goût du secret. Peu après, un autre nom de la liste attira son attention, celui d'Arnaud Dumaurrier. Léo chercha dans sa mémoire et se souvint qu'il figurait dans l'organigramme de FunBox.

Il tapa rapidement Dumaurrier sur le moteur de recherche de son portable.

Le résultat ne se fit pas attendre. Il apparaissait sur plusieurs réseaux professionnels comme consultant et expert dans la création de start-up en France et à l'étranger. Il était à la tête d'une société de conseil basée à New York.

Léo songea que c'était bizarre, ce lien entre l'enquête du juge sur ViaBank et la boîte sans doute à l'origine du scandale des photos de la fille du juge…

Vandermeck eut le même sentiment. Peut-être fallait-il chercher de ce côté-là ? Léo s'interrogea : Ludane connaissait-elle ce Koscelny ?

Le juge haussa les épaules, désemparé. Il n'en savait rien.

Léo se connecta alors à ses réseaux du *Deep Web* et lança toute une série d'alertes concernant Koscelny et le groupe Spinoza.

30

1984

Une brume poisseuse s'étendait sur le boulevard désert, lorsque Léo quitta le domicile du juge. L'obscurité chargée de silence lui fit du bien. Son crâne était sur le point d'imploser après toutes ces heures passées à décortiquer le disque dur de Koscelny.

Ils n'avaient rien découvert de compromettant dans la vie privée ou professionnelle du financier. Celui-ci disposait d'un service de communication très efficace, qui nettoyait son profil et effaçait toutes traces malveillantes se rapportant à l'enquête dont il était l'un des suspects.

Quant au groupe Spinoza, Vandermeck avait repéré dans la fameuse liste deux ou trois noms de patrons du CAC 40 ainsi que des personnalités politiques et des économistes de premier plan. Le juge ne croyait pas aux théories conspirationnistes et était convaincu qu'il s'agissait d'un groupe de pression comme il en existait tant dans les cercles du pouvoir.

La présence de Virgil Hammersmith laissait à penser que le financier américain avait besoin de soutiens auprès du gouvernement français pour faire abolir la loi européenne sur la confidentialité des données des réseaux sociaux afin d'ouvrir le marché européen au nouveau capitalisme du Web.

Léo était partagé entre le côté cartésien du juge et les théories du complot qui traînaient sur Internet. En effet, pas mal de blogueurs accusaient le groupe Spinoza d'être à la fois l'émanation du groupe Bilderberg et des Illuminati, l'une des plus anciennes organisations secrètes, née au dix-huitième siècle, dont le but était de parvenir à gouverner le monde au moyen d'une élite composée de financiers, d'aristocrates et d'hommes politiques de premier plan. Certains affirmaient même dans un délire paranoïaque que le but de cette société secrète était de transformer la planète en un gigantesque régime totalitaire aux mains des géants des nouvelles technologies.

La liberté d'expression et nos pensées les plus intimes seraient contrôlées par une sorte de Big Brother. *Big Brother is watching you.* Léo se souvenait avec précision de *1984*, le roman de George Orwell.

Pourtant, une question le taraudait : si ce groupe servait de paravent à des activités malhonnêtes, pourquoi avoir choisi le philosophe Spinoza comme tête de gondole à leurs machinations ?

Parce qu'il avait voulu transmettre un message libérateur à l'égard des servitudes, sociales, intellectuelles et morales, Spinoza était certainement l'un des plus ardents défenseurs de la démocratie de son temps, songea Léo en se remémorant son année philo au lycée. Soudain, il eut envie de se replonger sérieusement dans les écrits du philosophe.

Au moment où il allait s'engager sur le passage pour piétons, un taxi stoppa de l'autre côté du boulevard. La portière s'ouvrit sur une jeune fille qui vacilla en posant le pied à terre. Elle se rattrapa à l'aile de la berline et s'y accrocha comme à un radeau.

Léo reconnut immédiatement Ludane, la fille de Vandermeck. Même de loin, elle avait l'air complètement partie. Elle invectivait avec colère le passager sur le siège arrière. Soudain, un bras jaillit de l'habitacle et lui tendit une poignée de billets qu'elle jeta rageusement sur le sol.

Léo décida de ne pas révéler sa présence. Il se planqua derrière le tronc d'un platane pour observer la scène.

L'homme assis à l'arrière du taxi se pencha vers Ludane. Il faisait très sombre, mais Léo devina sa nuque massive quand il se pencha à l'extérieur de l'habitacle. Sans doute pour parlementer. De là où il était, Léo ne pouvait l'entendre distinctement.

Ludane parut se calmer, tergiversa, puis se pencha vers l'homme qui lui murmura quelque chose à l'oreille. Elle fit semblant de ne pas entendre ; alors, il l'attrapa par le bras et hurla :

— Arrête ton cinéma ! Je parlerai au casting de la série demain… Et appelle-moi en début d'après-midi.

Le taxi redémarra. Un peu plus loin, les phares d'un camion-poubelle avançaient dans la nuit qui s'éclaircissait. Léo observa la fine silhouette de Ludane qui s'éloignait vers le porche de son immeuble.

Soudain, il eut très envie de la rejoindre. Mais il n'en fit rien. Il vérifia juste que la lourde porte cochère se referma bien derrière elle et tourna les talons.

Quelques minutes plus tard, il commença à neiger sur le Génie de la Bastille lorsque Léo s'engouffra dans la station de métro du même nom.

Il prit une des premières rames en direction de la place d'Italie et de la piscine de la Butte-aux-Cailles, où il allait pouvoir prendre une douche, puis faire des longueurs dans le bassin, histoire de se vider la tête.

31

Les enfants du silence

C'était un sacré coup de chance, songea Lavelli en examinant le garçon qui lui faisait face.

Marco Yaïche s'était présenté en début de matinée à l'entrée du 36. Il s'était adressé à l'un des policiers en faction dans la guérite du porche en expliquant qu'il voulait rencontrer le flic responsable du dossier Jasmine Levert. Puis il avait garé son scooter en demandant à ce qu'on ne le quitte pas des yeux, car il venait de se faire chourer sa Vespa la semaine dernière et avait des embrouilles avec son assurance.

Il était très loquace, trop. Sans doute une réaction à la crise d'angoisse qui l'avait assailli lorsqu'il avait découvert le portrait de Jasmine dans le journal du matin. C'était lui qui avait transporté la jeune fille, à peine quarante-huit heures plus tôt, jusqu'à l'appartement où elle avait sans doute trouvé la mort.

Il avait raconté qu'il travaillait comme coursier à CoursesExpress, une boîte de livraison de la région parisienne. On lui avait proposé deux cents euros par téléphone pour faire ce travail, mais il n'avait jamais vu son commanditaire, qui l'avait appelé directement sur son portable perso. Lavelli fronça les sourcils.

— Normalement, toutes vos courses sont dispatchées par un standard, non ?

— Oui. Normalement. Sauf que j'ai des clients qui me redemandent en perso. C'est pas très cool pour la boîte, mais ça se pratique. Je sais, c'est du black… mais je suis sûr que vous comprenez.

Lavelli préféra ne pas embrayer sur ce terrain-là. Elle était pressée et surtout elle craignait que le type ne s'effondre.

— Vous dites que vous ne connaissez pas la personne qui vous a passé l'appel.

— C'est vrai, c'est très bizarre, mais je vous jure que je…

— Donc, vous recevez un appel le matin et vous ne vous étonnez pas qu'on vous demande d'emmener une jeune fille sur votre Vespa pour la déposer dans un appartement.

— On m'a demandé – je vous répète que je ne sais pas qui c'est – d'emmener Jasmine… Vous savez, j'ai des demandes de toutes sortes. J'ai transporté un chat la semaine dernière et la semaine d'avant…

— Récapitulons, le coupa Lavelli. On vous dit d'aller chercher une clé qui se trouve sous un paillasson au troisième étage droite, 45, rue de Bretagne, puis d'aller attendre une jeune fille, Jasmine, au métro Saint-Paul et de lui expliquer que Ludovic serait en retard.

— Et je vous jure que je ne sais pas qui est Ludovic. Je le connais pas ! Je l'ai jamais vu…

Marco suait à grosses gouttes. Il se pencha vers Lavelli.

— Vous savez, je suis un salaud. Je suis responsable de la mort de cette fille. Pour deux cents euros ! Je me le pardonnerai jamais.

S'il y avait bien une chose que Lavelli ne supporterait pas, c'était de voir le type fondre en larmes. Depuis qu'elle était enfant, elle détestait les pleurs et les au revoir. Elle décida de terminer au plus vite avec lui. Il lui avait tout dit. Une équipe était déjà en route vers la rue de Bretagne. Il s'agissait de l'un de ces appartements bobos du Marais loués aux touristes étrangers pour des périodes courtes.

Elle attendait aussi les résultats de la remontée d'appels concernant le numéro du commanditaire du coursier. Probablement celui du meurtrier. Mais elle ne se faisait guère d'illusions. Il était certainement passé par Internet, ce qui rendait l'appel indétectable. Elle regarda sa montre : elle était déjà très en retard pour son prochain rendez-vous et elle n'aimait pas ça.

***

La première chose qui interpella Rébecca lorsqu'elle franchit le seuil du bureau de Lavelli, ce furent les regards des enfants sur le mur. Ils la fixaient avec leurs sourires figés, comme de petits papillons épinglés dans des boîtes.

En bas de chaque photo, il y avait un prénom, un nom ainsi que la date de la disparition. Rébecca reconnut les visages de Solaine et Véra, deux adolescentes de douze et quatorze ans, dont les enlèvements avaient été très médiatisés, il y a trois ans.

Un profond malaise l'envahit.

Rébecca songea soudain à Sybille et à Jasmine ; elle se souvenait à peine de leurs visages et pourtant leur présence devenait chaque jour un peu plus enveloppante, plus obsédante. Comme si elles avaient un message à lui délivrer.

Était-ce sa faute si les deux filles étaient mortes ?

À force de vouloir partager leur vie privée sur les réseaux sociaux, les ados devenaient des proies aisées pour les pédophiles et les délinquants sexuels. Mais les criminels assoiffés de sang, les voleurs d'enfants existaient depuis la nuit des temps. Comme le mal… Non, se dit-elle, ce n'est pas ma faute. Elle se força à le croire, car en vérité le doute s'insinuait en elle. Chaque jour un peu plus…

Son œil glissa sur la rangée *Disparitions inquiétantes.* Pour la plupart, des ados. Un garçon attira son regard. Quatorze, quinze ans, la beauté du diable. Avec ses yeux d'un bleu très clair, son sourire avec les dents de la chance, il avait un petit air de Brad Pitt à ses débuts. Il avait disparu depuis un peu plus d'un an. Rébecca n'entendit pas la porte qui se referma dans son dos.

Lavelli examina Rébecca. Elle ne pouvait pas voir son visage, mais, à la raideur de son dos, elle devina qu'elle était ébranlée. Elle était habituée à ce genre de réaction : rares étaient ceux qui restaient indifférents aux photos des enfants dont elle avait tapissé l'un des murs de son bureau.

Les disparitions d'enfants soulevaient une foule de questions et de sentiments, dont la palette allait du malaise au voyeurisme, en passant par l'horreur et la culpabilité, puis enfin par le soulagement de ne pas être concerné, pour ceux qui heureusement n'avaient pas connu cette tragédie. Quant à ceux qui mettaient en avant leur compassion pour les victimes, Lavelli était persuadée que c'était une manière indirecte de pleurer sur eux-mêmes.

Elle revenait du laboratoire de la police scientifique.

Les techniciens avaient fini de décortiquer les disques durs retrouvés dans le sac de voyage d'Alexandre Santucci. Des centaines de photos et de films mettant en scène des enfants âgés de cinq à treize ans, pour la plupart asiatiques.

Il s'agissait principalement de films de commande, où le payeur choisissait les vêtements, les poses et les abus sexuels dont seraient victimes les enfants. Cela se déroulait souvent dans le cercle familial, le père ou la mère vendant leur enfant pour quelques billets. Une industrie extrêmement rentable qui générait plusieurs milliards de dollars.

Les pédocriminels stockaient leurs données sur des serveurs à l'étranger, notamment en Asie, où les gouvernements avaient des priorités plus urgentes et où le tourisme sexuel était peu réprimé. Toujours la même histoire : les riches contre les pauvres…

Ces films étaient ensuite revendus sur le Net aux pédophiles du monde entier. La plupart étaient cryptés de nombreuses fois pour dissimuler l'identité des criminels qui officiaient dans les scènes. Les acheteurs, eux, se camouflaient derrière des pseudos qui les rendaient difficilement détectables. Remonter le réseau auquel appartenait Santucci avait demandé du temps, mais l'équipe de la police scientifique y était parvenue grâce à un nouveau logiciel extrêmement puissant.

Santucci n'était pas à proprement parler un criminel sexuel, mais un consommateur de films et de photos, ce qui revenait exactement au même pour Lavelli. L'analyse des débits des cartes de crédit du professeur avait confirmé des achats fréquents de matériel pédophile pornographique sur divers réseaux spécialisés. Une immense toile d'araignée du crime qui se ramifiait aux quatre coins de la planète.

Lavelli se racla la gorge. Rébecca se retourna. Elle avait l'air bouleversée.

— Qu'est-ce qu'on peut faire ?

— C'est la question qu'on se pose tous. Asseyez-vous, mademoiselle Fersen.

Rébecca prit place dans l'un des fauteuils qui faisaient face au bureau et attendit que Lavelli prenne la parole. Comme lors de leur première rencontre, Rébecca s'interrogea sur l'épaisse mèche de cheveux blancs qui barrait la chevelure de la commissaire. Ce n'était pas laid, c'était plutôt étrange… Son regard croisa celui de Lavelli qui l'observait.

La commissaire était habituée aux interrogations que suscitait sa mèche blanche.

C'était le souvenir de sa première scène de crime, le meurtre particulièrement atroce de Marine, une gamine de dix ans. En une nuit, une partie de sa chevelure avait blanchi. Depuis, elle avait toujours refusé de la teindre. Elle l'arborait fièrement comme une cicatrice, un signe de reconnaissance pour tous les enfants qui, comme Marine, Jasmine ou d'autres étaient victimes d'actes de barbarie. Une façon de dire : je n'oublie pas.

Ce fut Rébecca qui rompit le face-à-face.

— Pourquoi m'avoir convoquée ?

— L'enquête de police a révélé que Santucci n'a matériellement pas pu commettre le meurtre de Jasmine.

— Comment ça ? réagit Rébecca qui regretta immédiatement sa réaction trop vive.

Lavelli sut qu'elle avait déstabilisé son interlocutrice. Que représentait Santucci pour Rébecca Fersen ?

— J'ai eu confirmation que Santucci a passé sa soirée au théâtre de l'Odéon avec un groupe d'amis de la fac. *Un tramway nommé désir.* Deux heures et demie, sans entracte… Il les a quittés vers minuit et demi. Or Jasmine a trouvé la mort entre vingt et une heures et vingt-trois heures.

Elles s'observèrent un court instant. Rébecca songea au calvaire que Jasmine avait enduré avant de mourir. Lavelli poursuivit :

— Quels étaient vos liens avec votre ancien professeur ?

— Aucun. Je ne l'ai jamais revu depuis ma seconde année de fac. Je ne comprends pas. Il est pourtant entré dans le cœur de notre système informatique…

Lavelli scruta Rébecca. Elle avait l'air sincère, mais cela ne voulait rien dire. Elle lui était plutôt sympathique. Peut-être à cause de sa fragilité derrière sa façade de chef d'entreprise endurcie ?

— Qui vous l'a dit ?

— Mon associé, Milan Lachenal, le concepteur des programmes.

— Une chose est certaine, c'est que Santucci n'a pas pu tuer Jasmine Levert.

— Il avait peut-être un complice ? suggéra Rébecca.

— Excellente suggestion. Par exemple, qui me dit que vous n'étiez pas au courant de ses activités de pédophile ? Et que vous ne lui fournissiez pas des photos de jeunes filles via FunBox ? Ainsi que leurs adresses ?

Le regard de Rébecca s'assombrit, mais elle préféra attendre la suite…

— À lui ou à d'autres, poursuivit Lavelli. En échange d'argent ou d'autre chose.

Rébecca haussa les épaules, avec un sourire sarcastique.

— Je gagne très bien ma vie, vous devez le savoir. Je préfère ne pas répondre à des insinuations aussi abjectes ! Et puis, vous oubliez une autre possibilité : que ce ne soit pas Santucci qui s'est introduit dans notre serveur, mais quelqu'un qui a emprunté son identité. Qui a utilisé l'adresse IP de son ordi.

— C'est aussi une hypothèse. On l'a envisagée.

Lavelli laissa Rébecca digérer l'info, puis enchaîna :

— J'aimerais revenir sur le harcèlement dont vous avez été l'objet.

— Aujourd'hui, je ne suis plus la cible de cet individu.

La commissaire esquissa un petit sourire amusé.

— J'ai lu le blog de ce Léo. Il vous accuse d'être personnellement responsable de la mort de Sybille Barthélémy et de Jasmine Levert. Vous en pensez quoi ?

Rébecca haussa les épaules.

— Vous savez très bien qu'on trouve tout et n'importe quoi sur Internet.

— Pourtant, il n'y va pas de main morte, ce Léo Barthélémy ! Vous l'avez déjà rencontré ?

— Non. Jamais.

Lavelli soupira. Elle savait que Rébecca mentait.

— Vous connaissez forcément l'auteur des accusations portées contre vous sur le Net puisqu'il s'agit du frère de Sybille Barthélémy.

Rébecca comprit qu'elle était coincée et décida de jouer franc-jeu. Elle se demanda soudain pourquoi elle avait voulu couvrir Léo… Peut-être parce qu'elle sentait qu'elle avait une dette vis-à-vis de Sybille ?

— C'est un pauvre type complètement paranoïaque. Il est convaincu que je suis responsable du suicide de sa sœur.

— Vous savez où on peut le trouver ?

— Non. Je ne sais pas comment le joindre, si c'est ce que vous voulez savoir.

Une fois Rébecca partie, Lavelli plongea dans ses réflexions. Les preuves recueillies sur l'ordinateur de Santucci allaient s'ajouter à l'enquête en cours sur « Kuala Lumpur » – c'est ainsi qu'Interpol avait surnommé le réseau pédocriminel qui étendait ses ramifications à travers l'Asie, l'Europe et les USA.

Elle revint à l'affaire qui l'intéressait. Si Santucci avait eu un complice, comment découvrir son identité ? Une équipe de la cybercriminalité s'était mise sur le coup, mais elle ne se faisait guère d'illusions. C'était pour eux mission impossible. Il fallait qu'elle interroge ce Milan Lachenal, ainsi que tous ceux qui avaient élaboré FunBox. Comment se faisait-il qu'un simple hacker ait pu cracker un site réputé inviolable, conçu par une armée d'ingénieurs ? Quelque chose lui échappait, elle le sentait.

Kim entra dans le bureau. Il venait de passer au crible l'enquête sur le suicide de Sybille Barthélémy. Il s'apprêtait à faire un compte rendu lorsque le portable de Lavelli afficha un SMS.

Elle eut un sourire de satisfaction. Dumaurrier était à Paris et lui proposait un rendez-vous.

32
La riposte

En avalant des longueurs dans la piscine de la Butte-aux-Cailles, Léo s'était effectivement vidé la tête. La sensation d'apesanteur lui avait fait beaucoup de bien et lui avait procuré un sentiment d'apaisement. Comme si la noirceur de ces derniers mois s'était subitement effacée.

En regagnant le pont de Sully (c'est ainsi que Léo nommait sa nouvelle adresse), il n'avait cessé de penser à Dumaurrier. Curieux, le lien que l'un des actionnaires de FunBox semblait entretenir avec Koscelny et le mystérieux groupe Spinoza. Intuitivement, il avait eu envie de creuser de ce côté-là.

Tout en descendant le boulevard de l'Hôpital vers la Seine, il avait échafaudé un plan qui à première vue pouvait sembler complètement invraisemblable.

Il avait trouvé Guillaume en train de faire un blitz aux échecs avec Dyorik, l'Islandais. Il avait attendu la fin de la partie pour lui parler.

Le résultat ne fut pas celui escompté : Guillaume se mit à rire d'un rire inextinguible…

Pourtant, ce jour-là, Guillaume était à jeun, faute de munitions. Son RSA était épuisé depuis vingt-quatre heures et il n'avait pas encore repris son plan mendicité dans les couloirs du métro République. Était-ce le manque qui avait provoqué cette crise d'hilarité soudaine ou bien la proposition de Léo ? Sans doute les deux…

— Tu n'imagines pas leur réaction quand ils vont me voir arriver ?

Guillaume se remit à rire de plus belle et faillit s'étouffer dans une quinte de toux, puis continua :

— C'est sûr ! Je vais provoquer la plus grande crise jamais vue dans les salles de marché… Ce sera pas seulement une crise de rire, mais un krach ! *Guillaume : le retour* dans l'univers galactique des Banksters ! Un scénario formidable…

Vexé, Léo comprit que sa proposition prenait l'eau de toutes parts. Pourtant, il décida d'insister :

— Je me suis dit qu'avec tes connaissances dans le monde de la finance, tu serais la bonne personne.

— La bonne personne… Mais tu m'as regardé ?

Il se tourna vers Dyorik, qui buvait du petit lait.

— Il se fout de ma gueule, le gamin !

Et se mit à entonner un refrain connu avec des mots à lui :

— *Avec ma gueule de clodo, de décavé, de sans-dent, de pas trop grec…* Et puis ton Dumaurrier, je le connais pas. J'ai même jamais entendu parler de ce type. C'est qui ? Un trader, un dirigeant, un financier ?

— Justement, j'en sais rien. J'aimerais que tu te renseignes. Son CV, son background, ses liens avec Koscelny et avec un certain groupe Spinoza…

— Léo, regarde-moi ! J'existe plus pour eux. Et même si c'était le cas, ils auraient tellement peur qu'ils changeraient de trottoir. Allez, viens, on arrête de déconner ; file-moi quelques euros, j'ai soif, on va fêter ça.

Léo comprit qu'il avait perdu la partie. Il tourna les talons, prit son sac à dos et s'apprêta à quitter la tanière lorsque son portable se mit à sonner. Appel masqué. Une voix inconnue, qui ne lui disait rien.

— J'ai des infos concernant la mort de Sybille Barthélémy. Ça vous intéresse ?

Il était resté muet un instant avant de souffler :

— Oui.

— Ce soir, gare de l'Est, sous la grande fresque du hall d'entrée, vingt et une heures trente…

***

Comme tous les soirs de la semaine, la gare de l'Est était noire de monde. Pour la plupart, des voyageurs qui allaient se payer au minimum une heure de transport dans des RER mal entretenus avant de rentrer dans leurs pavillons de banlieue. Une vie qui sembla insupportable à Léo.

Il était planté là où l'inconnu lui avait donné rendez-vous, dans l'immense hall d'entrée, sous la gigantesque peinture murale *Le Départ des poilus*. Il était vingt et une heures trente.

L'homme avait dit qu'il était de passage à Paris. Ils bavarderaient tranquillement à la brasserie ; ensuite, il prendrait son TGV. Il lui avait demandé de glisser un journal sous le bras gauche, pour qu'il puisse l'identifier, et Léo avait ramassé un quotidien gratuit dans un distributeur.

Impatient, il suivait les aiguilles de la pendule de la gare… L'homme avait déjà plus de vingt minutes de retard. Pour tuer le temps, Léo imagina tous les scénarios possibles. Il manquait pourtant d'éléments pour aboutir à quelque chose.

Cela faisait maintenant une heure qu'il attendait. Il eut soudain une idée et traversa le hall pour examiner le panneau lumineux des départs. Il n'y aurait plus aucun TGV avant le lendemain matin à six heures. L'exaltation avait laissé place à une déprime angoissée. C'était la première piste sérieuse depuis la disparition de sa sœur et elle était déjà en train de s'éteindre.

Désemparé, il décida de repartir et descendit vers le métro. La gare était à présent déserte, les couloirs, quasiment vides.

Au milieu de l'escalator, il entendit quelqu'un dévaler les marches derrière lui. Léo se colla à la rampe pour le laisser passer quand il eut soudain le sentiment d'un danger imminent… Il voulut se retourner, mais il n'en eut pas le temps, car il fut brutalement poussé en avant.

Il perdit l'équilibre et vit au ralenti s'approcher les arêtes des marches de l'escalator. Là où il allait se briser le crâne.

Miraculeusement, il parvint à se rétablir en accrochant au vol la rampe mobile. Il dégringola quelques marches et s'apprêtait à faire face quand il fut à nouveau violemment percuté dans le dos.

Heureusement, l'escalator arrivait à sa fin, et Léo eut le réflexe de se rouler en boule pour amortir le choc.

Les quelques rares passants témoins de la scène les contemplaient sans comprendre. Peut-être crurent-ils que l'agresseur de Léo venait à son secours quand il l'accrocha par le col et le releva pour le pousser dans un recoin. Ce qu'ils ne virent pas, c'est quand l'homme jeta violemment Léo sur le sol.

— C'est un avertissement. Il n'y en aura pas deux ! Arrête de fouiner et te mêle plus de ce qui te regarde pas… T'as compris, p'tite merde ?

L'homme avait un fort accent étranger. Léo se mit à hurler. Puis dans un sursaut, de rage et de frustration, il parvint à se relever. À expédier un coup de poing dans le visage de son adversaire, dont il découvrit à l'instant qu'il était dissimulé par un passe-montagne. L'autre recula de trois pas.

Il plongea la main dans sa poche et, quand elle réapparut, ses doigts étaient entourés d'anneaux brillants. Coup-de-poing américain. Une arme fréquemment utilisée dans la rue. Peu coûteuse et terriblement dévastatrice.

Une onde de panique submergea Léo et c'est peut-être cela qui le sauva. D'un bond de côté qui mobilisa toute son énergie vitale, il évita la charge de son agresseur, puis piqua un sprint à travers la gare. Il était plus mince, agile et souple que son poursuivant ; c'était sa seule chance de lui échapper.

Il décida de tenter de regagner le hall central. Il y serait à l'abri. Il se précipita vers l'escalator, l'autre toujours à ses trousses…

33
Double jeu

Une ambiance vieux bistrot parisien, dont le décor n'avait pas changé depuis des lustres, enfin en apparence. Car tout le mobilier avait été remplacé à l'identique, en dehors du comptoir d'époque, derrière lequel officiait le patron. Lui, il prenait des rides, contrairement au reste.

Cela faisait partie du charme du lieu. C'est là que les flics du 36 et plus particulièrement ceux de la crime aimaient à se réunir depuis plus d'un demi-siècle…

Dans un box à la lumière tamisée, Lavelli et Dumaurrier se jaugeaient.

Elle avait commandé un gin-tonic, et lui, un earl grey. Sa prétendue « bouddhiste attitude » agaçait Lavelli… Malgré leur apparente affabilité, une forte défiance planait entre eux depuis longtemps.

Ils s'étaient connus sur les bancs de la fac de droit d'Assas, ne s'estimaient guère, étaient politiquement radicalement opposés et avaient simultanément choisi de devenir flics. Les rares fois où ils se voyaient, ils ne se départaient jamais du ton persifleur qu'ils avaient adopté l'un envers l'autre lorsqu'ils s'étaient rencontrés.

Lavelli avait lancé son premier Scud. Elle savait que Dumaurrier n'aimait pas qu'on lui rappelle qu'il avait été simple flic :

— Entre collègues…

Avec son regard sibyllin, Dumaurrier avait immédiatement rectifié.

— Ex-collègues, chère Anne… Cela fait plus de dix ans que j'ai quitté la Grande Maison.

— On pourrait s'entraider. Qu'est-ce que tu en penses ?

L'ancien flic, impassible, attendit la suite. Lavelli embraya :

— Il est où, le lézard, à FunBox ? Qu'est-ce qui se passe dans cette boîte ? Et toi, tu trafiques quoi là-dedans ?

— Conseiller en investissement. Je les ai aidés à leurs débuts. Monter des start-up fait partie de mes activités, comme tu le sais.

— Belle réussite financière. Des flics qui deviennent banquiers, c'est plutôt rare.

— Tu as raison, la plupart écrivent des polars souvent assez médiocres ou se reconvertissent dans la sécurité… Arrêtons de tourner autour du pot, tu veux bien ? Qu'est-ce qui me vaut l'honneur de ton invitation ?

Il avait appuyé sur le mot « invitation » avec un petit sourire ironique. Son habitude de louvoyer en toute occasion. À ce jeu-là, il avait toujours été très fort. Lavelli décida d'y aller franco :

— Meurtre d'une gamine de quatorze ans, plus pédophilie. Tu es forcément au courant de l'affaire Jasmine Levert…

Elle marqua un temps.

— Alors, si tu as des soupçons sur quelqu'un de FunBox, tu as intérêt à m'en parler.

Dumaurrier réfléchit un moment.

— Je connais surtout les trois fondateurs de la boîte. Franchement, j'imagine mal Rébecca Fersen ou Milan Lachenal tremper dans ce genre d'histoire.

— Toi et moi, on a connu des meurtriers irréprochables !

Dumaurrier prit son temps, but une gorgée de thé avant de poursuivre :

— D'un côté, on a une chef d'entreprise brillantissime qui vient de recevoir le prix du Jeune Entrepreneur, de l'autre, Milan, un type qui passe son temps entre la conception de ses programmes et sa vieille mère Alzheimer. Quant à Julien, le troisième larron, il est plutôt incontrôlable, genre fêtard un peu déjanté. Mais il n'est pas méchant.

Le ton de Lavelli devint soudain railleur :

— J'espère que tu n'oublies rien, Arnaud !

— Qu'est-ce que tu veux entendre ? Je conseille des dizaines de start-up…

La commissaire coupa la parole à son ancien collègue. Elle se pencha vers lui et murmura, menaçante :

— À propos, fais gaffe avec tes comptes en banque à Montevideo, même s'ils sont au nom de ta femme… On sait jamais avec les agents du fisc...

Dumaurrier eut une mimique amusée.

— Du vent, tout ça !

— J'espère pour toi.

Lavelli se leva, attrapa son sac et lança presque à la cantonade :

— Mon téléphone n'a pas changé. Alors, si tu te souviens de quelque chose, je suis preneuse… Je te laisse payer puisque tu es devenu banquier.

Elle tourna les talons et sortit droite comme un i tout en faisant tournoyer sa mèche blanche.

34
L'échappée belle

Léo n'avait plus de souffle, ses poumons étaient en feu comme s'il venait de terminer un marathon.

Il avait réussi à regagner le hall d'entrée de la gare de l'Est, où il avait eu la chance de tomber nez à nez avec une patrouille de flics. Là seulement il s'était senti en sécurité. Son poursuivant s'était subitement évaporé.

Une femme au sourire rassurant, visiblement la chef de la patrouille, s'était approchée de lui et l'avait questionné avec bienveillance. Que s'était-il passé ? Comment se sentait-il ?

Soudain, une douleur lancinante lui traversa le crâne et des milliers de petites aiguilles blanches apparurent devant ses yeux. C'est alors qu'il prit conscience qu'il était sérieusement amoché.

Il passa sa main dans ses cheveux et sentit du sang qui coulait sur son visage. Son cuir chevelu était fendu, ses mains étaient à vif à force d'avoir frotté le bitume, et ses côtes lançaient des pointes douloureuses du côté droit. On allait l'emmener aux urgences. Il fallait qu'il se calme, qu'il arrête de trembler, tout allait bien maintenant.

Savait-il pourquoi on l'avait malmené ? Lui avait-on volé quelque chose ? Il pouvait porter plainte tout de suite au poste de police de la gare et décrire son agresseur.

Léo se raidit. Une fois de plus, les chances de retrouver le meurtrier de Sybille s'amenuisaient. Le temps passait, effaçant irrémédiablement les traces de la mort de Sibylle…

Peu à peu, sa sœur ne serait plus qu'un pâle fantôme.

S'il ne parvenait pas à trouver pourquoi elle était morte, elle disparaîtrait à jamais…

Pourtant, il avait acquis une certitude : le rendez-vous à la gare de l'Est était le signe qu'il dérangeait – donc qu'il était sur la bonne piste.

35

Parents, nourrissez bien vos enfants

La fille était plutôt jolie avec son visage de poupée de porcelaine et son regard gris qui, de temps en temps, laissait paraître un côté introverti, presque craintif.

Treize ans, blonde et fragile comme il les aimait…

Elle s'appelait Élise. Quand elle lui avait fièrement annoncé qu'elle pouvait lui jouer *La Lettre à Élise* au piano… ça l'avait fait sourire. Lui, aujourd'hui, il s'appelait Paul.

Avec nostalgie, il se rappela ses sept ans et la torture que représentaient les cours de solfège au conservatoire du quartier, la joie de sa mère lorsqu'il avait réussi l'examen de passage en première année.

Après, cela avait été une autre histoire. Progressivement, il s'était rebellé contre toute forme d'autorité. Incivilités, petits larcins… À quinze ans, il avait déjà été l'objet de plusieurs signalements auprès de la brigade des mineurs.

Il chassa ses souvenirs et observa l'adolescente. Elle semblait si enfantine. Et lui, malgré ses dix-sept ans, il se sentait déjà tellement vieux. Il était surtout conscient d'avoir perdu toute son innocence… Depuis un an, il avait pénétré dans l'univers de la barbarie et du crime.

Il aurait tant aimé basculer en arrière, remonter le temps pour ne plus sentir le souffle court de l'autre dans sa nuque. Son excitation croissante quand il examinait sa future proie sur le deuxième écran...

Un logiciel qu'il avait créé lui permettait de zoomer sur tel ou tel détail du visage et du corps des adolescentes, d'apprécier ou de dire non. Delete. *Celle-là lui plaisait bien...*

C'était leur premier contact par Skype.

Gentiment, ils avaient discuté comme deux gosses un peu paumés et solitaires qui cherchaient des réponses à leurs inquiétudes.

Paul et Élise s'étaient rencontrés il y a une dizaine de jours sur un blog spécialisé pour ados. La jeune fille n'avait toujours pas surmonté le décès de sa mère, il y a trois ans. Elle vivait chez ses grands-parents et rêvait d'aller rejoindre son père. Ingénieur dans la construction, celui-ci travaillait au Sénégal. Quant à Paul, il n'avait jamais connu le sien... Sa mère, une féministe, l'avait élevé seule, envers et contre tous.

Un lien invisible s'était tissé entre Élise et Paul dès leur première rencontre. Il était devenu expert pour draguer des gamines sur Internet.

Au début, il avait appris à répéter mot pour mot ce que lui disait l'autre dans l'oreillette. Et pas seulement...

Ses expressions aussi étaient télécommandées : plus souriant, plus séduisant, plus grave, légèrement ironique. L'autre jouait avec lui comme un metteur en scène avec un comédien ; c'est ce que se disait Paul qui n'avait aucune expérience en la matière. Il avait rapidement compris qu'il ne devrait sa survie qu'à sa capacité à devenir un matériau malléable à souhait.

Dans la même journée, il se transformait tour à tour en Paul, Ludovic, Jonathan, Fred...

Parfois, il se perdait au milieu de tous ces avatars : *Jonathan qui faisait du surf, Ludovic qui rêvait de faire médecine, Paul qui était fan de Lady Gaga*… Il avait fini par faire des fiches sur chaque personnage.

L'autre l'avait choisi pour sa belle gueule, ses yeux bleus et son sourire de *bad boy* qui faisait craquer les filles.

Pourtant, il avait un défaut, un écartement très prononcé entre ses deux incisives de devant.

— Les dents de la chance, comme sa mère aimait à le lui rappeler.

Il devait en être fier. Elle avait refusé qu'il porte un appareil alors que lui avait toujours rêvé d'en avoir un comme tous les gamins de sa classe !

Paul avait appris à sourire en n'ouvrant pas la bouche afin de ne pas dévoiler ce signe particulier qui trahirait son identité.

Il n'avait pas le droit de faillir, car l'autre n'hésiterait pas à le faire disparaître. C'était cette obéissance qui le maintenait en vie. Changer d'identité, entrer dans la peau d'un autre était devenu un challenge quotidien ! Les personnalités multiples, il avait vu ça dans des séries télé, mais jamais il n'aurait imaginé devenir le bras armé d'un psychopathe.

Soudain, Paul entendit un message dans l'oreillette. Il fallait qu'il mette fin à sa conversation avec Élise. Ce qu'il fit rapidement. Il se fit envoyer le mail de la gamine.

Elle lui adressa un sourire confiant. Il comprit qu'elle avait très envie de le revoir. Elle était tombée dans le panneau. Il essaya de faire durer ce moment le plus longtemps possible. De la journée, elle avait été son unique lien avec le réel. Élise lui envoya un baiser avec ses doigts avant de disparaître de l'écran.

Au même moment, une main se posa sur son épaule.

Le garçon sursauta ; il tenta de dissimuler l'expression de terreur qui s'imprima sur son visage : ne jamais montrer sa faiblesse à son adversaire. Il ne se souvenait plus de l'auteur qui avait émis cette sentence…

Il se leva et attendit patiemment que l'autre le pousse dans le couloir étroit. Il avait calculé qu'il y avait exactement trois mètres vingt avant d'atteindre sa cellule. Il marchait à petits pas à cause de ses chevilles entravées.

Une fois à l'intérieur, il jaugea la pièce aveugle. Sa prison depuis de nombreux mois.

À peine onze mètres carrés, un espace suffisant pour un lit une place, un bureau IKEA et une chaise. Dans un coin, un évier et des toilettes. Au mur, une étagère avec quelques livres qu'il avait réussi à obtenir au fil de ses mois de détention. Et un ordinateur, son instrument de survie. Il avait accès à certains sites d'information. Les autres étaient bloqués.

Une caméra le filmait vingt-quatre heures sur vingt-quatre. Il n'y avait pas d'angle mort, mais le garçon avait compris que l'autre n'avait guère le temps de visionner les bandes.

Sur la table, comme chaque soir après la prestation, il découvrit un plateau-repas. Ce soir, c'était menu chinois, le numéro 2 avec des nems et du riz cantonais et un coca. Il y avait probablement un traiteur asiatique près de l'endroit où il était séquestré, car la nourriture arrivait toujours tiède.

La porte se referma.

Un bruit de clés résonna dans le silence.

Soudain, il se mit à pleurer. Il passa sa main dans ses cheveux et arracha sa perruque blonde, sous laquelle son crâne rasé apparut, et la jeta brutalement contre le mur.

Puis il se roula en boule sur son lit et se mit à sangloter nerveusement.

— Je ne suis pas Paul, pas Ludovic, pas Jonathan…

Ses pleurs se transformèrent en un hurlement. La voix de l'autre s'éleva derrière la porte :

— Pourquoi tu cries ? Tu n'es pas bien avec moi ?

Le garçon se mit à sangloter de plus belle.

— Demain soir, tu auras la permission d'aller en haut dans le salon. On regardera la saison 5 de *Game of Thrones*, tous les deux.

L'homme savait y faire pour trouver les mots justes. Inexplicablement, la perspective de passer une soirée avec lui faisait sécher ses larmes. Il s'allongea sur le lit et ferma les yeux pour rêvasser à cet instant promis.

36
La métamorphose

Tout en remontant la rue Lacépède, Guillaume songea que cela faisait presque quarante-huit heures qu'il n'avait pas touché à une goutte d'alcool. C'était un combat de chaque instant, une guerre qu'il n'était pas certain de remporter.

Depuis qu'il avait quitté son antre du pont de Sully, il était passé devant trois bars et, chaque fois, il avait voulu s'y arrêter.

Peut-être que l'humiliation de se faire éjecter à cause de son air de SDF avait été plus forte que son envie de boire…

Un peu plus loin, la vitrine d'une supérette lui fit de l'œil... Une coulée de sueur glissa entre ses omoplates, sa main gauche se mit à trembler et il faillit lâcher le sac en plastique qui contenait ses affaires propres. Soudain, il eut comme un blanc et resta un long moment immobile devant l'entrée du magasin avant de tourner les talons.

Il ne savait pas combien de temps il tiendrait, mais peu importe. Quand Léo était revenu complètement défait, le visage tuméfié, l'arcade sourcilière recousue après le guet-apens de la gare de l'Est, Guillaume s'était soudain senti très lâche. Le gamin lui avait demandé de l'aide et il s'était foutu de lui. Il avait eu honte.

À cet instant précis, il avait compris qu'il ne pouvait pas le laisser se battre seul contre les titans de la finance. Pour les avoir pratiqués pendant de nombreuses années, il était bien placé pour savoir qu'ils ne reculeraient devant rien pour abattre Léo.

Lui-même en avait fait les frais et l'avait payé suffisamment cher. Lui, le jeune trader éduqué à être productif et à engranger des milliards sur le dos des pauvres gens. Jouer avec l'argent virtuel qui défilait à toute allure sur les écrans des offices de trading et les moniteurs de Bourse avait quelque chose de jouissif et de terriblement excitant pour le jeune ambitieux qu'il avait été.

Pourtant, il n'avait été qu'un lampiste. Accusé d'avoir effectué des opérations litigieuses et de les avoir masquées. Au procès, il avait été jugé responsable des pertes de la banque qui s'élevaient à plus de deux milliards d'euros. La prison, la dégringolade, puis l'alcool avaient transformé sa vie en cauchemar.

Quand Claire l'avait quitté, il était tombé en enfer et s'y était délecté comme une punition qu'il voulait s'infliger.

Arnaud Dumaurrier, le nom lui disait vaguement quelque chose. Probablement un de ces conseillers financiers qui n'apparaissaient jamais sur le devant de la scène, mais exerçaient leur pouvoir d'une manière tentaculaire tant ils étaient proches des cercles du pouvoir.

Aider Léo à retrouver celui ou celle qui avait poussé sa sœur au suicide, c'était le seul prétexte valable pour se sevrer. Le jeu en valait la chandelle, peut-être même aurait-il enfin la force de sortir de la rue… et de redevenir quelqu'un de bien.

Il venait d'arriver devant l'entrée des bains-douches municipaux Lacépède, son sac en plastique à la main. Il hésita un moment, puis entra.

Une heure plus tard, Guillaume ressortit totalement transformé.

Cheveux coupés court, rasé, vêtu d'un costume sombre bien coupé et d'une chemise blanche, il avait échangé son sac plastique contre une serviette en cuir. Si ce n'étaient ses traits creusés par les années de galère, il ressemblait à n'importe quel type se rendant au travail.

Il s'arrêta devant une vitrine pour y contempler son reflet. À la fois curieux et décontenancé par sa nouvelle allure, il eut du mal à se reconnaître. Un rayon de soleil se refléta dans la vitre et l'aveugla soudain. La rue tout entière s'illumina l'espace d'un instant.

Il ferma les yeux pour sentir la caresse du soleil d'hiver sur son visage… Quand il les rouvrit, un nuage avait obscurci le ciel.

Tout était redevenu sombre, mais curieusement il se sentit beaucoup plus léger… Même si l'envie d'avaler un demi le travaillait au corps plus que jamais.

37
Le pirate

— Quelqu'un pirate ou a piraté nos données clients. Si ce n'est pas Santucci, qui est-ce ?

Rébecca tapota nerveusement le rebord de la table et attendit une réaction. Le silence était tel qu'on pouvait entendre une mouche voler dans la salle de réunion, mais c'était l'hiver et, à cette époque de l'année, il n'y avait pas de mouches. Elles hibernaient…

— Qui a pu accéder aux fichiers clients ? Que ce soit sous la forme d'un cheval de Troie ou autre ? insista Rébecca avec dureté.

La réunion hebdomadaire avait commencé à dix heures précises. Elle rassemblait Milan, Julien, les responsables de chaque secteur ainsi que Dumaurrier, de passage à Paris. En tout, une dizaine de personnes. L'ordre du jour était consacré aux futurs investissements publicitaires et aux projets en développement. Mais avant d'aborder ces différents points, Rébecca avait souhaité soulever la question du piratage des données. Un silence pesant régnait, chacun était préoccupé par ces accusations.

Dumaurrier leva les yeux de sa tablette tactile et prit la parole :

— L'important, c'est que personne n'ait vent de ces fuites, surtout en ce moment. Les attaques dont nous sommes victimes depuis plusieurs jours risquent de nous porter préjudice...

Rébecca se crispa.

— Le suicide de Sybille, le meurtre de Jasmine et l'histoire de Ludane, la fille du juge Vandermeck, ça fait quand même beaucoup de coïncidences, tu ne penses pas ?...

— Pour le moment, rien ne prouve que ces trois affaires soient liées, rétorqua Dumaurrier.

— Peut-être ! réagit sèchement Rébecca. Mais je ne veux pas que FunBox serve d'outil à des pervers et des pédophiles pour attirer des gamines et abuser d'elles !

Ce fut au tour de Julien de vouloir calmer le jeu.

— Cool, Rébecca, cool ! Les flics font leur boulot.

Il se tourna vers Dumaurrier.

— Tu as sûrement des infos concernant l'enquête ?

— Non. Pas pour le moment.

Julien fit un geste rassurant à l'adresse de Rébecca.

— Nous, on est là pour gérer une entreprise, pour que la fusion-acquisition avec les Canadiens se passe au mieux et qu'on nous fasse un gros chèque avec beaucoup de stock-options ! Pour qu'on se la coule douce.

Rébecca sentit la colère monter. Le fric, les stock-options ! Même si elle avait une longue pratique du sens de la dérision de Julien, elle savait que ces mots reflétaient les pensées de chacun autour de la table... Elle eut envie de foutre le camp, de tout plaquer. Pourtant, elle décida de ne rien laisser transparaître.

— J'insiste : les blogs et ces rumeurs sur Internet nous portent préjudice, poursuivit Dumaurrier. Rébecca, tu as une idée de l'identité de celui qui te poursuit avec ses mails et SMS ?

Instinctivement, Rébecca décida de répondre par la négative. Son affaire avec Léo ne concernait qu'elle.

Dumaurrier fut-il dupe de sa réponse ? Elle n'eut pas le temps de s'interroger, car il continua :

— Il s'agit probablement de Léo Barthélémy, le frère de Sybille, la jeune fille qui s'est suicidée. La police a retrouvé sa trace d'après le numéro IP d'un ordinateur volé devant la Fnac. On ne l'a pas encore localisé, mais cela ne saurait tarder.

Bien décidée à en savoir plus, Rébecca se tourna vers Dumaurrier. Elle savait qu'il avait conservé d'excellentes relations avec ses ex-collègues flics.

— Tu as d'autres infos sur ce Léo ?

— Pas grand-chose. Il n'a plus remis les pieds à la fac depuis la mort de sa sœur, répondit Dumaurrier. Son seul lien semble être sa mère, qu'il va visiter de temps à autre. Elle est internée dans une maison de repos près de Rouen.

Milan soupira.

— Apparemment, ce Léo semble très doué comme maître-chanteur.

Dumaurrier renchérit :

— Il est aussi très fort pour s'introduire dans les logiciels les plus sécurisés. À l'âge de quinze ans, il a été l'un des participants de l'« opération objection » menée par le groupe Anonymous pour défendre le site d'infos de Matt Dürer. Celui qui avait publié des infos confidentielles sur les exactions menées par les Américains dans le camp de Guantánamo. Mais vu son jeune âge, il avait été remis en liberté.

— Ça pourrait être lui l'assassin de Jasmine ? réfléchit à haute voix Milan. Il a peut-être réussi à entrer dans notre système d'exploitation et copier nos fichiers…

Rébecca fronça les sourcils, sceptique.

— Dans quel but ?

— Sa sœur se suicide, il devient complètement parano,

pète un câble et, pour se venger de FunBox et nous foutre dans la merde, il tue Jasmine.

— Je n'y crois pas, répliqua Rébecca… C'est complètement tordu comme scénario. La thèse du piratage par l'extérieur me semble maintenant tout à fait improbable.

Julien sursauta.

— Qu'est-ce que tu veux dire, Rébecca ?

— Cela me semble clair, non ? Si le vol ne provient pas de l'extérieur, ça veut dire qu'il s'agit de… quelqu'un à l'intérieur de la boîte.

Un silence de mort accueillit ses paroles.

— C'est une accusation très grave, Rébecca, finit par lâcher Milan.

— Tu en penses quoi, Serge ? insista-t-elle. Tu sais mieux que quiconque comment fonctionne le site.

Le responsable de la maintenance parut extrêmement embarrassé. Il déclara en choisissant soigneusement ses mots :

— J'ai vérifié tous les ports extérieurs du programme, un par un et, pour le moment, je n'ai trouvé aucune faille de sécurité.

Dumaurrier décroisa ses jambes, regarda sa montre et se leva.

— Toutes ces suppositions sont à la fois invraisemblables et totalement fantaisistes. On va retrouver ce Léo au plus vite, je m'en occupe.

Rébecca voulut intervenir, mais Dumaurrier ne lui en laissa pas le temps.

— En attendant, ne nous focalisons plus sur cette histoire. Elle ne nous concerne plus.

— Tu as raison, lâcha Milan. Passons à autre chose.

Soudain, Rébecca eut la sensation que ses questionnements et ses prises de position ne collaient plus avec celles de ses associés. À quoi jouaient-ils tous ? Elle balaya du regard ceux qui étaient autour de la table : Serge, et aussi Vlad, Fred et Clarisse, les programmeurs, Natacha, la responsable financière… Julien, Milan et Dumaurrier. Il était le seul à ne pas sembler gêné.

— Je ne décrocherai pas tant que cette histoire n'aura pas été résolue, déclara Rébecca.

38
La part des anges

Même s'il n'existait plus de Bourse physique à Paris depuis 2007, le palais Brongniart était toujours là. L'ancien temple de la finance et de l'économie accueillait désormais des expos, des salons et plusieurs start-up pour un programme pompeusement appelé Silicon Sentier.

Sur le fronton néoclassique du bâtiment, une immense banderole vantant la naissance d'un nouveau smartphone annonçait la création d'un espace dédié aux nouvelles formes entrepreneuriales, innovantes et solidaires. Ce dernier mot fit sourire Guillaume lorsqu'il sortit du métro. Le capitalisme financier était un ogre qui avalait tout sur son passage.

Il se dirigea vers la rue du Quatre-Septembre, dépassa la terrasse d'une brasserie où malgré le froid des clients s'étaient installés sous les rampes chauffantes. Une douleur sourde commençait à lui tenailler l'estomac. Il s'immobilisa devant un couple sans parvenir à quitter des yeux le verre que la jeune femme portait à ses lèvres carmin. Elle semblait si détendue en sirotant le contenu de son cocktail, et ses yeux brillaient comme des larmes de vodka…

Une crampe crispa soudain la jambe gauche de Guillaume et l'immobilisa. Il connaissait par cœur les symptômes du sevrage. Bientôt, sa température avoisinerait les trente-huit, trente-neuf degrés, et son corps commencerait à suer goutte par goutte l'alcool qu'il avait dans le sang...

Entrer, s'approcher du comptoir, commander un demi. Sa gorge était terriblement sèche, et surtout il avait tellement soif… Pourtant, il parvint à détacher son regard de la bouche de la fille et continua sa route.

Il s'efforça de se concentrer sur son rendez-vous avec Pascal Monnier, journaliste à *La Croissance*, l'unique quotidien d'information économique et financière depuis la disparition de *La Tribune*. Il prit conscience du tremblement qui agitait sa main droite et tenta de le réprimer. Il savait qu'il allait vivre un enfer pendant plusieurs jours… s'il ne replongeait pas. Peut-être devrait-il surmonter son antipathie viscérale pour les AA et les recontacter ?

Un passant le bouscula lorsqu'il se remit en marche.

Guillaume s'interrogea : peut-être était-il devenu transparent à force d'être hors circuit ? D'un regard, il balaya la foule qui se pressait autour de lui : pour la plupart des jeunes cadres préoccupés, centrés sur eux-mêmes, pendus à leur portable et à leurs réseaux sociaux, comme il l'avait été lui-même lorsqu'il était un jeune loup de la finance.

Cela faisait plusieurs années qu'il n'avait pas mis les pieds dans le quartier de la Bourse. En fait, depuis sa chute, son univers s'était considérablement restreint. Désormais, il quittait rarement la rive gauche.

Avant, il vivait de l'autre côté du fleuve, près de la Bastille, chez les bobos, dans un loft de plus de cent mètres carrés avec Claire. Ils avaient été heureux comme des gosses quand l'agent immobilier leur avait appris qu'ils avaient été choisis parmi la trentaine de postulants pour être les nouveaux locataires. Le salaire à plusieurs zéros de Guillaume avait vivement impressionné le propriétaire.

Le soir, ils avaient bu du Cristal Roederer dans l'appartement vide en faisant des plans d'avenir. Dans un an ou deux, ils iraient vivre à Londres pour payer moins d'impôts… Puis ils avaient fait l'amour sur leurs sacs de couchage. Il aimait tellement ses yeux, sa bouche, ses hanches, le grain de sa peau…

Pourquoi ne le laissait-elle pas en paix ?

Où était-elle en ce moment ?

Ses pas l'emmenèrent vers l'immeuble haussmannien qui abritait *La Croissance*. Le journal économique avait été racheté par VSC, l'un des plus importants groupes de luxe français, il y a deux ans.

Guillaume leva les yeux vers la façade ornée de deux imposantes cariatides, symbole de la puissance financière du groupe, puis entra d'un pas qu'il voulut assuré dans le hall.

***

— T'étais passé où ? Pas de nouvelles, depuis cinq… six ans ? Tu aurais pu me faire signe, espèce de lâcheur !

Guillaume comprit que l'autre n'était pas dupe. Il en rajoutait trop dans l'exubérance des retrouvailles. Pascal, qui avait été très proche au moment de l'affaire, savait beaucoup de choses sur lui. Ses problèmes avec l'alcool, sa séparation avec Claire, ses tentatives avortées pour se faire entendre lorsqu'il était sorti de prison, puis sa dérive et sa lente descente en enfer.

Il avait vu le regard qu'il lui avait jeté lorsqu'il était entré dans l'open space de la rédaction.

Malgré son costume repassé, sa chemise blanche et sa « remise en état », quelque chose de cassé transpirait en lui.

— SDF un jour, SDF toujours… aimait lui rappeler Michel, un de ses copains de galère.

Il avait raison. Personne ne se relevait jamais de la rue.

Lorsque l'affaire de la banque avait éclaté, Pascal Monnier, jeune journaliste ambitieux, avait été l'un des premiers à dénoncer l'intox des responsables du service boursier de La Société bancaire. Il avait fait un remarquable travail d'investigation et avait mis au jour les irrégularités de la direction de la banque. Il avait été assez courageux pour prendre la défense de Guillaume. Celui-ci lui en avait toujours été reconnaissant. Ils avaient aussi pris pas mal de cuites ensemble.

— Ça a l'air d'aller bien pour toi.

Guillaume acquiesça. Pascal continua à le bombarder de questions :

— Alors, tu fais quoi maintenant ? Tu vis où ?

— En Belgique, à Anvers, répondit Guillaume tout à trac. J'ai monté une boîte de com. Ça marche pas trop mal… Enfin, pour dire la vérité, je m'en sors ric-rac avec la crise.

Guillaume avait pris le parti de jouer la comédie. Après tout, ce n'était qu'une question d'appréciation, d'apparence… Il commençait à s'amuser de la situation.

— Tu dois te demander pourquoi je viens te voir ?

Pascal se leva et enfila sa veste. Il paraissait survolté.

— D'abord, on va boire un coup pour fêter ton retour. J'ai une bouteille d'excellent pur malt qui nous attend dans un bar à putes pas loin d'ici, tu vas adorer…

— Je ne bois plus.

En prononçant ces mots, Guillaume eut la sensation de sceller un pacte qu'il ne pourrait rompre… du moins jusqu'à la fin de son entrevue avec le journaliste. Pascal eut une petite mimique incrédule, puis examina attentivement Guillaume.

— T'es pas marrant. Bon, alors, qu'est-ce que je peux faire pour toi ?

— Me renseigner au sujet d'un certain Arnaud Dumaurrier.

Pascal tiqua. Visiblement, le nom ne lui était pas inconnu…

— Pourquoi tu t'intéresses à ce type ?

— Il m'a abordé pour prendre des parts dans ma boîte. Comme j'ai eu une aventure malheureuse avec un gars qui voulait investir il y a quelques mois, je préfère me rencarder sérieusement…

— La coïncidence est plutôt amusante, répondit Pascal. Il est le conseiller de la direction du canard pour tout ce qui touche au numérique. C'est lui qui s'est occupé de la recapitalisation du journal il y a six mois… Avec pas mal de succès. C'est un homme de réseau avec beaucoup de réseaux, si tu vois ce que je veux dire…

Le journaliste scruta attentivement Guillaume.

— Et si on faisait un livre sur ta vie ? Le trader repenti qui remonte la pente ? Y a du fric à se faire. Les gens adorent ce genre de récit où il est question de rédemption. Et moi, j'ai besoin de me remettre à flot, parce que je suis dans le prochain wagon des licenciements.

— Pourquoi pas ? mentit Guillaume.

Il eut soudain la sensation de revenir plusieurs années en arrière. Il avait oublié leur cynisme. Tout était bon pour « faire du fric ». Il les connaissait bien ; il avait été comme eux. Mais ce coup-ci, ce serait donnant-donnant. Il ne se laisserait pas faire.

— À condition que tu me trouves des infos sur Dumaurrier. Je veux tout savoir sur lui. S'il a des casseroles… Je ne peux pas m'engager, dans ma situation et vu mon histoire (il appuya sur les derniers mots) avec un type qui ne soit pas complètement clean.

39
L'impasse

— *Rébecca Fersen fait courir de graves dangers à nos enfants... N'oublions jamais Sybille et Jasmine sacrifiées à des pervers psychopathes.* Quel ramassis de conneries !

Maud était en train de lire les derniers posts de White Hacker, alias Léo, sur son smartphone. Elle ne décolérait pas.

— Je t'épargne la suite, c'est encore pire… T'accuser d'être à l'origine de la mort de ces deux gamines, c'est dégueulasse ! Il se prend pour qui, cet enfoiré ?

Assises au comptoir du Favela chic, un bar près du canal Saint-Martin où elles avaient leurs habitudes, Rébecca faisait tourner son verre de chablis entre ses doigts. Maud se pencha vers elle.

— Mais qu'est-ce que vous attendez pour le coincer ?

— Impossible de le localiser. Il change de cybercafé à chaque nouvelle parution, murmura Rébecca.

— Si ça continue, il va finir par te rendre responsable de l'existence de tous les assassins, pédophiles et psychopathes de la planète.

Rébecca paraissait perdue dans ses pensées. Maud se pencha vers elle.

— Mais qu'est-ce qui se passe avec toi, Rébecca ?

— Tout est compliqué, en ce moment. Je ne sais pas

comment… quelle stratégie adopter. Je gère mal. Tout, ma vie, le reste…

Soudain, elle devint véhémente :

— Et puis cet imbécile de Léo qui ne répond pas à mes SMS, ni à mes mails…

— Pas évident de trouver un type qui vit dans la rue, rétorqua Maud. Si j'étais toi, je commencerais par les soupes populaires. C'est dur de se nourrir quand on est en galère… alors, un repas chaud en hiver, c'est toujours bon à prendre…

Derrière elles, une voix les interrompit :

— Rébecca Fersen, vous n'avez pas l'air d'avoir la baraka en ce moment… ou je me trompe ?

Avant même de se retourner, Rébecca avait reconnu la voix de Lavelli. Qu'est-ce qu'elle foutait là ? La commissaire grimpa sur le tabouret mitoyen et fit signe à la barmaid.

— Un martini dry, s'il vous plaît !

La fille eut l'air surprise, puis demanda gentiment :

— Désolée, je n'ai jamais entendu parler de ce cocktail. Vous avez les proportions ?

Lavelli acquiesça et entreprit d'énoncer la recette avec un sourire gourmand :

— Vous versez un tiers de Noilly Prat sur deux ou trois glaçons et puis une demi-cuillère d'Angustura. Vous secouez. Avec un shaker, c'est mieux. Ensuite, vous ajoutez deux tiers de gin, de préférence un Tanqueray. Vous frappez à nouveau, puis vous versez dans un verre à large bord. Ne pas oublier l'olive. Sans elle, Luis Buñuel prétendait que le dry n'était rien… Sirotez doucement, car cette boisson est connue pour avoir causé des hallucinations frisant le surréalisme !

Narquoise, Maud toisa Lavelli.

— Ici, c'est plutôt Caïpirinha ou Caïpiroska… En attendant, Mafalda doit pouvoir vous proposer un whisky, façon Humphrey Bogart ?

— Alors, un baby, avec un glaçon, s'il vous plaît, répliqua Lavelli, amusée.

Elle se tourna vers Rébecca.

— Alors, comme ça, vous êtes *blacklistée* au Wanderlust ?

La jeune femme se raidit. Pourquoi la poursuivait-elle ainsi ?

— Où voulez-vous en venir ?

— J'ai appris que vous aviez envoyé au tapis un avocat, un certain David Pontet, qui soit dit entre nous n'a pas du tout apprécié et qui…

— Un cinglé. Il la harcelait, j'en suis témoin, éclata Maud.

— Ce n'est pas ce qu'il prétend. Peu importe… Les hommes ont toujours raison !

Elle se tourna vers Rébecca.

— Je viens d'avoir une longue discussion avec notre expert en informatique. Celui qui est venu chez vous. Il ne croit pas que quelqu'un ait pu rentrer dans votre programme de l'extérieur pour piquer les photos des deux filles. En clair, ça s'est passé à l'intérieur. Alors, voilà, je voudrais que vous me parliez un peu de vos collaborateurs.

— Qu'est-ce que vous voulez savoir que vous ne sachiez déjà ? lança Rébecca. Je commence par qui ? Julien Campana ?

— Le sniffeur de coke, le consommateur de club échangiste, *what else* ? renchérit Lavelli.

— Vous oubliez qu'il parie sur les matches de foot, rétorqua Rébecca… Et Milan, vous en êtes où, de vos recherches ?

— École centrale, doctorat en mathématiques appliquées dans une université canadienne, des épisodes dépressifs. Ce n'est pas évident, une mère Alzheimer. Pas de vices connus, constata-t-elle.

— Et Serge, Natacha, tous les autres, vous les avez passés au peigne fin ?

— C'est en route !

À cet instant, Rébecca s'interrogea : qu'est-ce que Lavelli connaissait d'elle ? Elles demeurèrent un moment silencieuses. Cependant, il n'y avait aucune agressivité entre elles. Lavelli balaya la salle et revint vers Maud. L'énergie de la fille l'intéressait. Il faudrait qu'elle se renseigne sur son parcours. Puis elle posa son regard sur Rébecca.

— Vous connaissez quelqu'un qui vous en veut ?

La question surprit Rébecca.

— Non, je ne crois pas…

Lavelli se fit grave.

— Faites attention à vous. C'est un conseil de flic.

40
Chantage

En dépit de son ancienneté dans la profession, le juge Vandermeck n'avait eu que rarement le privilège d'accéder au saint des saints, le 13 de la place Vendôme. Ministère de la Justice. Mais s'agissait-il vraiment d'un privilège ? Il se serait volontiers passé de répondre à cette convocation, mais voilà : un magistrat devait obéir aux ordres de la hiérarchie judiciaire.

Le juge contempla un instant la façade de l'hôtel de Bourvallais. Ironie de l'histoire, le Bourvallais en question, surintendant des finances sous Louis XIV, avait été embastillé pour détournement de deniers royaux. Mais c'était une autre époque…

Vandermeck avait chaussé d'épaisses lunettes noires pour atténuer la gêne que lui procurait la lumière du jour, mais cela réduisait encore son champ visuel.

Direction des affaires criminelles et des grâces. C'est là qu'on l'attendait. La directrice et son chef de cabinet. Le juge aurait pu réciter à l'avance la conversation qu'il allait avoir.

— La procédure que vous avez engagée pour le dossier ViaBank nous préoccupe, monsieur le juge.

— Je suppose que vous faites allusion à un cas précis, madame la directrice ?

— Je ne vais pas tourner autour du pot. L'avocat de

monsieur Koscelny s'est adressé directement au bâtonnier pour se plaindre de vos méthodes, et vous n'ignorez pas, je pense, que le bâtonnier est un proche du chef de cabinet de madame la ministre…

— École de la magistrature, promotion juge Michel.

— Bien… bien, parfait. Donc, monsieur Koscelny estime que sa présomption d'innocence n'est pas respectée et que vous avez abusivement confisqué des biens lui appartenant. Je peux vous demander sur quels éléments matériels vous vous appuyez pour procéder à cette perquisition ?

— Je ne suis pas obligé de vous répondre, madame la directrice. Le secret de l'instruction concerne tout le monde.

— Je le sais.

— Mais je vais le faire quand même. J'ai le procès-verbal de l'interrogatoire d'un ancien collaborateur de ViaBank, monsieur Sylvain Chemoun, qui accuse nommément monsieur Koscelny de détenir le listing des six mille fraudeurs du fisc qui ont ouvert des comptes numérotés à l'étranger grâce aux bons offices de ViaBank.

— Et… ce listing, vous l'avez mis au jour ?

— Pas pour l'instant. J'ai besoin de temps.

— Je voudrais que vous jetiez un œil sur ce document.

Le chef de cabinet tendait une feuille imprimée à Vandermeck. Écrite en petits caractères. Le magistrat chaussa ses lunettes, celles qu'il utilisait pour voir de près. Il dut approcher la feuille tout près pour la déchiffrer, mais son angle de vision très réduit l'obligeait à tourner constamment la tête pour suivre les lignes. La directrice fronça les sourcils.

— Vous avez des problèmes de vision, monsieur le juge ?

— Oh non ! assura-t-il, c'est tout à fait… provisoire. Une irritation provoquée par des verres de contact.

Le regard étonné qu'échangèrent les deux autres ne lui échappa pas.

— Si je comprends bien, enchaîna-t-il aussitôt, ViaBank a déposé plainte contre monsieur Chemoun pour tentative de chantage. Il menaçait de…

Il hésita. L'application qu'il mettait à lire le texte lui provoquait un violent mal de crâne.

— … de révéler certaines opérations de la banque censées demeurer confidentielles, acheva le chef de cabinet.

Vandermeck fit encore un effort énorme pour voir la date de rédaction du document. Il n'arrivait pas à distinguer les chiffres et pourtant il avait terriblement besoin de les connaître.

— Excusez-moi, avec ce… problème d'irritation, j'ai la vue un peu fatiguée. Pouvez-vous me préciser la date de la plainte ?

Le chef de cabinet l'observa un instant avec une perplexité croissante. Il reprit la feuille et lut :

— Le 8 avril

— Mais… cela remonte à trois jours ! Donc, bien après ma première audition de Chemoun. Il pourrait s'agir d'une simple diversion destinée à décrédibiliser mon témoin

La directrice eut un mouvement impatienté.

— Écoutez, monsieur le juge, pas de polémique sans fondement. Madame la ministre tient à ce que cette affaire soit bouclée dans les délais les plus restreints possible. Si vous devez prononcer un renvoi, faites-le rapidement et à partir d'éléments tangibles, bien entendu.

— C'est à moi et uniquement à moi de déterminer la date de bouclage de l'affaire, protesta Vandermeck d'un ton ferme, mais il n'obtint pour toute réponse que deux visages fermés en face de lui.

— Vous vouliez savoir autre chose, madame la directrice ?

— Non, merci, monsieur le juge, notre entretien est terminé.

Il se retrouva sur la place Vendôme avec le sentiment d'avoir perdu une bataille. Mais peut-être pas la guerre.

Il cligna des yeux et remit ses lunettes noires.

41
L'insoumise

Le taxi déposa le juge Vandermeck à l'angle de la rue Saint-Sabin et de la rue Richard-Lenoir. Les stands de la fête foraine qui occupaient périodiquement le terre-plein central scintillaient de lumières jusqu'à la Bastille. Alors que tous les riverains se plaignaient du bruit, lui, il aimait bien la fête, à cause justement de toute cette rumeur et ce bruissement humain. Au fur et à mesure qu'il perdait la vue, il développait une acuité particulière de l'ouïe, pour compenser, comme si toute sa vie était désormais destinée à s'exercer par l'écoute.

En ouvrant la porte de l'appartement, il constata qu'elle n'était plus fermée à double tour. Signe que Ludane était présente dans les lieux. Il était heureux à l'idée de voir sa fille.

Ils avaient eu une discussion houleuse après l'affaire des photos sur le Net et, depuis, elle semblait tout faire pour éviter de le rencontrer. À présent qu'il soupçonnait fortement que tout ceci n'était qu'un coup monté destiné à le déstabiliser, il avait envie de s'expliquer avec Ludane.

Il se dirigea vers le salon, mais elle n'était pas là. Il décida d'aller frapper à la porte de la chambre de sa fille, mais en passant devant son propre bureau, il vit la porte entrouverte et perçut le cliquetis d'un clavier. Il entra et demeura surpris par ce qu'il découvrit : Ludane installée devant son ordinateur, examinant avec attention l'écran dont il distinguait mal le contenu.

Elle sursauta violemment.

— Ah ! papa, c'est toi. Je… je t'ai pas entendu rentrer.

— Ton ordinateur est en panne ?

— Non… Enfin, si, c'est ça, je voulais vérifier quelque chose à partir d'un autre ordi…

D'un doigt précipité, elle pressa quelques touches pour faire disparaître le fichier affiché sur l'écran. Puis elle lui adressa un sourire embarrassé.

— Tu rentres plus tôt que d'habitude.

— Oui, j'avais un rendez-vous à la chancellerie et je suis revenu directement ici.

— À la chancellerie ? s'étonna-t-elle. C'est rare.

— Que veux-tu, je dérange en haut lieu. Ils n'aiment pas qu'on fouille dans leurs poubelles.

— Ton enquête sur… ViaBank ?

— Oui, le régiment des fraudeurs.

— Et ça avance ? Tu obtiens des résultats ?

Vandermeck fronça les sourcils en observant sa fille.

— Tu t'intéresses à mon travail, maintenant ?

— Oh !… C'est parce que tout le monde en parle, c'est tout.

— Ah oui, tout le monde en parle… À propos, Ludane, pour l'histoire des photos… On va oublier tout ça. En fait, c'est moi qui étais visé, j'en ai la certitude ; alors, il ne faut pas que ça devienne un problème entre nous.

Elle le dévisagea derrière ses paupières mi-closes, d'un regard voilé, comme si elle s'interrogeait sur ses véritables intentions. Puis elle acquiesça d'un signe de tête et quitta le bureau.

Au moment où elle croisait son père, il posa la main sur son bras.

— Comment vont tes projets ? Tu avances ?

Elle secoua la tête sans le regarder.

— Je prends des contacts, beaucoup de contacts… Dans le milieu du spectacle, ça ne marche qu'au réseau, tu sais comment c'est.

Elle voulut se dégager, mais la poigne de son père se resserra.

— Non, je ne sais pas comment c'est. Ça veut dire quoi ? Que tu es obligée de fréquenter toutes ces soirées douteuses, avec ces producteurs louches ? fit-il d'une voix où s'évanouissaient déjà toutes les bonnes intentions qu'il avait prises envers sa fille.

— Pour toi, tout le monde est louche. Ça doit être de la déformation professionnelle, rétorqua-t-elle d'un ton sec.

— Des gens qui poussent ma fille à se droguer et à se mettre à poil, oui, je les trouve louches !

À l'instant où il prononçait ces mots, il les regrettait déjà.

— Tu as honte de moi. Allez, dis-le, que je te fais honte ! siffla-t-elle d'une voix qui hésitait entre la rage et les larmes.

Vandermeck tergiversa, ballotté entre des pulsions contradictoires.

— Non, de… de quelle honte tu parles ? Tu es ma fille, je t'aime et je suis fier de toi…

— Tu dis ça parce que tu culpabilises ? La seule chose qui t'intéresse, ce sont tes enquêtes, tes dossiers, tes procès. Oh ! et puis ça sert à rien de discuter avec toi !

Elle fonça dans le couloir et, trois secondes après, claquait la porte de sa chambre.

Il soupira et passa sur son front une main qui tremblait légèrement.

Il lui restait encore quelque chose à faire. Une chose qu'il redoutait, à laquelle il aurait préféré ne pas penser. Trop tard. Sans doute son foutu esprit de juge, de flic enquêteur. Encore une déformation professionnelle. Il referma derrière lui la porte du bureau. Il alla s'asseoir derrière l'ordinateur, chaussa ses lunettes loupes et cliqua sur le dossier *Derniers fichiers ouverts*…

Dossier ViaBank… Ludane avait consulté le dossier de l'affaire sur laquelle il travaillait en ce moment. Elle avait ouvert la fiche correspondant à l'un des prévenus sur lesquels il enquêtait. L'un de ceux dont il souhaitait vivement découvrir le nom et les références de ses comptes dissimulés dans le listing des six mille.

Eddy Salvina. « Producteur de spectacles artistiques », ainsi qu'il se dénommait. Il avait assis sa fortune sur le cinéma pornographique. Carrière entamée à l'époque du Minitel rose, puis suite naturelle sur Internet, vente en DVD ou diffusion en streaming sur abonnement. Aujourd'hui, il tentait de donner un lifting à cette image en finançant des pièces de théâtre ou des comédies grand public. Récemment, il avait investi dans la téléréalité via sa société Odyssées.

Vandermeck contempla les quelques photos qui accompagnaient le dossier. Un physique lourd, épais, un cou de taureau. L'ensemble donnait une impression de puissance. De danger surtout. Un animal de proie prêt à écraser ses victimes sous sa masse.

42
Au bord du monde

La moto, c'était l'engin idéal pour ce qu'elle avait à faire ce soir-là.

Rébecca avait enfilé sa tenue réglementaire de motarde, autant par sécurité que pour conserver l'anonymat. Rien ne ressemble plus à un motard qu'un autre motard.

Elle partit de chez elle vers dix-sept heures. Elle sentait entre ses jambes les vibrations du moteur de la Yamaha, un concentré de puissance qui évoquait la liberté, la fuite facile. Elle commença par le refuge de La Mie de pain, l'un des lieux historiques de l'aide aux miséreux. En moins de cinq minutes, elle rejoignit la rue Charles-Fourier.

Une queue s'était déjà formée devant les portes qui ouvraient une demi-heure plus tard, elle s'était renseignée. Un groupe disparate de gens, dont certains présentaient tous les signes extérieurs de la pauvreté extrême – vêtements crasseux, cheveux et barbes incultes –, mais dont d'autres auraient pu passer inaperçus dans les rues de la ville. En dehors peut-être de la lueur morne qui éteignait, plus qu'elle n'allumait, leurs regards.

Rébecca stationna la Yamaha sur le trottoir d'en face. Elle ôta son casque et traversa la rue. Les yeux se tournèrent vers elle quand elle s'approcha de la file. Des attitudes curieuses, parfois hostiles, mais surtout apeurées. Elle s'adressa au dernier, un homme portant un bonnet et un long manteau à la couleur indéfinissable. Elle le salua et il répondit d'un bref hochement de tête.

— Je cherche un garçon d'une vingtaine d'années, il s'appelle Léo… Léo Barthélémy.

Elle exhiba un tirage photo dont le grain épais dénonçait l'agrandissement. Le seul document personnel figurant sur la page Facebook de Léo. Peut-être avait-il oublié de l'effacer…

L'homme jeta à peine un regard et haussa les épaules en signe d'ignorance. Elle répéta sa demande auprès d'un autre homme qui traînait avec lui un caddy de supermarché où toutes ses affaires personnelles étaient entassées. Il marmonna une phrase dans une langue étrangère. Rébecca remonta la file. Une femme, emmitouflée dans une laine polaire, observa la photo, puis fixa Rébecca.

— Combien tu me donnes si je te dis son nom ?

— Je le connais déjà, son nom. Vous savez où je peux le trouver ?

La femme se fendit d'un large sourire qui mit en évidence une dentition accidentée.

— Hé ! tu m'as regardée ? Je fréquente pas les jeunots, moi !

Autour d'elle, des rires éclatèrent.

Rébecca n'eut pas davantage de succès avec un garçon qui devait avoir l'âge de Léo et enfonçait farouchement le menton dans le col roulé d'un gros pull en laine. Il secoua la tête, puis examina la jeune femme d'un regard où se mélangeaient le désespoir, la haine et l'envie. Rébecca, gênée, détourna les yeux. Deux minutes plus tard, elle enfourchait la moto sans avoir rien obtenu de concret.

Elle prit le boulevard de l'Hôpital pour remonter vers Austerlitz. Sous les arcades du métro aérien, juste avant la gare, c'était la soupe populaire. Elle laissa son engin au bord du boulevard avant de s'approcher. Les repas chauds étaient distribués depuis une camionnette aménagée en cantine roulante. Une cinquantaine de personnes se pressaient autour, un gobelet de soupe fumante et un quignon de pain à la main.

D'après les mots qu'elle saisissait au vol, il semblait y avoir une majorité de migrants venus d'Europe de l'Est. Elle répéta ses questions, sa photo en main, mais sans susciter la moindre réaction. Tout autour d'elle, les mêmes visages, les mêmes fronts hostiles, les mêmes chaussures de sport éculées, comme si tous ces hommes étaient dupliqués sur le même modèle. L'idée lui vint qu'ils devaient la prendre pour un flic. Qui pose des questions, sinon les flics ?

Elle poursuivit sa quête dans Paris, faisant la tournée des rendez-vous de la misère, qu'elle avait répertoriés auparavant sur le Net. Les Restos du cœur, le Secours populaire, l'Armée du salut… Partout la même détresse, le même renoncement où la révolte n'avait plus sa place…

À neuf heures du soir, elle avait quasiment achevé son circuit. À aucun moment, elle n'avait décelé dans le regard de ses interlocuteurs la petite étincelle qui lui aurait laissé pressentir que le visage de Léo leur évoquait un souvenir. Elle songea aussi que l'aspect du garçon avait sans doute changé – une barbe, un bonnet –, suffisamment pour ne plus être identifiable.

Curieusement, Rébecca ne s'était pas sentie atteinte par le spectacle de ce dénuement, elle n'avait ressenti ni pitié ni empathie, et cette absence de réaction la mettait paradoxalement mal à l'aise.

Quelle femme, quel être humain était-elle devenue pour avoir édifié une telle cuirasse d'acier autour d'elle ?

En rejoignant les berges de la Seine, elle décida de faire une autre tentative. Elle savait qu'autour des ponts se jouait l'ultime épisode du spectacle de la misère. Ceux qui refusaient les foyers, les aides, les structures d'accueil, ceux qui avaient complètement décroché du monde d'« en haut » se retrouvaient là, « en bas », au niveau de l'eau, sous les seuls abris possibles. Elle traversa le pont de Tolbiac, puis remonta la rive gauche jusqu'au pont de Bercy.

Elle s'engagea sur l'allée centrale, sous les arches du viaduc édifié sur le pont lui-même et où circulait le métro aérien.

Les lampadaires de l'éclairage public jetaient une lumière jaunâtre sur le petit monde qui avait trouvé refuge sous les arches. Dispersées au hasard, une douzaine de tentes, le modèle fourni par la Croix-Rouge. Des hommes battaient la semelle tout autour, tentant de se réchauffer en vidant des canettes de bière. Tout au bout du pont, le ministère des Finances écrasait le paysage de sa masse brutale.

Même stratégie. Elle aborda les gens avec sa photo et quelques paroles. Même résultat. Rien.

Elle reprit la moto et roula jusqu'au pont de Sully. Malgré l'interdiction, elle engagea la Yamaha sur la petite rampe qui donnait accès au quai en contrebas. Elle roula doucement vers le pont et, dans le faisceau du phare, elle distingua au milieu des ténèbres des formes confuses qui s'agitèrent à son approche. Elle fut saisie d'angoisse devant ce grand trou sombre s'ouvrant devant elle, et la Seine se mit à ressembler au fleuve qui menait aux Enfers…

Elle respira profondément, béquilla la Yamaha et termina à pied. Elle ôta son casque intégral. Pour inspirer confiance.

Dès le début, cela se passa mal. Elle sentit l'agressivité monter après sa première question. Un homme l'invectiva dans une langue aux accents rocailleux, mais elle choisit de continuer. Ne pas montrer qu'elle avait peur. Mais le dérapage s'accéléra. Un autre homme voulut lui caresser le visage et elle se dégagea d'un geste vif, trop vif. Un petit groupe se rassembla vite autour d'elle, lui barrant toute issue ; des mains se tendaient vers sa poitrine, ses fesses.

Une panique lui monta brutalement à la gorge. Elle bouscula une silhouette indistincte et se rua vers la moto. Une canette l'atteignit à la nuque, l'aspergeant de bière avant de rebondir sur le pavé. Le cœur battant à toute vitesse, elle enfonça d'un seul geste le casque sur sa tête et bondit sur la selle de la Yamaha.

Le moteur rugit. Le pneu arrière dérapa sur le sol humide et elle crut un instant qu'elle allait basculer dans les eaux noires du fleuve. Elle s'échappa enfin.

Dans l'ombre, un colosse aux cheveux tombant sur les épaules avait observé la scène depuis le début. Sans intervenir. Dyorik le Viking. Il observa le feu arrière de la moto qui disparaissait vers le quai de la Tournelle, puis fit lentement demi-tour avant de s'enfoncer sous l'arche du pont.

43

Des hommes d'influence

La nappe de chaleur enveloppait les collines de Freetown d'une brume translucide, et toute cette masse humide semblait aller se dissoudre dans l'océan. À moins que ce ne fût le contraire, que la mer se transformât en vapeur pour monter à l'assaut du continent.

Virgil Hammersmith feignait de contempler le paysage au travers des baies vitrées du Country Lodge Hotel, mais en réalité il n'y prêtait aucune attention. Il n'aimait pas cette ville à la moiteur permanente, au chaos insidieux, ni cet hôtel au confort approximatif. Ni ces bars emplis de prostituées. Dont certaines très jeunes et très belles. Sans parler du virus Ebola qui ressurgissait épisodiquement.

Il soupira et fit volte-face, mal à l'aise. Par-dessus tout, il avait un souci. Un problème auquel il faudrait apporter une solution. Rapidement.

Son regard croisa celui de sa femme. Elle était debout devant le micro, sur l'estrade dressée dans ce qu'ils appelaient la salle de conférences. Elle semblait attendre un signal de sa part pour commencer et il eut un geste agacé pour lui signifier qu'elle pouvait ouvrir le débat.

La salle était emplie d'hommes et de femmes en tenue de soirée, la plupart des notables de la ville étaient présents, des gens du ministère de l'Éducation nationale, les représentants des ambassades ou même les diplomates eux-mêmes. Derrière l'estrade, une large banderole était déployée :

ALPHAMONDE, ALPHABÉTISER LE MONDE.

L'épouse d'Hammersmith déroula son discours. Lui-même n'en saisit que quelques phrases… *Confrontés au déficit de personnel enseignant en Sierra Leone... Soixante élèves par classe... Enfants qui quittaient l'école sans savoir lire... Nécessité morale d'apporter une aide... Objectif alphabétisation généralisée…*

Perdu dans ses pensées, Hammersmith laissa s'écouler le protocole. Après sa femme, il y eut le ministre, puis un autre officiel. Il perçut soudain dans son champ visuel un mouvement vers l'entrée de la salle. Il tourna la tête et aperçut l'homme qui venait d'arriver. Milton, son secrétaire personnel. Il lui fit signe d'approcher. Milton se fraya un chemin jusqu'à lui. Il était jeune, diplômé de l'UCLA. Redoutablement arriviste. Cela ne dérangeait pas Hammersmith.

— Alors ?

— L'avion sera prêt à décoller d'ici une heure. Laskine vous attendra à votre arrivée à Lagos et vous emmènera en hélico sur la nouvelle plate-forme. Ah ! autre chose : je viens d'avoir Koscelny, à Paris. Cela ne s'arrange pas ; ils n'ont pas encore réussi à neutraliser le petit juge ni à récupérer les ordinateurs.

Hammersmith ne laissa rien transparaître, car c'était un homme en permanence indéchiffrable. Il y eut juste une légère crispation de ses doigts autour du verre de jus d'orange qu'il n'avait pas bu.

— Mais que fait Koscelny ? Comme s'il n'avait pas les moyens d'éviter cela !

— Ce sont ses anciens collaborateurs, vous savez, ceux qui ont parlé.

— Cette histoire stupide !

Tous les discours terminés, le public se ruait vers le buffet luxueux préparé pour les convives. Beaucoup n'étaient venus que pour cela. Hammersmith les observa d'un œil méprisant.

— Comment s'appelle-t-il, ce juge, déjà ?

Milton sortit son iPhone et fit glisser quelques pages.

— Vandermeck. À Paris, ils ont déjà agi contre lui, des photos avec sa fille, mais cela n'a pas suffi.

Hammersmith hocha la tête. Puis il vit sa femme se diriger vers lui en compagnie de l'ambassadeur des États-Unis et du président de la République de Sierra Leone, Ernest Koroma. Il s'avança aussi avec un large sourire.

44
Révélations

La petite fille sans visage du *Cri* d'Edward Munch s'était métamorphosée en l'une des figures grimaçantes des tableaux noirs de Goya… Le démon, qui présidait le *Sabbat des sorcières*, avait pris les traits de Pierre Corelli. Et elle, ceux de la jeune fille assise sur une chaise en attendant d'être initiée aux rites sataniques. Malgré ses efforts, elle ne parvenait pas à détacher son regard du bourreau.

Celui-ci la toisait tel un serpent évaluant sa victime avant de l'étouffer. Depuis qu'il lui avait fait parvenir la sonate de Sibelius, ses nuits étaient peuplées de cauchemars dont elle ne parvenait à se défaire qu'aux premières lueurs du jour.

Rébecca se réveilla en sursaut sur le canapé de son salon. La sonnerie de l'interphone venait de retentir dans le silence de la nuit. Elle frissonna et regarda nerveusement sa montre. Il était une heure du matin.

Elle courut à la porte d'entrée vérifier le système de sécurité. Et la boucla à double tour tout en maudissant ses réflexes de parano.

La sonnerie résonna une nouvelle fois dans le vide.

Son cœur se mit à battre violemment. Elle savait que Corelli était capable de tout. Lorsqu'il avait une idée en tête, il n'abandonnait jamais… Elle décida de l'affronter, souleva l'interphone et, d'un ton qu'elle voulut maîtrisé, demanda :

— Qu'est-ce que vous voulez ?

La voix ne fut pas celle à laquelle elle s'attendait.

— Si c'est si urgent, qu'est-ce que vous attendez pour m'ouvrir ? Je me les gèle !

Rébecca resta un moment sans voix, puis soudain elle comprit.

— Léo ?

— Non, c'est Bill Gates !

Soulagée. Elle laissa même échapper un petit rire.

— L'ascenseur de droite. Dix-huitième étage gauche, vous vous souvenez ?

Quelques instants plus tard, Léo pénétrait dans l'appartement. Dégoulinant de pluie et imprimant des traces boueuses sur le parquet de chêne impeccable.

— Alors, comme ça, il paraît que vous me cherchez ?

Il la toisa, amusé, tout en dégrafant sa parka.

— Oui, je voulais vous voir… Je n'arrivais pas à vous joindre.

— Ça doit être super important pour que vous perdiez votre temps si précieux à faire le tour des centres d'hébergement de Paris.

Il jeta son bonnet de laine et son écharpe sur le canapé ainsi que sa veste, au grand dam de Rébecca qui ne supportait pas le désordre. Mais elle se contint, tout comme pour le parquet, qui à présent était maculé de minuscules flaques d'eau et d'empreintes de pas. Il devait en être conscient, car il la fixait d'un air provocant tout en se frottant les mains pour les réchauffer.

— Au fait, vous avez quelque chose à grignoter ? Je n'ai rien mangé depuis ce matin et j'ai la dalle.

Rébecca acquiesça et se dirigea vers la cuisine.

— Une omelette, ça ira ? Je dois avoir quelques œufs, pas encore périmés, au frigo.

Léo préféra ne pas relever et embraya :

— Bon, en attendant, dites-moi ce que vous voulez.

La jeune femme se retourna brusquement et le jaugea d'un regard qui ne supportait aucune contradiction.

— J'aimerais que vous supprimiez tous les blogs où vous dézinguez FunBox et que vous cessiez de me désigner comme le mal incarné auprès de toute la planète.

Elle insista sur la dernière partie de la phrase, avec une mimique qui signifiait : « Tu m'auras pas, je suis plus forte que toi. »

— En échange, je suis prête à vous aider, conclut-elle.

Léo hocha la tête, fit mine de réfléchir, puis se fendit d'un grand sourire.

— Ce que je veux, c'est pouvoir examiner le système informatique de votre boîte… Avoir accès aux disques durs pour remonter tout l'historique depuis la mort de ma sœur. Je veux aussi voir les boîtes mail des employés et aussi les vôtres…

— Ah bon, parce que vous ne les avez pas encore espionnées ? répliqua-t-elle sèchement. Bon, eh bien, pourquoi attendre ? Allons-y tout de suite. Ah ! avant de partir, omelette ou pas omelette ?

***

Les doigts de Léo filaient sur le clavier comme des combattants à l'assaut d'une forteresse ennemie. Les colonnes de chiffres déferlaient à une allure vertigineuse sur l'écran.

Depuis plus d'une heure, Léo recopiait sur un disque dur externe à grande capacité les données du système informatique de Fun Box.

Grâce aux mots de passe fournis par Rébecca, il avait réussi à cracker les derniers remparts de sécurité. Il pourrait peut-être trouver une réponse à la question qui le taraudait depuis plusieurs jours : qui à l'intérieur de FunBox avait piraté les fichiers clients ?

Ils n'avaient eu aucun mal à s'introduire dans les bureaux. Rébecca ne souhaitant pas que ses collaborateurs soient au courant de leur visite nocturne, ils avaient attendu que l'agent de sécurité fasse sa ronde dans les étages supérieurs, où d'autres start-up étaient installées. Inquiète, elle avait interrogé Léo au sujet des traces qu'ils laisseraient derrière eux. Lui avait affirmé avec un petit rire narquois que le concepteur du programme, si génial soit-il, n'y verrait que du feu.

Rébecca avait tiqué à cette dernière phrase. Que faisait-elle dans sa propre entreprise à trois heures du matin, avec un type qu'elle connaissait à peine, en train de hacker le programme qui avait fait le succès et la fortune de FunBox ?

Elle s'était toujours méfiée de son instinct, l'avait toujours maîtrisé, mais cette nuit, elle s'était laissé guider par une force qui la dépassait. Peut-être avait-elle reconnu en Léo une sorte de petit frère aussi paumé et solitaire qu'elle ? Elle se reprit. Non, Léo n'était pas paumé. Il était extrêmement redoutable, prêt à tout pour découvrir celui qui avait poussé sa sœur au suicide. Elle fut interrompue dans ses pensées par le bruit sec d'un câble qu'on débranchait.

Léo venait d'installer un autre disque dur. Il murmura qu'il allait lancer la recopie de l'historique concernant les clients FunBox des dix-huit mois écoulés. Avec une cible en particulier : *Sybille Barthélémy*. En compressant les données à « donf », cela prendrait environ deux heures…

Enfin, avec l'informatique, on n'était jamais à l'abri de bonnes comme de mauvaises surprises, ajouta-t-il.

Sans en informer Rébecca, il utilisa son identité pour accéder aux données personnelles de Milan, de Julien et de tout le personnel de FunBox. Il cibla également Dumaurrier. Un petit supplément personnel…

Avant de quitter les lieux, il désactiva les caméras de surveillance et créa un incident informatique concernant le réseau électrique. Celui-ci eut lieu entre une heure trente-quatre et quatre heures quinze du matin le 22 février et correspondait exactement à la plage à laquelle ils avaient investi nuitamment les locaux de FunBox. Un événement assez fréquent sur ce type de matériel de surveillance. Il venait de le lire sur un blog d'administrateur de société.

***

Il faisait nuit noire lorsqu'ils regagnèrent en moto le domicile de Rébecca. Le vent sifflait, le froid glaçait leurs joues et les flocons de neige se collaient sur leurs casques. Ils firent un peu de vitesse sur le boulevard Montparnasse désert, puis coursèrent un groupe de motards devant la BNF avant d'atteindre le domicile de Rébecca. Elle conduisait vite et bien. Il se sentait en confiance avec elle.

Ils avalèrent silencieusement un café avant de se remettre au travail.

La bataille fut longue, mais à force d'obstination, Léo parvint à prendre le contrôle du cœur de FunBox et de son système de défense. Trois heures plus tard, il eut une poussée d'adrénaline en découvrant qu'à l'intérieur même du noyau du système, un programme spécial avait été dissimulé.

À première vue, le programme rassemblait les fiches clients de FunBox et en envoyait automatiquement une copie à un serveur externe. Domicilié aux îles Caïmans, le trou noir de l'économie mondiale…

Rébecca était perplexe. Elle n'avait jamais vu ni entendu parler de ce site identifié sous l'appellation *X3QR923$. top.* Une suite de chiffres et de lettres, comme tous les sites du Web profond, un codage qui le rendait indétectable pour les moteurs de recherche classiques. Pourquoi les données confidentielles de son entreprise se retrouveraient-elles dans un paradis fiscal connu pour ses sociétés off shore et ses activités mafieuses ?

— Tu serais capable d'y retrouver nos données ? demanda-t-elle à Léo.

Ce fut lui qui pendant la nuit avait décidé de la tutoyer. Elle avait fait pareil, même si intimement elle préférait la distance qu'instaurait le vouvoiement.

— Pas sûr. Il faudra plusieurs heures pour craquer les mots de passe. Si j'y arrive… C'est du gros costaud. Big défense et compagnie.

Les yeux de Léo se fermaient. Il n'avait pas dormi depuis plus de trente heures.

— Tu peux rester ici, te reposer. Prendre une douche.

Malgré la fatigue, il eut un petit rire.

— Tu es la deuxième personne qui m'offre une douche en vingt-quatre heures ! Je pue la rue, dis-le !

— Je n'ai rien dit, répliqua Rébecca.

— Et puis je m'en fous, de ce que tu penses. T'as du shampoing ?

— J'ai même du déodorant…

Léo préféra ne pas répliquer.

***

Un peu nerveuse, Rébecca tournait en rond. Cela faisait maintenant trois heures que Léo dormait à poings fermés sur le canapé du salon. Il avait l'air d'un gamin. Détendu, léger... À quoi pouvait-il rêver ?

Elle s'en voulut de se préoccuper ainsi de lui, tourna les talons et regagna sa chambre et son ordi posé sur son lit. Elle avait prévenu Milan et Julien qu'elle travaillerait chez elle. Les derniers ajustements du contrat avec les Canadiens. Julien lui fit part de plusieurs demandes de rendez-vous et d'une panne électrique qui avait bloqué le système de surveillance des locaux pendant la nuit. Un incident sans importance. Elle répondit aux mails les plus urgents, puis décida de faire une pause. Elle tombait de fatigue.

Elle ouvrit son placard, où elle se glissa en position de fœtus sur les coussins qui en tapissaient l'intérieur. Elle laissa juste un petit interstice entre la porte et le mur au cas où Léo se réveillerait.

Elle ne voulait pas être prise sur le fait. Il ne comprendrait pas… Personne ne comprenait sauf Maud… Elle se recroquevilla et se laissa aller.

Quelque part, au loin dans sa tête, un violon joua un morceau léger et rassurant, une sonate de Mozart. Son esprit se mit à vagabonder…

Rébecca songea à Louise, cette petite sœur, qu'elle ne connaissait pas. Avec l'espoir qu'*il* ne reproduise pas sur sa deuxième fille la maltraitance dont elle avait été victime.

Que devait-elle faire ? Pouvait-elle laisser une enfant de huit ans revivre le calvaire qu'elle avait enduré ?

Insidieusement, le violon de la sonate de Mozart était devenu plus grave, plus sombre… En un subtil fondu enchaîné, il se mit à jouer l'adagio du *Concerto en ré mineu*r de Sibelius, sa hantise.

La jeune femme ferma les yeux pour chasser l'ennemi, mais les notes se mirent à grincer et à dérailler de plus belle.

Elles explosèrent dans sa tête quand la porte du placard s'ouvrit grand sur… Léo qui la contemplait, stupéfait.

***

— Pourquoi tu te caches ?

Un sentiment de honte mêlé de colère avait submergé Rébecca après que le garçon l'avait découverte dans sa cache secrète. Elle était sortie du placard, l'avait soigneusement refermé, puis, d'une voix neutre, lui avait proposé un café.

Il avait volontairement laissé du temps avant de lui reposer la question à laquelle elle n'avait pas répondu.

— Réponds-moi. Pourquoi tu te caches ?

— Je ne me cache pas, c'est ma façon à moi de m'échapper du monde, de me concentrer… Développement personnel ou yoga. Appelle ça comme tu veux. Avec sucre ou sans sucre, le café ?

— Sans sucre.

Léo était décidé à ne pas lâcher Rébecca.

— Alors, explique-moi pourquoi tu prétends avoir été adoptée après la mort de tes parents, alors que tu as été sortie de ta famille par les services sociaux à l'âge de treize ans ?

— C'est faux. Tu es mal renseigné, répliqua-t-elle en feignant une apparente décontraction.

— Pourquoi tu mens sur ton passé ? insista Léo en buvant une gorgée de son café.

Rébecca se contint, mais sa voix était glaciale.

— Arrête de fouiller dans ma vie, s'il te plaît, Léo.

Personne n'a le droit de le faire ! Passons à autre chose, tu veux bien ?

— Et FunBox ? rétorqua Léo, hors de lui. C'est pas pour fouiller dans la vie des autres ?

Ils se retrouvèrent face à face, dressés sur leurs ergots, quand un signal sonore retentit : le mot de passe venait d'être craqué…

Ils se précipitèrent vers l'ordinateur.

Sur l'écran s'affichait ce qui semblait être un gigantesque fichier, avec des colonnes de noms qui défilaient. Léo prit immédiatement possession du clavier et cliqua au hasard sur l'un d'eux.

Une fiche au nom de Pascal Guiomard envahit la page ainsi que plusieurs photos du jeune homme, classées sous les rubriques : *famille, amis, relations... date d'adhésion à FunBox.*

Né à Vannes le 13 06 1982. Études secondaires à Rennes. DEUG de littérature à la Sorbonne, CAPES en cours. Travaille comme surveillant au lycée Rodin. Homosexuel. A participé à la Gay Pride de Berlin. Souffre de la maladie de Crohn, une maladie auto-immune...

Léo fit apparaître un autre profil, celui d'une certaine Clémentine. Même topo, des infos confidentielles sur sa vie privée, ses hobbies... Rébecca était blême.

— Je ne comprends pas ! C'est impossible.

Coordonnées, adresses mail, dates de naissance, lieux de résidence, goûts, activités, préférences sexuelles, dossiers médicaux, tout ce qui constituait l'identité d'un être humain était répertorié là. Un immense fichage concernant des centaines de milliers d'individus en France, en Europe et ailleurs… Tous des clients FunBox.

Rébecca était atterrée. N'étant pas naïve, elle savait qu'aucune entreprise n'était à l'abri d'une cyberattaque et qu'il n'existait pas de réseau entièrement sécurisé. La défense était une utopie, car même les organismes les plus secrets de l'État américain se faisaient pirater et étaient de véritables passoires à informations. Mais jamais elle n'aurait imaginé que des renseignements concernant la vie strictement intime des usagers de FunBox puissent être ainsi détournés… Un business très juteux pour qui revendait les données ou les utilisait à des fins criminelles.

Soudain, Rébecca se figea : le visage de Sybille venait de s'afficher sur l'écran. Léo avait retrouvé sa fiche.

Elle fut frappée par la ressemblance entre le frère et la sœur. Même regard clair... même expression un peu butée, sauf qu'une certaine vulnérabilité se dégageait de la jeune fille.

Puis d'autres photos apparurent sur l'écran, la remplissant d'effroi : des images de Sybille, trop maquillée, les lèvres rouges, le regard étrangement fixe.

Nue sur un lit dans des poses obscènes, certaines pornographiques. L'adolescente avait dû être droguée, car elle semblait absente, comme un mannequin qu'on aurait placé dans un décor de film X.

Léo était paralysé.

Il n'arrivait pas à détacher son regard des photos.

Ce fut Rébecca qui appuya sur la touche *Escape*.

45

Du silence et des ombres

Les images ne voulaient plus le quitter, elles dansaient dans sa tête, une ronde démente où revenaient sans cesse les mêmes détails, les lèvres peintes de Sybille, son regard absent, son corps offert.

C'était ce mot même, « offert », qui lui semblait obscène, plus que les images elles-mêmes. Oui, on avait transformé sa sœur en objet, en marchandise. C'était cela, le sens du viol.

Léo avait quitté brutalement l'appartement de Rébecca, pour fuir cet écran d'où avaient surgi ces images ignobles et, pourtant, il savait parfaitement que dans l'univers du virtuel, les contenus sont partout. Partout et nulle part à la fois.

Il avait traversé la moitié de Paris sans s'en apercevoir, d'une démarche d'automate et, à présent, il découvrait qu'il était épuisé et qu'il avait deux piliers raides et douloureux à la place des jambes. Il avait atteint la Seine et s'accouda à la balustrade du pont d'Austerlitz. Il contempla les eaux noires et crut encore voir dans les remous se dessiner le visage de Sybille. Il recula, brutalement.

Quand Léo atteignit enfin le repaire de Guillaume, il trouva ce dernier assis par terre, tassé dos au mur. Le « mur des Claire », auquel il semblait vouloir se fondre. Il sortit de son attitude prostrée pour lever la tête quand Léo entra.

— Mauvaises nouvelles, on dirait, commenta-t-il en voyant le visage défait du garçon.

Léo se laissa tomber à ses côtés. Il resta un long moment les yeux fermés, et Guillaume respecta ce silence. Puis, d'une voix atone, il entreprit de mettre son ami au courant des derniers événements. Rébecca Fersen, les bureaux de FunBox. Le programme caché et ce qu'il avait découvert aux îles Caïmans. Les photos de Sybille.

— Qui a installé ce programme ? lâcha Guillaume après l'avoir écouté sans l'interrompre.

— Quelqu'un qui est à l'intérieur de FunBox. Qui a accès au noyau du système. C'est pas possible autrement.

— Je suis désolé… pour ta petite sœur. C'est dégueulasse.

Guillaume se redressa, prit un butagaz de camping dans un sac et une casserole qu'il remplit avec l'eau d'une bouteille en plastique.

— Un café, ça nous fera pas de mal.

Dans le mouvement, il apparut en pleine lumière et Léo sursauta.

— Ah ! merde… J'ai vraiment du mal à me faire à ton nouveau look. Avec les cheveux courts et ton costard, t'as vraiment l'air d'un autre mec.

Guillaume eut une grimace amère.

— Et pourtant, c'est toujours le même. À l'intérieur, rien n'a changé.

Il s'activa autour du butagaz, et Léo s'absorba à nouveau dans ses sombres pensées.

— Les photos de ta petite sœur, dit Guillaume au bout d'un moment, il n'y a pas un moyen d'en retracer l'origine ?

— Normalement, si, mais toutes les propriétés ont été effacées dans les fichiers.

Guillaume ouvrit un pot de Nescafé.

— Eh bien, moi, je viens d'avoir des nouvelles de ton type, Dumaurrier.

Le regard de Léo s'alluma.

— Vas-y, raconte.

Guillaume prit le temps de mesurer la dose précise de Nescafé qu'il reversa dans le mug.

— Arnaud Dumaurrier, université Paris-Dauphine, d'abord commissaire aux comptes dans un grand cabinet d'expertise, ensuite chargé de mission par la DST, l'actuelle DCRI. Barbouzerie et services secrets. Curieux, non, comme parcours ? Il surveillait les flux financiers illégaux. T'imagines, un type à ce poste, le nombre de trucs qu'il doit savoir…

— Et après ?

— Après, il disparaît de la circulation. Pendant plus de quatre ans. J'ai rien pu savoir. Ensuite, il réapparaît comme conseil d'un fonds d'investissement, EuroTrade. Ils ont financé FunBox dès le départ et détiennent pour le moment trente pour cent des parts. Rien de vraiment louche, tu me diras, sauf que, si tu essaies de remonter à l'origine des capitaux d'EuroTrade, alors, là, bonjour… Tu fais le tour du monde des banques à comptes numérotés, de Luxembourg à Singapour en passant par les Bahamas, et t'es toujours pas arrivé au bout.

— Blanchiment ?

— Va savoir. Ou un financeur qui veut absolument rester dans l'ombre.

Ils furent interrompus par l'entrée de Dyorik. Le géant était emmitouflé dans une laine polaire, et ses longs cheveux glissés sous le col semblaient constituer une gaine de protection contre le froid. Il tenait une canette de bière. Léo se méfiait toujours du Viking, même si celui-ci l'avait informé du passage de Rébecca sous le pont de Sully.

— Café ? interrogea Dyorik.

Guillaume lui montra la casserole, où l'eau commençait à frissonner.

Le géant scandinave sortit une canette de sa poche et la tendit à Guillaume. Léo vit les mains de son ami se crisper violemment, à s'en faire pâlir les jointures. Guillaume se détourna avec un geste de refus violent. Dyorik eut une expression désolée, mais n'insista pas.

— Tu crois que Dumaurrier a commandité le transfert des fichiers de FunBox vers les îles Caïmans ? lui demanda Léo, histoire de détourner son attention du sevrage qu'il s'imposait depuis plusieurs jours.

— Je n'en sais rien. Pourquoi ferait-il ça ?

Léo n'avait pas non plus de réponse bien précise à cette question. Une envie de meurtre le saisit brusquement quand les images de Sibylle se mirent à flasher dans sa tête.

— Tu sais, je crois que j'ai une autre idée.

Léo se tourna vers Guillaume.

— Vas-y, je t'écoute.

— Je ne t'en parle pas pour le moment, j'ai besoin de consolider.

— Dis-moi quand même.

— Laisse-moi un peu de temps. Quelques vieilles relations à réactiver. Je te tiendrai tout de suite au courant.

— Qu'est-ce qui t'empêche de… ?

Mais Léo préféra se taire. Devant l'air buté de l'autre, il comprit qu'il valait mieux ne pas insister. Il allongea les jambes en soupirant, puis se leva pour verser l'eau bouillante dans le Nescafé.

46

Vérités et mensonges

— Non, mais je le crois pas… Tu te rends compte que tu es en plein burn-out, Rébecca ? lança Julien tout en la dévisageant d'un regard sans aménité.

De son côté, Milan ne disait rien, mais observait la jeune femme, les sourcils froncés et l'air inquiet, comme on examine un proche présentant des symptômes déroutants.

— Vous avez tort de mettre mes paroles en doute, poursuivit-elle. Je l'ai vu de mes propres yeux, un dossier monstrueux, avec tous les fichiers, toutes les photos affichées par nos clients sur le site, y compris ceux qu'ils ont supprimés. Ou qu'ils ont cru supprimer.

— Et on peut savoir comment tu as… comment tu aurais découvert ça ? demanda Milan.

— Je ne peux pas vous le dire pour l'instant.

— Pourtant, ça me paraît important qu'on soit au courant, répliqua Julien.

Rébecca plongea son regard dans le sien, puis dans celui de Milan.

— Vous pensez tous les deux que je suis en plein délire, c'est ça ?

— On est tous stressés à cause du contrat avec les Canadiens. Tu as pu…

Julien n'acheva pas sa phrase. Milan eut un geste conciliant.

— Puisque Rébecca prétend qu'il y a un logiciel-espion dans le noyau de notre système, allons vérifier.

Elle approuva d'un vigoureux hochement de tête.

— Tout à fait d'accord. Peut-être que vous me croirez ?

Milan montra d'un geste l'ordinateur devant lui.

— Il fait partie du réseau administrateurs. Je vais entrer les codes.

Il s'installa et s'activa sur le clavier. Rébecca sortit une feuille de papier de son sac. Elle lut :

— Tu dois accéder au dossier *progsys*… Ensuite, tu ouvres le dossier *infrasys.ch*… et ensuite *securefrt.prx*.

— Voilà, j'y suis, annonça Milan.

Rébecca s'empara de la souris. Elle fit défiler la liste des fichiers. Une fois, puis une autre. Elle blêmit et se mordit la lèvre.

— Alors ? fit la voix impatiente de Julien.

— Il n'est plus là. Le fichier du programme a disparu.

— Ah ! merde, c'est vraiment dommage, dit encore Julien.

Rébecca se sentit prise à son propre piège. Elle eut un instant de confusion avant de se reprendre. Elle saisit de nouveau rageusement la souris.

— Je vais vous ouvrir le site des îles Caïmans et vous allez voir !

Elle frappa l'adresse sur le clavier. *X3QR923$.top*. La réponse fut immédiate : *Erreur 404, cette page n'existe pas.*

Rébecca fut saisie de stupeur. Elle n'avait pas rêvé. Il y a quelques heures à peine, elle explorait le site avec

Léo qui venait d'y découvrir les photos de sa sœur. Elle n'oublierait jamais son expression terrorisée.

Milan échangea un regard avec Julien, un regard qui en disait long.

— Je l'ai vu, je n'ai pas halluciné, des centaines de milliers de noms avec toute leur vie, leurs adresses, leurs goûts, leurs préférences sexuelles, leurs maladies, leurs dettes, leurs histoires cachées !

Elle refit une tentative, mais le message *Erreur 404* s'afficha à nouveau, avec date de création inconnue, dernière modification inconnue, catégorie inconnue... Signe formel que la page n'existait pas. Elle avait été supprimée après leur intrusion, songea Rébecca.

— Et il aurait servi à quoi, ce site, d'après toi ? interrogea Julien.

— Pas difficile à deviner, non ! Extorsion de fonds, chantage et j'en passe !

Milan leva les yeux sur elle.

— Je suppose que tout cela est en rapport avec cette histoire de gamines suicidées ?

— Évidemment... C'est comme ça qu'on leur a piqué leurs photos sur le site, sans doute pour les faire chanter.

— Tout ça, c'est du roman, grinça Julien. La réalité, c'est qu'il n'y a rien, tu viens de le démontrer toi-même ! s'énerva-t-il en montrant l'écran vide. Et je pense qu'on a autre chose à foutre que de sombrer dans ce genre de parano !

Il sortit de la pièce en claquant la porte. Rébecca se tourna vers Milan.

— Toi non plus, bien sûr, tu ne me crois pas.

Il haussa les épaules.

— On se connaît depuis longtemps, maintenant. Je t'apprécie et j'ai de l'affection pour toi. Tu es une fille formidable, et sans toi, FunBox n'existerait pas...

Il prit la main de Rébecca dans la sienne.

— Mais là, vraiment, j'ai du mal à te suivre… J'ai beaucoup de mal.

Alors, elle serra très fort la main de Milan.

— Je te prouverai que j'ai raison, je te le jure. Et ce jour-là, tu seras bien obligé de me croire.

Ils restèrent ainsi quelques secondes, les yeux dans les yeux.

47
L'appât

Anne Lavelli restait silencieuse. Avec un arrière-goût d'échec dans la bouche. Pour dire la vérité, elle en était au point mort. Bien sûr, on avait retrouvé sur le corps de Jasmine quelques traces d'un ADN étranger, mais les comparaisons avec le fichier centralisé n'avaient rien donné. Bien sûr, les techniciens avaient détecté sur l'ordinateur de la gamine un virus cheval de Troie qui avait permis à un intrus d'effacer tous les documents photo du disque dur, mais la recherche s'était terminée en impasse.

À présent, elle avait la certitude que Jasmine avait été harponnée par un pédophile. Un pédophile assassin. Qui n'en était peut-être pas à sa première victime.

Lavelli s'était rendue aux obsèques de l'adolescente. Peu de monde. Parents séparés, qui n'avaient pas échangé un mot. Des copines de collège en pleurs, qui avaient déposé un bouquet de roses blanches sur le cercueil. Le meurtrier n'était pas venu ; ça n'existait qu'au cinéma.

À ses côtés, Kim pilotait la voiture en douceur, sans dire un mot, comme pour respecter les pensées de la commissaire. En sourdine, la bande originale de *Barry Lyndon*. Elle écoutait ça depuis le début de l'affaire. Ça la calmait.

Kubrick, le chien, se trouvait toujours au refuge. Son maître n'était pas venu le chercher. Elle y songeait souvent…

— Tu es au courant qu'on a retrouvé les vestiges d'un village mérovingien à côté de l'église Sainte-Geneviève de Rosny ?

Elle sursauta quand Kim prit la parole.

— Tu devrais arrêter *Wikipédia*, lâcher ta tablette et aller courir dans le bois de Boulogne, ça te ferait du bien.

— Je fais partie des trois cents meilleurs contributeurs et je participe à la diffusion de la connaissance dans le monde entier. Tu préfères que j'aille picoler dans les bars en regardant les matchs de foot ?

Ils dépassèrent Montreuil et, juste après, il y avait la sortie pour Rosny-sous-Bois. Cinq minutes plus tard, ils passèrent sous l'arche qui donnait accès à l'ex-fort militaire reconverti en institut de recherche criminelle de la gendarmerie nationale. C'est là qu'était installé le pôle cybercriminalité.

Lavelli et Kim étaient déjà venus une première fois, six mois plus tôt. À l'occasion du lancement du programme Robopol : on avait créé une lolita virtuelle, qui pouvait s'animer devant la webcam et entretenir une conversation réaliste devant des pédophiles potentiels. Un programme d'intelligence artificielle qui était capable de s'adapter à son interlocuteur et d'adopter différents registres pour l'amener à se dévoiler. Une société d'effets spéciaux avait travaillé un an pour obtenir un résultat saisissant de véracité.

Ils furent accueillis par un officier de gendarmerie, dont une plaque fixée sur la poitrine annonçait le nom et le grade : capitaine Morini. Il les escorta jusqu'à la salle abritant les enregistrements.

— On voulait vous montrer quelque chose, commissaire, s'adressa-t-il à Lavelli, on a pensé que ça pourrait vous intéresser.

Il les installa devant un écran et pressa quelques touches. Le visage d'un jeune garçon filmé par une webcam apparut. Une quinzaine d'années, blond, les cheveux longs et bouclés qui encadraient un visage d'ange.

— C'est cela qui a attiré notre attention, expliqua le gendarme. C'est la première fois qu'on tombe sur un type aussi jeune. La moyenne d'âge est nettement plus élevée chez les pédophiles.

« Moi, j'ai jamais vu mon père, ma mère l'a viré, j'ai jamais compris pourquoi, elle voulait m'élever toute seule. Elle a toujours dit qu'elle avait besoin de personne pour ça. »

Tandis qu'il parlait, Lavelli examinait attentivement le visage du garçon. Une fenêtre se découpa dans l'image pour montrer une gamine plus jeune, avec un joli visage ovale, des yeux gris bleu, des lèvres charnues et qui s'exprimait d'une voix encore enfantine. Le personnage virtuel effectuait sa tâche d'une façon plus que convaincante.

— Le type qui l'a dessinée, c'est un fan de Gwyneth Paltrow, plaisanta Kim.

— En plein dans le mille, approuva Morini. On est très fier de notre petite Élise. Pour en revenir au garçon, on sait que vous avez un fichier des mineurs disparus. C'est pour ça qu'on a pensé que…

— Vous avez bien fait.

« Depuis que ma mère est morte, je suis chez mes grands-parents… Ils sont gentils, mais c'est pas pareil… Je voudrais aller avec mon père. Il travaille au Sénégal. Il est ingénieur. »

La pseudo-Élise récitait son texte avec application. Le garçon hochait la tête, souriait.

— Stop, dit Lavelli. Est-ce qu'on peut revenir en arrière ?

Le gendarme arrêta le film, puis expliqua qu'il pouvait manipuler les images à l'aide d'un joystick. Il fit défiler le film en arrière, image par image, puis, à la demande de Lavelli, s'arrêta.

— Pouvez-vous zoomer sur la bouche du môme ?

Morini s'exécuta. Kim se pencha sur l'écran.

— Il lui manque une dent devant ?

— Pas exactement. En tout cas, il fait tout pour que ça ne se remarque pas. Il n'écarte jamais les lèvres. Tu me sors le fichier MDM sur la tablette ?

Kim ouvrit son sac et sortit l'iPad. Le fichier MDM, *Mineurs disparus masculins*, était régulièrement mis à jour. La commissaire prit la tablette et commença à faire défiler les fiches des disparus. Elle s'arrêta sur un visage, releva les yeux pour comparer avec l'écran des gendarmes. Elle eut un mince sourire.

— Je savais que je l'avais déjà vu quelque part.

Elle tendit la tablette à Morini.

— La chevelure n'est pas la même, mais à part ça…

Le gendarme examina tour à tour les deux images, imité par Kim.

— Oui, convint-il, on dirait que c'est lui. Il porte une perruque, non ?

— Probable, dit Kim. Et pourquoi une perruque ?

— Bonne question, commenta Lavelli. Grégoire Blangille. Disparu le 20 octobre il y a presque dix-huit mois, au Chesnay, dans l'ouest de Paris. Il est parti au collège, comme tous les jours, on ne l'a jamais revu. Signe particulier : écartement anormal entre deux incisives de la mâchoire supérieure : « Les dents de la chance », a dit sa mère.

— On ne peut pas dire qu'il en a eu beaucoup, de la chance, commenta Kim.

— Moi, je trouve qu'il y a quelque chose de bizarre dans son comportement, dit la commissaire en désignant l'écran de contrôle.

Ils revisionnèrent attentivement la vidéo.

— Ce qui est étrange, fit ensuite Kim, c'est que, parfois, il laisse passer un moment avant de répondre.

Ils ruminèrent cet élément quelques secondes.

— Il attend qu'on lui donne la réponse, proposa Morini.

— Oui, confirma Lavelli. Il a un écouteur, un truc comme ça… Ce qui pourrait vouloir dire qu'il est manipulé… Qu'il sert d'appât.

— C'est pour cela qu'il se déguise, ajouta Kim. Pour ne pas être reconnu.

— Ou pour jouer plusieurs personnages différents.

Lavelli se tourna vers le gendarme.

— Est-ce que vous recherchez systématiquement les adresses IP des correspondants ?

— Impossible. D'une part, ça serait compliqué techniquement vu que le robot peut effectuer plusieurs centaines de connexions simultanément ; d'autre part, on aurait des ennuis avec la CNIL. On ne peut agir que dans le cadre d'une requête judiciaire précise.

— Pas de problème, je vous ferai transmettre une rogatoire par le bureau du proc… Et à la prochaine connexion avec le môme, vous me récupérez l'IP.

48
Funny Games

Arès sa discussion avec Julien et Milan, Rébecca avait envoyé un SMS à Léo lui demandant de la contacter au plus vite. Comme il tardait à lui répondre, elle comprit soudain qu'elle appréciait sa compagnie, peut-être même lui faisait-elle confiance.

Elle sourit nerveusement, Léo était encore un gamin... Elle pianota rapidement sur son portable et laissa un message à Maud, lui demandant de la rappeler d'urgence.

Léo se manifesta en début de soirée. Ils se donnèrent rendez-vous chez Rébecca. Un ciel noir d'hiver recouvrait Paris lorsqu'ils commencèrent leurs recherches pour retrouver le logiciel pirate. Malgré ses tentatives, Léo semblait s'être définitivement évanoui des réseaux du Web. N'avoir même jamais existé…

— C'est du travail de superpro ! constata-t-il, agacé. Même le nom du site des îles Caïmans a complètement disparu de mon moteur de recherche. Pourtant, on n'a pas rêvé hier soir…

Un malaise diffus s'installa. Le souvenir des images de Sybille s'immisçait entre eux. Rébecca s'empressa de le chasser. Elle savait ce que Léo ressentait. Une angoisse mêlée de colère de ne pas avoir progressé dans ses recherches.

Les photos de sa sœur étaient restées intraçables. Il en avait fait une copie la veille au soir et, à moins d'un coup de chance, il ne retrouverait jamais leur auteur, d'autant qu'elles avaient disparu en même temps que le site des îles Caïmans…

Une question continuait à tourmenter Rébecca : qui avait installé un logiciel pirate au cœur du système de FunBox ? Quelqu'un, un proche, l'avait trahie et elle ressentait douloureusement la blessure de cette trahison.

Léo changea de sujet, comme s'il voulait à son tour chasser les images de Sybille qui flottaient dans le salon de Rébecca.

— Au fait, c'est qui Dumaurrier ? Parle-moi de lui.

Rébecca fronça les sourcils, surprise par la question de Léo.

— Un collaborateur et disons… un ami. Quelqu'un de précieux. Pourquoi ?

— Ton Dumaurrier m'intrigue. Tu savais qu'il était passé par la DCRI ?

— Bien sûr. Le top des experts de haut niveau question finances et intelligence économique. Aujourd'hui, les services secrets français recrutent au niveau de polytechnique et de HEC !

Rébecca fit une pause avant de poursuivre :

— Dumaurrier ne m'a jamais lâché depuis les débuts de FunBox. C'est quelqu'un de confiance.

— Quel compliment ! Ça doit être un type fantastique !

Rébecca eut un petit sourire moqueur.

— Absolument, et je l'estime beaucoup.

— Bon, en attendant, on mange quelque chose ?

***

Quelques instants plus tard, ils dévoraient avec appétit deux pizzas quatre-saisons qu'on venait de leur livrer. La jeune femme avait fini par avouer à Léo qu'elle n'avait jamais mangé chez elle depuis qu'elle avait emménagé. Elle détestait faire la cuisine, à part cuire des œufs coque pour son petit-déjeuner. C'était sa spécialité, avoua-t-elle à Léo non sans humour…

Puis ils parlèrent de Sybille. Cela fit du bien à Léo.

— Tu devais être très lié avec ta sœur pour te battre comme tu le fais !

— Comment ça ?

— Pour retrouver le responsable de sa mort.

Léo esquissa un petit sourire triste.

— Ce n'est pas une histoire de vengeance.

Il soupira, puis continua :

— Enfin, pas seulement… Quand ça s'est passé, elle avait quatorze ans, et moi, dix-neuf. Une sacrée différence d'âge. Pour moi, elle était encore une gamine. Je la trouvais chiante, inintéressante. Je me moquais d'elle, de ses copines, de tout ce qu'elle aimait…

Rébecca attendit la suite.

— Aujourd'hui, je m'en veux. Énormément… Parce que je n'ai pas eu le temps de la connaître vraiment. Quand elle a disparu, j'ai senti qu'elle me manquait terriblement.

Il y eut un silence, puis il poursuivit :

— C'est con, la vie !

Peut-être attendait-il une parole, un geste de réconfort de la part de Rébecca, mais elle semblait incapable d'aller vers lui. Comme si le voile noir dont elle avait recouvert une partie de son passé l'avait privée d'empathie. Rébecca savait qu'elle renvoyait l'image de quelqu'un de distant, de froid, limite psychorigide. Elle ne savait pas comment y remédier et s'en foutait catégoriquement.

Léo se leva. Au fond de lui, il s'en voulut de s'être laissé aller. Il enfila sa parka. Rébecca l'arrêta.

— Tu t'en vas ?

— Je veux profiter du dernier métro. Il fait trop froid pour rentrer à pied ce soir.

— Tu peux rester si tu veux. Le canapé est confortable. J'ai même une couette et des draps…

Léo réfléchit un instant. Il y avait si longtemps qu'il n'avait pas dormi dans un appartement chauffé…

Il accepta.

***

Allongé sur le canapé, Léo ne parvenait pas à trouver le sommeil. La rue lui avait appris à être toujours sur ses gardes, à ne jamais fermer l'œil. Même chez Guillaume, il ne s'assoupissait que par intermittence comme s'il craignait d'être surpris, agressé. Une peur viscérale qu'il ne contrôlait pas.

Il fixait les nuages qui filaient sur le ciel sombre à travers les grandes baies vitrées, pour tenter d'y deviner des dessins, des visages, histoire de s'occuper la tête, d'écarter le souvenir de Sybille.

Soudain, il en eut assez. Il se leva, fit quelques pas, puis se dirigea jusqu'à la porte de la chambre de Rébecca.

Il leva la main pour frapper, hésita, puis fit finalement demi-tour.

À cet instant, la porte s'ouvrit sur Rébecca, entortillée dans un vieux tee-shirt qui dévoilait ses longues jambes nues.

Elle regardait Léo sans rien dire, comme si elle réfléchissait avec beaucoup de concentration.

Gêné, il rompit le silence :

— Ça va ? Tu as besoin de quelque chose ?

Soudain, il se rendit compte qu'il avait inversé les rôles. C'était elle qui aurait dû poser la question. Pourtant, la réponse vint de Rébecca qui brisa le silence :

— Je n'ai jamais couché avec un homme.

Elle hésita un moment avant de poursuivre :

— J'ai peur des hommes. C'est très con ! Hein ?

L'air décidé, elle fixait Léo, interdit. Il s'attendait à tout sauf à ça. Il balbutia quelques mots :

— Excuse-moi si je t'ai réveillée… Je...

Il battit en retraite vers le canapé, se pelotonna sous la couette et se concentra sur le ciel noir pour tenter d'y déchiffrer quelque chose, peut-être un signe. Une façon de conjurer l'épisode étrange qu'il venait de vivre. Il avait beaucoup de mal à cerner Rébecca. À aucun moment, elle n'avait manifesté, ne fût-ce que par un regard, un geste, qu'elle était intéressée par lui. Quant à lui, depuis la mort de Sybille, il avait mis ses relations amoureuses entre parenthèses. Pas même une histoire de baise d'un soir… même si l'occasion s'était présentée (ce qui n'avait pas été le cas depuis qu'il traînait dans la rue), il aurait été incapable de la saisir.

Mais son regard obliquait sans cesse vers la porte de la chambre restée entrouverte. Un rai de lumière traversait le lit de Rébecca. Il la vit passer devant, enlever son tee-shirt et se dénuder. Puis s'allonger sur les draps. Son corps nu, blanc, longiligne, comme une provocation ou une invitation. Les deux peut-être…

Léo était perplexe.

Il la fixait, le souffle court… quand soudain elle se leva, traversa le salon et vint vers lui. Elle s'approcha, se pencha en avant et l'embrassa sur la bouche.

Elle se lova contre lui, sa main glissa dans une caresse sur son torse, puis plus bas.

Léo n'était pas indifférent, juste désorienté.

Il se releva et prit le visage de Rébecca entre ses mains.

— Je ne sais pas si c'est une très bonne idée. On a... commencé un travail, tous les deux... Ça risque de tout casser.

Léo ne trouvait pas les mots. Rébecca sourit et se pencha vers lui.

— Je m'en fous. J'ai envie de faire l'amour avec toi. C'est la première fois que ça m'arrive.

— Mais on se connaît à peine ! répliqua Léo, qui se trouva soudain très stupide.

Rébecca éclata de rire. Un rire joyeux qui la transforma entièrement et la libéra pendant quelques instants de tous ses fantômes.

— Je te plais pas ? Je suis pas assez sexy ? Trop vieille ?

Léo secoua la tête. Elle rayonnait. Elle était magnifique quand elle le regardait comme ça. Il la prit dans ses bras.

— Je le comprendrais, ajouta Rébecca avec un regard mutin. T'as une copine ? Non, tu es trop solitaire, trop obsédé.

— Par toi... murmura Léo.

Il se pencha en avant.

Rébecca répondit à son mouvement.

Leurs lèvres se rencontrèrent tendrement, profondément.

49
Entre deux eaux

Léo avait quitté l'appartement de Rébecca en même temps qu'elle, dans le milieu de la matinée. Ils s'étaient dit au revoir devant la bouche du métro. Il n'avait pas osé l'embrasser en pleine rue et elle n'avait fait qu'esquisser un geste, tout de suite avorté. La réalité avait soudain repris le dessus : ils avaient été amants toute la nuit, mais à présent, elle était à nouveau une riche businesswoman, et lui, un sans abri dans la misère.

C'était du moins la façon dont lui ressentait les choses. Rébecca s'engouffra dans un taxi et, tandis qu'il dévalait l'escalier du métro, Léo caressa l'idée que peut-être, peut-être, il se trompait. Elle lui avait donné une clé de son appartement. « Si tu veux revenir dans la journée… » Et lui, il avait laissé son Mac sur la table du salon. Comme une marque de sa présence.

Il songeait encore à ce qui venait de lui arriver en approchant le pont de Sully. Allait-il en parler à Guillaume ? Il hésitait. À cause de Claire. Il ne voulait pas remuer le couteau dans la plaie en parlant de femmes et d'amour. C'est alors qu'il découvrit les véhicules de pompiers et de police stationnés sur le quai, puis la foule sur la berge en contrebas, à environ deux cents mètres de l'arche du pont. Encore une bagarre, pensa-t-il tout d'abord. Pourtant, une inquiétude grandissante le poussa à hâter le pas.

Il aperçut d'abord un groupe penché sur une forme allongée à terre, un homme vêtu d'une blouse blanche et deux autres portant le brassard de la Croix-Rouge. Des policiers en uniforme occupés à installer une rubalise rouge et blanche autour de la scène.

Puis il sentit un regard braqué sur lui et tourna la tête. C'était Dyorik qui l'observait, un peu en retrait, adossé au mur, les mains au fond des poches de la grande capote de laine marron qui ne le quittait jamais. Ce qu'il lut dans les yeux de l'Islandais lui fit redouter le pire.

Il s'approcha du corps, le cœur battant, malgré un policier qui tentait de le repousser. C'est le costume qu'il reconnut en premier, le costume que Guillaume avait endossé pour consacrer son nouveau personnage et qu'il avait gardé depuis l'autre jour, comme s'il rechignait à redevenir celui qu'il était avant.

Le souffle de Léo se bloqua.

L'homme en blouse blanche se releva, et le garçon découvrit alors le visage de l'ex-trader. Une large plaie balafrait son front, et les traces sombres de coulées de sang maculaient son cou et le col de sa chemise.

Tout le corps de Léo se paralysa et il demeura là, statufié, avec l'esprit qui refusait d'admettre ce qu'il avait sous les yeux.

Puis son instinct le poussa à tourner les talons. Il fit quelques pas, les jambes vacillantes, sans savoir où il allait, jusqu'à ce que la poigne de Dyorik se referme sur son bras et l'entraîne un peu plus loin.

Léo, hébété, était incapable de réfléchir et plusieurs minutes s'écoulèrent avant qu'il ne reprenne le contrôle. Enfin, il se tourna vers le géant.

— Qu'est-ce qui s'est passé ?

L'autre haussa les épaules.

— Personne, rien vu. Homme qui promenait son chien

ce matin a découvert Guillaume dans l'eau. A appelé pompiers.

Léo trouva le courage de regarder à nouveau en direction du corps. Dyorik lui fit comprendre qu'on avait retrouvé le cadavre coincé entre le quai et une barge emplie de sable. Apparemment, une rixe entre SDF.

La bagarre entre clochards, Léo n'y crut pas une seule seconde. Guillaume avait été assassiné, il en était convaincu. Assassiné à cause de lui, de l'enquête qu'il lui avait demandé de mener. Les mots tournoyaient dans sa tête, s'imposaient comme une évidence.

Une onde de révolte et d'indignation le secoua.

Le sentiment que les responsables de la mort de Sibylle s'agitaient toujours dans l'ombre et qu'ils pouvaient tout se permettre, au mépris de toute justice. Il ne laisserait pas faire, il lutterait contre eux jusqu'au bout et jetterait toutes ses forces dans la bagarre. Il se leva brusquement et marcha à grandes enjambées jusqu'au pont de Sully.

La porte de leur tanière était ouverte. Bizarre, car la règle était de la tenir constamment fermée. Il entra et se trouva face à deux hommes. Il les avait déjà vus, des clodos qui traînaient dans le quartier, dormaient parfois sous le pont. Un coup d'œil suffit à Léo pour comprendre. À peine constatée la mort de Guillaume, les deux types étaient venus piller l'abri. C'était la loi de la rue. De la jungle. Pas de pitié pour les plus faibles, encore moins pour les morts.

Mais Léo n'était pas décidé à laisser faire. Il se précipita pour tenter d'arracher les sacs en plastique que l'un d'eux avait déjà emplis d'affaires volées. L'autre était en train de débrancher les fils du vieil ordinateur de Guillaume. Ils tentèrent d'échapper à la fureur de Léo, mais celui-ci n'avait tout simplement pas peur. Il frappa du poing, du pied, donna un coup de tête qui le sonna quelques instants, mais quand il retrouva tous ses esprits, les intrus avaient pris la fuite. En abandonnant les sacs sur place. Léo, sans hésiter, vida leur contenu.

Des vêtements, des ustensiles de cuisine, de la nourriture. Une bouteille de vin entamée. Un réveil, quelques plaquettes de médicaments. Une sorte d'inventaire de la précarité. Mais rien qui puisse le mettre sur la trace de ce que cherchait Guillaume.

« Tu sais, je crois que j'ai une autre idée… Quelques vieilles relations à réactiver… » Léo n'avait pas oublié les mots de son ami.

Il rebrancha et alluma le vieil ordi de Guillaume, attendit impatiemment que le système, toujours trop lent, se mette en place. Mais il put vérifier rapidement qu'aucun fichier n'avait été ajouté ou modifié ces trois derniers jours. Le moteur de recherche était paramétré pour ne pas conserver l'historique de navigation et il n'y avait rien à espérer non plus de ce côté-là…

Il eut un creux au ventre qui le priva de toute énergie, le symptôme du découragement. Tout le poids de la disparition de Guillaume lui tomba sur le dos. Léo regarda le mur où les innombrables « Claire » lançaient leur message secret.

Penser à Claire lui fit songer à Rébecca et qu'il avait envie de lui téléphoner. Par ricochet, il songea au portable de Guillaume. Celui-ci le mettait à recharger dans un recoin secret de l'abri, sur un petit rebord situé tout près du plafond, où l'on avait tiré une autre dérivation électrique pour installer une prise. Il s'empara du tabouret pour avoir accès à l'endroit. Il glissa la main. Gagné. Le vieux Nokia de Guillaume se trouvait là.

Son cœur bondit d'un nouvel espoir.

Il fit défiler la liste des appels récents.

En dehors de celui de Léo, un seul autre numéro depuis quatre jours. Masqué. L'appel remontait à trois heures plus tôt. Une hypothèse germa dans l'esprit de Léo : on avait donné rendez-vous à Guillaume. Pour le tuer. Mais rien ne pouvait renseigner Léo sur « l'autre idée » de son ami. Perplexe, il contrôla si Guillaume avait pris des notes. Rien. Il n'avait trouvé aucune trace manuscrite dans l'abri. S'il en existait, elles étaient sans doute restées dans la poche de son ami. De son vieux costume, qu'il avait ressorti et dépoussiéré. Pour lui, pour Léo.

Sentiment de culpabilité. Désir de justice, de vengeance. Désormais, il n'y avait plus seulement Sibylle, il y avait aussi Guillaume. Une mission à remplir. Les doigts de Léo se mirent à trembler. Il se dit qu'il n'était pas, qu'il ne serait jamais à la hauteur.

Machinalement, il consulta l'album photo du portable.

Bingo. La veille, Guillaume avait pris plusieurs clichés. Apparemment, il avait photographié un écran. Léo ne parvenait pas à lire les caractères. Il transféra les photos sur l'ordi. Il s'agissait d'un article du *Parisien* remontant à onze années. Il relatait une affaire de réseau pédophile à l'intérieur d'un orphelinat de la région parisienne, le Foyer de l'espoir…

50

Le cinquième pouvoir

Les salons de l'hôtel de Crillon fraîchement rénové bruissaient de conversations discrètes. Vaguement intimidée, Rébecca regardait défiler sous ses yeux un échantillon de ce que le monde de la politique, de la finance, des médias ou du business comptait de plus renommé. Elle avait encore du mal à croire qu'elle appartenait à cet univers de lumière, de strass, de fric. Bien sûr, elle avait accédé à une certaine aisance financière, mais elle ne pourrait jamais oublier d'où elle venait, ce qu'avait été son adolescence au foyer de Rueil.

Elle prit une coupe de champagne sur un plateau qu'un serveur lui tendit et traversa le salon pour accéder à la salle voisine. Le débat venait de commencer. Sur une estrade, Virgil Hammersmith faisait face à Daniel Martineau, un sociologue réputé pour ses études critiques sur Internet et l'informatique.

Rébecca s'installa parmi un public qui occupait plusieurs rangées de chaises en velours rouge capitonné. Elle vit le regard d'Hammersmith se poser un bref instant sur elle avant de retourner à son interlocuteur.

— Aujourd'hui, argumentait Martineau, les États n'acceptent plus que l'internet international soit contrôlé par les multinationales américaines. Les chefs d'État du Brésil et de l'Allemagne se sont rencontrés pour contrer le piratage et la surveillance qu'exercent les agents de la NSA sur les routeurs informatiques, par exemple au niveau des câbles sous-marins transatlantiques, je veux parler du projet Tempora…

— Vous semblez oublier que tout le monde espionne tout le monde, rétorqua Hammersmith. Ce n'est un secret pour personne que la Chine détruit des emplois à travers toute la planète en pillant la propriété intellectuelle des sociétés étrangères.

C'était un débat qui avait sa source dans l'affaire Snowden : d'un côté, ceux qui défendaient la liberté absolue de circulation des données sur le Net, de l'autre, ceux qui souhaitaient une régulation par les États ou des instances officielles. C'était en somme une version 2.0 de la lutte entre le libéralisme absolu et le contrôle des sociétés par un État représentatif.

Rébecca écoutait avec attention. Parfois, il lui paraissait que le discours d'Hammersmith s'adressait à elle, car, tout en parlant, il tournait le regard dans sa direction.

Après le débat, tout le monde était convié dans un salon voisin, où un buffet somptueux attendait ceux qui avaient eu la bonne fortune d'être invités. Hammersmith était très entouré, et Rébecca choisit d'attendre son tour en profitant des petits fours. Elle songea à Léo, qui vivait dans la rue et ne mangeait pas à sa faim, et ce monde si différent et si contrasté lui sembla soudain absurde.

C'est Hammersmith qui finit par venir vers elle. Il n'avait les mains encombrées par aucun verre ni aucune assiette et cette aisance lui conférait une sorte de supériorité. Il portait son éternelle chemise blanche sans cravate sous sa veste sombre.

— Je suis très concernée par tes propos, déclara-t-elle. Je comprends ce que tu veux dire quand tu parles de liberté absolue sur le Net. Moi aussi, j'y croyais et puis il vient de se passer quelque chose qui me donne à réfléchir.

Elle eut soudain envie de tout lui raconter : le programme-espion au cœur de FunBox, les fichiers clients dérivés vers un serveur aux îles Caïmans. Mais au dernier moment quelque chose la retint.

— Dis-moi, Rébecca, de quoi veux-tu me parler ?

Rébecca hésita, puis fit marche arrière.

— Juste d'un petit détail. Tu pourrais me donner un coup de main ?

— Évidemment. Qu'est-ce que je peux faire pour toi ?

Elle ouvrit son sac et lui tendit une enveloppe.

— C'est l'adresse d'un site enregistré aux îles Caïmans. J'ai besoin de savoir qui se cache derrière. Une affaire strictement personnelle.

Soudain, elle eut le sentiment confus qu'Hammersmith était contrarié par sa demande quand il prit l'enveloppe.

— Je vais confier cela à mes services. Ils feront le maximum, mais les îles Caïmans, ce n'est pas facile. Même pour moi.

— Je te remercie. Pour cela et pour tout ce que tu fais pour moi.

— Tu sais, Rébecca, j'ai confiance dans la nature humaine, mais d'un autre côté, je suis parfois sans illusions sur elle. L'important, c'est que des gens comme toi, comme moi, soient prêts à… mettre un peu d'ordre dans ce monde.

— Mettre un peu d'ordre, sourcilla Rébecca. Que veux-tu dire ?

— Rappelle-toi, je t'ai proposé de faire partie d'un cercle de réflexion qui regroupe des gens talentueux comme toi.

— Je n'ai pas oublié : réunion à Londres le mois prochain.

— Exact… Non seulement nous réfléchissons aux nouvelles technologies, mais nous essayons également de prévoir de quelle manière elles pourraient contribuer à dépasser tous… tous les vieux schémas politiques.

Elle sourit pour éviter d'avouer qu'elle ne voyait pas très bien où il voulait en venir, puis elle pensa qu'elle avait encore des progrès à faire dans la dialectique des puissants.

— À présent, conclut-il, excuse-moi, mais on m'attend.

Il agita l'enveloppe qu'elle lui avait remise.

— Et je m'occupe de ton affaire.

Il s'éloigna sous le regard un peu songeur de Rébecca.

Puis elle décida de reprendre une coupe de champagne. À présent qu'elle avait renoncé à être une ascète, autant profiter des bons côtés de la vie. Elle sourit de sa propre réflexion.

51
Disgrâce

Le juge Vandermeck reposa nerveusement son téléphone. Il ne fallait pas qu'il s'énerve contre les types du labo, ce serait contre-productif. Pourtant, on venait de lui répondre qu'il avait fallu interrompre momentanément le travail sur les ordinateurs de Koscelny. Une urgence à traiter en priorité. Ce qui sous-entendait que sa requête n'était ni urgente ni prioritaire. Il soupira, se tordit les mains pour faire craquer ses doigts. Remède pour se calmer.

Pour la énième fois, il ouvrit le dossier ViaBank. Il chaussa ses lunettes-loupes et parcourut encore la liste des noms du groupe Spinoza. Il ne parvenait pas à définir le lien qui pouvait unir ces individus. En dehors du fait qu'ils exerçaient tous un pouvoir dans leurs domaines respectifs. Pourtant, Vandermeck sentait qu'un élément important lui échappait et que si Koscelny avait pris la peine de dissimuler ce dossier, ce n'était forcément pas par hasard.

La porte s'ouvrit et l'assistante du juge apparut. Deux hommes mandatés par la chancellerie demandaient à le voir. Monsieur le chef de cabinet de la direction des affaires criminelles et des grâces. Le commandant Barjac, de la DPJ, service des affaires financières. Le juge ôta ses loupes et fit signe à son assistante de les faire entrer. Assailli par un mauvais pressentiment.

Salutations d'usage. Les deux visiteurs s'installèrent face au juge.

— Monsieur le juge, commença le chef de cabinet, j'ai là une lettre signée par le procureur général de Paris. Il apparaît que vous êtes soigné à l'hôpital de la Pitié-Salpêtrière, dans le service du professeur Silvera, pour un problème de glaucome dégénératif, et ce, depuis plus d'une année. Vous n'avez jamais notifié ce problème à votre hiérarchie, alors qu'il est hautement invalidant dans la pratique de vos activités. Monsieur le procureur considère donc que vous n'êtes plus en mesure de poursuivre lesdites activités. Il a pris la décision de vous relever de l'exercice des enquêtes en cours, c'est-à-dire de vous retirer le dossier ViaBank…

— C'est absolument anormal, protesta Vandermeck. Je reste tout à fait en mesure de poursuivre mon travail et…

— Monsieur le procureur général en a décidé autrement, coupa le chef de cabinet.

Le juge tourna la tête vers le commandant Barjac. Ils avaient travaillé ensemble à plusieurs reprises et les deux hommes s'estimaient. Le policier était mal à l'aise.

— Je suis désolé, monsieur le juge, dit-il. Je vais être obligé de vous demander de restituer l'ensemble des documents constituant le dossier de l'affaire ainsi que les deux ordinateurs appartenant à monsieur Koscelny.

— Bien sûr, commandant, je suis magistrat et évidemment respectueux des décisions de ma hiérarchie.

Contenant mal sa mauvaise humeur, il s'adressa cette fois au chef de cabinet :

— Toutefois, je pense cette mesure totalement discriminatoire. Elle préjuge d'un handicap que j'ai jusqu'ici réussi à surmonter.

— Rien ne vous empêchera d'y faire appel, monsieur le juge, répondit l'autre avec une lueur presque amusée dans le regard.

Faire appel d'une telle décision constituait une démarche complexe et prendrait au bas mot plusieurs mois. Il ne l'ignorait pas. Tout comme il n'ignorait sans doute pas que, dans ce laps de temps, l'état de santé du juge aurait considérablement empiré.

Vandermeck soupira.

— Bien. Je vais appeler mon assistante qui va rassembler toutes les pièces du dossier. Les deux ordinateurs se trouvent quai de l'Horloge.

Il referma d'un geste machinal la chemise se trouvant sur son bureau. Cependant, celle qui contenait la liste du groupe Spinoza, il n'avait pas l'intention de la rendre.

52

Les griffes de la nuit

Disparu le 20 octobre 2013…

Cela faisait maintenant plus de seize mois que le garçon s'était volatilisé, songea Lavelli en comparant la photo de Grégoire au moment de sa disparition avec le portrait du fameux Jonathan tombé sous le charme d'Élise, le leurre imaginé par la brigade de Rosny-sous-Bois.

Le premier était un beau gamin brun de quatorze ans au regard facétieux, à la fois enfantin et provocant, tandis que le second portait des cheveux mi-longs, aux reflets blond vénitien. Une perruque sans aucun doute… Ses sourcils avaient été décolorés à l'eau oxygénée. Pourtant, malgré leurs carnations différentes, les deux garçons avaient le même sourire insolent, celui des dents de la chance ou du bonheur…

Ce qui avait frappé Lavelli, c'est qu'au-delà de l'attitude désinvolte et du sourire séducteur du second, elle avait senti dans ses yeux une inquiétude, une fêlure, comme s'il avait été précipité dans les abysses du mal et avait perdu toute innocence.

Pourtant, il s'agissait indiscutablement du même individu. Elle venait de recevoir les conclusions du département de la police scientifique concernant les travaux de morphing entrepris sur le visage de Grégoire et la recherche des points de ressemblance avec celui de Jonathan. Il y en avait plus de quatre-vingt-quinze sur une échelle de cent… Une concordance qui ne laissait aucun doute.

Depuis vingt-quatre heures, une question ne cessait d'obséder Lavelli : comment un garçon de seize ans, recherché par les polices de France et d'Europe, s'était-il retrouvé dans le piège tendu par l'équipe de la cybercriminalité pour coincer pédophiles, prédateurs sexuels et autres réseaux criminels qui tissaient leurs toiles maléfiques sur le Net ?

Où se trouvait-il ?

Quels sévices avait-il subis pour devenir un instrument entre les mains de son ou de ses tortionnaires ?

Lavelli était furieuse du laisser-aller de ses collègues au SRPJ de Versailles. À l'époque, personne n'avait pris au sérieux la disparition de Grégoire. Un élément qui avait pesé très lourd dans les suites de l'enquête. Surtout quand on savait que la plupart des disparitions d'enfants trouvaient leur dénouement dans les vingt-quatre heures suivant leur déclaration à la police.

Elle avait passé toute la journée à relire les dossiers de l'enquête.

En ce début d'automne 2013, l'adolescent n'en était pas à sa première fugue, sauf que cette fois-ci il avait disparu avec son scooter. La police avait mollement mené l'enquête, pariant que le gosse réapparaîtrait rapidement, comme la première fois où, suite à une énième dispute avec son beau-père, il avait fui le domicile familial. Selon les statistiques, la plupart des fugueurs réintégraient leur foyer au bout de quarante-huit heures.

Ce n'est qu'après une semaine, lors d'un contrôle de police à Malakoff, que le scooter de Grégoire fut retrouvé.

Un passant avait aperçu le deux-roues abandonné non loin de la rue où vivait Grégoire.

À partir de ce jour-là, les autorités décidèrent de prendre au sérieux la disparition du gamin. Des avis de recherche furent émis à travers toute la France. Mais il était déjà trop tard. Des analyses révélèrent que le deux-roues avait été légèrement accidenté. On retrouva des traces de peinture noire provenant probablement de l'aile d'un véhicule sur la jante avant du scooter. Les enquêteurs émirent l'hypothèse que Grégoire avait été heurté par un véhicule avant de disparaître. Malgré des appels à témoin, le chauffard ne se manifesta jamais.

C'est à ce moment précis que la sonnerie du portable de Lavelli résonna dans le silence de l'appartement. Elle se leva, cherchant à se souvenir où elle avait bien pu le poser…

Elle le retrouva en équilibre sur l'évier où gisait encore la barquette de brandade de morue qu'elle avait mangée la veille au soir. Elle regarda autour d'elle, exaspérée. Le foutoir absolu. Elle jura de ne pas se coller devant un film avant d'avoir fait un grand ménage, au moins dans la cuisine. Puis elle décrocha.

C'était Éric qui l'appelait de Norvège.

Ils avaient des rendez-vous téléphoniques deux fois par semaine lorsqu'il était en mission. Amoureux de l'océan, il travaillait comme chef de chantier off shore sur des plates-formes pétrolières à travers le monde. Des séjours de quarante jours où il vivait en huis clos dans moins de quatre mètres carrés. Mais il aimait son travail et les types du monde entier qu'il croisait. Et Anne aimait sa solitude parisienne. Un modus vivendi qui leur convenait parfaitement, à tous les deux.

Au moment de mettre un terme à la conversation, Anne lança une bouteille à la mer. Qu'est-ce qu'il dirait si elle, ou plus exactement, elle et lui adoptaient un chien ? Un berger allemand du nom de Kubrick s'ennuyait ferme dans un refuge et, s'il ne trouvait pas de maître, il risquait de passer l'arme à gauche… Éric promit de réfléchir.

En raccrochant, Anne esquissa un petit sourire satisfait, puis elle se replongea dans le dossier Blangille. Dès le lendemain, elle enverrait Kim interroger les garagistes du coin. Peut-être quelqu'un se souviendrait-il d'une voiture noire accidentée. Elle en doutait, mais elle savait aussi qu'il fallait tirer à nouveau chaque fil un par un…

Demain, elle irait voir la mère de Grégoire. Depuis la disparition de son fils, Élodie Blangille n'avait cessé d'alerter les pouvoirs publics et les médias. Elle se souviendrait peut-être d'un détail qui aurait échappé aux flics du SRPJ de Versailles…

Anne soupira : il y avait un dernier fil qu'elle avait peut-être négligé. Celui concernant Sybille Barthélémy…

Soudain, elle en eut assez et s'octroya une pause. Depuis le début de l'enquête, elle avait décidé de revoir l'intégralité de l'œuvre de Stanley Kubrick. La veille, elle avait terminé *Spartacus* ; elle s'apprêta à visionner *Lolita*, l'histoire d'une nymphette qui bouscule l'ordre de l'Amérique des fifties. Elle hésita… puis décida de passer au *Docteur Folamour*. Le seul film de Kubrick à ne pas mettre en scène un personnage tiraillé entre la lumière et les ténèbres.

Elle en avait assez des histoires glauques.

53
L'heure du loup

Rébecca s'engouffra dans le hall de son immeuble, puis dans l'ascenseur qui semblait l'attendre. Elle appuya sur la touche correspondant au dix-huitième étage.

Depuis longtemps, elle ne s'était pas sentie aussi légère. Sa journée avait été une suite de moments forts : sa rencontre avec Hammersmith et la demande qu'elle avait osé lui faire, puis l'après-midi passé avec Serge, Vlad et Clarisse, les programmeurs, pour élaborer de nouvelles fonctionnalités du programme FunBox… et enfin, et puis surtout… Léo.

Elle sourit avec gourmandise en songeant à leur nuit.

Il avait été un merveilleux amant qui avait su éveiller en elle un sentiment qu'elle n'avait jamais éprouvé avec un homme. Rébecca songea, amusée, qu'elle n'avait jamais eu de préférence marquée pour un sexe ou l'autre. Cela s'était juste fait comme ça. Les circonstances de la vie…

Adolescente, elle s'était liée d'amitié avec un éducateur du foyer d'accueil où elle avait séjourné après que les services sociaux l'avaient arrachée à l'emprise de son père. L'homme s'était ensuite comporté comme un goujat. Brutal, il avait tenté d'abuser d'elle. Elle était parvenue à s'enfuir. Mais il s'était vengé en faisant à la direction un signalement décrivant Rébecca comme dangereuse et violente.

Ensuite, elle avait passé six mois dans un centre d'éducation fermé. Une véritable prison, où on n'avait cessé de l'agresser parce qu'elle était une « bourge ». Depuis, elle avait préféré les bras des femmes.

Les portes de l'ascenseur s'entrouvrirent.

Elle jeta un œil sur son iPhone.

Toujours aucun signe de Léo. Elle relut le message qu'il lui avait envoyé quelques minutes après qu'ils s'étaient quittés le matin même. Un mot teinté d'humour où il la remerciait pour son hospitalité nocturne. Elle lui avait répondu sur le même ton, mais depuis, il ne s'était pas manifesté. Elle décida d'attendre encore un peu avant de l'appeler ; elle ne voulait pas paraître insistante.

Au moment où elle ouvrit la porte de son appartement, les premières mesures du *Concerto en ré mineur* de Sibelius se mirent à résonner. Stridentes, minérales, d'une mélancolie sombre. Elle se figea, le visage crispé.

Elle n'eut aucun mal à reconnaître l'interprète.

Des images remontèrent brutalement à la surface : elle, petite fille, dans l'immense salon haussmannien, jouant le même morceau. Elle se trompant dans un accord.

Le claquement d'un coup de ceinturon, puis une voix qui hurlait « Sol dièse, sol dièse ! » Enfin, le bruit sourd de la porte du placard qui se refermait sur elle avec un : « Ce soir, tu ne mangeras rien, tant que tu n'auras pas repensé ta manière de jouer ! » « Repenser » était un terme qu'il employait souvent pour l'humilier.

Mais une fois lovée dans l'obscurité, elle savait qu'elle était inaccessible, qu'il ne pourrait plus lui faire du mal.

Elle était une autre... une petite fille qui ondulait librement dans un ciel bariolé comme le personnage du Cri.

Soudain, le violon cessa de jouer, rompant le maléfice.

Rébecca se reprit, avança et découvrit son père, au milieu du salon, l'instrument à la main. Il l'accueillit avec un grand sourire tout en lui tendant le violon.

— Comment tu es entré ? questionna Rébecca d'une voix dure.

— Ton gardien a eu pitié de moi. Il n'allait pas laisser ton pauvre père attendre des heures sur le palier !

— Va-t'en !

— Rébecca… Tu te souviens ? Bien sûr, on n'oublie jamais…

Les derniers mots de Corelli vidèrent momentanément Rébecca de toute son énergie. Ne subsistait que la culpabilité qui avait pesé sur elle pendant sa vie de jeune adulte. La culpabilité d'avoir dénoncé son père à l'infirmière du collège, un matin où elle avait refusé de se mettre en tenue de sport à cause des traces que le ceinturon avait imprimées sur ses bras.

La culpabilité d'avoir brisé sa carrière, même s'il avait partiellement réussi à étouffer l'affaire grâce à des relations haut placées. Il en avait toujours eu. Après, il avait fui Paris pour Rome, où il avait poursuivi sa vie de concertiste. Avec moins de succès… Ses apparitions s'étaient faites plus rares… Et puis un jour, il avait disparu des circuits.

Et maintenant, il se tenait devant elle en brandissant le violon.

— N'aie pas peur !

Rébecca connaissait son père. Il avait toujours été un manipulateur qui prenait plaisir à faire souffrir les autres. Mais cette fois-ci, il n'était pas question qu'elle se fasse avoir. Calmement, elle s'avança vers lui.

— Fous le camp avant que j'appelle les flics !

Elle pointa du doigt la porte d'entrée, puis sortit son

portable et composa le 18. Corelli ne bougea pas d'un iota. Il continuait de toiser Rébecca de son air condescendant.

— On va tout recommencer ensemble, Rébecca. Ré mineur, sol dièse… Tu connais la partition, poursuivit-il. Tu as toujours eu une excellente mémoire…

Ce fut le mot « mémoire » qui fit tilt… Rébecca se mit soudain à trembler de rage.

— Je t'ai dit de disparaître.

Mais Corelli ne bougea pas d'un pouce. Toujours souriant, il appuya le violon contre son menton et recommença à jouer. La même mélodie. Lugubre, insistante.

C'en fut trop pour Rébecca. Elle se précipita pour lui arracher l'instrument et le pousser vers la sortie.

— Dégage !

Mais Corelli demeurait imperturbable, toujours souriant.

— Voyons, calme-toi, ma chérie. Ça ne sert à rien de t'énerver !

Alors, elle commença à frapper son père avec le violon. Toute la violence qu'elle avait contenue pendant des années se décuplait dans une force qu'elle ne contrôlait plus. Elle voulut le faire disparaître à jamais.

Corelli tenta de se protéger des coups.

Soudain, il eut peur pour ses mains de violoniste.

Il essaya de les protéger, mais, en voulant battre en retraite, il perdit l'équilibre et glissa sur le parquet. Son visage heurta le coin métallique de la table basse et il s'affaissa de tout son long sur le sol en hurlant.

— Tu es encore plus folle que je ne pensais !

Tout à son œuvre de destruction, Rébecca n'entendait plus.

54
La souricière

La pièce exiguë d'un commissariat. Avec un éclairage livide qui accusait les traits creusés de Rébecca. Recroquevillée dans un fauteuil usé, elle pleurait sans un sanglot, son corps traversé par des tremblements. Apparemment absente.

Deux policiers entrèrent et s'assirent en face d'elle. L'un, le plus âgé, prit la parole :

— Mademoiselle Fersen, vous êtes sous le coup d'une enquête pour violences aggravées à l'encontre de votre père, Pierre Corelli. Alors qu'il venait vous rendre visite, vous l'avez brutalement agressé sans raison. Vos cris ont alerté les voisins et le gardien de votre immeuble qui a appelé Police Secours. Reconnaissez-vous les faits ?

Lentement, Rébecca fit non de la tête. Le policier se pencha vers elle.

— Pourquoi avez-vous agressé votre père ?

— C'est lui qui m'a agressée, murmura Rébecca.

— Pourtant, ce n'est pas ce qu'il prétend.

Rébecca, défaite, leva les yeux vers le policier. Les larmes roulaient sur ses joues.

— Lorsque je suis rentrée, il était là, chez moi, en train de jouer… un morceau de Sibelius, une sonate que je ne peux plus, que je ne veux plus entendre. Jamais.

Elle se replia de nouveau sur elle-même et se blottit

dans le fauteuil comme si elle voulait s'abstraire de ce qui l'entourait. Les deux flics se regardèrent, perplexes. Après un moment de silence, le plus jeune prit la parole :

— D'après Pierre Corelli, ajouta-t-il, vous êtes sujette depuis votre enfance à des accès de violence dus à un traumatisme lié au décès de votre mère. Il voulait faire la paix avec vous et vous n'avez pas hésité à le frapper.

— C'est faux ! cria Rébecca. Il est revenu pour… m'humilier. Pour me faire du mal ! C'est un pervers, un…

— Calmez-vous ! assena le flic. Votre père se trouve actuellement aux urgences. Mademoiselle Fersen, vous êtes également sous le coup d'une enquête pour violences à l'égard de maître David Pontet qui a porté plainte contre vous.

Implorante, Rébecca leva les yeux vers les deux policiers.

— Il m'a harcelée au Wanderlust… Je ne suis pas responsable... Je veux rentrer chez moi.

Elle se leva et commença à rassembler ses affaires. Mécaniquement.

— Rasseyez-vous, s'il vous plaît. Votre père vient de demander une mesure d'internement vous concernant. La décision est actuellement entre les mains du juge.

Rébecca s'insurgea violemment.

— Mais c'est le monde à l'envers ! Il vient m'agresser dans mon appartement, et c'est moi qui dois payer… Ce coup-ci, il n'en est pas question. La victime, c'est moi. Bon, laissez-moi passer, je n'ai rien à faire ici.

Le jeune flic fit signe à Rébecca de s'asseoir. Elle n'y prêta pas attention et commença à enfiler son blouson.

— Nous venons de contacter votre entreprise et on nous a confirmé que vous étiez très surmenée ces derniers temps et sujette à des délires de persécution.

— Qui vous a dit ça ? s'énerva Rébecca.

— L'un de vos associés.

— Qui ? Je veux savoir.

Les deux flics se regardèrent, embarrassés. Rébecca les scruta d'un air dur.

— Vous essayez de me déstabiliser !

— Allez, ne faites pas d'histoires. Le psychiatre des urgences de Sainte-Anne va vous recevoir. On vous emmène tout de suite.

— Je ne suis pas folle. C'est un coup monté, répliqua froidement Rébecca.

Les deux policiers se regardèrent, visiblement ennuyés.

— Suivez-nous, ce sera plus simple. Vous adresserez une requête au juge.

— Mais il n'en est pas question ! Je ne suis pas folle ! Vous m'entendez ? Je ne suis pas folle !

Elle répéta la dernière phrase en détachant chaque syllabe comme si sa parole avait le pouvoir d'inverser la situation. Elle prit son sac et se dirigea vers la porte. Mais les deux policiers ne voulurent rien entendre. Ils la saisirent par les bras ; elle voulut se débattre. Elle sentit soudain un cercle d'acier froid se resserrer sur ses poignets.

On venait de lui passer les menottes.

55
L'orphelinat

À travers la grille en fer forgé, largement ouverte, il découvrit un vaste espace encadré par des bâtiments, certains visiblement récents, d'autres beaucoup plus anciens. Tout au fond, on distinguait la silhouette trapue d'une chapelle. Au centre, une grande cour pavée où se pressait une foule dont la densité et l'effervescence surprit Léo.

Il hésitait, mais une jeune fille qui portait un tee-shirt frappé des mots FOYER DE L'ESPOIR – GRANDIR EN HUMANITÉ l'encouragea à entrer avec un sourire chaleureux.

Au centre de la cour, une banderole était déployée : VENTE DE CHARITÉ DU FOYER DE L'ESPOIR. Des stands proposaient des vêtements, des bijoux, des livres et revues, des jouets. Léo constata avec satisfaction qu'il passait inaperçu. Il avait fait un effort pour améliorer sa tenue vestimentaire en enfilant une chemise propre, puis en abandonnant sa parka fatiguée pour un blouson plus léger qui n'avait pas encore trop souffert.

Dyorik lui avait dit qu'il pouvait prendre les affaires de Guillaume, car ils avaient à peu près la même corpulence. Il s'était heurté à un refus tout net de Léo. Cela lui semblait inconcevable, une sorte de manque de respect envers la mémoire de son ami.

Chaque fois qu'il songeait à la mort de Guillaume (et il ne se passait guère de temps sans qu'il y pense), il était envahi d'un mélange d'indignation et de peur. Indignation parce que ceux qui étaient responsables de la mort de Sybille et maintenant de celle de Guillaume continuaient d'agir en toute impunité, peur parce qu'il avait le sentiment de s'attaquer à une sorte de monstre occulte auprès duquel il n'était qu'une minuscule fourmi, un monstre qui l'écraserait quand il en aurait envie.

Léo fendit la foule sans s'intéresser aux stands. Il piqua droit sur l'entrée du bâtiment principal. Il poussa une double porte vitrée et tout de suite croisa le regard d'une femme installée derrière un guichet d'accueil.

— Je voudrais parler au directeur.

— Il ne reçoit pas aujourd'hui, il est occupé avec la vente.

— Je suis journaliste, ajouta-t-il, je viens justement pour faire un papier sur la vente.

Elle parut convaincue et à travers la porte vitrée lui désigna un homme dans la quarantaine, en manteau et costume gris. Léo ressortit, le cœur un peu battant. Plus habitué aux arnaques virtuelles qu'aux réelles. Il s'approcha de l'homme qui était accompagné d'une femme aux cheveux de la même couleur que ses yeux : un gris profond, indéfinissable.

— Je suis journaliste et j'effectue une enquête sur les foyers d'accueil comme le vôtre…

Le directeur du Foyer de l'espoir le dévisagea d'un air intrigué. Il rappelait à Léo Kevin Spacey dans *House of Cards*. En moins charismatique.

— Vous êtes très jeune pour un journaliste.

— Je suis stagiaire, en fait… Stagiaire.

— C'est une curieuse idée de reportage.

— Non, pourquoi ? Les orphelinats semblent appartenir à une autre époque. Et pourtant, qui sont les orphelins d'aujourd'hui ? Cela intéresse les gens.

L'homme prit un fascicule sur l'étal d'un stand et le tendit à Léo.

— Vous trouverez à l'intérieur tous les renseignements concernant notre établissement ainsi que son historique.

— Vous faites un travail remarquable : venir en aide à tous ces gamins abandonnés… Qu'est-ce qu'ils feraient sans vous ?

— Le but que nous nous sommes fixé, expliqua l'homme, c'est de remplacer la famille qu'ils n'ont pas pu avoir.

Il montra un panneau tapissé de photos, où des enfants, des adolescents souriaient en fixant l'objectif.

— Les voir retrouver le sourire, c'est notre plus belle récompense.

Léo acquiesça, souriant lui aussi. Puis :

— Juste un petit truc… C'est à propos de cette histoire qui a impliqué le Foyer de l'espoir il y a une dizaine d'années. J'aimerais comprendre ce qui s'est passé exactement. Vous savez… le fameux scandale.

Le visage de l'homme se ferma instantanément. La femme à ses côtés écarquilla un peu plus ses grands yeux gris.

— Je suis désolé, je n'étais pas en poste à cette époque et je n'aurais aucune information à vous apporter.

— D'après ce que j'ai compris, cela fonctionnait comme une sorte de réseau. Quelles étaient les personnes impliquées ? poursuivit Léo.

— Je vous répète que je n'ai rien à vous dire à ce propos, fit sèchement l'homme en jetant un regard éclair autour de lui. Pour quel journal travaillez-vous, exactement ?

— Euh… *Virus*. C'est un nouveau média sur Internet.

Pourquoi les poursuites judiciaires ont-elles été abandonnées ? C'est assez inhabituel.

Cette fois, le ton de l'homme se fit cassant :

— Écoutez, jeune homme, je pense que notre entretien est terminé. Je vous prierai de m'excuser, j'ai du travail.

Il lui tourna le dos et marcha vers le bâtiment principal, à l'intérieur duquel il disparut, laissant Léo planté sur place. Le regard de la femme ne l'avait pas quitté. Léo crut un instant qu'elle allait lui adresser la parole, mais elle se détourna elle aussi et s'éloigna.

Il regarda autour de lui. Un stand présentait les activités du foyer : éducation, apprentissage d'un métier, insertion professionnelle. Il se sentit déplacé dans ces lieux et décida de partir. Il remonta la rue, vers la station du métro qui le ramènerait vers le centre. S'était-il montré maladroit ? Il avait envisagé plusieurs stratégies, mais celle qu'il avait choisie n'était certainement pas la bonne. A posteriori, il la jugeait même vaguement puérile. Il se sentait ridicule. Inefficace.

Il entendit un claquement de pas précipités derrière lui. Par réflexe, il se retourna, les muscles tendus. C'était la femme aux yeux gris.

— Ah ! monsieur, excusez-moi de vous courir après, mais…

Elle s'interrompit pour reprendre son souffle. Léo, rassuré, restait pourtant sur ses gardes.

— Je voulais vous dire que… j'étais là quand il y a eu cette affaire.

— Alors, vous allez pouvoir répondre aux questions que j'ai posées.

— Malheureusement, non… Ils ont tout fait pour étouffer l'histoire. Tout le monde avait peur.

— Si vous m'avez couru après, c'est que… vous avez quelque chose à m'apprendre, non ?

Elle fit oui avec la tête, jeta un regard rapide derrière elle.

— Il y a une seule personne qui a eu le courage de s'opposer à eux. C'est mademoiselle Aranovic. Elle était psychologue au centre. Elle a voulu dénoncer tout le monde, mais le journal auquel elle avait tout raconté… Ils n'ont rien publié, et elle, on l'a foutue à la porte. Faute professionnelle, atteinte au secret médical.

— Où est-ce que je peux la trouver ?

La femme sortit un papier de sa poche et le lui tendit d'un geste discret. Elle regarda encore derrière elle.

— Il faut que j'y retourne.

— Je vous remercie, madame. C'est bien, ce que vous faites, dit Léo en cherchant des mots à la hauteur de sa reconnaissance, et il se contenta de la remercier de nouveau. Elle avait déjà fait demi-tour.

Il lut le papier. Myriam Aranovic… Une adresse à Levallois. De l'autre côté du périph…

Léo se sentait soudain prêt à aller beaucoup plus loin.

56

De l'autre côté du périph

Il n'avait pas mis plus d'une demi-heure à pied pour rejoindre le domicile de la psychologue. Il avait traversé le pont de la porte Maillot qui enjambait le périphérique. Les phares des voitures formaient un serpent scintillant sous ses pieds. Ironie du sort, le SDF piéton se déplaçait plus vite que l'automobiliste coincé dans son tas de ferraille. Trekking et remise en forme gratuite, pensait Léo avec humour.

La femme avait entrebâillé une porte dont l'ouverture restait condamnée par une chaîne de sécurité. Il avait expliqué en quelques mots le motif de sa visite : la porte s'était refermée sous son nez. Il avait attendu et rien ne s'était passé. Il avait resonné, une fois, deux fois. Pas décidé à lâcher le morceau. La porte s'était à nouveau entrouverte.

— Écoutez, n'insistez pas, je ne veux plus entendre parler de cette histoire et je ne veux plus voir aucun journaliste. Les gens de votre espèce m'ont trop fait de mal.

— Madame, s'il vous plaît, écoutez… Je ne suis pas journaliste, j'ai menti. C'est à cause de ma sœur. Elle est morte à cause de tout ça… Enfin, j'ai compris que l'affaire du Foyer de l'espoir…

Les mots se bousculaient dans sa bouche, dans sa hâte de tout dire, pour qu'elle ne claque pas la porte définitivement. Sur ses propres espoirs. La femme l'écouta, l'examina. Puis referma à nouveau. Il y eut le déclic de la chaîne qu'on retirait, puis le passage s'ouvrit grand devant Léo.

Il lui raconta à nouveau son histoire. D'une façon ordonnée cette fois-ci, en terminant par la coupure de presse photographiée par Guillaume et en relatant le scandale du Foyer de l'espoir. Elle l'écoutait avec attention, le menton appuyé sur son poing.

— Ces gens ont un pouvoir que vous ne soupçonnez pas, commenta-t-elle ensuite. Un pouvoir… presque inexplicable. Ils ont réussi à étouffer toute cette affaire, à en faire disparaître toutes les traces.

— Et les enfants, plus tard, ils n'ont rien dit ?

— Non… Je pense que ceux qui ont voulu réagir ont été achetés… ou menacés, je ne sais pas. Comme moi. Qui ai eu le tort de vouloir parler. Ces gens ont brisé ma vie. J'ai perdu mon travail, mon nom était sur une liste noire. Ça m'a suivie partout. Aujourd'hui, je suis secrétaire dans une association pour l'aide aux réfugiés kurdes et syriens. Encore heureuse d'avoir cet emploi…

— Et… comment ça se passait ?

— Oh ! ils étaient sans complexes. Le foyer possède un château dans l'Eure. Ils s'en servent comme résidence de vacances pour les pensionnaires. Ils organisaient des fêtes, des spectacles avec des artistes connus, des chanteurs, des animateurs télé, des acteurs. Il y avait même un prêtre, mais il a été muté à Rome.

— Et ça se passait comment ?

— Ils faisaient leur choix, comme dans un supermarché. Ils faisaient des cadeaux, ils donnaient de l'argent, tout s'arrangeait avec l'argent. Jusqu'au jour où un garçon s'est suicidé.

Elle se tut comme si elle avait trop parlé. Léo l'encouragea du regard.

— Il avait onze ans. Un jour, il est venu parler à l'infirmière des cauchemars qu'il faisait… Peu à peu, on a compris qu'il avait peur. Il était terrorisé à l'idée de retourner au château. On l'obligeait à faire des choses épouvantables. On le déguisait en fille et puis des hommes abusaient de lui...

Léo commençait à mieux cerner les contours de l'ennemi, même si beaucoup de choses lui échappaient encore. Quel rapport pouvait-il y avoir entre le réseau pédophile, FunBox et le site pirate des îles Caïmans ?

— Est-ce que le nom de Dumaurrier vous dit quelque chose ? dit-il.

Myriam Aranovic hocha la tête.

— Je me souviens de lui, effectivement. Il est apparu dans la liste des donateurs à cette époque-là. Il a fait effectuer des virements de fonds sur le compte du foyer. Il agissait au titre d'un organisme dont je n'avais jamais entendu parler, avec un siège au Canada. C'est à ce moment-là que j'ai eu l'idée, la mauvaise idée de vouloir tout dénoncer à un journaliste.

— Vous avez été courageuse, dit Léo, qui ne trouva pas d'autres mots pour désigner ce qu'il ressentait.

La femme eut un sourire amer.

— Par un mystérieux tour de passe-passe, tout ce que j'avais raconté à ce journaliste s'est retrouvé sur le bureau des dirigeants du foyer.

Tout était dit. Léo contempla le décor du deux-pièces étriqué où vivait l'ancienne psychologue. Toujours mieux que coucher sous les ponts, évidemment…

— Vous ne vous serez pas battue pour rien, madame !

lança-t-il avec le plus de conviction possible. Je vous jure que je vais finir par les avoir.

Elle lui sourit, mais il lut dans son regard qu'elle avait perdu toute illusion. Il songea qu'elle avait dû être belle, avant. Léo fut traversé par le désir impétueux de revenir un jour frapper à cette porte pour annoncer à cette femme : « Voilà, justice est faite, pour vous et pour les autres. Les coupables sont punis et vous allez être enfin réhabilitée. »

Au lieu de cela, elle lui demanda :

— Vous n'auriez pas faim, par hasard ? Vous voudriez manger quelque chose ?

Il n'hésita qu'un court instant, secoua la tête.

— Oui, merci, je veux bien…

57
L'arnaque

Lorsque le nom d'Élise apparut sur le réseau des membres connectés, l'oreillette résonna immédiatement.

— Prends Élise.

Il obéit à la voix. Cliqua sur son profil.

L'adolescente apparut sur l'écran. Elle n'était pas vêtue comme l'autre fois et portait un débardeur moulant qui mettait sa petite poitrine en valeur. Elle s'était légèrement maquillée et souriait à Paul.

— Salut, Élise. Comment tu vas ?

— Super heureuse de te revoir.

— J'ai pas arrêté de penser à toi, et toi, tu as pensé à moi ?

Toutes les banalités d'introduction, il les connaissait par cœur, et l'autre le laissait agir sans intervenir. Puis l'oreillette grésilla à nouveau.

— Parle-lui des photos, fit la voix.

— Tu sais ce qui me ferait plaisir, enchaîna-t-il aussitôt. Ce serait d'avoir des photos de toi. Comme ça, je pourrais les regarder, le soir, avant de m'endormir.

— Des photos ? Des photos comment ?

— Ben… tu sais bien… Quand on est loin, on s'envoie des photos. Écoute, je sais pas très bien comment te dire… Élise, tu n'es plus une petite fille.

— C’est vrai. C’est ce que j’essaie d’expliquer à ma mère, dit-elle en faisant la moue.

Paul fut soudain extrêmement troublé. Comme s’il cherchait ses mots. Le garçon timide, peu sûr de lui. Il connaissait le rôle par cœur. Ce personnage-là, il était bien rodé, sauf que la fille sur l’écran était vraiment canon.

— Je pense tout le temps à toi, Élise. Je crois que je…

Il hésita, mais ce n’était pas du bluff.

— … je suis en train de tomber amoureux de toi…

Sur l’écran, Élise esquissa un petit sourire ravi. Dans l’oreillette, l’autre s’impatientait. Qu’est-ce que tu attends ?

— J’aimerais tellement… t’embrasser, te toucher. Tu es tellement jolie, et sexy aussi. Tu as peut-être des photos de toi où tu es un peu… déshabillée.

— Non… Je ne crois pas.

Voilà. La mécanique était en marche. La fille allait se faire prier pendant un certain temps, il jouerait le rôle de l’amoureux déçu : « Je vois que tu ne me fais pas confiance » et autres pièces choisies de l’argumentaire prêt à l’emploi que l’autre avait concocté à son intention. Cela ne marchait pas à tous les coups, évidemment. Peut-être une fois sur deux ou trois. Dans ce cas-là, il y avait un rendez-vous, quelque part à Paris, entre la gamine et Paul. Ou Ludovic. Ou Mathieu. Et son rôle d’appât s’arrêtait là.

Ce qui se passait ensuite, il ne l’avait jamais su, mais il s’en doutait et il imaginait des scénarios plus ou moins monstrueux.

Récemment, il avait osé questionner son geôlier au sujet de Jasmine. Mais l’autre était entré dans une colère noire, l’avait violemment frappé : « Ne parle plus jamais de cela, plus jamais ! » Parfois, il se montrait au contraire d'une douceur inattendue.

Une nuit, après une crise d'angoisse qui l'avait plongé dans des tremblements incoercibles alors qu'il discutait devant l'écran avec une de ses proies, l'autre l'avait calmé, soigné, et, quand il s'était réveillé le lendemain matin, l'homme était à ses côtés dans le lit et le contemplait en souriant. Ils étaient nus, tous les deux. C'était la première fois qu'il le voyait sans masque. Ce qui le frappa, ce fut l'apparente sérénité qui se dégageait de ses traits réguliers. Dans ses fantasmes, il avait imaginé un individu dont la noirceur se lirait sur le visage, un monstre comme Hannibal Lecter, mais il n'avait en face de lui qu'un homme d'une trentaine d'années à la banalité déconcertante.

Tout d'abord, Paul avait éprouvé de la terreur et du dégoût, mais ensuite ces sentiments s'étaient dissous dans une espèce d'attente. L'attente d'autres moments identiques.

Le doux visage d'Élise le ramena à la réalité.

— Je te promets rien, Paul, je vais réfléchir.

— Oui, bien sûr, Élise, mais ça me ferait super plaisir, je t'assure. Tu n'auras qu'à mettre les photos sur ta page FunBox, personne ne pourra les copier, y a aucun risque.

Une icône rouge se mit soudain à clignoter sur l'écran. DÉCODAGE IP EN COURS. Le garçon n'avait jamais vu cela et il eut un silence déconcerté. Il entendit un juron dans l'oreillette.

— Quitte-la, quitte-la tout de suite ! cria l'autre.

— Bon, excuse-moi, Élise, je dois partir. On reste en contact.

Il lui envoya un baiser avec les doigts.

— J'espère que je te reverrai bientôt, Paul.

— Sors du programme, arrête l'ordi ! intima encore la voix sur un ton alarmé qu'il ne lui avait jamais entendue.

Il s'exécuta. Le cœur battant. Avait-il fait quelque chose de mal ? Il entendit la porte s'ouvrir derrière lui. Il perçut le souffle précipité de l'autre.

— Laisse-moi ta place. Dépêche-toi !

Il obéit à l'homme cagoulé qui s'assit devant le clavier et commença à effectuer une série d'opérations. Ses doigts couraient avec fébrilité sur le clavier.

Le visage d'Élise apparut à nouveau sur l'écran. La conversation fut reprise dans son intégralité. *Il enregistrait tout. Chaque rencontre...* Il arrêta l'image à plusieurs reprises, utilisant la fonction zoom pour l'agrandir, observant avec attention certains détails.

Il soupira, se tourna vers Paul.

— Il ne faudra plus jamais se connecter avec Élise, tu as compris ?

— Ah bon. Oui, d'accord.

Il y avait un ton dubitatif dans sa réponse, et le garçon crut un instant que l'autre allait le punir pour ça. Mais il garda son calme.

— Écoute-moi. Élise, ce n'est pas une fille pour nous. Alors, tu laisses tomber, OK ?

— Bon, OK. Mais c'est quoi le truc qui s'est affiché, « Décodage IP », se risqua-t-il alors.

L'autre le fixa avec perplexité quelques secondes.

— C'est une sorte de numéro que possède chaque ordinateur. Une sorte de carte d'identité. À partir de cette carte d'identité, on peut théoriquement retrouver le propriétaire de l'ordi.

Il réfléchit quelques secondes.

— Élise essayait de trouver notre numéro, c'est ça ?

— Exact. Élise ou ceux qui se font passer pour elle…

— Mais ils ont pas eu le temps ?…

Le cœur de Paul se remit à battre plus fort en prononçant ces mots.

— Je ne sais pas. Il est possible qu'ils aient réussi, répondit l'autre.

Seuls ses yeux étaient visibles sous le masque. Pour la première fois, Paul y lut de l'inquiétude.

Le garçon tenta de dissimuler l'espoir fou qui le submergea à cet instant, mais il vit que l'homme lisait dans son esprit à livre ouvert.

— Et s'ils ont réussi, continua celui-ci, ils ne tarderont pas à arriver jusqu'ici.

Son regard ne le quitta pas. Paul eut à cet instant le pressentiment qu'il était l'objet d'un nouveau jeu, que l'autre ne lui laissait construire un château de cartes que pour mieux le balayer du revers de la main.

— Mais voilà, même s'ils ont récupéré notre IP, cela ne les mènera nulle part. J'ai un dispositif qui fabrique un numéro différent à chaque connexion, tu comprends ? Un numéro qui n'appartient à personne !

Paul ne put sans doute éviter que la déception soit visible sur ses traits, puis il se reprit et demanda d'une voix suave :

— Tu m'apprendras à programmer ?

Derrière le masque, il y eut un flottement, puis un petit rire.

— Pourquoi pas ?...

58
Rien qu'une mère

Léo était furieux. Furieux et déstabilisé. Dès qu'il avait reçu l'appel de sa mère, il s'était précipité à Saint-Lazare afin de sauter dans le premier train pour Rouen. Elle lui avait expliqué d'une voix brisée qu'on allait la transférer dans un autre établissement. Le directeur de la Résidence du Parc était venu lui expliquer qu'elle n'avait plus les moyens de payer la note. Léo s'était étranglé : et l'argent que son père avait envoyé ?

Il avait d'abord pensé téléphoner, puis avait jugé qu'il devait se rendre sur place. Il avait perçu trop de détresse dans la voix de sa mère.

Le directeur le reçut immédiatement. L'entretien fut bref. L'homme sortit une feuille qu'il tendit à Léo.

— Tout est là, car j'ai l'impression que vous n'avez pas lu ce qu'on vous a remis la dernière fois. Votre mère avait un arriéré de trois mois, et le virement effectué par votre père a permis de couvrir à peine la moitié de cette somme.

— Ce n'est pas ce qu'il m'a dit !

L'homme haussa les épaules d'un air ennuyé.

— Il y a eu un malentendu. J'ai dit à votre père la même chose qu'à vous. Croyez-moi, monsieur Barthélémy, ce n'est pas de gaieté de cœur que je prends cette mesure, mais votre mère n'est pas encore en âge de percevoir une pension et cela complique énormément les choses. D'autre part, je vous rappelle que nous sommes une maison de convalescence, nous n'avons pas vocation à accueillir les gens pour des séjours permanents.

— Ma mère se plaît énormément ici, avança Léo en désespoir de cause.

Le directeur soupira.

— Laissez-moi vous dire une chose. N'importe qui préfère séjourner dans un quatre-étoiles plutôt qu'un formule un.

— Chacun à sa place, c'est ça que vous voulez dire ? répliqua rageusement Léo.

Il n'y avait plus rien à ajouter. En l'absence d'une solution de paiement viable et régulière avant la fin du mois, dans une dizaine de jours, la mère de Léo serait exilée dans un « foyer d'accueil public médicalisé », géré par la DASES. À quinze kilomètres de Rouen, en pleine campagne.

Léo partit retrouver sa mère dans sa chambre.

Elle était devant la télévision allumée, mais ne semblait pas la voir, perdue qu'elle était dans l'un de ces moments où elle s'absentait du monde réel. Elle sursauta quand Léo poussa la porte, et son regard se ralluma.

— Tu aurais dû me prévenir de ta visite.

— J'ai voulu te faire une surprise, maman !

Il remarqua aussitôt les vêtements et affaires personnelles de sa mère qui étaient rangés sur la table. Elle nota son regard.

— Je commence à me préparer. Puisqu'ils me mettent à la porte.

— Je viens de parler avec le directeur. On va trouver une solution, maman, on va trouver une solution.

Elle lui adressa un sourire triste.

— Je suis devenue une charge pour toi, mon pauvre Léo. C'est à cause de tous ces événements dans ma vie, ton père qui est parti et puis après ta sœur…

— Je sais, maman.

Il posa la main sur son épaule. Elle tendit les bras vers lui et il se pencha pour répondre à son étreinte.

— Ça va aller, maman, ça va aller, fit-il avec la gorge qui se serrait.

Il se mit à tourner en rond dans la chambre. La photo de Sybille n'avait pas bougé de la table de nuit.

— Ça va bien, ton travail ?

— Mon travail ? Quel travail ? répondit-il distraitement.

— Tu m'avais dit que tu avais trouvé quelque chose… à mi-temps.

— Ah oui, bien sûr, ça me permet de vivre… de payer ma part du loyer.

Son regard échoua sur un petit cahier à spirales, format écolier, posé sur la table au milieu des affaires de sa mère. Le nom était écrit sur la couverture, en lettres majuscules tracées avec soin. Sybille Barthélémy. Il ouvrit la première page.

Ceci est mon journal intime. Il est interdit de le lire.

Léo tourna la tête vers sa mère, une question à la bouche, mais vit qu'elle avait déjà le regard braqué sur le cahier.

— J'allais t'en parler. C'est la police. Tu sais, ils avaient emporté des affaires de Sybille, pour l'enquête. Et ils viennent de me les renvoyer. Il y avait ça…

— Tu l'as lu, maman ?

Elle secoua violemment la tête.

— Je n'ai pas pu !

— C'est pas grave, il faut pas te forcer si tu n'en as

pas envie. Allez, viens, on va aller faire un tour dans le jardin. Il ne pleut pas, on va en profiter.

Il aida sa mère à enfiler son manteau. Puis ils quittèrent la chambre.

Léo avait glissé le journal intime de sa sœur dans la poche intérieure de sa parka.

59

Amour de perdition

Coup de chance, Léo n'avait vu aucun contrôleur, ni à l'aller ni au retour. Il était presque vingt et une heures quand il débarqua à Saint-Lazare. Il appela Rébecca, mais tomba directement sur le répondeur. Il laissa un message pour annoncer qu'il passerait la nuit chez elle. Si elle n'y voyait pas d'inconvénient, bien sûr. Il ne voulait pas forcément profiter de son offre d'hébergement, redoutant surtout qu'elle regrette cette décision.

Une demi-heure plus tard, il rejoignit l'appartement. Il sonna. Pas de réponse ; alors, il ouvrit avec sa clé. La serrure n'était pas fermée à double tour. La première chose qu'il aperçut, ce fut la table renversée dans le salon. Le plateau de verre épais s'était séparé du socle en aluminium et avait explosé en mille débris en se fracassant au sol. Le Mac de Léo qu'il avait posé précisément sur cette table émergeait au milieu des éclats de verre.

Un signal d'alerte retentit dans sa tête.

Les nerfs tendus, il fit lentement le tour de l'appartement. À son passage dans la cuisine, il s'empara d'un couteau. Il procéda à une fouille complète des lieux, mais tout était désert et rien d'autre ne lui sembla anormal. Il récupéra son ordi. À part une petite rayure sur le capot, aucun dégât. Ce désordre abandonné, cela ne ressemblait pas à Rébecca, il le sentait par instinct. Il l'appela à nouveau. Le répondeur, encore, direct. Il laissa un nouveau message, doublé d'un SMS par sécurité. Qu'elle le rappelle en urgence.

Léo se sentait désemparé. Quelque chose lui échappait, mais sans qu'il puisse mettre un nom sur le problème. Il trouva un sac-poubelle dans la cuisine et s'appliqua à balayer tous les débris de verre. Puis il se planta devant la baie vitrée, contemplant les toits de Paris sculptés par la lumière rasante du soleil d'hiver. Il fut envahi d'un sentiment de solitude tel qu'il ne l'avait pas connu même au cours des pires heures passées dans la rue.

Soudain, le souvenir du petit cahier de Sybille lui revint en mémoire. C'était aussi pour cela qu'il était venu chez Rébecca. Avoir un endroit tranquille pour le lire. Dans le train, il n'avait pas osé le sortir de sa poche, comme s'il redoutait ce qu'il allait y trouver.

Il s'installa sur le canapé. Son cœur se serra en découvrant l'écriture minutieuse et encore enfantine de Sybille. La présentation était soignée ; chaque page débutait par la date du jour. Léo éprouvait un certain embarras à violer ainsi l'intimité de sa sœur, mais il savait qu'il ne devait négliger aucun indice. Il n'en avait pas le droit.

8 janvier
Aujourd'hui, c'est mon anniversaire. Papa a oublié de m'appeler. Je suis restée à la maison toute la journée pour attendre, mais rien du tout. Léo et maman m'ont offert le troisième tome de Twilight. *Cool. On va regarder ça samedi, après la fête que j'organise pour mon anniv...*

Léo ne put s'empêcher de sourire au souvenir de ces jours encore heureux. C'était plus d'un an auparavant.

9 janvier
Leslie et Nina sont pas d'accord que j'invite Jérémy pour ma fête d'anniv demain. Elles disent que j'ai bien fait de le dégager. C'est juste un bolos. C'est vrai que tout le monde dit ça. Moi, je le trouve quand même pas si nul que ça.

20 janvier
J'ai réfléchi. J'invite plus Jérémy. Après tout, si c'est fini, c'est fini.

Léo feuilleta plus rapidement. Certains jours ne comportaient aucune annotation. Il s'arrêta en apercevant son nom.

6 mars
Léo avait promis qu'on irait au ciné ensemble, mais chaque fois il trouve un prétexte pour reporter. Après tout, j'en ai rien à faire de lui. Il se croit important avec ses grands airs mystérieux. S'il croit que j'ai besoin de lui, il se goure.

Léo retint difficilement ses larmes. Tant d'occasions manquées de montrer à Sybille combien il l'aimait. Il n'eut pas le courage de tout lire, choisit d'aller directement à la fin, vers la période qui l'intéressait.

4 mai
J'ai discuté avec un garçon sur le tchat de FunBox. Il a l'air vraiment cool. Il s'appelle Jonathan. Il est super craquant, blond avec des yeux bleus. Il m'a dit

qu'il me trouvait sympa, qu'il voudrait qu'on reparle ensemble.

10 mai
On a parlé de musique, Jonathan et moi. Il écoute Christine and the Queens, comme moi, c'est génial...

15 mai
Me suis pris la tête avec Leslie. Elle croit que je sors encore avec Jérémy. Je lui ai dit c'est n'importe quoi. Léo a été admis dans sa grande école. Il passe tout son temps devant son ordi. On sait pas ce qu'il fait. Maman trouve ça flippant.
Jonathan m'a dit qu'il était fan de Game of Thrones. *Moi aussi, j'adore trop ça. Je crois que je suis un peu amoureuse de lui, mais je vais pas le lui dire.*

La culpabilité fouillait le ventre de Léo avec ses doigts maléfiques. S'il s'était occupé de Sybille, s'il l'avait regardée grandir, si…

18 mai
Jonathan me dit qu'il pense tout le temps à moi. J'ai dit que moi aussi je pensais à lui. Peut-être qu'un jour on pourra se voir pour de vrai. J'ai vu qu'il avait un trou entre les dents de devant. Il a refermé la bouche tout de suite. Il doit avoir honte, mais moi, j'ai trouvé ça super fun.

25 mai
Jon me demande de lui montrer un peu mon corps devant la cam. Il dit qu'il rêve de me voir toute nue. Je lui ai répondu que je faisais pas ça et que c'était dangereux. Il y a des gens qui pouvaient enregistrer,

c'est Nina qui me l'a dit. Après, il me dit que, si je fais des photos et que je les mets sur FunBox, ça risque rien, c'est garanti, personne peut les piquer et je les efface après.

28 mai
J'ai fait les photos hier soir. C'était fun, j'ai pris des poses sexy, mais je me suis quand même pas mise nue. Je les ai mises sur FunBox pendant juste le temps que Jon les regarde. Il me trouve super sexy et super attirante !

29 mai
Je comprends pas ce qui se passe. J'ai trouvé mes photos sur le compte de Jonathan sur FunBox. Il m'a dit qu'elles s'étaient mises sur son ordi, il sait pas comment. Il veut qu'on se rencontre pour qu'on les efface ensemble. Je crois qu'il pourrait le faire tout seul s'il voulait. C'est un prétexte pour qu'on se voie. J'y vais ou j'y vais pas ?

Le journal s'arrêtait là. Léo avait compris comment on poussait le doigt des gamines dans l'engrenage. Il donna un coup de poing rageur dans le vide. Si Sybille lui avait parlé de ça avant qu'il ne soit trop tard…

Mais le grand frère, c'est le dernier auquel on raconte ses histoires de cœur. Il se força à réfléchir calmement. Les photos dont parlait sa sœur dans son journal intime n'étaient manifestement pas celles qu'il avait découvertes sur le site des îles Caïmans. Celles-ci avaient été prises plus tard. Pendant le rendez-vous avec le soi-disant Jonathan.

C'étaient les mêmes photos dont lui avaient parlé ses deux copines Leslie et Nina et qu'elles avaient vues sur le compte FunBox de Sybille. Le jour même de sa mort. Le 7 juin. Le départ de toute la quête de Léo.

À présent, il avait une nouvelle piste : Jonathan.

Un pseudo, évidemment. Blond, cheveux longs bouclés, dents de devant écartées. Mince comme indices pour retrouver un suspect dans la jungle du Net et des réseaux sociaux. Il caressa l'idée d'aller voir la police, mais les flics avaient eu le cahier de Sybille pendant des mois et qu'en avaient-ils fait ? L'avaient-ils même lu ? Pour eux, il y avait suicide d'adolescent. Un truc presque banal. Les motivations, c'était l'affaire de la famille.

Le regard de Léo fit le tour du salon désert de l'appartement de Rébecca. Il reprit son téléphone et tenta à nouveau de la joindre.

60
Crise

La nouvelle avait buzzé comme une traînée de poudre dans tous les bureaux de la boîte : Rébecca Fersen était enfermée dans un « établissement spécialisé » à la suite d'une décision judiciaire.

Les rumeurs divergeaient. On parlait de coups et blessures, d'accès de démence, mais aussi de coup monté, de malentendu… Certains prétendaient qu'elle serait de retour le lendemain, d'autres qu'elle resterait absente plusieurs semaines.

À vingt-deux heures, une réunion exceptionnelle était organisée dans les bureaux de la direction de FunBox. Une dizaine de personnes y assistaient, dont Milan Lachenal, Julien Campana, ainsi que les principaux cadres. Et Arnaud Dumaurrier.

La question soulevée était de savoir s'il convenait de laisser vacante la direction de l'entreprise en attendant le retour de Rébecca ou s'il fallait au plus vite un remplaçant. Pour l'instant, un constat faisait l'unanimité : la situation était désastreuse pour l'image de la société.

— Il faut faire quelque chose, envoyer un signal positif.

Serge Hoffner prononça ces mots. Autour de la table, il y eut un silence qui valait approbation. Dumaurrier prit la parole :

— Je dois reconnaître que cette histoire tombe à un

moment délicat pour moi. Je ne sais pas quelle va être la réaction des Canadiens quand ils vont apprendre la nouvelle.

— Allons, je suis sûr qu'ils te font une confiance aveugle, dit Julien. Tu n'auras qu'à leur expliquer qu'il s'agit d'un malentendu.

Dumaurrier ne daigna pas lui accorder un regard.

— Dans le business, la confiance aveugle, ça n'existe pas. Si je pouvais leur garantir que Rébecca sera de retour demain, je le ferais immédiatement. Si je pouvais aussi leur garantir que cet incident n'était en aucune manière révélateur d'une faiblesse problématique de notre directrice générale, je le ferais également. Mais je ne peux pas le garantir, et aucun de vous ici n'est en mesure de le faire.

— Qu'est-ce que tu veux dire par faiblesse problématique ? s'insurgea Julien.

— Imaginez qu'on parle d'une entreprise dont le patron serait accusé d'avoir blessé gravement son père et un autre homme en quelques jours. Est-ce que vous ne jugeriez pas tous ici qu'il s'agit d'une faiblesse problématique ?

— Oui, mais Rébecca, on la connaît, voulut argumenter Julien. On sait tous que c'est juste un… un accident, quoi.

Il fit d'un regard le tour des personnes présentes pour y trouver un soutien, mais il n'y eut que silence et expressions embarrassées. Même Serge resta muet.

— Si on est tous là, c'est qu'il y a quand même un sérieux problème, intervint Milan. Je pense que, même à titre provisoire, en attendant le retour de Rébecca, il nous faut un dirgé…

Il y eut un mouvement d'approbation générale.

— Je crois qu'il est inutile de discuter le principe de

cette décision, dit encore Milan en jetant un regard à Julien, qui se contenta de croiser les bras.

— Alors, maintenant, poursuivit-il, qui va occuper le poste ?

Il y eut un instant de flottement, puis la main de Dumaurrier se leva.

— Je propose ma candidature. Je suis évidemment le mieux placé pour finaliser le contrat avec EuroTrade.

— Je me présente aussi !

Toutes les têtes se tournèrent vers Julien qui fixait Dumaurrier.

— Je te rappelle que tu n'es pour l'instant actionnaire qu'à trente pour cent, alors que Rébecca, Milan et moi détenons le restant des parts. Même en l'absence de Rébecca, Milan et moi restons majoritaires.

Il y eut un silence pendant lequel le regard de Dumaurrier se posa successivement sur tous. Il rencontra des expressions inquiètes, perplexes ou carrément dubitatives. Il termina par Julien.

— D'un strict point de vue juridique, tu as raison : je ne détiens que trente pour cent. Mais es-tu certain d'avoir l'étoffe d'un directeur général ? En as-tu vraiment envie ou s'agit-il simplement de t'opposer à moi ?

Il fit une pause, en orateur accompli, pour laisser le temps à ses paroles d'imprégner les esprits.

— Tu crois peut-être que je n'ai pas autant que toi envie de booster la boîte, envie que FunBox casse la baraque ? Dans une affaire comme celle-là, il faut réfléchir en termes de business, pas de sentiments personnels.

Nouveau silence. Julien fixait le vide droit devant lui, le front buté.

— Alors, voilà, reprit Dumaurrier. Maintenant, c'est à vous de choisir… Mais ayez tous en tête les conséquences de ce choix.

Julien haussa les épaules.

— Nous sommes trois actionnaires ici qui détenons les droits de vote : toi, Milan et moi. Alors, il me semble que le choix est tout fait.

— Non, il n'est pas fait, coupa Milan. Il n'est pas fait comme tu le crois.

Julien tourna brutalement la tête vers lui, le visage soudain blême. Milan expira profondément.

— Je crois que je vais voter pour Arnaud. Il a raison : c'est lui qui est le mieux à même de remplacer Rébecca. C'est elle et toi qui avez eu l'idée de départ, tu es un très bon informaticien, tu gères très bien le marketing, mais je pense que le poste de dirgé n'est pas fait pour toi. Je n'ai pas l'impression qu'en ce moment, tu es au mieux de tes capacités pour faire ce travail.

— Au mieux de… Qu'est-ce que tu veux dire ? hurla soudain Julien. Explique-toi !

— Ça ne veut rien dire de plus, marmonna Milan, les dents serrées.

Julien sollicita les autres d'un coup d'œil circulaire, mais tout le monde se déroba à son attente. Trois secondes plus tard, sa chaise basculait en arrière.

Il quitta la pièce en claquant la porte derrière lui.

61
La mort volée

S'il n'y avait pas eu le cercueil de bois clair posé sur deux trépieds, on aurait pu croire que Léo n'était qu'un simple promeneur venu se recueillir sur la tombe d'un lointain parent. Un peu en retrait, Dyorik, l'ami d'infortune de Guillaume, observait la scène, le visage fermé. Quatre hommes vêtus de l'uniforme des services funéraires attendaient que s'écoulent les deux minutes réglementaires consacrées au « recueillement ».

C'était le protocole. Celui réservé aux défunts inhumés dans le carré des indigents. Un quadrillage de pierres blanches qui s'étendait sur des centaines de mètres à l'intérieur du cimetière de Thiais à un quart d'heure de Paris. Ni fleurs, ni couronnes, ni même la moindre indication concernant le disparu. L'anonymat total réservé aux SDF, aux pauvres, aux oubliés.

Léo songeait à Guillaume, qu'il avait à peine eu le temps de connaître. Une étoile filante dans sa vie et pourtant il s'était senti plus proche de lui que de bien d'autres qu'il avait rencontrés auparavant. Peut-être parce qu'ils avaient partagé la même douleur originelle. Une douleur qui s'appelait Claire d'un côté, Sybille de l'autre.

À l'instant où la période de recueillement prenait fin, une petite neige d'abord fine, puis plus dense, se mit à tomber, mais Léo ne bougea pas.

Les quatre hommes en uniforme saisirent les poignées du cercueil pour le déposer à côté de la fosse. Ils passèrent des cordes autour de la caisse en bois et lentement la firent descendre au fond du trou. Inévitablement, Léo se remémora l'enterrement de Sybille, quelques mois plus tôt. Cette fois, il y avait foule autour du tombeau. Léo s'était promis de ne pas pleurer, une petite fierté stupide, mais quand il s'avança pour jeter une rose sur le cercueil de sa sœur, les larmes jaillirent comme un torrent.

Aujourd'hui, c'étaient le silence et la solitude des lieux qui l'impressionnaient, plus que la cérémonie elle-même.

Il entendit le gravier crisser sous des pas derrière lui et se retourna. À cet instant, la présence de n'importe quel inconnu était la bienvenue. Il reconnut le juge Vandermeck et ses lunettes aux verres épais. Léo inclina la tête, bafouilla un bonjour. Le juge jeta un regard déconcerté au colosse islandais impassible, dont la balafre barrait le front d'un trait sombre, comme un signe tribal. Il s'approcha enfin, posa une main sur l'épaule de Léo. Ils regardèrent en silence la plaque de pierre lisse se refermer sur la sépulture.

— Si un jour vous le désirez et que vous en avez les moyens, vous pourrez lui offrir une tombe digne de ce nom, dit Vandermeck.

La gorge serrée, incapable de prononcer une parole, Léo ne répondit pas. Ils restèrent ainsi un moment, sans dire un mot, puis les croque-morts les saluèrent et il n'y eut plus rien que le froid et la neige.

La main du juge opéra une pression sur le bras de Léo.

— Allez, venez.

Ils remontèrent lentement l'allée qui menait vers la sortie.

— Vous devez être étonné de me voir ici, dit Vandermeck. C'est à cause de votre coup de téléphone concernant votre ami Guillaume… J'ai pris quelques renseignements au sujet de sa mort… et j'ai pensé que je vous trouverais ici.

— Il a été assassiné, Guillaume, et je suis sûr que c'est à cause de moi ! lança Léo. C'est parce qu'il a posé des questions sur Dumaurrier…

— Vous tirez des conclusions trop hâtives. Pour étayer une accusation, il faut des preuves. Vous en avez ?

Léo se contenta de hausser les épaules.

— Les preuves, c'est à vous de les trouver !

Vandermeck soupira et ébaucha un geste d'impuissance.

— L'enquête est close. Elle a conclu à une bagarre entre clochards.

— C'est n'importe quoi ! Moi, je la continue, l'enquête et je vous file un tuyau. L'affaire de pédophilie du Foyer de l'espoir, ça vous dit quelque chose ?

— Oui, je m'en souviens vaguement. Cela remonte à plus de dix ans…

— Dumaurrier était mouillé là-dedans. Il est intervenu pour étouffer toute l'histoire. C'est ça que Guillaume avait découvert. C'est pour ça qu'on l'a descendu.

Le juge s'arrêta, puis se tourna vers Léo. Le garçon voyait les yeux agrandis par les verres épais, les pupilles dilatées par les collyres et qui peinaient à fixer son visage.

— Écoutez-moi, Léo, je vous aime bien, je sais quelles épreuves vous avez traversées et je comprends votre colère, mais laissez-moi vous donner un conseil : ne gâchez pas votre vie pour un combat sans espoir. Vous vous attaquez à une forteresse que vous ne prendrez jamais… Vous êtes jeune, profitez de l'existence, vous ne pouvez pas continuer à vivre dans la rue, allez retrouver votre père, reprenez vos études…

— Vous n'avez pas écouté ce que je vous ai dit, reprit Léo d'un ton hargneux. Dumaurrier, le Foyer de l'espoir !

— Si, j'ai bien entendu. Mais je ne peux rien faire. On m'a retiré le dossier ViaBank et tout ce qui allait avec. Je n'ai plus aucun pouvoir pour l'instant, et comme ma vue baisse un peu plus chaque jour, cela ne risque pas de changer. La justice ne peut pas être aveugle, c'est bien connu, ajouta le juge avec une pointe d'amertume dans la voix.

Léo était partagé entre la compassion et la rage.

— Elle est vraiment nase, votre justice, lâcha-t-il. Moi, j'ai deux morts sur la conscience, ma sœur et Guillaume, et vous croyez que je vais aller faire du surf en Australie ? Vous vous foutez le doigt dans l'œil ! Enfin… excusez, ce n'est pas ce que je voulais dire, se reprit-il.

Le juge balaya ces derniers mots du revers de la main.

— Oh ! je savais bien que vous alliez me répondre ça… J'étais comme vous avant, ajouta-t-il avec un petit sourire. Jamais lâcher le morceau.

Puis il réfléchit un peu et ajouta :

— Mais faites attention à vous, Léo. Ce que vous voulez faire, c'est dangereux. Vous avez vu ce qui est arrivé à votre ami.

— Alors, vous y croyez, à ce que je vous ai dit !

Vandermeck expira un profond soupir.

— Bien sûr que j'y crois… Bon, si vous avez besoin de quoi que ce soit, vous pouvez m'appeler. N'hésitez pas.

Léo hocha la tête, puis :

— Pour le Foyer de l'espoir, vous pouvez peut-être quand même faire quelque chose, demander à quelqu'un, je sais pas…

62
La proposition

Ça avait plutôt mal commencé. Ludane l'avait toisé avec un air exaspéré, lorsqu'elle l'avait aperçu à travers la vitre du café où il lui avait fixé rendez-vous. Léo ne s'étonna pas de sa réaction ; il s'y attendait. Lorsqu'il l'avait interpellée devant le Cours Florent, il y a plusieurs semaines, elle lui avait fait clairement comprendre qu'elle ne souhaitait plus le revoir.

Mais elle était la seule élève comédienne qu'il connaissait et à qui il pouvait proposer son plan de la dernière chance.

Alors, le matin même, quelques heures après l'enterrement de Guillaume, il l'avait appelée. Elle lui avait répondu sèchement qu'elle ne souhaitait pas le revoir. Léo était extrêmement têtu et refusa de s'avouer vaincu. Il s'était alors rendu dans un cybercafé, où il avait envoyé un mail à Ludane en se faisant passer pour un jeune réalisateur tout juste sorti de la FEMIS, qui cherchait une comédienne pour son court métrage. Un subterfuge un peu minable, songea Léo, mais c'était le seul scénario qu'il avait imaginé pour entrer à nouveau en contact avec elle.

Ludane poussa la porte du bistrot. Elle avait l'air encore plus gamine que la dernière fois, ce qui conforta Léo dans son idée. Il se leva et s'avança à sa rencontre.

Mais l'accueil qu'il reçut fut encore plus glacial qu'il ne l'avait imaginé.

— Comment j'ai été assez con pour tomber dans ton arnaque ! Oublie-moi, Léo ! Tu as compris ? Oublie-moi !

Puis dans un mouvement mélodramatique, elle tourna les talons et se dirigea vers la sortie, Léo à sa suite.

— Donne-moi deux minutes, Ludane. J'ai un rôle pour toi. Un rôle formidable, je t'assure.

— Quand est-ce que tu vas cesser de me poursuivre ? T'es taré ou quoi ?

Connaissant le mauvais caractère de la fille du juge, le garçon fit profil bas :

— Attends, attends, je vais t'expliquer. C'est le rôle d'une fille qui appâte les hommes sur Internet pour se venger. J'ai pensé à toi parce que tu es comédienne et que tu fais très jeune…

Il s'en voulut tout de suite d'avoir été aussi maladroit. Qu'est-ce que c'était compliqué de parler aux femmes ! Quand on leur disait qu'elles paraissaient trop jeunes, elles se vexaient, quand on leur disait qu'elles faisaient plus que leur âge, elles n'appréciaient pas !

— Merci de me rappeler que j'ai l'air d'un bébé ! répliqua sèchement Ludane. Ça me coûte assez cher dans mes rencontres avec les directeurs de casting. Au fait, c'est quoi, ton film ? Si film il y a… Que je ne me sois pas déplacée pour rien.

Léo sourit intérieurement ; elle avait mordu à l'hameçon.

— Ton objectif, enfin, celui du personnage, c'est de ferrer un jeune mec, blond, yeux bleus… qui drague les filles sur Internet.

— Attends, soit plus clair. Le personnage masculin, c'est qui exactement ?

— Un serial killer. Il séduit ses victimes et il les fait disparaître.

— Et moi, je fais quoi dans cette histoire ?

— Tu le cherches, tu le trouves et tu le démasques.

Léo sentit qu'il venait de marquer un point. Ludane réfléchit un moment avant de poursuivre.

— Et le tournage, ça va se passer comment ?

— Je t'expliquerai. Ça risque d'être un peu long, de prendre plusieurs jours. Ça se fera avec une webcam pour commencer…

Ludane pencha son visage vers Léo dans une attitude très star et lui sourit.

— En fait, pour être claire, tu veux que je te serve d'appât ? Pour retrouver le type qui a embrouillé ta sœur et qui est peut-être l'assassin de l'autre fille, Jasmine ? Et accessoirement celui qui a mis mes putains de photos sur Internet ?

Elle le fixa droit dans les yeux.

— En fait, t'es pas du tout à la FEMIS !

Léo fut stupéfait. Elle éclata de rire devant sa naïveté.

— Première règle, ne jamais me sous-estimer… Laisse-moi réfléchir à ta proposition, Léo. Je te rappelle, mais ça pourrait m'intéresser…

Elle s'éloigna avec sa démarche de danseuse, laissant Léo sur le carreau. Au bout de quelques secondes, il sourit, soulagé qu'elle ait accepté... de l'écouter, et sans doute plus.

Soudain, une bouffée d'inquiétude le submergea.

Il jeta un œil à sa messagerie. Toujours aucune nouvelle de Rébecca… Où pouvait-elle bien être ? Pourquoi ne répondait-elle pas à ses messages ?

63

À travers le miroir

Elle n'était pas restée à la Salpêtrière. Le psychiatre lui avait trouvé une place dans une clinique située en banlieue ouest, l'institut Coquelin, à Montfort-l'Amaury. Comme elle était arrivée menottée du commissariat, les deux infirmiers qui l'avaient prise en charge l'avaient emmaillotée dans une sorte de camisole de force qui lui bloquait les bras.

Cette fois, Rébecca avait choisi de ne pas résister et de se montrer courtoise. Après avoir ravalé rage et humiliation.

Les infirmiers s'étaient excusés. Le règlement.

Un lit, une armoire, une fenêtre munie de barreaux. Une table et une chaise en bois, un lavabo. On avait retiré à Rébecca ses vêtements et tous ses objets personnels. À commencer par son portable. Elle avait dû enfiler une sorte de tenue bleue composée d'une large chemise et d'un pantalon, à l'instar de tous les pensionnaires de l'établissement. À peine installée, la première chose qu'elle avait faite, c'était de ressortir de la chambre.

À un bout du couloir, il y avait une porte métallique fermée avec un boîtier numérique qui devait certainement en commander l'ouverture.

À l'autre bout, un bureau vitré à l'intérieur duquel un infirmier l'observait. Elle avait foncé vers lui, expliqué qu'elle devait absolument partir, qu'elle n'avait rien à faire ici, qu'elle devait au moins téléphoner.

L'homme l'avait écoutée sans broncher avant de déclarer qu'elle dirait tout cela au médecin quand elle le verrait.

Le matelas était dur, mais elle s'était allongée pour réfléchir avec un peu de recul à ce qui venait de lui arriver. Elle avait perdu le contrôle en frappant son père. Sibelius, le violon…

Elle ferma les yeux, submergée par une vague d'émotions.

Se força à retrouver son calme.

Elle pensa à Léo. Il allait s'interroger sur sa disparition, la rechercher. Elle frissonna au souvenir de ses mains sur son corps. Elle pensa à FunBox. Tout cela tombait au plus mauvais moment pour elle. L'arrivée des Canadiens, le vol de leurs données, la mort de la petite Jasmine, les provocations de son père. Sale concours de circonstances…

Un doute infinitésimal s'insinua en elle. S'agissait-il uniquement de mauvaises circonstances ?

Un verrou claqua, et la porte de la chambre s'ouvrit.

— Venez avec nous, le médecin va vous recevoir.

Ils étaient deux, un homme et une femme, habillés de blouses vertes. Rébecca les suivit. Ils l'encadraient de près. Ils remontèrent le couloir jusqu'à la porte métallique, et l'homme frappa un code sur le clavier. Quatre chiffres, mais qu'un cache dissimulait. Ils descendirent deux étages, nouveau couloir, nouveau code, toujours quatre chiffres.

Le médecin était un homme à l'allure joviale, qui examina sa patiente d'un air amusé, comme s'il ne prenait pas au sérieux les raisons qui l'avaient amenée jusqu'ici.

— Comme je sais que vous êtes une chef d'entreprise avec des responsabilités, nous allons faire en sorte que vous sortiez d'ici le plus vite possible.

— Le plus vite possible, ce serait tout de suite, répondit Rébecca.

Il eut un petit rire et un geste modérateur.

— On va d'abord parler de vous et de ce qui s'est passé avec votre père. Je viens de m'entretenir longuement avec lui au téléphone.

— C'est un mythomane. Plus exactement, c'est ce qu'on appelle un pervers narcissique, vous voyez ce que je veux dire, docteur ?

Cette fois, ce fut un franc éclat de rire.

— Si vous faites le travail à ma place, je n'ai plus qu'à m'en aller !

— Et à me laisser partir !

— Pourquoi pas, mademoiselle Fersen, pourquoi pas ?... Juste avant, examinons ensemble les propos de votre père. Il m'a expliqué ce qu'avait été votre jeunesse, vos excès réciproques, les leçons de violon obligatoires. J'ai compris à demi-mot qu'il exerçait une véritable tyrannie à votre égard. Il semble s'en rendre compte à présent.

— Il fait semblant de s'en rendre compte, c'est cela, sa perversité.

— Ah ! je comprends. Vous paraissez très lucide par rapport à tout cela... C'est bien... C'est bien... C'est parfait...

Il posa le nez sur l'extrémité de ses doigts réunis, comme s'il réfléchissait profondément.

— Pourquoi l'avez-vous frappé ? interrogea-t-il soudainement.

— C'est... c'est à cause de tout cela, répondit Rébecca, un peu déconcertée.

— Ce tout cela dont vous parlez, c'est un passé déjà ancien. Le pardon, ça existe, surtout dans les familles. C'est un lieu où on se déchire beaucoup. Le pardon est indispensable, mais vous, vous refusez obstinément de vous réconcilier avec votre père et vous faites même preuve à son égard d'une violence extrême. Alors que lui, il est prêt à reconnaître ses fautes… Comment expliquez-vous cela ?

— Son pardon, c'est de la frime, docteur. Il veut recommencer comme avant, il veut me soumettre… il… il n'a jamais accepté d'avoir perdu le pouvoir sur moi… il…

Elle bafouillait un peu. Le médecin l'observait.

— C'est vrai, ce que prétend votre père, que vous avez toujours eu des tendances violentes et autodestructrices ? Moi, sincèrement, je n'y crois pas beaucoup. J'ai le sentiment qu'il affabule, vous voyez, pour mieux étayer son propos.

Et il ponctua ses mots d'un petit rire complice.

— Oui, il est très fort pour cela, approuva-t-elle tout de suite. C'est un mythomane, je vous l'ai dit.

En même temps qu'elle prononçait ces paroles, Rébecca eut le pressentiment qu'elle s'engageait sur un terrain marécageux, qu'elle risquait de s'y enfoncer tout entière.

— Et vous n'avez jamais été soignée pour des troubles dépressifs, des choses comme ça ?

— Absolument pas, dit-elle en fixant le médecin droit dans les yeux.

— Parfait, parfait… Et cet esclandre que vous avez eu, dans ce bar… le Wanderlust… Vous avez été obligée de vous défendre, c'est ça ? Je vois que vous pratiquez une technique d'autodéfense, le *bodycombat*… Il vous arrive de vous sentir menacée ?

— C'est par hasard, c'est une amie qui m'a proposé de pratiquer ce sport avec elle.

— Ah ! c'est bien, c'est très bien, mais vous avez raison : il faut savoir se faire respecter, c'est le meilleur moyen de se respecter soi-même.

Elle se mit à transpirer.

— Écoutez, docteur, il faudrait juste que je passe un ou deux coups de fil. C'est… professionnel, c'est très important, est-ce qu'on pourrait me rendre mon téléphone ?

— Malheureusement, non, les téléphones portables sont totalement interdits dans l'établissement, regardez…

Il frappa sur ses poches.

— Même moi, je n'en ai pas ! déclara-t-il avec un air hilare. Et puis, si vous êtes venue ici, c'est pour prendre un instant de repos, vous isoler du monde extérieur ; alors, détendez-vous, laissez-vous aller.

— Je peux peut-être juste envoyer un message avec votre ordinateur, insista-t-elle en désignant l'écran sur le bureau du psychiatre.

— Oh ! bien sûr… Mais voilà, nous ne sommes pas connectés à Internet, c'est juste un réseau interne, pour le travail. Mais ne vous inquiétez pas, vous avez besoin de calme, tout va très vite s'arranger.

Il attira à lui le clavier, et ses doigts coururent sur les touches avec agilité.

— Je vais vous prescrire un traitement léger, vous verrez, vous me remercierez !

Les doigts de Rébecca se crispèrent sur le rebord de sa chaise.

— Docteur, il faut que je sorte d'ici, fit-elle d'une voix qu'elle peinait à contrôler.

Il ne sembla pas l'avoir entendue. Il acheva de taper son ordonnance. Tourna vers elle un visage radieux.

— Je vous trouve vraiment très sympathique. Je suis ravi que vous soyez ma patiente !

64

Quai des Orfèvres

Elle avait procédé comme à l'habitude. Elle faisait toujours installer le suspect, ou le simple témoin, dans son bureau pour qu'il ait le temps d'examiner le tableau des enfants disparus. De s'en imprégner. Ensuite seulement, elle le rejoignait. Pourtant, quand Lavelli entra et l'aperçut, Julien Campana ne semblait pas le moins du monde intéressé par le tableau.

Il était assis bien droit sur sa chaise, les bras croisés et apparemment plongé dans une profonde réflexion. Il sursauta même quand elle apparut.

Ils se dévisagèrent comme si chacun attendait que l'autre prenne la parole. La commissaire ouvrit un tiroir, sortit un dossier qu'elle posa devant elle et se mit à le feuilleter.

— Vous savez pourquoi je vous ai convoqué ? commença-t-elle.

— Non, répondit Julien sans se démonter, j'attends que vous me le disiez.

— Vous n'avez pas une petite idée ?

Il leva quelques secondes les yeux vers le plafond, comme s'il faisait semblant de chercher, et Lavelli fut instantanément agacée par son comportement.

— C'est peut-être en rapport avec votre visite à l'entreprise ? Le meurtre de cette pauvre gamine qui était abonnée à notre site ?

— Meurtre lié à une affaire de pédophilie sur laquelle nous enquêtons. Nous interrogeons tous les employés de FunBox. Nous procédons à quelques contrôles de routine.

Elle sortit une feuille du dossier.

— J'ai ici un document relatant une affaire remontant à exactement neuf ans. Vous étiez surveillant dans un lycée du XIXe arrondissement de Paris et vous avez été impliqué dans une affaire de mœurs avec une élève mineure.

Julien se redressa brutalement.

— C'est n'importe quoi. Vous n'avez pas le droit de prétendre ça !

— Pourtant, j'ai un procès-verbal qui en atteste.

— Il n'atteste rien du tout ! J'ai eu une histoire avec une fille qui était en terminale. Elle m'avait juré qu'elle avait dix-huit ans et elle en avait que dix-sept… Et ses parents ont voulu monter une embrouille contre moi ! Ils avaient oublié que la majorité sexuelle est à quinze ans !

— Oui, mais vous étiez surveillant. Elle était donc en position de subordination par rapport à vous, et là, c'est plus pareil, vous devez connaître la loi, maintenant.

— C'était discutable. J'étais pion, pas prof. D'ailleurs, c'est ce que le juge a reconnu. J'ai été relaxé. Normalement, vous ne devriez même pas avoir une trace de ça !

— Il faut que vous fassiez une demande pour que ce soit retiré des archives.

— Et vous voulez en venir où avec cette histoire ? Vous allez m'accuser d'être un pédophile, maintenant ?

Les flics ne répondaient jamais aux questions, Lavelli non plus. Elle prit une autre feuille.

— Où étiez-vous le lundi 8 au soir, entre dix-huit et vingt-deux heures ?

— Je ne sais plus exactement, répondit-il d'un ton bourru. Ça fait presque dix jours.

— Réfléchissez. Vous n'avez pas un agenda ?

Il plongea la main dans sa poche pour prendre son portable.

— Je n'ai rien fait de particulier. J'étais chez moi. Le lundi, je ne sors jamais.

— C'est le soir où la petite Jasmine a été tuée.

— Et… ? fit-il d'un ton impatienté tout en se levant pour aller se poster devant la fenêtre.

Elle se retint pour ne pas lui coller trois claques.

— Et j'ai réfléchi à un certain nombre d'éléments, continua-t-elle. Parce que FunBox, c'est vous qui en avez conçu le principe.

— Moi et Rébecca Fersen.

— Vous aviez peut-être une idée en tête, au départ ?

Julien continuait à observer la Seine.

— Jolie vue, apprécia-t-il. Dommage, vous allez déménager vers le dix-septième, nettement moins prestigieux comme décor… Il se tourna vers Lavelli et poursuivit :

— Je ne suis pas du tout attiré par les petites filles. C'est pas mon truc, si vous voulez savoir.

— Pourtant, vous possédez les codes. Cela s'appelle des clés de cryptage, d'après ce que j'ai appris, qui vous permettent d'accéder aux fiches de vos clients… À leurs photos.

— On est au moins une demi-douzaine à pouvoir le faire, répliqua-t-il en haussant les épaules.

— Vous n'avez jamais été tenté d'en profiter ?

— Non. Je n'y avais même jamais pensé avant cette histoire. Bon, est-ce que je peux partir ? J'ai du travail, dit Julien en se levant.

— Je n'ai pas terminé, répliqua sèchement Lavelli. Vous allez d'abord m'expliquer une chose : Sybille Barthélémy s'est suicidée après qu'on lui a volé des photos sur FunBox, Jasmine Levert a été assassinée après que des clichés ont été affichés sur son profil à son insu, et ceux que Ludane Vandermeck, la fille du juge, avait mis sur votre site ont été publiés partout. Comment cela est-il possible ?

Julien ne répondit pas à la question, mais soutint sans ciller le regard de la commissaire. Il y eut un long silence, puis Lavelli reprit la parole :

— Je suis obligée de retenir deux choses : vous auriez pu dérober les photos des filles et vous n'avez pas d'alibi pour le meurtre de Jasmine.

Julien s'avança brusquement vers elle.

— Je vais vous faire une confidence ! Cadeau ! Je sais qui a piqué les photos des filles et je vais vous apporter bientôt les preuves ! Et Rébecca, on l'a foutue dans un asile de dingues, mais elle n'est peut-être pas aussi folle que ça !

Un instant plus tard, il était sorti du bureau. Lavelli demeura interloquée trois secondes, puis se leva avec l'intention de le rattraper. Elle choisit finalement de ne pas le faire. Elle savait où le trouver. S'il devait apporter des preuves, qu'il les apporte. Pour ce qui concernait Rébecca Fersen « dans un asile de dingues »… elle n'était tout simplement pas au courant.

Elle passa quelques coups de fil. Ne tarda pas à apprendre la vérité. Institut Coquelin, Montfort-l'Amaury. Lavelli était perplexe. Ne s'attendait pas à ça… Une ramification inattendue dans une affaire qui n'avançait pas beaucoup. Les investigations autour de la disparition de Grégoire Blangille n'avaient jusqu'ici rien donné. Kim avait fait le tour des garagistes du quartier où il avait disparu, mais aucun ne se souvenait d'avoir réparé un véhicule noir seize mois plus tôt.

Lavelli ramassa ses affaires, ferma son bureau à clé. Elle avait rendez-vous avec la mère de Grégoire Blangille. Elle imaginait sa joie quand elle apprendrait que son fils était encore en vie. Mais cette joie permettrait-elle à Lavelli d'en savoir plus sur la disparition du garçon ?

La commissaire savait que l'essentiel du travail de policier consistait à explorer systématiquement toutes les pistes, une routine ingrate et souvent stérile. Il fallait pourtant en passer par là. Parfois, l'acharnement s'avérait payant. Parfois…

65
Jeu de rôle

Elle jouait à la perfection le rôle de Charline, quatorze ans et demi, collégienne à Lambersart, une banlieue bourgeoise de Lille.

Devant la webcam, Ludane tchattait en parallèle sur cinq sites de rencontres pour ados, se présentant chaque fois comme une jeune fille fragile qui s'interrogeait sur la possibilité de quitter un univers familial où elle se sentait incomprise et mal aimée. Personne n'aurait pu la reconnaître, pas même son propre père, le juge Vandermeck, songea Léo, admiratif.

Un peu plus tôt, lorsqu'il avait ouvert la porte de l'appartement de Rébecca, il avait eu un moment d'incompréhension ou plus précisément de stupéfaction. L'adolescente aux cheveux courts, blonds, presque blancs comme neige, qui se tenait devant lui et paraissait à la fois perdue et intimidée, ne pouvait être Ludane. Quand, d'une voix aux intonations enfantines, elle lui demanda s'il connaissait un certain monsieur Barthélémy, il douta. Ce ne fut que lorsqu'elle éclata de rire qu'il fut certain qu'il s'agissait bien d'elle.

Ludane entra, regarda autour d'elle et émit un petit sifflement admiratif devant le salon aux immenses baies vitrées qui dominait la ville déjà plongée dans la nuit d'hiver.

— Pas mal ! Tu as gagné à EuroMillions ?

— Non, je squatte… chez une amie qui m'a laissé les clés, répondit Léo, un peu mal à l'aise. Malgré ses recherches, il n'avait toujours pas de nouvelles de Rébecca et il avait un peu honte d'avoir pris racine chez elle sans l'avoir avertie...

— Bon, alors, ça le fait, ou pas ? fit Ludane.

Elle déboutonna son anorak, laissant apparaître un tee-shirt très *girly* à l'effigie d'un chef indien. Le dernier emblème à la mode des ados. Et qui moulait outrageusement ses formes…

Sans voix, Léo acquiesça.

— Et ça, qu'est-ce que tu en penses ? fit-elle en passant la main dans ses cheveux. J'ai toujours rêvé de les avoir courts comme Jean Seberg dans *À bout de souffle* ; alors, je les ai sacrifiés. Tu aimes ?

Léo hocha la tête, épaté par la métamorphose de la jeune fille. Elle redevint soudain sérieuse.

— Je me suis dit qu'on pourrait me reconnaître sur le Net après les saloperies de photos qu'ils ont fait paraître et j'ai décidé de tout changer : la coupe, la couleur et même mes yeux. J'ai acheté des lentilles de contact bleu myosotis, au cas tu n'aurais pas remarqué !

Ludane sourit avec un petit air effronté avant de poursuivre :

— Voilà, je suis Charline, quatorze ans et demi, chasseuse de pédophiles et de criminels en tout genre ! On y va ?

***

Cela faisait maintenant plusieurs heures que Léo et Ludane étaient postés devant l'écran de la webcam. Ils avaient tchatté – plus précisément Ludane – avec plus d'une trentaine d'ados qui, à travers leurs états d'âme et leurs problèmes existentiels, s'intéressaient à ceux de Charline. L'empathie fonctionnait à merveille, pensa Léo, d'autant que Ludane jouait avec talent son personnage de petite fille perdue et se montrait incollable sur les dernières péripéties de *Secret Stories* et de *Plus belle la vie*, ses télés préférées. Malheureusement, pour le moment, aucun Jonathan blond ne s'était manifesté parmi les internautes.

Tout en suivant les échanges, Léo réfléchissait. L'exhibitionnisme était devenu une constante chez les préados et ados. D'une manière beaucoup plus répandue que lorsqu'il était lui-même dans cette tranche d'âge. Sans doute une manière d'exister dans un monde voué à l'individualisme forcené et au quart d'heure de célébrité annoncé par Andy Warhol. Lui-même faisait partie de cette génération, mais aujourd'hui, il aurait aimé inverser la donne. Sans doute parce que Sybille était devenue l'une des victimes de cet univers où il était difficile de démêler le réel du virtuel. Jusqu'à quel point les réseaux sociaux alimentaient-ils les réseaux pédophiles ?

Léo vérifia une fois de plus son iPhone. Toujours aucune nouvelle de Rébecca depuis quarante-huit heures. Ça ne lui ressemblait pas. Même si elle souhaitait ne plus le revoir, elle était trop réactive et franche pour ne pas répondre aux dizaines de messages et SMS qu'il lui avait envoyés.

Le garçon s'éloigna de l'écran et appela FunBox. Mais là, on lui fit la même réponse que le matin même. Rébecca Fersen n'était pas disponible. Léo demanda ensuite à parler à Julien Lachenal, sans succès.

Il caressait depuis un moment l'idée de joindre Pierre Corelli, le père de Rébecca, quand Ludane lui fit signe d'approcher.

Sur l'écran, un homme d'une quarantaine d'années cherchait des conseils pour comprendre le mal-être dont sa fille était victime. D'après lui, elle présentait les mêmes signes dépressifs que Charline… Accepterait-elle de reparler avec lui à l'occasion ? Ludane se tourna vers Léo.

— Ça sent le gros pervers à plein nez ! Tu es d'accord avec moi ?

Il acquiesça et eut immédiatement envie de dénoncer l'individu à *Pharos*, une plate-forme de signalements des contenus illicites, ouverte par la cybercriminalité aux quelque trente millions de Français surfant sur la Toile. Depuis sa création, le site avait collecté plus de cinquante mille signalements, pour la plupart liés à la pédopornographie, à des escroqueries en tout genre, mais aussi à des blogs xénophobes, néonazis, révisionnistes ou incitant au djihad.

Malheureusement, Léo n'eut pas le temps de mettre sa menace à exécution, car l'image de l'homme s'évanouit brusquement de l'écran et fut remplacée par un garçon blond et souriant qui se présenta sous le pseudo de Félix.

Léo et Ludane se regardèrent. Au bout de quelques échanges, ils comprirent que le Félix en question n'avait pu être en rapport avec Sybille.

Soudain, Léo s'interrogea. Son plan n'était-il pas totalement vain et irréaliste ? Retrouver Jonathan au milieu de plus de trente millions d'internautes équivalait à rechercher une personne dans l'annuaire en ne connaissant que son prénom…

66
Shock Corridor

Une simple veilleuse éclairait à peine les lieux, laissant dans l'ombre des pans entiers du couloir. Derrière la vitre du bureau, la gardienne de nuit partageait son temps entre deux activités : le remplissage méthodique de grilles de Sudoku ou bien l'observation de l'écran de télé où se succédaient des programmes qu'elle trouvait invariablement ennuyeux.

À un moment, elle se leva, sortit du bureau et remonta les quelques mètres de couloir qui la séparaient des toilettes. À peine eut-elle disparu à l'intérieur qu'une porte s'ouvrit un peu plus loin. Rébecca se glissa dans le couloir. Elle fit quelques pas rapidement, avançant en silence sur ses pieds nus, pour rejoindre le bureau vitré qui était resté entrouvert.

Elle entra, se précipita sur le téléphone. Un petit dessin indiquait qu'il fallait composer le zéro pour avoir accès au réseau extérieur. Elle entendit la tonalité, composa un numéro d'un doigt fébrile. À l'autre bout, la sonnerie retentit. Une fois… deux fois…

— Décroche… allez, décroche !

***

Julien ne dormait pas, malgré l'heure avancée. Accoudé devant son ordi, il contemplait des colonnes de lignes de code. Parfois, l'expression totalement absorbée par sa tâche, il prenait une note sur papier. Dehors, la rumeur des fêtards noctambules de la rue Vieille-du-Temple montait jusqu'à lui. La fille qui dormait dans sa chambre venait de se réveiller. Elle vint vers lui, complètement nue, un petit miroir traversé d'une ligne de poudre à la main. Il refusa d'un geste, sans un regard. Elle insista.

— Je t'ai dit non !

Elle haussa les épaules et retourna dans la chambre.

Il sentait qu'il approchait. Le 21 mars de l'année précédente, quelqu'un s'était introduit dans le noyau du système de FunBox et avait installé un fichier exécutable. Qu'il avait ensuite ouvert pour mettre en place un programme clandestin. Le programme avait été désinstallé le 27 février de cette année. Six jours plus tôt. Il eut un petit sourire satisfait. Il ne lui restait plus qu'à confirmer ses soupçons.

Son portable sonna. Il ne bougea pas, comme s'il n'avait pas entendu. À la troisième sonnerie, il jeta un regard agacé à l'écran du téléphone. Un numéro qui ne figurait pas dans son répertoire. En pleine nuit, une erreur. Il soupira. Puis finalement prit l'appel.

— Julien, c'est Rébecca.

Elle parlait vite, dans un souffle.

— Rebec, t'es où ?

— Institut Coquelin, Montfort-l'Amaury. Note, vite.

Il griffonna sur sa feuille.

— Écoute-moi. Ils me disent qu'ils ont juste un réseau Intranet, mais il doit bien y avoir une sortie quelque part ; alors, il faudrait que tu entres dans leur machin et que tu me trouves le numéro de code qui permet d'ouvrir les portes intérieures, tu entends ? Le code des portes intérieures !

— Je… Oui… j'ai noté. Mais qu'est-ce que… ?

— Pose pas de questions, pas le temps, Julien. Je te rappelle demain soir et après j'irai chez toi. Faudra que tu me prennes quelques jours.

Elle raccrocha avant qu'il n'ait pu prononcer le moindre mot.

Julien demeura figé un long moment. Puis il sembla se réveiller. Et passa à l'action. Il tapa *institut Coquelin* sur Google…

67
L'invitation

Léo avait fini par accepter l'invitation de Vandermeck. Après avoir hésité. Une demande sans motif clair, le juge n'ayant rien voulu dire au téléphone. Cela sentait le piège à plein nez. Dans un premier temps, Léo pensa qu'il allait se faire passer un savon d'enfer à cause de Ludane.

Vandermeck avait forcément remarqué le changement physique de sa fille, l'avait cuisinée à sa façon, elle avait craqué et balancé Léo.

Mais ensuite, Léo jugea Ludane tout à fait capable de résister à la pression. Elle s'amusait, n'allait pas casser son jouet. Alors, la curiosité avait pris le dessus. Vandermeck avait peut-être du nouveau. Rendez-vous chez lui à onze heures du matin.

Léo avait passé une mauvaise nuit. La disparition de Rébecca le tourmentait. Toute la soirée, il avait tourné en rond dans l'appartement vide, sursautant à chaque bruit dans l'escalier. Il était allé chercher une pizza qu'il avait mangée debout devant l'évier de la cuisine. Il n'osait pas se sentir installé. Chez elle… Il se demandait s'il était amoureux. Ce que cela signifiait pour lui. Puis il jugea la question complètement naze. À trois heures du matin, il y pensait encore avant de s'endormir tout habillé sur le canapé.

Il marcha jusqu'à l'avenue de France, passa devant la BNF, où s'engouffrait un vent violent. Récemment, il avait appris que les quatre tours qui figuraient les quatre livres ouverts portaient les noms de « tour des Lettres », « tour des Nombres », « tour des Lois » et « tour du Temps ». En dépassant cette dernière, il se dit que le temps était une variable avec beaucoup de paramètres. Depuis quelques jours, il avait l'étrange sentiment de faire du surplace.

Puis il prit le métro jusqu'à la Bastille. Il remonta le boulevard Richard-Lenoir et, à l'heure précise, frappa à la porte du juge.

Vandermeck vint lui ouvrir et le fixa de son regard étrange. Un court instant, les craintes de Léo refirent surface. Mais rien ne se passa, le juge tourna les talons et il le suivit jusqu'au salon. Il sursauta en sentant soudain une présence derrière lui. Il fit volte-face et se retrouva devant une femme au visage étrange, dont la chevelure était coupée par une mèche blanche. Elle avait un regard à la fois dur et bienveillant.

— Léo, je te présente Anne Lavelli. Elle travaille à la brigade criminelle. Elle s'occupe plus particulièrement des enlèvements et des meurtres de mineurs.

Léo eut un mouvement de recul instinctif.

— Je n'ai rien à vous reprocher, s'empressa d'indiquer la commissaire. Pour l'instant, aucune plainte n'a été déposée contre vous. En revanche, Pierre vient de me parler d'un certain Foyer de l'espoir, une affaire qui remonte à dix ans. Vous pouvez m'en dire un peu plus ?

Léo regarda le juge qui l'encouragea d'un sourire.

— On va faire donnant-donnant. Je vous raconte tout ce que je sais, mais en échange je veux savoir ce qu'est devenue Rébecca Fersen. Elle a disparu depuis deux jours.

Lavelli eut un petit rire.

— Je vous trouve un peu gonflé ! Vous me proposez carrément un deal ! Et si on parlait de votre carrière de hacker ?…

— Il y a prescription, rétorqua calmement Léo.

Lavelli l'observa encore quelques secondes, puis :

— Mademoiselle Fersen est bouclée dans une maison de repos. C'est comme ça que ça s'appelle. Elle a eu la mauvaise idée de massacrer son père à coups de violon. Je devrais pas vous le dire, mais voilà : institut Coquelin, Montfort-l'Amaury.

Léo ne chercha pas à dissimuler sa surprise.

— Je suis sûre que vous trouverez un moyen pour la joindre, conclut Lavelli. Alors, le Foyer de l'espoir ? Il va falloir respecter le deal !

Léo n'ayant aucune raison de garder pour lui ce qu'il savait, il raconta toute l'histoire, telle que la lui avait racontée l'ex-psychologue de l'établissement. Vandermeck et la commissaire écoutaient attentivement.

— Et comment ça s'est terminé ? interrogea le juge.

— Un type est intervenu pour noyer le poisson. Il a sorti son chéquier, et les poursuites contre le réseau qui profitait des gamins ont été abandonnées. Il s'appelle Arnaud Dumaurrier et, tenez-vous bien, c'est un *big* conseiller chez FunBox.

— Tiens donc, cette vieille crapule de Dumaurrier, comme on se retrouve !

— Vous le connaissez ? s'étonna Léo.

— Ça se pourrait. Quoi d'autre encore ?

— Je suis sûr que FunBox sert de couverture à un réseau pédophile. Avec des garçons qui appâtent les filles, comme pour Jasmine et comme pour ma sœur…

Vandermeck sifflota.

— Dites donc, c'est une sacrée accusation. Il va falloir des preuves.

— Et ces garçons dont vous parlez, reprit Lavelli, vous avez une idée de qui il s'agit ?

— Celui que ma sœur a connu, c'était un blond aux yeux bleus, mignon, quinze ans, avec un trou ou un espace entre les dents de devant.

Léo vit parfaitement la lueur qui brilla un instant dans le regard de la policière.

— Ça vous dit quelque chose ? voulut-il savoir.

— Ça se pourrait.

— Ça se pourrait que vous pensiez à quelqu'un de précis ?

Cette fois, Lavelli ne répondit pas.

Les pensées de Léo s'enchaînèrent alors à toute vitesse. Il jeta un coup d'œil rapide vers le juge et décida que tout danger était écarté de ce côté-là.

— Ma sœur faisait plein de selfies avec ses copains et ses copines. Elle en imprimait et il doit en rester aussi dans son ordi. Je pourrais même récupérer ceux qui ont été effacés. Si j'avais un portrait pour comparer, ça me permettrait de voir si je reconnais sa tête quelque part. Je le montrerais aussi aux copines de Sybille, on sait jamais.

En face de lui, Lavelli se mit à tapoter le cuir de son blouson du bout des ongles. Elle échangea un bref regard avec le juge. Vandermeck eut un petit mouvement de tête qui pouvait passer pour un assentiment.

— Ce n'est pas très réglementaire… Si jamais vous trouvez quelque chose, vous m'informez immédiatement, on est bien d'accord ? Je peux vous faire confiance ?

— Non, dit Léo.

Le mot lui avait à proprement parler échappé et il se demanda immédiatement pourquoi il allait ainsi à l'encontre de ce qu'il désirait. Bizarrement, la réponse parut amuser la policière. Un sourire flotta sur ses lèvres et elle se pencha pour ouvrir une sacoche noire. Elle en sortit une grande enveloppe en papier kraft.

— La mère du garçon m'a donné quelques photos.

Elle feuilleta la liasse de clichés avant d'en choisir un qu'elle tendit au juge.

— Vous pouvez m'en faire une photocopie ?

Tandis que Vandermeck s'affairait dans son bureau, elle s'installa dans un fauteuil, une jambe jetée par-dessus l'accoudoir.

— Où habites-tu en ce moment ? fit-elle en passant soudain au tutoiement.

— À droite et à gauche, jamais au même endroit…

— Ah ! je vois… Alors, d'après toi, la mort de Guillaume Masselin n'aurait rien à voir avec une bagarre de clodos ?

— Si vos copains flics avaient travaillé correctement, ils auraient compris ça tout de suite.

— Tu as sans doute raison, mais les SDF, ça n'intéresse personne. Je vais en parler à la brigade qui a pris le dossier. Fais juste attention à pas te retrouver dans la Seine, toi aussi.

— Je vous remercie, le juge m'a déjà fait un sermon à ce sujet-là.

— Ah… Pourquoi es-tu aussi inquiet au sujet de Rébecca Fersen ?

— Vous posez beaucoup de questions. Vous avez dit que je n'étais accusé de rien.

Vandermeck refit son apparition avec la photo de Jonathan et sa copie que Lavelli tendit à Léo.

— Au fait, c'est comment, son nom ? demanda Léo.

— Toi aussi, tu poses trop de questions. Contente-toi de la photo.

Léo la plia soigneusement avant de la glisser dans sa poche. Lavelli lui tendit une carte.

— Oublie pas : tu appelles si tu renifles une piste nouvelle. Et ne prends pas d'initiatives inconsidérées, s'il te plaît…

Léo la regarda droit dans les yeux.

— Vous pouvez me faire confiance.

68

Vol au-dessus d'un nid de coucou

L'attente lui paraissait interminable. Rébecca était appuyée contre le chambranle de la porte de sa chambre, la tête posée contre le bord de façon à apercevoir le bureau de la surveillante dans l'enfilade du couloir. Le cou lui faisait mal, ses jambes s'engourdissaient. Elle avait failli plusieurs fois renoncer, tombant à moitié de sommeil, s'exhortant malgré tout à tenir bon. Enfin, la femme se leva, poussa la porte du bureau et se dirigea d'un pas traînant vers les toilettes.

Rébecca retint son souffle. Dès que l'autre eut disparu, elle se précipita dans le couloir qu'elle remonta à grandes enjambées silencieuses. Elle entra dans le bureau, saisit le téléphone, composa à toute vitesse le numéro du portable de Julien. La sonnerie retentit dans l'écouteur. Elle l'imagina à l'autre bout, avec la musique de Prince qu'il avait choisie pour les appels. La musique se prolongeait, personne n'interrompait le guitariste génial. Répondeur. La main crispée, le front soudain en sueur, Rébecca raccrocha, recomposa le numéro.

— Julien, qu'est-ce que tu fous, merde ?…

De nouveau, la sonnerie. Elle raccrocha encore avant la fin, choisit d'essayer la ligne directe. Suspendit son mouvement. Son regard venait de tomber sur un post-it jaune collé au mur, à côté d'une feuille de service qui fournissait des horaires de présence. Que quatre chiffres : 4912. Elle prit le risque et la décision dans la seconde. Se rua dans le couloir qu'elle parcourut à toutes jambes, glissant et dérapant dans les sandales en corde fournies par l'hôpital.

Un appel derrière elle.

— Hé ! toi, où est-ce que tu… ?

Elle n'en écouta pas plus. Encore quelques mètres et elle atteignit la porte de sortie. Le boîtier numérique : 4912. Derrière elle, un bruit de semelles qui claquaient sur le carrelage, une respiration forte. Un petit déclic, la porte s'ouvrit. Elle se faufila, repoussa le battant derrière elle. Elle connaissait les lieux qu'elle avait découverts en allant chez le psychiatre. Les marches de l'escalier, quatre à quatre. Elle perçut des éclats de voix, un ululement d'alarme quelque part dans le bâtiment.

Rez-de-chaussée. La porte de sortie. De l'autre côté, le parc, la rue, la liberté. Un autre clavier. D'un doigt fébrile, elle composa le 4912. Rien ne se passa. Elle recommença, fit pression sur la porte qui résistait obstinément. Il y eut un bruit de course précipité dans l'escalier. Elle eut un moment de panique, puis rebroussa chemin et tenta sa chance avec les portes du couloir. L'une d'elles donnait accès à une pièce qui devait être un bureau administratif. Rébecca se dirigea droit vers les fenêtres, mais la lumière d'un lampadaire du parc brilla sur les barreaux qui fermaient les issues.

Elle était prise au piège. Une dernière porte au fond du bureau. Un local entouré d'étagères pleines de dossiers, de rames de papier, de matériel informatique. Une lucarne. Sans barreaux. Elle grimpa sur un radiateur, tira le loquet, et la lucarne s'ouvrit sur un rectangle de nuit.

Elle s'agrippa au rebord, hissa et glissa son corps mince à travers l'ouverture.

Elle retomba sur un sol mou. L'air froid et humide l'enveloppa comme un linge mouillé, mais elle n'y prêta aucune attention. Elle distinguait dans le clair de lune les formes autour d'elle, le mur de la clinique, les arbres du parc, le parking avec les voitures des surveillants.

Elle s'élança en courant dans la direction où elle savait que se trouvait le portail donnant accès à la rue. Une lampe s'alluma soudain sur le perron du bâtiment et elle se trouva happée par le faisceau lumineux. Elle accéléra sa course autant qu'elle put. Elle entendit dans son dos une porte qui s'ouvrait, une exclamation.

— Elle est là-bas !

Elle n'était plus qu'à quelques mètres du portail. Elle ne sentait plus le froid ; elle était braquée vers ce but unique : franchir le dernier obstacle qui se dressait encore devant elle. Elle leva la tête. Le portail était fermé, mais elle sut immédiatement ce qu'elle devait faire. Elle bondit pour s'agripper au lierre qui pendait juste à côté sur le mur. Comme dans les cours de gym où elle grimpait à la corde, elle s'aida des bras et des jambes pour atteindre le faîte du mur. Alors qu'elle avait presque atteint le sommet, elle sentit une main se refermer sur sa cheville. Une main qui la tirait inexorablement vers le bas.

Ils étaient deux – des infirmiers en blouse verte. Elle s'accrocha aux branches, mais ses doigts glissèrent sur les feuilles humides et elle redescendit de quelques centimètres.

De son pied demeuré libre, elle décocha une violente ruade vers l'arrière. *Back kick*. Son talon frappa en plein visage celui qui la tenait, et l'homme lâcha prise avec un cri de douleur.

Vite, elle se propulsa d'un coup de reins et se retrouva à califourchon sur le mur. L'autre infirmier tenta de la suivre par le même chemin, mais sous son poids, le lierre s'arracha. Rébecca bascula de l'autre côté et sauta.

Elle se reçut en pliant les genoux pour amortir sa chute et roula en boule. Elle se releva sans s'attarder sur son épaule et son dos douloureux. Devant elle, une rue déserte bordée de maisons avec de grands jardins s'allongeait dans la nuit. Elle prit une direction au hasard, partit à toutes jambes, courant au milieu de la chaussée pour aller plus vite.

Au premier croisement, elle prit le virage. Ses semelles claquaient sur le bitume, son souffle prenait des proportions énormes.

Elle volait. N'avait jamais autant ressenti le plaisir d'être libre.

69
Le dragon blanc

Curieuse impression que de ne plus avoir de portable, songea-t-elle. La sensation d'être déconnectée du monde extérieur. Et donc très vulnérable.

Sur le quai de la gare de Montfort, Rébecca grelottait de froid en attendant le dernier Transilien pour Paris. Elle n'avait sur le dos que sa tenue bleue des patients longue durée de l'institut Coquelin. Elle s'était dissimulée dans une poche d'ombre, derrière un panneau publicitaire, s'attendant à voir surgir les deux infirmiers lancés à ses trousses ou même une escouade de flics. Quand le train arriva enfin, elle bondit dans une voiture. À cette heure tardive, plus de contrôleurs.

En cette fin de soirée, les passagers pour Paris se faisaient rares. Personne ne sembla remarquer Rébecca, et elle se détendit, s'allongeant même sur la banquette. L'ambiance triste et glauque la ramena plusieurs années en arrière lorsqu'elle vivait au Foyer des jeunes de Rueil. Un samedi par mois, elle avait une permission de sortie. Avec Maud, elle prenait le RER pour Paris et s'arrêtait invariablement à Charles de Gaulle-Étoile. Elles descendaient les Champs-Élysées en admirant les belles vitrines illuminées. Elles n'avaient pas de quoi s'offrir un café, mais faisaient des rêves d'avenir. Rébecca esquissa un sourire. Grâce à sa pugnacité, elle avait pu reprendre ses études alors que personne n'aurait parié un euro sur elle.

De la gare Montparnasse, elle prit le métro jusqu'à Châtelet. Elle rasait les murs, se faisant le plus discrète possible. Le froid transperçait sa mince chemise et elle était parcourue de frissons incontrôlables.

Elle dépassa le Théâtre de la Ville encore illuminé, puis remonta la rue Vieille-du-Temple. Malgré la température proche de zéro, une faune d'habitués et de touristes assaillait les terrasses des bars pour draguer, boire et faire la fête. Elle eut un soupir de soulagement lorsque le porche de l'immeuble où habitait Julien s'ouvrit. Le code n'avait pas changé. Elle s'engouffra dans l'escalier en espérant qu'il ne soit pas sorti.

Parvenue au troisième étage, elle sonna plusieurs fois, en vain… lorsqu'elle constata que la porte était légèrement entrouverte.

Elle hésita, puis passa la main dans l'interstice et poussa doucement le battant. Julien ou l'un de ses copains avaient probablement oublié de fermer en partant… Souvent, il abritait de drôles d'oiseaux qu'il dégottait dans les bars du coin et avec lesquels il partageait ses nuits de sexe et de défonce. L'univers des marginaux du Marais…

Rébecca entra sur la pointe des pieds dans le couloir orné de grands visuels de Miss.Tic, une artiste *street art* que Julien affectionnait particulièrement, puis dans le grand salon meublé style industriel. Vide lui aussi…

Elle jeta un coup d'œil rapide, puis appela Julien. Aucune réponse. Peut-être était-il au lit en compagnie d'une fille ? Dans la pièce du fond, l'écran de l'ordinateur découpait un rectangle lumineux dans la pénombre.

Était-ce le silence qui lui parut soudain pesant ou la senteur de musc qui flottait dans l'espace ? L'odeur caractéristique des poppers ou autres vasodilatateurs chers aux nuits de Julien….

Un sentiment de stress envahit soudain Rébecca. En avançant, elle trébucha sur quelque chose de mou. Il s'agissait seulement du tapis qui avait glissé sur le parquet.

C'est alors qu'elle aperçut Julien, affalé sur la table d'architecte qui lui servait de bureau. L'avant-bras curieusement retourné vers son visage dont elle ne devinait que le profil. À côté, quelques pipettes de verre éparpillées… ainsi qu'une seringue et plusieurs sachets de poudre blanche, dont une partie s'était répandue sur la plaque vitrée du bureau comme une neige fraîchement tombée.

Elle s'approcha, à la fois inquiète et furieuse. Quel cocktail avait-il encore ingurgité ? C'est alors qu'elle découvrit son visage blême, recroquevillé au milieu d'une large tache de vomi. Ses lèvres avaient viré au bleu et il la fixait de ses yeux vitreux, grands ouverts. Comme étonnés… de la savoir là.

Impulsivement, elle se précipita, lui saisissant le bras pour le secouer. C'est en touchant le corps déjà raidi qu'elle comprit…

Elle recula, le ventre serré, baissa les paupières. C'était la première fois qu'elle se trouvait face à la mort. Elle resta là, pétrifiée pendant un moment qui sembla durer une éternité.

Il faut que je sois forte, songea-t-elle. *Il faut que je sois forte...*

Quand elle rouvrit les yeux, il la regardait toujours du même air surpris… Des larmes commencèrent à rouler sur les joues de Rébecca.

— Pourquoi, Julien ? murmura-t-elle. Tu m'avais promis d'arrêter de jouer au con avec cette saloperie de dope… Pourquoi ? Tu pouvais pas gagner contre le dragon blanc…

Elle eut envie de hurler. Son chagrin, sa colère, son incompréhension. La vie était une sombre merde.

Soudain, elle se rappela qu'elle ne pouvait pas rester là. Elle-même était en fuite. Si quelqu'un la découvrait là, elle risquait gros.

Il fallait qu'elle se reprenne. Vite.

Elle avisa le portable posé près du clavier de l'ordinateur, hésita une fraction de seconde avant de le saisir. Puis elle balaya la pièce du regard. Elle savait que Julien planquait toujours du liquide chez lui dans une boîte à bonbons métallique. Pour ses besoins urgents en dope. Elle la retrouva dans un placard de la cuisine avec à l'intérieur cinq cents euros. Elle ramassa au passage une veste de jogging sur une chaise et l'enfila rapidement.

Ensuite, elle ouvrit la porte et la laissa grande ouverte pour qu'un voisin appelle les flics. Lorsqu'elle se retrouva à l'air libre dans la rue, les bars étaient en train de fermer et les derniers clients se dispersaient bruyamment… Elle eut la chance de trouver un taxi. Elle donna l'adresse de Maud.

Elle s'installa sur la banquette arrière, se recroquevilla et éclata en sanglots.

70

Le prix à payer

Le juge Vandermeck avait choisi d'arriver en avance pour s'installer à la table qui lui semblerait la plus propice en termes de lumière pour sa vision.

Depuis deux jours, il était de nouveau sujet à de violentes migraines, des pointes de douleur qui transperçaient son crâne, comme des coups de piolet. Dès qu'il fut installé, il absorba un comprimé de Tramadol. Il ne pouvait plus se passer de l'antalgique à base de morphine dont il avait explosé la dose de prescription initiale. Il attendit que les molécules fassent leur effet, puis refit mentalement l'argumentaire qu'il avait préparé dans son bureau.

Koscelny était en retard. Il entra avec nonchalance dans le bar de la rue Dauphine qui, avec sa cheminée et ses fauteuils anciens, évoquait plus un manoir provincial qu'un établissement du Quartier latin. Il alla s'asseoir en face du juge qu'il salua d'un vague signe de tête, sans lui tendre la main. Il ne prit pas la peine d'enlever son manteau de cachemire, pour bien montrer qu'il n'avait pas l'intention de rester.

— Qu'est-ce que vous prenez ? demanda poliment Vandermeck.

— Une eau minérale, répondit Koscelny.

Le juge fit signe au serveur. Une eau minérale et un whisky pour lui.

— Je n'ai pas beaucoup de temps, fit l'autre, j'ai une réunion dans une heure.

— Ce ne sera pas long.

Ils attendirent en silence que les consommations arrivent. Le juge leva son verre, Koscelny ne toucha pas au sien.

— J'ai voulu vous voir au sujet d'une vieille affaire. Cela remonte environ à dix ans. Le Foyer de l'espoir. J'imagine que cela vous dit quelque chose ?

Koscelny fit un très gros effort pour demeurer impassible, mais ne put empêcher le sang de quitter brutalement son visage, et ses traits prirent soudain l'aspect d'un masque de plâtre.

— Vandermeck, vous êtes une merde, siffla-t-il… Je vais vous casser.

— Blanchiment de fraude fiscale à grande échelle, c'est déjà pas mal, et maintenant activités pédophiles. On peut dire que vous vous diversifiez.

— Qu'est-ce que vous cherchez ?

— Vous savez, je ne suis pas là pour porter un jugement moral sur vous, ce n'est pas mon rôle. Moi, je fais respecter la loi, pas plus. Du moins, j'essaie. Et parfois, dans mon métier, je suis amené à proposer des arrangements à certaines personnes. Pour que tout le monde en tire profit.

Il prit le temps d'avaler tranquillement une autre gorgée de whisky. Histoire de laisser mijoter un peu son interlocuteur. C'était un flic qui lui avait conseillé cette technique, il y a bien longtemps. Le temps était un élément primordial pour « débloquer » les suspects.

En face de lui, Koscelny, totalement immobile, respirait par petites bouffées.

— Alors, voilà ce que je vous offre. Un échange simple : je veux la liste des six mille types qui ont effectué des placements à l'étranger par l'intermédiaire de ViaBank. On connaît à peu près tout de votre système, la création de sociétés-écrans, une par client, les virements d'argent par système de compensation pour éviter de transférer officiellement les fonds. Il ne nous manque que les noms.

— Et en contrepartie ?

— On oublie vos petites frasques sexuelles. Vous n'ignorez sans doute pas que la prescription est maintenant de vingt ans dans ce genre de crime ; alors, vous êtes loin d'être tiré d'affaire.

Koscelny étira ses mains jointes et fit craquer ses phalanges.

— Vous me décevez, Vandermeck. Je vous croyais plus sérieux sur le plan professionnel. Vos sources d'information laissent vraiment à désirer. Il n'y a plus d'affaire du Foyer de l'espoir. Toutes les plaintes ont été retirées. Il s'agissait de quelques rumeurs malveillantes répandues par un employé licencié.

— Je sais comment ça s'est passé. Les plaintes ont été rachetées, très généreusement. Par un certain Arnaud Dumaurrier. Nous allons nous intéresser à ce monsieur.

— Vous n'avez aucune preuve ; tout ça, c'est du vent. Et c'est pareil pour votre fameuse liste, rétorqua le banquier qui avait repris des couleurs. Vous avez pillé mes documents personnels, mes ordinateurs, et vous n'avez jamais rien trouvé. Elle n'existe que dans votre imagination, cette liste. Je vais dénoncer votre attitude, Vandermeck. Ça s'appelle du harcèlement judiciaire. J'ai des amis dans les médias.

— Je n'en doute pas. Vous le voyez toujours, ce Dumaurrier ?

Koscelny ouvrit la bouche pour répondre, puis la referma. Réfléchit quelques secondes.

— Vous n'avez plus la moindre habilitation pour me poser ces questions, Vandermeck. Vous avez été dessaisi du dossier que vous vouliez instruire sur mon entreprise. Vous êtes en plein abus de pouvoir.

— Moi, je vous ai posé des questions ? dit le juge d'un air étonné. Quelles questions ?

— La prochaine fois, je viendrai avec mon avocat. Sauf qu'il n'y aura pas de prochaine fois.

Il se leva, se pencha par-dessus la table avec un petit sourire cruel.

— Quand vous serez dans un institut pour non-voyants, faites-moi signe, j'étudierai la possibilité de faire une donation.

Il allait tourner les talons quand la voix du juge l'immobilisa.

— Le groupe Spinoza, vous en faites bien partie ?

Koscelny refit face.

— Je ne vois pas le rapport.

— Moi non plus. Voilà pourquoi je vous pose la question. Le groupe Spinoza, Dumaurrier, vous et d'autres, en être membres. Je sais, ça n'a rien d'illicite. Je me demande simplement pourquoi vous prenez la peine de dissimuler un fichier concernant cette généreuse organisation dans un recoin secret de votre ordinateur.

Malgré sa vision déficiente, Vandermeck discerna la lueur qui traversa le regard de Koscelny. Un mélange de fureur et d'angoisse. Il ne répondit pas et, cette fois, il quitta le bar sans se retourner.

Un petit sourire flotta sur les lèvres du juge. Prêcher le faux pour savoir le vrai. Il savait qu'il n'aurait aucune chance d’impressionner le banquier avec l’histoire du Foyer de l’espoir. Par contre, il avait maintenant la certitude que le groupe Spinoza pourrait peut-être apporter des réponses à d’autres questions. Et, qui sait, le conduire sur la piste de la liste des six mille…

71
Jeux dangereux

Bouclée dans un hôpital psychiatrique ?

Rébecca avait-elle basculé dans la folie comme l'avait laissé entendre à demi-mot l'infirmière de l'institut Coquelin avec laquelle il s'était entretenu au téléphone dans l'après-midi ? Avait-elle commis des actes répréhensibles dont elle était incapable de se souvenir ?

Léo se rappela l'épisode du placard, où il avait trouvé Rébecca en position de fœtus… Puis il pensa aux ombres qui rôdaient autour d'elle et à celles qui s'acharnaient contre lui depuis qu'il avait commencé à fouiner autour de la mort de Sybille…

Il tripota nerveusement son portable et vérifia une fois de plus sa messagerie et sa boîte mail. Même s'il n'espérait aucune nouvelle de Rébecca (l'infirmière lui avait dit qu'elle n'était pas en état de recevoir ni coup de fil ni visite), il s'apprêtait à vérifier les horaires des trains pour Montfort-l'Amaury, lorsque Ludane attira discrètement son attention.

Elle discutait avec un garçon blond à l'air paumé. Il s'appelait Stan, ne supportait plus le système scolaire et encore moins la pression de ses parents qui le suppliaient de ne pas décrocher. De l'autre côté de l'écran, Charline/ Ludane acquiesçait, car elle ressentait exactement le même malaise dans son collège de Saint-Germain-en-

Laye, comme un sentiment d'étouffement, de vide... Où habitait-il ? Pourquoi ne se rencontreraient-ils pas pour parler ?... Elle se sentait si seule.

Ludane était vraiment douée. Comédienne jusqu'au bout des ongles, capable de se plonger dans la peau de n'importe quel personnage de petite fille perdue à qui on aurait donné le bon Dieu sans confession, songea Léo.

Et aussi terriblement aguicheuse dans son petit débardeur moulant. Pas étonnant que les garçons lui aient couru après sur le Net… Il ressentit une pointe de jalousie, puis se demanda ce qui avait bien pu fasciner Ludane dans le monde du spectacle… Les faux-semblants, le jeu, l'attirance pour les personnalités multiples ou le fait de briller sur scène ? Il faudrait qu'il lui pose la question lorsqu'ils s'arrêteraient pour manger un sandwich.

Puis comme il le faisait pour chaque nouveau venu sur le réseau de Charline/Ludane, il compara Stan avec la photo du garçon que Lavelli lui avait remise la veille. Non, il ne s'agissait pas de Grégoire Blangille. Stan n'avait pas les dents de la chance et il portait un appareil dentaire qui avait l'air de le gêner atrocement lorsqu'il osait sourire.

Léo avait rapidement retrouvé l'identité du garçon dont Lavelli lui avait remis le portrait. Sa première intuition avait été de taper *Disparitions d'enfants* sur le Net. Il avait été tout de suite dirigé vers le Centre de protection de l'enfance, un organisme de la police qui recensait les photos des gamins disparus et, bingo, il était tombé dessus…

Il l'avait immédiatement reconnu sous le bandeau : DISPARITION INQUIÉTANTE. Grégoire Blangille, quinze ans, originaire du Chesnay dans la région parisienne, disparu depuis un an et demi. Il y avait un téléphone à appeler en cas d'informations.

Léo composa le numéro et tomba sur un central qui lui demanda de décliner son identité. Il comprit qu'il s'agissait d'un service de police et préféra raccrocher.

Il était arrivé à la conclusion suivante : si Lavelli lui avait montré la photo du garçon, c'est qu'elle espérait un retour, peut-être qu'il vérifie s'il existait un lien avec le Jonathan de sa sœur Sybille...

Mais comment retrouver un garçon qui, lorsqu'il avait disparu il y a plus d'un an et demi, avait à peine quinze ans, était brun aux cheveux courts, répondait au nom de Grégoire, et était *peut-être* réapparu sous l'identité d'un Jonathan blond aux cheveux mi-longs ? Pire, sans doute jouait-il avec d'autres avatars…

Soudain, un certain Mattéo se manifesta. Le regard de Léo revint vers l'écran. Il avait dû le louper lors de ses premiers chats, car il semblait déjà avoir une grande complicité avec Ludane. Il s'excusa de ne pas l'avoir recontactée plus tôt, mais il était en pleine révision pour son bac blanc de français, et son père ne cessait de le harceler. Charline n'eut guère besoin de déployer ses talents de séductrice, car Mattéo était déjà visiblement accro. Il avait rêvé d'elle toute la nuit.

Ils parlèrent un peu, puis Mattéo prit un air gêné… et lui demanda s'il pouvait avoir une photo d'elle un peu déshabillée.

Est-ce l'expression « un peu déshabillée » qui fit tilt chez Léo ?

Il s'approcha de l'écran et détailla attentivement le visage de Mattéo. Des yeux clairs, des cheveux châtains mi-longs qu'il rejetait de temps à autre en arrière, séduisant. Il en jouait.

— C'est que j'en ai pas, répondit Charline avec un air mi désolé, mi-coquin.

De l'autre côté de l'écran, le regard de Mattéo s'assombrit légèrement. Léo et Ludane s'observèrent. Une tension impalpable avait surgi entre eux.

— Bon, tant pis, Charline… Je retourne à mes révisions.

Mattéo s'apprêtait à couper le contact lorsque Ludane se lança :

— Mattéo, moi aussi, je pense à toi tout le temps… Mais je te jure, j'ai pas de photos de moi, comme ça…

Elle marqua un temps comme si elle hésitait avant de poursuivre avec son petit air candide :

— Je veux bien en faire… si tu m'expliques.

Mattéo sourit, mais ne dévoila pas ses dents. Il attendit un moment avant de poursuivre.

— Et si tu enlevais ton débardeur, on pourrait se caresser tous les deux pour commencer.

Ludane rougit. Elle n'avait pas prévu d'aller jusque-là. Elle jeta un œil gêné à Léo, puis comprit qu'elle avait fait une connerie et se reprit aussitôt, pendant que le regard de Léo passait de la photo au visage de Mattéo :

— C'est que j'ai jamais fait ça devant une caméra, poursuivit Ludane. Mais si tu penses que… pourquoi pas ? À condition que toi aussi… tu te déshabilles.

Mattéo eut un sourire furtif, qui laissa, le temps d'une seconde, entrevoir un espace entre ses deux dents de devant. Les dents de la chance…

— Je veux pas te forcer.

— C'est toi qui commences.

À ce moment précis, Léo sut qu'il était devant le Jonathan de Sybille ou l'un de ses avatars.

72
La répétition

— Legato, Louise… Legato ! Fluide… Combien de fois faudra-t-il te le dire ?

Pierre Corelli crispa sa main valide pour ne pas laisser éclater son irritation et s'approcha de sa fille.

— Fais un effort, concentre-toi… Tu n'es pas une débutante, ma chérie.

Il appuya légèrement sur l'épaule trop haute de la fillette, releva le manche du violon et aligna le poignet de Louise sur l'avant-bras. Même front buté, même attitude obstinée, la petite était le portrait de sa grande sœur…

Pourtant, le regard était différent. Alors qu'au même âge, Rébecca s'était forgé une carapace de protection, la cadette ne parvenait pas à dissimuler son émotivité. Le père lut dans ses yeux la culpabilité de ne pas atteindre l'excellence exigée. Pour se faire pardonner, elle lui adressa un petit sourire timide, réempaula l'instrument et attendit le signal pour reprendre.

Corelli hocha la tête, et l'archet se remit en mouvement, faisant résonner la première mesure du *Concerto pour violon en ré majeur* de Beethoven. Une partition complexe pour une gamine de huit ans avec comme objectif le Concours international de Sion-Valais.

Une compétition de haut niveau destinée aux jeunes virtuoses.

Pourtant, il eut du mal à se concentrer sur le jeu de Louise. Depuis l'« incident », il était obsédé par l'image de Rébecca lui hurlant de disparaître. Le piège avait fonctionné à merveille, mais il n'avait pas prévu qu'elle l'agresse avec une telle brutalité. Elle avait même cherché à détruire ses mains inestimables de grand musicien avec une cruauté sans pareille. Un jour, il lui ferait payer cher, très cher…

Les mâchoires de Corelli se contractèrent. Il commença à mimer pour Louise un mouvement délié de la main droite. Recouverte d'un épais bandage blanc, elle était encore douloureuse. Il n'avait dû son salut qu'à la présence du gardien qui avait appelé les flics.

Était-ce la douleur qui déformait sa perception ou le jeu de Louise qui l'irritait au plus haut point ? Lui avait pourtant été un enfant appliqué. Jamais il ne s'était plaint, même lorsqu'il recevait des coups. L'énervement de Corelli grandit à mesure que la cadence se déréglait. Sa fille accumulait les fausses notes lorsqu'une jeune femme blonde, fragile, entra dans le salon. Elle observa anxieusement la scène avant de se lancer :

— Il est temps pour Louise d'arrêter sa leçon et de venir dîner.

— Maman, encore un peu, s'il te plaît, supplia la fillette.

Corelli adressa à sa femme un petit sourire qui signifiait « Ce n'est pas moi qui insiste, c'est elle qui veut… »

Ils s'affrontèrent silencieusement, puis elle lui décocha un regard mêlant crainte et incompréhension… Peut-être pour se donner une contenance, elle fixa sa montre coûteuse et quitta la pièce.

— Cinq minutes… alors !

Le père fit signe à sa fille de reprendre. Soudain, la sonnerie du portable recouvrit entièrement Beethoven. Corelli prit immédiatement la communication. À l'autre bout du fil, une voix qu'il connaissait se fit entendre.

— On m'a demandé de vous prévenir. Rébecca Fersen s'est enfuie du centre où elle était internée.

Corelli pâlit et s'éloigna vers la fenêtre qui donnait sur le square des Batignolles. Dehors, il pleuvait. Des passants abrités sous des parapluies se pressaient sur le trottoir. La voix poursuivit :

— Elle va avoir besoin d'aide. Il n'est pas impossible qu'elle s'adresse à vous.

— J'en doute, répondit Corelli. Après ce qui s'est passé…

L'autre ne lui laissa pas le temps de poursuivre.

— On ne sait jamais… Dans ce cas, il serait souhaitable que vous nous préveniez immédiatement.

— J'ai déjà fait ce que vous m'avez dit, dit Corelli. Ça m'a coûté cher. Elle a failli me briser un os de la main.

— Je sais, je sais. Vous aurez le concert à Pleyel. Chose promise, chose due. Mais il y aurait peut-être la possibilité d'un second contrat. À Milan. La Scala. La date n'est pas encore fixée. Ce serait pour la fin de l'année… Une opportunité unique pour un grand concertiste comme vous.

Puis le déclic d'une communication qui s'interrompt.

La dernière phrase était affreusement humiliante. Mais il avait appris à courber l'échine. Un jour, il aurait sa revanche sur tous ceux qui avaient brisé sa carrière et l'avaient relégué parmi les violonistes de troisième ordre. Ceux qui couraient le cachet dans les soirées friquées.

Ce jour ne tarderait pas à venir. Pour la première fois, il entrevoyait le bout du tunnel… Une nouvelle carrière, une renaissance s'offrirait bientôt à lui.

Le grand Pierre Corelli serait à nouveau sur le devant de la scène et il les anéantirait tous. Un sourire de satisfaction s'étira sur son visage lorsqu'il prêta de nouveau attention à Louise. Décidément, elle n'était pas dans le tempo. S'il ne voulait pas que sa cadette le ridiculise à Sion, il fallait qu'elle mette les bouchées doubles.

Corelli explosa :

— Fa dièse ! C'est un fa dièse…

73
Crying Game

Par discrétion, Léo s'était réfugié dans la cuisine. Il préférait ne pas savoir comment la « conversation » entre Ludane et Grégoire, alias Mattéo, allait se terminer. Il se sentait mal à l'aise en songeant que c'était à cause de lui que Ludane se retrouvait dans cette situation scabreuse.

Il se rassura en se disant qu'elle semblait tenir son rôle sans arrière-pensée. Peut-être n'était-ce pas la première fois qu'elle participait à ce genre de petits jeux. Le sexe en ligne avait ses adeptes.

Une bouffée de rage lui monta à la tête en pensant que Sybille avait été entraînée dans cet univers glauque par un ou des garçons qui l'avaient manipulée en lui faisant miroiter l'existence d'un prince charmant…

La porte s'ouvrit et Ludane apparut. Elle eut un large sourire devant l'expression embarrassée de Léo.

— Fallait pas t'affoler, j'ai juste fait semblant, annonça-t-elle.

— Ah… Et lui ?

— Fallait rester si tu voulais savoir.

Il haussa les épaules.

— En attendant, poursuivit-elle, ça a donné à fond, mon numéro « Oh ! tu sais, j'ai pensé à toi toute la nuit ! » J'ai assuré, non ?

— Oui, t'as assuré super bien. Une vraie pro… Alors, vous avez prévu de vous revoir ?

— On a prévu de se revoir… Ce soir même.

— Une véritable rencontre ?

— Eh oui !…

Léo réfléchit tandis que Ludane décapsulait une canette de bière. Il n'avait pas de plan d'action vraiment préétabli et se trouvait pris au dépourvu par la rapidité avec laquelle les événements s'enchaînaient. Mais il ne pouvait pas fléchir, devait continuer sur la voie qu'il s'était fixé.

— Où avez-vous rendez-vous ?

— Il va me laisser un message plus tard.

— Bon… Si tu veux, en attendant, je peux commander des pizzas. Toi, je sais pas, mais moi, je suis mort de faim.

— Ah bon… parce que tu as des thunes pour payer ça ?

— Ouais. Ton père m'a filé un peu de fric ! lança-t-il spontanément.

La bouche de Ludane s'arrondit de surprise.

— Mon père t'a filé du fric ? En quel honneur ?

— Je lui ai donné un coup de main. Pour fouiller un ordi. C'est lui qui me l'a proposé. Je ne lui avais rien demandé.

— Mais… comment tu as fait pour le rencontrer ? On est sur liste rouge, notre adresse est nulle part !

— Je suis allé à l'hôpital où il se fait soigner et je l'ai attendu à la sortie.

— L'hôpital ? Quel hôpital ?

— Ben… la Pitié… répondit Léo avec le sentiment soudain de mettre les pieds dans un terrain marécageux.

— Et il se fait soigner pour quelle maladie, à la Pitié ? s'enquit-elle d'une voix blanche.

Léo hésita, conscient d'avoir peut-être involontairement rompu un secret. Ludane reposa violemment la canette de bière sur la table.

— Allez, t'as intérêt à me le dire, sinon j'arrête tout avec Mattéo et je rentre chez moi !

— C'est à cause de ses yeux, fit Léo avec un geste d'impuissance. Tu as bien dû t'en rendre compte, tout de même ! Il a un glaucome irréversible. Tu sais ce que c'est ?

— Oui… enfin, non.

— C'est un truc qui détruit progressivement le nerf optique. Et… on finit par perdre complètement la vue, voilà… Je pensais que tu étais au courant.

Elle resta la bouche ouverte, le visage blême. Puis se laissa tomber sur une chaise. Léo garda le silence, regrettant ses paroles imprudentes. Il observait discrètement Ludane et lut sur ses traits que l'angoisse initiale évoluait dans une sorte de transformation ininterrompue vers un état de fureur incoercible.

— Tu sais pourquoi je ne suis pas au courant ? explosa-t-elle brutalement. C'est parce qu'il continue à me traiter comme une petite fille ! Il confie ses problèmes à n'importe qui, mais à moi, il ne dit rien !

— C'est parce qu'il ne veut pas te faire de la peine, hasarda Léo.

— Tu parles ! Il pense que je serais pas à la hauteur pour m'occuper de lui et de la maison. Il m'a toujours prise pour une nulle. Il voulait que je fasse du droit. Tu captes un peu ça ? Du droit !

Elle se leva et disparut dans le salon.

Léo préféra la laisser ruminer seule ses désillusions familiales, jugeant que son intervention ne ferait qu'aggraver la situation.

En fouillant dans les placards, il finit par trouver un paquet de spaghettis entamé et il mit de l'eau à bouillir sur la plaque à induction. Il dégotta un minuscule flacon d'huile d'olive dont il arrosa les spaghettis et s'installa sur un coin de la table de la cuisine après avoir réservé une portion à Ludane, au cas où…

Il touchait enfin au but et pourtant quelque chose lui coupait l'appétit. Il songea à la mort de Sybille, aux meurtres de Jasmine et de Guillaume… Ce Mattéo ou ceux qui étaient dans son ombre étaient non seulement des pervers, des pédophiles, mais des meurtriers qui n'hésiteraient pas à faire disparaître Ludane s'ils découvraient son double jeu. Soudain, Léo eut peur. Face à des criminels aussi redoutables, leur scénario allait s'effondrer rapidement, et Ludane se retrouverait prise au piège. Ou peut-être pire.

Quand il revint dans le salon, elle tapotait sur le clavier de son téléphone.

— Voilà, il vient de me laisser le message avec l'adresse. Place de l'Opéra, devant la bouche de métro, à vingt et une heures.

Il était dix-neuf heures dix.

— Écoute, on laisse tomber…

Ludane dévisagea Léo avec une expression stupéfaite.

— Trop dangereux pour toi, expliqua-t-il.

— Alors, pour moi, c'est terminé. Ciao et merci ? Ça va pas, non ? lança-t-elle avec une violence irrépressible.

Elle n'en finissait pas de le surprendre : un mélange de maturité et de naïveté, de calcul et de pulsions irréfléchies.

— C'est pas un jeu ! Y a pas de raison que tu risques ta peau.

— Mais moi, j'arrête pas, fit-elle en soutenant son regard.

— Dans ce cas-là…

Avec un mouvement de contrariété, Léo sortit la carte

que Lavelli lui avait laissée et composa le numéro. La policière répondit après trois sonneries. Il lui résuma l'histoire en évitant soigneusement de préciser que la jeune fille qui jouait le rôle du gibier était la fille du juge Vandermeck. Il s'attendait aux reproches de Lavelli, mais elle se contenta d'acquiescer et de lui donner rendez-vous à vingt heures trente, derrière l'Opéra.

— Venez avec la fille. Il faudra qu'on la briefe sur la suite.

Ludane écouta la conversation sans bouger un cil. Puis elle rassembla rapidement ses affaires et s'avança vers la porte d'entrée.

— Je vous retrouverai là-bas, déclara-t-elle. J'ai quelque chose à faire avant.

— Hé ! Tu sais, ça me fait pas plaisir d'appeler les flics !

Elle se retourna, revint vers lui et tendit la main pour une furtive caresse sur le visage.

Resté seul, Léo se mit à tourner en rond dans l'appartement.

Il ferma les yeux. Il sentait encore sur sa joue le contact des doigts de Ludane, mais c'était la main de Rébecca qui le caressait. Taraudé par le désir d'entendre sa voix, il décrocha le téléphone pour appeler l'institut Coquelin. La personne qui répondit à son appel eut un comportement étrange. Elle le fit patienter un long moment, puis déclara que mademoiselle Fersen n'était plus pensionnaire de l'établissement et raccrocha.

Léo demeura perplexe. Il n'avait pas le temps de creuser la question pour le moment, mais songea que Lavelli pourrait lui apporter des informations récentes.

Il laissa un mot sur la table du salon au cas où Rébecca passerait par là.

74

Les yeux grands fermés

Ludane piétinait depuis une dizaine de minutes devant l'entrée du cinéma Le grand Rex. Après avoir quitté Léo, elle avait rappelé Mattéo pour lui fixer ce nouveau rendez-vous. Tout sauf la place de l'Opéra…

Elle allait leur montrer ce dont elle était capable. Elle allait leur faire comprendre qu'elle n'avait besoin de personne. Que, là où même la police avait échoué, elle pouvait réussir. Elle leur livrerait Mattéo ou quel que soit son nom sur un plateau d'argent. Son père serait obligé de reconnaître son talent. Et Léo, le beau Léo, serait à ses pieds… Ludane contemplait la nouvelle façade monumentale tout numérique du multiplex où se succédaient bandes-annonces de films, ITW de stars ainsi que les prévisions météo du jour, quand elle sentit son portable vibrer.

Elle reconnut la voix de Mattéo. Il s'excusait, était en retard, lui proposait de venir directement chez un ami où il se trouvait. À pied, pas plus de cinq minutes. Elle répondit qu'elle arrivait.

Tout au long du trajet vers l'adresse indiquée, Ludane sentit son estomac se crisper et sa bouche s'assécher. Elle hésita à prévenir Léo, mais renonça. En quelques instants, une horde de flics déboulerait dans l'appartement. Pas encore, trop tôt. Ne pas se laisser voler son triomphe.

C'était une rue parallèle aux grands boulevards, non loin de la porte Saint-Denis. Immeuble imposant, aux façades noircies par la pollution. Elle composa le code que Matteo lui avait indiqué, puis grimpa les deux étages à pied. Le cœur battant. Elle s'arrêta devant une double porte en chêne verni d'où s'échappaient des bouffées de musique. Elle n'hésita qu'un instant avant de sonner.

La porte s'ouvrit rapidement. Une jeune fille apparut. Une vingtaine d'années, souriante, vêtue d'une robe noire fendue sur la cuisse et de cuissardes montantes. Très sexy.

— Bonjour, tu es Charline ?

Ludane acquiesça. La fille s'écarta.

— Entre.

C'était une vaste entrée sur laquelle donnaient plusieurs portes. Elle chercha Mattéo du regard. Une vague d'anxiété la submergea.

— Mattéo ne va pas tarder, fit la femme, comme pour devancer sa question. En attendant, tu vas pouvoir t'installer.

Elle poussa une nouvelle porte et fit entrer Ludane dans une pièce meublée de plusieurs fauteuils et d'une table basse en verre, sur laquelle trônaient une bouteille de champagne dans un seau empli de glaçons et quelques flûtes de cristal. Le mur et les sols étaient recouverts d'un tissu de velours rouge sombre avec des miroirs vénitiens.

— Je vais te débarrasser, dit la femme en s'emparant de la doudoune de Ludane qu'elle posa sur une chaise.

Puis elle emplit une flûte du liquide mousseux, la tendit à son hôte et, sans ajouter un mot, disparut par la porte où elles étaient arrivées. Ludane reposa son verre sans l'entamer. Elle n'était pas naïve, avait entendu parler de la drogue du viol, toutes ces choses-là. Une angoisse incontrôlable lui monta soudain à la gorge. Une impulsion la poussa à ne pas rester une seconde de plus dans ces lieux.

Elle n'eut pas le temps de prendre une décision, car deux personnages firent leur entrée dans la pièce. Des figures issues d'un étrange carnaval, vêtues de capes leur descendant jusqu'aux pieds et le haut du visage dissimulé par des loups de velours noirs. Ludane eut un mouvement de recul instinctif, mais l'un des deux individus tendit le bras vers elle dans un geste rassurant.

— N'aie pas peur, on ne te veut pas de mal.

— Je n'ai pas peur, affirma-t-elle d'une voix qu'elle s'efforça d'affermir.

— C'est bien, nous sommes tous là pour nous amuser. Nous amuser et te faire plaisir.

— Quel âge as-tu, dis-moi ? demanda l'autre homme.

Il semblait un peu plus jeune que le premier, à cause de ses cheveux bruns.

— Quatorze ans, monsieur… Quatorze et demi.

— Ah… J'adore le demi. Tu sais que tu es très mignonne.

Il s'approcha, et sa main se posa sur le bras de Ludane qu'il parcourut du bout des doigts.

— Et ta peau est si douce…

— Oui, une vraie petite lolita, renchérit l'autre en s'approchant à son tour.

— Qu'est-ce que vous voulez ? demanda Ludane qui tenta de cacher sa répulsion pour ces mains qui la caressaient.

— Nous voulons te faire plaisir, je te l'ai déjà dit. Dis-nous ce qui te plairait et tu l'auras.

Elle haussa les épaules, prise au dépourvu par la demande.

— Tu veux de l'argent ? Est-ce que tu as envie de gagner de l'argent, beaucoup d'argent ?

Elle songea à cet instant que le mieux qu'elle avait à faire était de continuer à tenir le rôle qu'elle s'était donné.

— Oui, je veux bien gagner de l'argent.

— C'est bien, ça, c'est bien, ma petite lolita, fit le second personnage, le plus jeune, et il caressa l'épaule de Ludane. Est-ce que tu as un petit ami ?

— Oui, monsieur, il s'appelle... Emmanuel.

— Et tu fais des choses avec lui ?

Elle n'eut pas le loisir de répondre, car une autre porte s'ouvrit. Une vague de musique entra dans la pièce. Ludane aperçut par l'entrebâillement un vaste salon éclairé par des lumières tamisées. Le mobilier avait été disposé pour improviser une piste de danse au milieu de l'espace, et deux jeunes filles y évoluaient, exécutant des figures lascives avec une expression absente sur le visage. Elles étaient nues, juchées sur des talons hauts, avec juste un petit string dissimulant à peine leur sexe.

Dans une méridienne, un homme aux tempes argentées embrassait une autre gamine assise sur ses genoux. La gamine riait aux éclats, sans raison apparente. Puis l'homme la saisit par le cou, lui pliant le buste en avant, et la tête de la fille plongea vers son ventre.

Ludane réprima un haut-le-cœur. Elle n'en vit pas plus, car la porte se referma et son attention se porta sur celui qui venait d'entrer. Comme les deux autres, il était couvert d'une longue cape, et un masque dissimulait à moitié son visage. En revanche, sa silhouette était nettement plus massive et on devinait son ventre proéminent sous le tissu de son vêtement.

Étrangement, Ludane eut le sentiment d'avoir déjà rencontré cet homme. Il s'approcha d'elle, mais se figea brusquement. Derrière les fentes du masque, elle distinguait l'éclat des yeux qui détaillaient chaque trait de son visage.

— Qu'est-ce qu'il y a ? Elle ne te plaît pas ? demanda l'un des deux autres, qui avait perçu la crispation de son complice.

— Qui est cette fille ? dit le gros homme d'une voix rauque.

— C'est notre petite Charline, fit le premier personnage en la prenant par la taille. Quatorze ans… et demi !

— Moi, je ne crois pas qu'elle s'appelle Charline et je ne crois pas qu'elle ait quatorze ans…

À cet instant, Ludane reconnut la voix et elle reconnut aussi le cou épais qui surgissait de la cape : ils appartenaient à Eddy Salvina. Le producteur pour lequel elle avait espionné les dossiers de son père. Affaire ViaBank, lui avait-il expliqué.

Toute nouvelle réflexion s'effaça devant l'urgence qui s'imposa à elle en grandes lettres rouges clignotant dans sa tête : fuir. Elle devait quitter ces lieux le plus rapidement possible.

D'un geste vif, elle attrapa sa doudoune qu'elle enfila dans le même mouvement. L'un des hommes la saisit par le col et elle se secoua pour se dégager. Elle s'affola soudain, le cœur en déroute.

— Eddy, dis-leur de me lâcher !

Ces mots lui échappèrent. Des mots qu'elle n'aurait surtout pas dû prononcer. Ils signaient à la fois son aveu et la marque du danger qu'elle allait désormais représenter. La poigne de l'homme se raffermit, mais Ludane réagit alors avec une violence qui surprit l'autre : elle lui arracha brutalement son masque et, de l'autre main, le frappa au visage, de toutes ses forces. *Ce visage-là, elle eut aussi le sentiment de l'avoir déjà vu.*

Il jura, recula en la lâchant.

Elle bondit vers la porte qu'elle ouvrit à la volée, se retrouva dans l'entrée. Elle perçut des exclamations.

— C'est la fille de Vandermeck, le juge !

Du coin de l'œil, elle vit surgir la fille qui l'avait accueillie, mais Ludane avait déjà ouvert la porte d'entrée qu'elle claqua derrière elle. Elle dévala l'escalier et entendit du bruit au-dessus d'elle, une voix crier :

— Petite salope !

Elle courait déjà dans la rue.

75

En quatrième vitesse

Les semelles de Ludane claquaient sur le trottoir humide et chaque pas l'éloignait davantage du petit enfer auquel elle avait échappé. À bout de souffle, elle voulut se réfugier dans l'un des passages qui traversaient les immeubles du centre de Paris, mais l'entrée était fermée par une grille. Elle s'arrêta un peu plus loin, dans le creux d'un porche.

Dans une sorte de résumé accéléré, Ludane revit tous les événements des heures passées. La fureur qu'elle avait ressentie à l'égard de son père s'était totalement dissipée. Elle la jugeait même puérile, un caprice digne de la petite fille qu'il l'accusait d'être et elle eut honte de l'avoir ainsi repoussé alors qu'il ne cherchait évidemment qu'à la protéger, comme le disait Léo. Et à présent, il aurait vraiment besoin d'elle, il faudrait qu'elle soit présente auprès de lui. Qu'elle se comporte en adulte… Toutes ces pensées lui arrivèrent par bouffées à l'esprit, se bousculant dans un premier temps pour s'enchaîner ensuite dans un ordre cohérent.

Elle sortit son portable, qu'elle avait mis en mode silencieux, vit que Léo l'avait appelée plusieurs fois. Il répondit à la première sonnerie, comme s'il guettait son appel. C'est lui qui parla en premier :

— Où es-tu ? Qu'est-ce que tu fous ? Tout le monde t'attend !

— Il faut que tu viennes sans les flics, exigea-t-elle tout de suite. Je ne veux pas que mon père soit au courant. Donne-moi ta parole.

— Quoi ? Mais qu'est-ce que c'est que cette… ?

— Donne-moi ta parole !

Elle perçut le soupir exaspéré de Léo, puis…

— Merde !… Bon, OK, t'as ma parole.

— Si tu la tiens pas, je dirai rien de ce que j'ai vu.

— Ça va, c'est bon, je t'ai dit !

— Rue des Jeûneurs, dit-elle en s'avançant dans la rue pour lire la plaque, entre la rue Poissonnière et la rue du Sentier. Viens vite, je t'attends.

— J'arrive, conclut-il en renonçant à poser la moindre question.

***

Léo rempocha le portable. Furieux, mais soulagé. Il croisa le regard de Lavelli qui l'observait avec une expression qui aurait fait rentrer sous terre un commando des forces spéciales…

— C'était elle ? lança-t-elle d'une voix beaucoup trop calme.

— Oui, elle a cinq minutes de retard. Elle va rappeler.

Les yeux de la flic crachèrent une nouvelle salve meurtrière. Ils étaient installés dans un fourgon camouflé, au coin de la rue Scribe et du boulevard Haussmann. Devant eux, un écran montrait la place de l'Opéra, une image centrée sur la sortie du métro.

— Toi, je ne sais pas ce que tu magouilles, reprit Lavelli à l'intention de Léo, mais t'as pas intérêt à me faire une embrouille.

Les deux policiers étaient blêmes. Ils avaient mobilisé une dizaine de flics en civil pour cerner la place de l'Opéra, et Léo imagina qu'ils auraient des comptes à rendre sur l'opération. Et puis, juste avant, Lavelli l'avait interrogé d'un air innocent. Elle le vouvoyait à nouveau.

— Vous avez des nouvelles de Rébecca Fersen ?

Il avait avoué que non et la commissaire l'avait dévisagé un long moment comme pour chercher sur ses traits les traces d'un éventuel mensonge. Puis elle avait continué :

— Julien Campana est mort. Vous savez qui il était ?

— Oui.

Léo avait senti son cœur accélérer.

— On l'a retrouvé la nuit dernière, chez lui. Overdose. Du moins, c'est ce qu'on voudrait nous faire croire.

— Vous voulez dire… qu'il a été assassiné ?

— On a un témoin. Une fille qui a passé la soirée avec lui. Elle dit qu'il n'avait rien pris depuis plusieurs jours. Il semblait très affairé, à la recherche de quelque chose. La fille affirme qu'elle est partie vers minuit. On a vérifié, elle a pas menti. Et pourtant, un voisin affirme avoir croisé une femme sortant de l'immeuble vers une heure et quart. La description qu'il en a faite correspond à Rébecca Fersen.

— Si vous croyez que c'est elle qui l'a tué, vous vous plantez.

— Peut-être, mais il commence à y avoir beaucoup de morts dans cette histoire, et moi, j'aimerais beaucoup, beaucoup, discuter avec votre amie.

— Ce n'est pas mon amie, avait dit Léo.

Puis, comme les deux flics continuaient à le fixer :

— Enfin… si, c'est mon amie.

***

Léo fit un signe à Kim, se pencha vers lui.

— Je vais pisser, je reviens tout de suite.

Sans laisser à l'autre le temps de réagir, il ouvrit la portière du « sous-marin » et sauta sur le trottoir. Il calcula qu'en moins de dix minutes, en courant, il aurait rejoint la Bourse. Mais derrière lui, la portière du fourgon claqua à nouveau et il perçut des pas précipités. En quelques enjambées, Kim le rejoignit.

— Je vous accompagne. Je vais en profiter pour prendre un café ! annonça le policier avec un sourire ouvertement hypocrite.

Léo n'avait pas le choix. Ils entrèrent dans la brasserie, et Léo se dirigea vers les toilettes. Un rapide coup d'œil lui suffit pour constater qu'il n'y avait aucune fenêtre. Il ressortit aussitôt, car il avait repéré une porte avec un écriteau indiquant PRIVÉ. Il poussa la porte et se retrouva dans un couloir menant à une cuisine qui sentait la friture à plein nez. Deux hommes à la peau cuivrée et aux cheveux bruns lisses – Sri Lankais ? – s'affairaient autour des fourneaux. Ils levèrent sur lui un regard surpris.

— Sortie ? Il y a une sortie par-derrière ? interrogea Léo, mais les deux hommes ne paraissaient pas comprendre.

— *Exit ?* fit Léo.

Deux doigts s'agitèrent pour indiquer la même direction, un passage s'ouvrant de l'autre côté de la cuisine. Léo remonta un morceau de couloir plongé dans l'obscurité. Au bout, une porte, un verrou qu'il tourna. Il déboucha dans un passage encombré de poubelles, mais qui donnait sur le boulevard Haussmann.

Il descendit les grands boulevards à toute allure, mais dut ralentir le rythme. À bout de souffle. Trop de fatigue, de nuits dans le froid, de mauvais sandwichs avalés à la hâte. Il s'était mis à pleuvoir et ses semelles en caoutchouc dérapaient sur le bitume. Il prit le boulevard Poissonnière jusqu'à la rue du Sentier. À cette heure, ce quartier de magasins de confection était totalement désert, la lumière des réverbères s'allongeait démesurément sur les trottoirs mouillés. Il aperçut soudain Ludane tout au bout de la rue, petite silhouette frêle et solitaire qui semblait être l'unique survivante d'un monde perdu. Elle le vit aussi et descendit sur la chaussée pour lui faire un grand signe du bras.

Soudain, un moteur rugit derrière Léo et il s'écarta pour laisser passer une grosse berline noire dont les roues éclaboussèrent le trottoir.

La voiture fonça, remonta toute la rue en une poignée de secondes et pila net devant Ludane. La portière du chauffeur s'ouvrit à la volée, un homme bondit et se précipita sur Ludane. Il la frappa violemment au visage, et Léo entendit le cri de la jeune fille.

Un instant pétrifié, Léo réagit juste après en démarrant un sprint au milieu de la chaussée. Là-bas, l'homme tentait de charger Ludane sur son épaule, mais elle se débattait vigoureusement et gênait ses mouvements. Léo poussa un hurlement et le ravisseur se détourna un bref instant vers lui, puis d'un seul mouvement puissant il balança sa proie à l'intérieur du coffre de la voiture.

L'homme bondit au volant et démarra comme un bolide à l'instant où Léo rejoignait la voiture et saisissait la poignée de la portière arrière. Il voulut s'accrocher, mais fut entraîné par la vitesse. Il heurta soudain le bord du trottoir, partit en vol plané et s'étala de tout son long au milieu de la chaussée. Assommé par le choc, il demeura inconscient quelques secondes, puis se redressa péniblement. Il vérifia, inquiet, mais rien de cassé, juste la peau des mains écorchée.

Il jura, réfréna une envie de pleurer.

Il n'avait pas pu détailler les traits du type du véhicule et encore moins relever le numéro de la plaque d'immatriculation.

76
Sombre

Les lèvres lui faisaient mal, là où l'homme l'avait frappée, mais la douleur lui importait peu. Elle se trouvait dans un état de panique total, causé par l'obscurité, l'enfermement, la violence des événements, toute une série d'évènements qu'elle ne maîtrisait pas et qui avaient pris soudainement le contrôle de sa vie. Elle frappa du poing sur la tôle du coffre au-dessus d'elle, mais ses coups étaient absorbés par le bruit du moteur ; alors, elle replia les jambes pour cogner avec les pieds.

Chaque fois que la voiture tournait ou freinait, elle basculait et valdinguait dans l'espace étroit qui sentait l'huile et le caoutchouc humide. Elle cessa de s'agiter, et sa rage céda la place au désespoir total. Elle se mit à sangloter, des petites secousses sèches et mécaniques qui lui déchiraient la poitrine, mais ne faisaient pas couler la moindre larme.

Elle était dans un gouffre noir qui ne manquerait pas de l'engloutir définitivement, de la faire disparaître de la surface de la terre. Elle retrouvait ses peurs de petite fille terrorisée par l'obscurité et la solitude.

Tout à coup, un éclair de lucidité lui traversa l'esprit. Le téléphone ! Vite, elle fouilla ses poches, le portable était dans la poche de son jean. Le petit écran dessina un rectangle lumineux, tellement précieux et rassurant.

Elle vit le nom de Léo, posa le doigt sur l'icône tandis qu'elle sentait la voiture ralentir, puis s'arrêter. *Réponds, réponds !* Léo décrocha à la seconde sonnerie.

— Léo, au secours, je suis dans le coffre de la bagnole ! bredouilla-t-elle.

Elle entendit le bruit d'une portière et perçut une légère secousse.

— Tiens bon… J'arrive. C'est qui le type ?

Le capot s'ouvrit au-dessus d'elle. Elle voulut se redresser, mais l'homme lui écrasa le visage pour la bloquer et étouffer ses cris et de l'autre main lui broya les doigts pour tenter de lui arracher le portable. Elle sentit qu'elle allait lâcher prise, qu'il allait s'emparer du seul lien qui lui restait avec l'extérieur. Au moment où elle abandonnait le téléphone, elle parvint à dégager sa tête, suffisamment pour hurler :

— Eddy ! C'est Eddy !

L'homme balança le portable par-dessus son épaule, puis, l'instant suivant, il arracha l'écharpe qu'il portait autour du cou pour le fourrer dans la bouche de sa prisonnière, dont le hurlement fut étouffé.

Prise d'un accès de rage incoercible, elle rua des pieds, des mains, tentant d'échapper à la prise de son agresseur dont elle ne distinguait pas les traits, à contre-jour de la lumière d'un réverbère. Juste comme il plongeait les doigts pour enfoncer le tissu, elle referma les mâchoires de toutes ses forces, mais le tampon l'empêcha de mordre comme elle voulait. Alors, dans un sursaut, elle parvint à redresser le buste et envoya ses ongles fendre l'air comme des griffes. Il les évita de justesse, poussa un grondement, et le coup qu'elle reçut en plein visage la plongea quelques secondes dans un néant douloureux.

Pendant ce temps, l'homme saisissait Ludane par le col et la ceinture et la retournait comme une crêpe, la couchant sur le ventre. Elle perçut deux claquements secs, sentit le contact froid d'un objet métallique sur ses poignets et, quand elle voulut se dégager, ses bras entravés ne purent pas répondre à ses sollicitations.

La porte de la malle arrière claqua à nouveau sur elle, avec un fracas qui lui parut énorme et résonna longtemps dans sa tête. Elle hurla en silence. Un cri qui la déchira tout entière de l'intérieur.

77
À cran

— Espèce de petit con !

La seule réponse que trouva Léo fut de baisser la tête. Il comprenait parfaitement la colère de Lavelli et ne cherchait pas à avancer de mauvaises excuses. Il pliait et dépliait ses doigts, car la peau arrachée de ses paumes avait été badigeonnée d'un produit désinfectant et le démangeait furieusement.

— Qu'est-ce que vous vouliez faire ? Jouer les Zorro, impressionner vos copines ? Vous voyez le résultat ? On a un kidnapping sur le dos, comme si on n'avait pas assez de dossiers de disparitions, et en plus, cerise sur le gâteau, vous m'apprenez que c'est la fille du juge Vandermeck ! Ah ! au bureau du proc, ils vont être contents ! Vous êtes complètement inconscient ! Âge mental cinq ans et demi !

Léo se prit le paquet à travers la figure sans faire de commentaires. Elle avait raison. Il n'osait pas imaginer Ludane entre les mains de son ravisseur. Il avait voulu faire justice pour Sybille, mais il ne s'était pas montré à la hauteur. Le seul indice qu'il ait pu apporter était le nom – ou plutôt le prénom crié par Ludane : Eddy.

— Eddy, mais Eddy comment ? avait fulminé Lavelli, il y en a des milliers, des Eddy !

Dans un coin du bureau, Kim posait sur Léo un regard lourd et méprisant. Il n'avait pas digéré la façon dont il avait été largué dans la brasserie. La porte du bureau s'ouvrit brusquement. Le juge Vandermeck apparut. Instinctivement, Léo se ratatina sur lui-même. Sentant déjà le souffle de l'orage qui allait s'abattre sur sa tête.

Le juge traversa le bureau à grands pas, bousculant au passage une chaise qu'il ne semblait pas avoir vue. Il brandissait un parapluie avec lequel il balayait l'espace devant lui. Une canne d'aveugle qui ne voulait pas dire son nom.

Le cyclone se déchaîna. Comme prévu.

— Quand je pense que je vous faisais confiance !

Il brandit son parapluie comme s'il allait frapper Léo. De l'autre côté du bureau, Lavelli jeta un regard alarmé à Kim, mais celui-ci ne fit pas mine de bouger.

— Lequel de vous deux a eu cette idée stupide ?

— C'est moi, monsieur, dit Léo en levant la tête pour soutenir le regard du père de Ludane.

La main qui tenait le parapluie frémit à nouveau. Le juge paraissait traversé par des courants contradictoires. Derrière les épais verres de ses lunettes, son regard fixait un point très lointain, hors de la vue des occupants du bureau. Puis toute l'énergie portée par sa colère sembla s'évanouir. Il reposa le parapluie, et ses épaules s'affaissèrent doucement.

— Vous avez de la chance, Léo. Vous avez l'excuse de votre sœur.

Il se pencha pour ramasser la chaise qu'il avait bousculée et s'assit dessus.

— Je vais retrouver Ludane, monsieur ! lança Léo. Je vous le promets, je vais…

— Non ! coupa aussitôt le juge. Surtout ne faites rien, laissez la police s'occuper de ça, c'est son métier. Si vous m'aviez écouté, Léo, on n'en serait pas là. Je vous avais bien conseillé de ne plus vous mêler de tout ça.

Léo baissa la tête, abattu par cette vérité humiliante. Vandermeck se tourna vers Lavelli.

— Où en êtes-vous, commissaire ?

— On fait le travail de routine, on vérifie les caméras de surveillance du quartier où elle a disparu. Son portable a été coupé à cinq cents mètres de l'endroit où elle a été enlevée. Le seul indice, c'est un nom, ou plutôt un prénom, Eddy, qu'elle aurait prononcé juste à la fin. Est-ce que cela vous dit quelque chose ?

Le visage du juge se fit songeur.

— C'est curieux, il y a quelques jours, je me suis aperçu que ma fille avait consulté le dossier de l'affaire ViaBank sur laquelle je travaillais. Plus exactement la fiche d'un certain Salvina. Eddy Salvina. Producteur de programmes audiovisuels. Et Ludane veut devenir comédienne. Elle doit être en contact avec ces gens-là.

Un silence suivit ces mots. Puis Lavelli sembla être frappée par une idée.

— Salvina… Salvina…

Elle ouvrit un tiroir de son bureau, en sortit un dossier contenu dans une chemise cartonnée qu'elle posa devant elle. Léo déchiffra rapidement l'étiquette sur la couverture : Foyer de l'espoir. Lavelli feuilleta le dossier, puis s'arrêta sur une page. Elle parcourut du bout de l'index une liste de noms.

— Voilà… Eddy Salvina. Il faisait partie de ceux qui étaient cités dans l'affaire du foyer. Après que les plaintes ont été retirées, il a été blanchi, comme les autres.

Ils ruminèrent cette révélation quelques secondes, puis Lavelli se tourna vers Kim.

— Tu appelles le procureur. Il me faut une rogatoire pour aller chercher ce type immédiatement.

— Je m'en occupe, dit Kim en quittant le bureau tandis que Vandermeck approuvait de la tête.

— Est-ce que vous pouvez me montrer ce document ? demanda-t-il aussitôt après.

En guise de réponse, Lavelli lui tendit la feuille. Le juge parcourut la liste de noms.

— Salvina, Halgand, Koscelny, de Calderac… Tous ces gens sont impliqués dans votre dossier tout autant que dans le mien, alors qu'ils n'ont en principe rien à voir. Délinquance financière d'un côté, affaire criminelle de l'autre.

— Et ils font tous partie du groupe Spinoza, ajouta enfin Léo.

— Le groupe Spinoza, c'est quoi ? s'étonna la commissaire.

Léo lui fit un bref résumé. D'ailleurs, il n'y avait pas grand-chose à dire, mais Lavelli tiqua quand même en entendant certains noms.

— Je n'aime pas ça, c'est en train de prendre une dimension qui m'inquiète.

— Que craignez-vous ? demanda Vandermeck.

— Que certains parmi mes supérieurs n'aient plus très envie de remuer la merde si ça commence à puer trop fort. Vous devez connaître le syndrome, monsieur le juge.

Vandermeck ne fit pas de commentaires. Il se leva.

— Inutile de vous demander de…

— Ne vous inquiétez pas, coupa Lavelli, je vous tiens au courant dès qu'il y a du nouveau.

Vandermeck reprit son parapluie et le pointa sur Léo.

— Toi, tu n'oublies pas : tu disparais de la circulation, parce que si jamais il arrivait quelque chose à ma fille…

Il laissa la phrase en suspens et sortit.

Lavelli observa Léo un long moment.

— On va faire un deal, tous les deux. On va dire qu'on

pourrait oublier toutes les casseroles que je pourrais te mettre aux fesses. Vol avec violence, par exemple. Vol d'ordinateur, ça te dit quelque chose ? D'après le Code pénal, ça peut aller chercher dans les cinq ans.

Strictement immobile, Léo ne dit pas un mot.

— En échange, à partir de maintenant, tu es à mon service. Tu vas retrouver Rébecca Fersen. Tu dois savoir des choses que j'ignore sur elle ; alors, j'attends des résultats. Et juste un petit conseil : arrête de te croire plus malin que les autres.

78

Vous avez un message

Malgré l'épaisse couverture en laine polaire, Rébecca grelottait toujours. Elle venait de se réveiller d'un long sommeil chaotique lorsqu'elle aperçut le cadran lumineux du réveil. Elle sursauta et s'exclama :

— Merde, il est quelle heure ? J'ai dormi combien de temps ?

Maud apparut, un sourire amusé sur les lèvres.

— Tu as fait le tour du cadran, ma grande…

— Tu aurais dû me réveiller…

— Dans l'état où tu étais…

Rébecca revit soudain l'expression de Maud lorsqu'elle lui avait ouvert la porte. Sidérée de la découvrir dans sa tenue bleu hôpital, tremblante de fièvre, exténuée, le regard brûlant à force d'avoir pleuré.

Puis les souvenirs affluèrent. Le visage livide de Julien recroquevillé dans la mort. Elle ignorait encore pourquoi, mais son moi profond refusait l'accident stupide, l'overdose qui l'avait emporté. Elle le connaissait suffisamment pour savoir que sous ses apparences de dandy provocateur, il aimait repousser ses propres limites… mais qu'en aucun cas, il n'était suicidaire. La vérité sautait aux yeux. Depuis le meurtre de Jasmine et la réapparition de

Corelli, elle n'apportait dans son sillage que la détresse et la mort.

— Arrête de t'apitoyer sur toi-même, ça le fera pas revenir ! lança Maud.

Rébecca lui jeta un regard noir. Exactement le genre de petite phrase assassine dont Maud était spécialiste.

Elle sauta hors du lit et surmonta un léger vertige. Sans un mot, elle se dirigea vers le MacBook posé sur le canapé, composa le code secret de sa boîte mail avec l'espoir que Julien lui aurait peut-être laissé une explication… Quelque chose à quoi se raccrocher.

Des centaines de messages se déployèrent sur sa page lorsqu'elle cliqua sur la touche RELEVER LE COURRIER.

Un petit sourire lui échappa lorsqu'elle découvrit que Léo l'avait assaillie de mails depuis sa disparition. Où était-elle ? Pourquoi ne lui répondait-elle pas ? Ne voulait-elle plus le voir... Il était inquiet.

Soudain, une alerte clignota avec le texte suivant :

Julien vous a envoyé un message.

Rébecca eut un moment d'incompréhension lorsque le visage de Julien apparut sur l'écran et commença à s'animer.

La définition n'était pas très bonne, mais on pouvait voir derrière lui, au deuxième plan, la reproduction de Miss.Tic avec le slogan L'ABUS DE PLAISIR EST EXCELLENT POUR LA SANTÉ. Il était chez lui dans son appartement de la rue Vieille-du-Temple.

Visiblement, l'enregistrement était récent, car il portait le même tee-shirt que la veille… lorsque Rébecca l'avait trouvé mort.

L'incrédulité, puis la panique s'empara de la jeune femme quand il commença à parler.

— Rébecca, j'espère que tu n'auras jamais ce message, car cela signifierait que je n'ai pas allumé mon ordi depuis vingt-quatre heures et que probablement je suis… ou serai… mort.

Le cœur de Rébecca se serra. Bientôt, elle se réveillerait et enverrait un SMS à Julien. Ils se retrouveraient autour d'un petit-déjeuner dans leur café habituel non loin de FunBox et commenteraient les nouvelles du jour en mangeant des croissants aux amandes.

Mais sur l'écran, Julien continuait son plaidoyer… Concis, sobre, le regard droit. Visiblement totalement clean de toute dope ou autre substance qu'il affectionnait.

— J'ai démonté tout le programme de FunBox… et j'ai trouvé le programme-espion dont tu parlais. Tu avais raison ! Nos fichiers clients ont non seulement été copiés, mais décryptés et envoyés à un serveur externe. Je n'ai pas réussi encore à déterminer lequel. Mais une chose est sûre : seul quelqu'un qui a programmé notre site peut avoir mis en place un tel système de détournement.

La perplexité saisit Rébecca, puis une angoisse sourde s'immisça dans ses veines. Elle sut à ce moment précis qu'elle n'affabulait pas…

— J'ai même réussi à déterminer la date et l'heure exacte où le programme pirate a été activé. Ça s'est passé le 21 mars de l'année dernière, à trois heures douze du matin dans nos locaux.

Préoccupé, Julien marqua un temps.

— Le problème, c'est qu'à part Milan et moi, ils sont une bonne dizaine à avoir travaillé sur la programmation du logiciel. J'en suis là pour l'instant…

Rébecca était suspendue à la confession de Julien. Convaincue à présent qu'il ne s'agissait ni d'un cauchemar ni d'une extrapolation de sa part.

— Si je te laisse ce message, c'est parce que je me sens suivi, menacé depuis plusieurs jours. Et je te jure que ce n'est pas de la parano de ma part ! Mon bureau à FunBox a été fouillé... J'en ai la preuve. Mon appartement et ma voiture aussi.

Il marqua une nouvelle pause, prit une inspiration et poursuivit avec un air léger :

— C'est aussi pour te dire que je t'aime et que je t'ai toujours aimée depuis que je t'ai vue la première fois à la fac. Ciao, ciao, ma belle... À plus... Fais attention à toi.

Il la regarda intensément avec son petit sourire en coin, puis l'image se figea.

***

Au même moment, quelque part dans le sud de Paris… une alerte retentit sur un ordi qui affichait le portrait d'une très jeune fille. Elle s'appelait Sybille et avait quatorze ans. Elle était morte depuis un an et demi, mais son sourire remplissait toujours l'écran.

Tout près, Léo dormait en chien de fusil sur le canapé du salon de Rébecca.

Lorsque l'alerte résonna une seconde fois, il ouvrit un œil, se releva et saisit fiévreusement l'ordi. Quelqu'un était en train de consulter la boîte mail de Rébecca… Les doigts de Léo se mirent à pianoter à toute allure sur le clavier pour retrouver l'identité de celui ou celle qui s'était introduit dans la messagerie.

Mais malgré ses tentatives, le code source de l'intrus refusait de s'afficher.

***

Près du jardin du Luxembourg, dans le studio de Maud

Rébecca était tétanisée. Incapable de quitter Julien des yeux.

Pour la troisième fois, elle venait de visionner la vidéo. Elle avait stoppé l'enregistrement juste avant qu'il lui dise qu'il l'aimait.

Elle n'avait pas la force de réentendre les mots de Julien. Soudain, elle sentit la main de Maud sur son épaule.

— Arrête de te torturer, ça t'avancera à rien.

Elle lui prit la main. Avec précaution, comme à une grande malade. Rébecca se tourna vers Maud, le regard déterminé, dur.

— J'avais raison : Julien n'a pas fait d'overdose. On l'a froidement assassiné et je vais découvrir qui !

Maud soupira. Rébecca se leva et se dirigea vers la salle de bain.

— Fais gaffe, Rébecca. Ça t'avancera à rien de jouer à la justicière !

— Juste à pouvoir me regarder dans la glace !... répliqua Rébecca sur un ton glacial. Je peux utiliser ta douche ?

Maud acquiesça et s'avança vers Rébecca tout en la regardant droit dans les yeux.

— Je comprends ta colère, mais ces enfoirés ne te lâcheront pas... La preuve, ils t'ont déjà envoyé chez les dingues !

— Ça n'a rien à voir ! C'est mon père qui a pété un câble ! Et moi, par la même occasion. Mais c'est la dernière fois que ça m'arrive. J'espère...

Elle commença à se déshabiller, jetant rageusement sur le sol sa tenue bleu hôpital. Elle entra dans la cabine de douche et actionna le robinet. Le bruit de l'eau qui ruisselle.

— Le grand nettoyage ? lui demanda Maud.

— En quelque sorte…

— Alors, fais gaffe de ne pas te retrouver dans un sac-poubelle ! Parce que je n'ai pas envie d'aller identifier ton cadavre à la morgue…

79

L'œil du cyclone

L'Incontournable était le « dernier bar avant la fin du monde ». C'est ainsi que les geeks le surnommaient. Quatre cents mètres carrés sur trois étages, tout près de la place du Châtelet, où se côtoyaient aussi bien les accros qui *gamaient* sur toutes sortes de consoles que les adeptes des jeux en ligne. Un véritable lieu d'échange et un excellent observatoire pour y décrypter les tendances du moment.

Milan, Julien et Rébecca faisaient partie de Futurnet, un think tank, composé de développeurs informatiques, de spécialistes de l'intelligence artificielle et de profils atypiques, qui se réunissait là toutes les semaines pour bousculer les conservatismes et inventer des solutions pour pallier la crise.

Assise dans un décor digne de *Matrix*, Rébecca observait, fascinée, les gamins et ceux plus âgés qui s'accrochaient aux différentes machines dans une ambiance à la fois calme et survoltée… quand son téléphone se mit à vibrer.

Elle lut le message plusieurs fois. Perplexe. Comme si elle refusait d'en admettre le contenu. Peu à peu, l'incompréhension fit place à la colère, puis au dégoût... Elle leva la tête pour réfléchir quand elle aperçut Milan au milieu du flot des visiteurs. Toujours son même air décalé, comme s'il flottait à côté du réel… Elle lui fit un signe de la main. Il l'aperçut et s'avança vers elle, l'air surpris.

— Qu'est-ce que tu fais là ? Je… je te croyais en maison de repos.

— Je suis sortie. Heureusement ! répliqua Rébecca, se forçant à sourire. Je savais que je te trouverais ici.

Était-ce de la gêne ou de l'inquiétude qui passa furtivement dans le regard de Milan ? Rébecca ne sut le dire.

— Tu n'es sans doute pas au courant pour Julien ? lui demanda-t-il brusquement.

Dans un déclic, Rébecca revit le visage blême de Julien, recroquevillé au milieu de la tache de vomi. Ses yeux morts qui la fixaient… étonnés. Pour cacher les larmes qui allaient s'échapper, elle se tourna vers le mur en murmurant un non qu'elle se força à rendre le plus audible possible. Visiblement sous le coup de l'émotion, Milan inspira lourdement avant de parler :

— Julien a fait une overdose. Chez lui, il y a quarante-huit heures. Quand les secours sont arrivés, il était déjà trop tard. Un accident stupide...

Milan marqua une pause, scruta Rébecca pour s'assurer qu'elle allait tenir le coup, puis poursuivit :

— Les flics sont venus perquisitionner son bureau ce matin. Pour des histoires de dope. C'est comme ça qu'on a été mis au courant.

— Mais Julien n'a jamais dealé ! s'emporta soudain Rébecca.

Ne pas en faire trop. Sinon, il finirait par se douter de quelque chose...

— À ce qu'il paraît, il avait de grosses quantités de cocaïne chez lui…

Préoccupé, Milan contempla Rébecca.

— Je ne pouvais pas ne pas te mettre au courant… Tu vas tenir le choc ?

Il la dévisagea bizarrement. Soupçonnait-il quelque chose ?

Rébecca ferma ses paupières pour s'abstraire du fond sonore ambiant. Réfléchir à ce qu'elle allait faire. Ce fut à nouveau Milan qui brisa le silence :

— Tu viens assister à la réunion ?

— Je ne sais pas. Dis-moi, tu peux me rendre un service ? J'aimerais que tu appelles FunBox pour connaître les entrées et les sorties qui ont eu lieu dans la nuit du 21 mars de l'année dernière.

— Pourquoi tu le fais pas toi-même ?

— Je t'expliquerai plus tard.

Si Milan fut surpris par la demande de Rébecca, il n'en laissa rien paraître. Il prit son portable et appela son assistant chez FunBox. On allait le rappeler d'ici quelques instants pour lui donner l'info.

— Dis-moi, Milan…

Rébecca s'éclaircit la voix :

— Pourquoi tu as voté contre moi pendant mon absence ? Pour que je ne sois plus DG ?

Il soupira, préoccupé.

— Personne ne savait combien de temps tu allais rester absente ; alors, il nous a semblé que Dumaurrier était le plus qualifié pour te remplacer. N'y vois aucune volonté de t'évincer ou de te faire du mal, c'est juste que la boîte pouvait pas rester sans quelqu'un aux commandes… C'était trop risqué concernant le contrat avec les Canadiens.

Rébecca secoua tristement la tête.

— Je te comprends pas… On a toujours été soudés, toi, moi et Julien, contre les difficultés, l'adversité, les concurrents… et là, il se passe des trucs bizarres, disons pas nets. C'est comme si je découvrais que…

La sonnerie du portable retentit, interrompant Rébecca. Milan prit la communication. Après un court moment, il raccrocha, l'air visiblement soulagé.

— J'ai la réponse à ta question. Il n'y a eu qu'une seule entrée dans nos locaux dans la nuit du 21 mars. Il s'agit…

Il se reprit :

— Il s'agissait de Julien. Satisfaite ? Bon, je vais à la réunion.

Milan décroisa ses jambes et s'apprêtait à se lever quand Rébecca l'arrêta de la main. Le puzzle se mettait en place pendant qu'elle parlait.

— Ce n'était pas Julien, c'était toi, Milan. J'ai appelé Sandra avant de venir. Elle m'a confirmé ton passage dans les locaux cette nuit-là. D'après le rapport de la société de surveillance, tu es le seul à être entré.

Ils s'observèrent un moment. Impassible, Milan attendit la suite.

— Donc, ça ne peut être que toi qui as installé le logiciel-espion dans notre programme ! lança Rébecca.

Milan haussa les épaules et répliqua avec un sourire désinvolte :

— Toujours ton même délire ! Désolé, Rébecca, il a été prouvé que ce logiciel n'existait pas et n'a jamais existé. Alors, quelle importance que je sois passé à nos bureaux dans la nuit du 21 mars, du 1er avril ou à la Saint-Machin ? Bon, excuse-moi, je vais être en retard.

Rébecca eut soudain la certitude qu'il fallait lancer un dernier Scud. Un coup de bluff. Prêcher le faux pour connaître le vrai.

— Si Julien est mort, c'est parce qu'il avait découvert que tout ce que je viens de dire est vrai.

Milan sembla tomber des nues. Rébecca s'apprêta à continuer, mais, irrité, il l'interrompit :

— Tu es vraiment cinglée. Encore plus folle que je le pensais !

— Il n'y a que toi pour…

— Arrête, Rébecca. C'est toi qui as tué Julien ! explosa soudain Milan. S'il s'est suicidé, c'est à cause de toi ! Parce qu'il était amoureux fou de toi depuis toujours et que tu n'as jamais daigné lui accorder quoi que ce soit. T'es vraiment une…

Il ne prononça pas le dernier mot. Rébecca foudroya Milan de ses yeux bleus :

— Et toi, c'est quoi, ta vie amoureuse ? Je ne t'ai jamais vu ni avec une fille ni avec un garçon !

— Ça, ça ne regarde que moi ! Salut.

Il avait déjà tourné les talons et s'éloignait vers la salle où se réunissaient les membres de Futurnet.

Rébecca frissonna. L'angoisse commençait à lui vriller l'estomac.

Il fallait qu'elle pense rationnellement, qu'elle ne se laisse pas envahir par le doute parce que les choses échappaient à son contrôle. Elle sut ce qu'elle avait à faire, se leva et commença à pianoter sur son portable.

De son côté, une fois arrivé dans la salle de réunion, Milan fit de même…

80
Jeux de pouvoir

— Dites-lui d'appeler plus tard, ordonna Virgil Hammersmith à Milton, son secrétaire qui occupait un bureau voisin.

— Bien, monsieur.

À travers la fenêtre qui donnait sur le parc, Virgil Hammersmith observait l'hélicoptère qui était en phase terminale d'approche. Le cockpit de l'hélico était frappé du blason du Massachusetts, un Algonquin tenant un arc et une flèche. À l'intérieur de l'appareil se trouvait le gouverneur.

Le staccato des pales ralentit légèrement et l'appareil se posa en douceur. Hammersmith sourit. Il adorait ces moments-là. Le gouverneur lui rendait une visite. D'amitié, en principe. Mais l'amitié n'empêchait pas d'aborder certains sujets pressants. Les problèmes de fiscalité, par exemple. SoftTech n'avait jamais engrangé autant de milliards de dollars.

Et aussi d'autres questions plus personnelles concernant le gouverneur : il avait l'intention de se présenter aux primaires de son parti pour l'investiture à la présidentielle et, bien sûr, il aurait besoin de l'appui financier d'un certain nombre de contributeurs.

La comédie du pouvoir et des ambitions. Hammersmith était à la fois acteur et spectateur. Et souvent aussi metteur en scène. Il s'apprêtait à diriger un acte décisif. Selon les derniers sondages, le gouverneur, son grand ami, avait des chances d'emporter la primaire. Ensuite, une nouvelle aventure commencerait. Un dicton disait : les arbres ne montent pas au ciel. Mais parfois, ils peuvent grimper très haut.

Il jeta un regard satisfait sur les trente-cinq hectares occupés par les divers bâtiments de SoftTech. Les bureaux administratifs où il se trouvait, puis les bâtiments alloués à la recherche, celui entièrement consacré à la détente des employés, avec gymnase, piscine, salle de spectacles, restaurants ouverts vingt-quatre heures sur vingt-quatre. Une véritable petite ville, entre Worcester et Providence, à moins d'une heure de Boston.

Le voyant rouge s'alluma à nouveau, accompagné d'un signal sonore.

— Oui, Milton, qu'est-ce qu'il y a encore ? fit-il d'un ton légèrement agacé.

— Pardonnez-moi, monsieur, c'est encore Dumaurrier, à Paris. Il insiste. Il dit que c'est extrêmement urgent.

Il n'aimait pas les urgences extrêmes quand ce n'était pas lui qui les décrétait. Il aperçut la silhouette du gouverneur surgir de l'hélico et sauter sur le petit tarmac.

— Bon, passez-le-moi, soupira-t-il.

— Il est en visio, je vous le transfère.

L'instant d'après, le visage de Dumaurrier apparut sur l'écran devant lui. Le Français semblait crispé, et plusieurs rides profondes sillonnaient son front.

— Faite vite, dit Hammersmith, je suis pressé.

Tout le temps que parla Dumaurrier, il l'écouta sans broncher, mais quand l'autre eut terminé, il ne put contenir la colère qui avait grimpé au fur et à mesure du récit.

— Vous vous rendez compte ? *Fuck !* explosa-t-il. Nous

abritons un putain de réseau pédophile… C'est vous qui avez pris cette initiative, Dumaurrier ?

— Ce sont de simples rouages, monsieur !

— Je ne veux pas d'un réseau dans mon réseau ! Vous croyez que j'ai créé le groupe Spinoza pour protéger ce genre de pervers ? Notre objectif, c'est de sélectionner une élite ! Pour qu'ils remettent de l'ordre dans ce foutoir général qu'est devenu notre monde !

— Excusez-moi, monsieur, mais vous étiez au courant du passé de Koscelny, voulut se défendre Dumaurrier.

Hammersmith ne répondit pas. Il jeta un coup d'œil par la baie vitrée. Entouré par son escorte, le gouverneur traversait le parc à grandes enjambées.

— Je connais vos méthodes, Dumaurrier. Tous ces types, vous les tenez par les couilles avec ces histoires, n'est-ce pas ? Et ce Lachenal, vous ne m'en aviez jamais parlé !

— Vous l'avez rencontré une fois, quand vous avez remis le prix à Rébecca Fersen. Ils nous sont extrêmement utiles, vous savez. Mon seul souci est l'efficacité.

— Très bien, alors, vous allez avoir l'occasion de démontrer votre efficacité. Je veux que vous éliminiez tous ces parasites. Tous ! Vous m'entendez ?

Il songea au scandale potentiel, à ses projets, au gouverneur qui venait d'entrer dans le bâtiment. Ici, la moindre affaire de mœurs pouvait coûter cher, très cher. La saleté de grain de sable qui risquait d'enrayer une mécanique bien huilée. Et toute sa puissance, tous ses réseaux lui seraient inutiles. Avant lui, d'autres avaient eu les reins brisés pour moins que cela. Une bouffée de rage impuissante lui monta à la gorge, mais il se maîtrisa. En face de lui, Dumaurrier resta silencieux quelques secondes.

— Il y a une chose un peu ennuyeuse, monsieur, reprit-il. Ici, à Paris, un juge a été nommé pour couvrir le…

suicide de Julien Campana. Et il a délivré une commission rogatoire, un mandat pour enquêter, à une certaine commissaire Lavelli, qui est spécialisée dans les affaires de pédophilie.

— *Shit*… Intervenez, Dumaurrier, intervenez pour arrêter tout ça. Mettez tout l'argent nécessaire, mais il ne faut pas que cela aille plus loin ! C'est vous qui avez enrôlé tous ces gens. Je vous tiendrai pour personnellement responsable de tous leurs agissements. Vous comprenez ce que cela signifie ?

Dumaurrier hocha la tête. Il sembla sur le point d'ajouter quelque chose, mais Hammersmith tendit le bras et coupa la communication d'un coup de doigt.

Le secrétaire passa la tête par la porte.

— Monsieur le gouverneur vient d'arriver, annonça-t-il.

Virgil Hammersmith fit un effort monstrueux pour se recomposer un visage avenant.

— Faites-le entrer !

Il s'avança, la main tendue, un large sourire aux lèvres.

— *My dear William*…

81
Ténèbres

Quand Ludane se réveilla, elle n'avait aucune idée du lieu où elle se trouvait. Son visage était douloureux, elle avait un goût de sang sur ses lèvres. Son dernier souvenir était l'odeur de mort et de décomposition du coffre de la voiture où il l'avait enfermée.

Un voyage en enfer jusqu'à ce qu'il la tabasse à nouveau et qu'elle perde connaissance.

Elle ignorait depuis combien de temps elle était restée attachée. Elle inspira, renifla. L'air était chaud et sec. Avec une odeur de moisi et de fuel…

Ludane tenta de distinguer des formes autour d'elle. Mais l'obscurité était totale. Elle voulut se redresser et comprit qu'il l'avait menottée à un anneau de fer fixé à une sorte de pylône. Elle essaya de soulever son corps de quelques centimètres afin de retrouver des sensations dans ses jambes mortes, mais la chaîne était trop courte. Elle retomba sur le sol et se racla le dos sur le béton. Elle comprit qu'elle était nue. Le moindre mouvement était une souffrance atroce.

Qu'est-ce qu'il allait lui faire ? La violer, la torturer, la tuer ?

Une boule de panique se forma et durcit dans son ventre. Depuis son enfance, Ludane craignait les endroits confinés. Ça s'était aggravé à l'âge de quinze ans, lorsqu'elle était restée coincée plusieurs heures dans l'ascenseur d'un centre commercial en compagnie d'un type qui sursautait au moindre bruit et la regardait bizarrement.

Où était-elle ?

Elle ouvrit grand les yeux pour trouver une source de lumière… quelque chose à quoi se raccrocher. Malgré la douleur, elle tourna la tête. Rien à gauche, rien à droite.

Des larmes coulèrent sur ses joues. En pensée, elle se recroquevilla sur elle-même… C'est alors qu'elle distingua un rai de lumière qui passait sous un interstice. Celui d'un vasistas ou d'une porte.

Soudain au loin, elle distingua le son d'un moteur qui se mettait en route. Elle tendit l'oreille et conclut qu'elle ne s'était pas trompée. Sans doute une chaudière qui, à intervalles réguliers, se remettait en marche. Il l'avait séquestrée dans une cave.

Qu'est-ce qu'elle était allée foutre dans cette galère ? Pourquoi avait-elle tenu à jouer cavalier seul ?

Soudain, elle sentit un frôlement autour de son buste… comme des dizaines de petites pattes qui grimpaient sur elle.

Ludane sentit l'effroi qui se propageait en ondes concentriques dans son corps. Il fallait qu'elle respire, qu'elle garde son calme…

Mais son plexus se bloqua, devint dur comme de la pierre.

Elle crut qu'elle ne parviendrait plus à avaler la moindre goutte d'oxygène. Ses poumons refusaient le moindre souffle. Pour ne pas étouffer, elle se mit à crier au secours… à gueuler tout son saoul.

De l'autre côté de la porte, l'homme, avec un petit sourire narquois, écoutait les cris de terreur de Ludane. Bientôt, les pleurs allaient succéder à ses braillements et elle implorerait qu'il vienne la délivrer…

Depuis qu'il l'avait séquestrée, il imaginait que c'était Rébecca qui l'implorait et qui gémissait. Il la haïssait depuis toujours, cette fille qui occupait le devant de la scène, comme il haïssait toutes les femmes, à commencer par sa mère qu'il avait supprimée à coups de tranquillisants. Il vomissait la duplicité de sa génitrice : sous son air de femme exemplaire le jour (sous-directrice d'une école privée catho au Chesnay), la nuit, sa mère nymphomane forçait son fils à assister à ses ébats avec ses amants de passage. Il n'avait réussi à échapper à cet effroi qu'en obtenant une bourse pour partir étudier au Canada.

Milan Lachenal se détourna et se dirigea vers le petit couloir qui menait à la cellule de Grégoire. Il composa un code sur le boîtier numérique qui faisait office de serrure.

La porte s'ouvrit et il pénétra dans la pièce où Grégoire l'attendait, assis sur son lit. L'œil anxieux. Tout près, les cris de Ludane résonnaient à travers la cloison.

— Tu as ramené une fille pour me remplacer ?

Milan s'assit près du garçon et glissa lentement un doigt sur sa joue.

— Commence par te raser, Greg. On a une séance ce soir, tu te souviens ? La jolie et douce Émilie. Il faut que tu sois au top dans le rôle de Paul, que tu sois parfait !

Un éclair de terreur glissa dans le regard de Grégoire. Milan se pencha vers Grégoire et murmura :

— Tu n'as rien à craindre... Tu es irremplaçable. On est pareils, tous les deux, non ?

Le garçon acquiesça, l'air à moitié rassuré.

— Toi et moi, rien ne pourra jamais nous séparer. Jamais. Tu le sais, non ?

Le visage de Grégoire frémit, puis ses lèvres esquissèrent un sourire de contentement. Il plongea ses yeux dans ceux de Milan.

— Je voudrais que tu m'apprennes tout ce que tu sais. Tu veux bien ?

Milan le contempla un moment sans rien dire. Puis un léger sourire étira ses lèvres.

— Est-ce que tu es prêt à apprendre tout, vraiment tout ?

— Oui.

— Dans ce cas, je ferai de toi mon élève, mon double. Mais il faudra que tu m'obéisses aveuglément. Tu comprends ce que ça veut dire ?

Grégoire hocha la tête, et une lueur incendiaire illumina tout son visage.

82
Seule

Une brume glacée recouvrait Paris depuis le début de la matinée quand le ciel bas et lourd se déchira soudain. Au milieu du va-et-vient de la foule, Rébecca s'arrêta sur le pont d'Arcole pour regarder les quais de la Seine sortir de l'ombre. Quelques rayons du soleil inondèrent le fleuve, illuminant brutalement les façades de la Conciergerie.

Rébecca reprit sa route. Après son entrevue avec Milan, elle avait tenté de joindre Dumaurrier. Pas de réponse. Elle lui avait envoyé un texto lui demandant de l'appeler le plus rapidement possible.

Puis elle avait décidé de marcher pour mettre ses idées au clair. Quel était le véritable rôle de Milan dans cette histoire ? Tout à l'heure, elle l'avait volontairement provoqué, bluffé…

« Seul quelqu'un qui a programmé notre site peut avoir mis en place un tel système de détournement. » Elle avait beau se voiler la face, la phrase de Julien tournait en boucle dans sa tête.

Pourquoi Milan avait-il installé le programme pirate dans le programme source de FunBox ? Rébecca n'était pas naïve. C'était un business très juteux pour qui revendait les données de centaines de milliers d'usagers ou les utilisait à des fins commerciales. Pourtant, cette hypothèse ne la satisfaisait pas. Elle connaissait suffisamment Milan pour savoir qu'il n'était pas vénal…

Mais surtout, quel était le lien entre Milan et les morts de Jasmine et de Sybille ? Et celle de Julien ? Rébecca n'osait l'envisager.

Prise d'une soudaine impulsion, elle composa le numéro du quai des Orfèvres et demanda à parler à Anne Lavelli. L'attente ne fut pas longue. Un sous-fifre lui répondit que la commissaire n'était pas joignable pour le moment. Rébecca déclina son nom et demanda que Lavelli la rappelle rapidement.

Elle s'apprêtait à plonger son portable dans sa poche lorsqu'elle le sentit vibrer. Elle sursauta. À part Maud, personne ne connaissait son nouveau numéro.

Elle décrocha. C'était bien Maud.

— Je viens d'avoir un appel de Pierre Corelli.

Rébecca acquiesça d'une voix blanche.

— Ton père a été prévenu par les flics que tu t'étais échappée de ton centre psy. Il voulait avoir de tes nouvelles.

— Comment a-t-il eu tes coordonnées ? demanda anxieusement Rébecca.

— Ça, je n'en sais rien. Il m'a demandé où il pouvait te joindre. Si tu étais chez toi…

— Et qu'est-ce que tu as répondu ?

— Je lui ai dit d'aller se faire foutre !

Puis Maud changea de sujet.

— Bon, là, tu fais quoi ?

— Je rentre chez moi. Je vais prendre une douche et remettre de l'ordre dans mes affaires.

Elles décidèrent de se parler plus tard. Une fois que Rébecca aurait transféré les données de son carnet d'adresses de son Cloud sur son nouvel iPhone, elle se sentirait moins handicapée et pourrait ainsi joindre Lavelli et Léo sur leurs numéros perso.

Léo !... Le cœur de Rébecca se serra.

Les évènements des derniers jours l'avaient ébranlée dans ses convictions les plus profondes. Soudain, elle eut envie de tout remettre en cause. Sa réussite, le personnage qu'elle s'était forgé, sa vie… Elle esquissa un petit sourire. Était-elle en train de tomber amoureuse ? Elle écarta immédiatement l'idée. Elle s'était toujours défendue du moindre sentimentalisme, du moindre lien, surtout avec un homme.

Parallèlement, une angoisse sourde se propagea dans sa poitrine. Corelli, qui ne cessait de la poursuivre. Quel était son véritable rôle dans les évènements de ces derniers jours ? Parviendrait-elle un jour à effacer définitivement ce père qui ne cessait de la hanter ?

Rébecca jeta un œil sur son portable… Toujours aucune nouvelle de Lavelli. Elle eut un sentiment d'urgence : elle était à présent convaincue que Milan était bien le chaînon manquant dans les évènements de ces derniers jours. Et qu'il n'allait pas rester sans réaction…

83

La loi du plus fort

— J'aime autant qu'on ne nous voie pas ensemble en ce moment, expliqua Dumaurrier à Milan qui venait de s'installer à ses côtés sur le siège avant de la grosse Mercedes.

— Ah bon, et pourquoi ?

— Ne fais pas semblant de ne pas savoir, tu m'emmerdes.

— Tu ne veux pas qu'on parle au bureau, ni au téléphone… Pourquoi toutes ces précautions ?

— Ici, je suis certain que personne ne nous écoutera.

— Bon, alors, vas-y, dit Milan sur un petit ton à la fois distrait et ironique qui n'échappa pas à Dumaurrier.

Celui-ci réprima un petit geste d'agacement, et ses doigts se crispèrent sur le volant. La Mercedes traversa l'esplanade du château de Vincennes. Au bord de la chaussée, deux policiers à cheval observaient la circulation tandis que les naseaux des animaux laissaient échapper des panaches de vapeur dans l'air glacial.

— Écoute, c'est très simple, je vais te faire une offre que tu ne vas pas refuser.

— Fais-moi d'abord l'offre ; après, on verra.

— J'ai parlé avec Koscelny. Il m'a raconté vos petites sauteries avec les gamines…

— Ah bon, fit Milan d'un air surpris. Il t'a raconté tout ça ?

— Je ne lui ai pas laissé le choix. Il a la financière au cul, et moi, j'ai quelques numéros de compte qu'il détient en Suisse et aux Bahamas.

Soudain, Dumaurrier décocha un furieux coup de poing dans le volant, et la Mercedes fit un dangereux écart. Un klaxon hurla derrière eux.

— Vous avez de la compote dans le cigare, ce n'est pas possible ! Qu'est-ce qui vous prend de faire des conneries pareilles ! Des partouzes avec des mineures !

— J'en ai vu d'autres quand j'étais gamin, tu as oublié ?

— Je ne t'ai pas ramené du Canada pour ça ! hurla Dumaurrier. Et là, maintenant, je commence à me poser des questions, ou je devrais plutôt dire que je trouve des réponses : la gamine qui s'est fait buter, Jasmine, qui nous a valu la visite des flics, c'est aussi un de tes plans de merde, hein ? Et dis-moi aussi que ce n'est pas toi qui as enlevé la fille du juge, Milan, dis-le-moi !

— Je t'assure que je ne suis pour rien dans tout ça, rétorqua froidement Milan.

— Qu'est-ce qu'elle foutait là-bas, dans l'appartement de la porte Saint-Denis, la fille de Vandermeck, putain. C'est quoi, ce merdier !

— Aucune idée. Tu devrais demander à Salvina. C'est lui qui la connaissait. Il essayait de se rencarder par son intermédiaire sur l'enquête de son père, vu que le juge l'a aussi dans le collimateur.

Dumaurrier exhala un long soupir qui siffla entre ses lèvres. Il freina brutalement quand un feu passa au rouge. Après avoir fait le tour du château, il avait pris l'avenue qui entrait dans le bois.

— Vous êtes cramés, tous, conclut-il. Koscelny, Salvina et toute votre bande de guignols. Alors, toi, je vais te donner une dernière chance de t'en tirer. Tu vas disparaître quelque part en Amérique du Sud. Je te laisse le choix de la destination. Tu laisseras une lettre où tu expliqueras que tu as eu un coup de blues après la mort de Julien Campana et les problèmes de Rébecca, envie de changer d'air. Avant, tu vas me revendre tes parts, au prix que j'ai fixé. Les papiers sont prêts, dans ma serviette.

Il redémarra en écrasant l'accélérateur, et la Mercedes bondit.

— Et si je refuse ? dit simplement Milan.

— Je ne te le conseille vraiment pas. Je t'aimais bien, Milan, parce que t'étais un type extraordinairement doué. Je t'avais tout de suite repéré, mais tu as gravement déconné. On t'a sauvé une fois la mise avec Julien, mais maintenant tu as épuisé ton crédit. Si tu ne fais pas ce que je te dis, il existe des solutions très simples et très radicales pour régler les désaccords. Je ne vais pas te faire un dessin.

— Parfait. Puisque le moment est venu de mettre cartes sur table, allons-y : c'est moi et moi seul qui détiens les codes pour accéder au serveur des Caïmans. Et pas la peine d'engager des trouducs pour hacker le site parce que le mot de passe que j'ai imaginé, il faudrait des mois pour le cracker. Tu vois un peu le tableau : je peux parfaitement effacer l'intégralité des données récoltées depuis deux ans… Ou décider de les publier sur le Net, genre Snowden, tu vois ? En plus, je passerais pour un héros !

Dumaurrier secoua la tête.

— Aucun mot de passe ne résiste à un chalumeau sous la plante des pieds, Milan.

— Tu sais une chose ? Rien ne m'étonne dans ce que je viens d'entendre. J'avais prévu que ça arriverait et je savais à l'avance ce que tu me dirais. Alors, j'ai pris quelques petites précautions. Tu veux savoir lesquelles ?

L'autre ne répondit pas. La Mercedes arrivait à la hauteur du lac. Les pelouses étaient blanchies par le givre, mais quelques joggers s'obstinaient à trottiner sous l'œil goguenard des cygnes.

— J'ai déposé un dossier complet sur FunBox et EuroTrade chez un avocat, poursuivit Milan. Si jamais il m'arrivait quelque chose, le dossier ira atterrir directement dans quelques médias bien connus.

— Et tu crois que tu vas t'en tirer comme ça ? fulmina Dumaurrier dont le visage avait pris une teinte crayeuse.

— Pourquoi pas ? répondit Milan avec un petit sourire sarcastique. Après tout, je suis clean auprès des flics. Personne ne me soupçonne de quoi que ce soit. Enfin, personne à part Rébecca, mais il est de notre intérêt commun de mettre Rébecca hors circuit, non ?

La voiture s'arrêta de nouveau à un feu rouge. Milan, d'un geste vif, déboucla sa ceinture et ouvrit la portière.

— Je pense qu'il vaut mieux qu'on se quitte pour l'instant. À bientôt, Arnaud, et merci pour tout ce que tu as fait pour moi.

Dumaurrier eut un geste pour agripper son bras, mais la silhouette de Milan s'éloignait déjà dans une des allées cavalières qui longeaient le lac.

84

Le grand sommeil

La nuit tombait lorsque Rébecca pénétra dans le hall de son immeuble. Au pied des ascenseurs, elle croisa Jeff, le gardien de la résidence, et engagea la conversation avec lui. Quelqu'un était-il venu demander après elle ? Elle avait une confiance limitée en lui depuis qu'il avait autorisé Corelli à pénétrer chez elle, mais il sembla sincère lorsqu'il assura qu'il n'avait vu personne.

Rébecca fut momentanément soulagée. Au cours de sa marche le long de la Seine, elle était parvenue à la conclusion qu'elle était devenue une cible au même titre que Julien, qui venait de le payer de sa vie. Elle avait conclu qu'elle avait commis une grave erreur en provoquant Milan comme elle l'avait fait.

Elle avait appelé Serge Hoffner. Celui-ci lui avait confirmé qu'ils étaient bien trois, lui, Julien et Milan, à posséder en permanence les codes d'accès au système de sécurité qui protégeait le programme source des intrusions. Lui-même était en vacances au Sénégal le 21 mars de l'année passée…

Rébecca vérifia une nouvelle fois son portable. Passablement inquiète. Toujours aucun message de Dumaurrier, ni de Lavelli…

Elle sortit de l'ascenseur, prudemment. Vérifia que personne ne l'attendait en embuscade dans le couloir qui menait aux appartements. Aucun bruit suspect, non plus. Elle s'avança et déverrouilla avec précaution sa porte d'entrée… Elle se moqua d'elle-même. Depuis quand était-elle devenue aussi trouillarde ?

Tout semblait calme. Visiblement, Léo avait remis en ordre le salon après son altercation avec Corelli. Où était-il ? Elle l'appela… Seul le silence lui répondit.

Déçue, elle referma la porte et se dirigea vers son ordi posé dans sa chambre pour retrouver le téléphone perso de Lavelli. Et l'appeler au plus vite… Lorsqu'une masse s'abattit sur elle. Rébecca n'eut ni le temps de crier ni de se défendre, car, en un instant, elle se retrouva menottée et bâillonnée à terre.

Elle releva la tête pour apercevoir les traits de son agresseur, mais l'individu lui plaqua violemment le visage contre le sol.

Rébecca réfléchissait à toute vitesse. Qui était-ce ? Corelli ? Milan ? Elle entendit le son d'une capsule qu'on ouvrait. Puis une main la souleva et la jeta sur le canapé.

— Tu bouges pas et tu cries pas, sinon je te défonce la gueule, ordonna l'homme dont elle ne distinguait que les yeux à travers l'étroite fente de la cagoule. Ce n'était ni Corelli ni Milan. Le type avait un fort accent étranger.

Il la débâillonna. Rébecca voulut parlementer, mais il lui balança une gifle d'une telle violence qu'elle perdit momentanément conscience.

Le temps qu'elle reprenne ses esprits, il avait commencé à lui introduire méthodiquement des cachets dans la bouche. Elle s'efforça de les recracher quand elle sentit une puissante odeur d'alcool flotter autour d'elle. Il appuya un goulot sur ses lèvres et l'enfonça…

Elle tenta de résister, s'étouffa… mais la vodka coulait inexorablement, lui brûlant la gorge.

De nouveau, elle essaya de se dégager. Mais l'homme lui agrippa la mâchoire et continua à lui fourrer des cachets dans le gosier. Lorsqu'elle aperçut le flacon en verre avec le nom du médicament sur l'étiquette, elle eut un sursaut de terreur. Rohipnol… Un puissant somnifère auquel elle était allergique depuis l'enfance.

Elle glissa les comprimés dans un coin de sa mâchoire. Si seulement elle parvenait à ne pas les avaler… Elle fit une énième tentative pour vomir les médicaments.

J'ai tellement envie de dormir, songea-t-elle.

Elle crut vaguement entendre sonner à la porte d'entrée, se prit à espérer que quelqu'un viendrait la délivrer de son cauchemar…

Puis la sonnerie cessa.

Malgré ses efforts, Rébecca sentait qu'elle s'enfonçait dans un univers cotonneux.

Autour d'elle, tout devenait imprécis, flou. Un sentiment de panique l'envahit. Des mosaïques d'images se pressaient devant ses yeux. Les visages de Sybille et Jasmine se multipliaient à l'infini. Avec en surimpression celui de Milan qui la fixait avec un sourire cruel.

Rébecca ne contrôlait plus ses réactions, son corps n'obéissait plus. Le poison mortel glissait dans ses veines. Elle sombra dans un état de semi-conscience…

***

De l'autre côté de la porte, Maud réfléchissait. Pourquoi Rébecca ne lui ouvrait-elle pas ? Elle l'appela sur son portable. Appel en absence.

Elle reprit l'ascenseur. En allant travailler au Wanderlust, elle avait décidé de faire un crochet chez

Rébecca. Elle l'avait sentie déstabilisée, angoissée. Une fois dans le hall, elle hésita, puis se rendit à la loge du gardien qui lui affirma ne pas avoir vu Rébecca de la journée. Maud s'apprêtait à tourner les talons, quand elle aperçut un double des clés de son amie accroché sur le panneau des habitants de la résidence.

Un sentiment d'urgence s'empara d'elle. Inexpliqué.

La chance lui sourit. Le type fut appelé par sa femme et disparut dans une pièce adjacente. Le temps qu'il réapparaisse, elle s'était emparée du trousseau et avait couru jusqu'aux ascenseurs.

Maud se tenait devant la porte de Rébecca.

Elle hésita, puis sortit la bombe lacrymogène qu'elle portait toujours sur elle. Et ouvrit précautionneusement la porte.

À travers l'entrebâillement, elle distingua la silhouette de Rébecca affalée en travers du canapé avec un homme penché dessus. Elle se rua en avant et instinctivement déclencha la bombe en direction de l'agresseur, qui se retourna, sortit son flingue et le pointa vers elle à travers le nuage de fumée.

Dans un sursaut de panique, Maud lui rebalança une bonne dose de gaz anesthésiant. Hurlant de douleur, le type chercha à se protéger les yeux, trébucha sur l'angle métallique de la table basse. Le coup partit, rata sa cible.

Puis le type perdit l'équilibre, laissant échapper son flingue qui roula sur le parquet. Mais en un rien de temps, il se rétablit et bondit vers Maud qui tendait la main vers le revolver.

Au claquement du coup de feu, Rébecca avait tenté d'ouvrir les yeux sans y parvenir. Très loin, elle crut entendre la voix de Maud qui hurlait…

Était-ce possible qu'elle soit venue la sortir de ce traquenard ? Elle voulut lui crier d'être prudente, mais sa langue était engourdie, paralysée. Elle essaya encore une fois. Aucun son ne sortit.

Elle ne parvenait pas à se souvenir pourquoi sa bouche était dure comme de la pierre. Pourquoi son corps ne lui obéissait plus.

Soudain, d'étranges points lumineux apparurent dans son champ de vision. Elle crut visualiser deux formes qui se dérobaient devant elle et roulaient sur le sol dans une sorte de ballet chaotique.

Puis il y eut un autre coup de feu… Et la sensation d'être aspirée dans un gouffre où plus rien n'avait d'importance.

Elle se dit que cela lui était complètement égal…

Ce fut sa dernière réflexion.

Une mare de sang se répandait sur le parquet. Auréolant le visage cagoulé du tueur. Les deux mains sur la crosse, Maud éprouva un sentiment d'irréalité. Était-ce bien elle qui venait d'abattre cet homme ?

Elle lâcha l'arme qui soudain lui brûlait les mains. Elle s'approcha de Rébecca qui respirait avec difficulté, les traits du visage tendus à l'extrême. Au sol, elle distingua des cachets et une bouteille de vodka.

Maud s'agenouilla et coucha son amie sur le côté, comme le font les secouristes. Elle ôta ses liens et déplia doucement ses jambes. Aucune réaction, ni au toucher ni à la parole. Puis elle perçut un léger mouvement de sa cage thoracique suivi d'une lente expiration.

Maud savait qu'elle disposait de très peu de temps. Elle savait aussi que, si elle ne parvenait pas à la réveiller maintenant, Rébecca ne se réveillerait peut-être jamais.

Alors, elle la saisit sous les aisselles et la traîna vers la porte d'entrée.

85
Puzzles

Tout comme la première fois qu'il avait grimpé les marches du mythique escalier du 36, quarante-huit heures auparavant, Léo était fortement impressionné. Il songea à tous les criminels qui l'avaient emprunté. Landru, Petiot, Guy Georges que les policiers avaient encadré dans une haie hostile et silencieuse... et bien d'autres dont il n'avait jamais entendu parler.

Arrivé à l'étage de la Crime, il jeta un regard au filet tendu au travers de la cage d'escalier. Une mesure de sécurité pour empêcher les prévenus de se jeter dans le vide, lui avait expliqué Anne Lavelli lors de sa première visite. Cela faisait partie du décorum à la fois vétuste et légendaire du quai des Orfèvres…

Kim escorta Léo dans un dédale de couloirs sous les toits et le fit entrer dans une pièce minuscule d'où on apercevait une salle d'interrogatoire. Léo comprit qu'il se trouvait devant une glace sans tain.

Derrière la vitre, il reconnut l'homme au profil empâté et dont le cou de Minotaure explosait le col de chemise. La masse de son corps était restée gravée dans sa mémoire. À ses côtés, son avocat au sourire Colgate dans un costume à plusieurs zéros.

— Oui, c'est bien lui qui a raccompagné Ludane chez elle l'autre soir.

— Eddy Salvina, lâcha Lavelli. Léo, tu es sûr de ton coup ?

Le garçon acquiesça. Lavelli réfléchit un court instant en triturant sa mèche blanche de la main.

— Reste là.

Puis elle quitta la pièce et réapparut de l'autre côté, dans la salle d'interrogatoire. Elle s'assit en face du producteur, chercha ses lunettes dans ses poches, prit le temps de les essuyer méticuleusement avant de commencer.

— Monsieur Salvina, vous avez été convoqué en tant que témoin dans l'enlèvement de Ludane Vandermeck.

— Je vous répète que mon client n'a rien à voir avec cette triste affaire ! asséna l'avocat.

Lavelli l'ignora et se pencha vers Salvina.

— J'interroge tous ceux qui ont été en contact avec Ludane Vandermeck ces derniers temps. Vous, par exemple.

— Je la connaissais à peine, commissaire…

— Pourtant, elle faisait régulièrement de la figuration dans vos soaps et était invitée aux fêtes que vous donniez dans vos studios de la plaine Saint-Denis.

Salvina tiqua légèrement, puis soupira, condescendant.

— Possible…

De l'autre côté de la vitre, Léo vit Lavelli ouvrir un dossier, faire à nouveau durer le suspense. Puis prendre un feuillet et le lire.

— Il y a une dizaine de jours, Ludane vous a envoyé un mail… sur votre boîte perso. Elle vous demandait un rendez-vous. Que lui avez-vous répondu ?

Salvina haussa les épaules et adopta une attitude hautaine.

— C'est mon assistante qui gère mon planning et mon carnet d'adresses.

— Monsieur Salvina, essayez de vous souvenir ! Faites un effort. Une jeune fille est en danger.

Derrière la vitre sans tain, Léo aperçut de minuscules gouttes de sueur perler sur le front de Salvina. Il transpirait comme la plupart des gens en surpoids, mais était-ce la seule raison ?

L'image de Ludane prisonnière dans le coffre d'une voiture ne cessait de le poursuivre depuis la veille au soir. Où se trouvait-elle ? Il craignait le pire… La voix de Salvina l'arracha à ses réflexions.

— En tant que producteur, je suis en permanence sollicité par tout un tas de jeunes comédiens, artistes…

— Nous le savons, il y a même des rumeurs qui vous accusent de vous fournir en chair fraîche dans votre cheptel de jeunes filles prêtes à tout pour décrocher un rôle, monsieur Salvina.

— Vous avez des preuves, je suppose ?

— La vie de Ludane est en jeu. Vous lui avez répondu de passer vous voir à la fête de fin de film organisée par l'équipe de tournage des *Tourbillons de l'amour*.

— J'aimerais sincèrement pouvoir vous aider, madame la commissaire, mais cette Ludane n'est jamais venue…

— J'ai beaucoup de mal à croire que vous la connaissiez à peine ! poursuivit Lavelli d'une voix cassante. J'en suis d'autant plus surprise que vous êtes impliqué dans l'enquête sur ViaBank instruite par son propre père, le juge Vandermeck. Curieuse coïncidence, vous ne trouvez pas ?

— Objection, madame la commissaire. Il ne s'agit pas de l'affaire pour laquelle mon client est entendu ! lança l'avocat.

Lavelli lui jeta un très rapide coup d'œil qui, d'après Léo, devait signifier à coup sûr « Ferme ta gueule, sale con », puis embraya :

— Où étiez-vous hier soir entre dix-neuf heures trente et vingt-deux heures, monsieur Salvina ?

— Chez moi… répondit l'homme d'affaires d'un ton provocateur. Je m'envoyais en l'air ! Avec Katia et Irène, deux amies slovènes et majeures dont voici les coordonnées…

Il sortit une carte de la poche de son veston et la glissa vers Lavelli.

— Nous vérifierons. Ludane court un grave danger. Dissimulation de preuves dans le cadre d'un enlèvement, ça peut aller chercher très loin.

Elle se tourna vers l'avocat.

— Maître, soyez aimable d'en informer votre client au cas où il ne serait pas au courant…

La suite de l'interrogatoire fut du même acabit… Salvina ne lâcha rien, Lavelli tourna autour de sa proie, mais n'obtint rien. Match nul.

***

Lorsque Léo franchit le porche du 36, Notre-Dame étincelait comme un phare dans la nuit, au milieu d'un océan de véhicules pare-chocs contre pare-chocs, mais il n'y prêta aucune attention.

Malgré la mobilisation d'importantes forces de police, Lavelli avait admis qu'elle n'avait toujours pas de piste sérieuse concernant Ludane. La nuit de son kidnapping, les caméras de surveillance du quartier et plus précisément celles de la rue des Jeûneurs avaient vu passer plusieurs véhicules dont les plaques étaient illisibles. Aucun témoin sérieux, non plus…

Quant au lieu de rendez-vous où Ludane était censée retrouver le dénommé Mattéo, les policiers étaient parvenus à la conclusion qu'il s'agissait d'une location courte durée. Après avoir fouillé les logements aux alentours, leurs soupçons s'étaient portés sur un appartement haussmannien qui avait récemment accueilli des Anglais pour un week-end prolongé. D'après les voisins, le lieu en question servait fréquemment à des soirées libertines, même si le propriétaire affirmait ne pas être au courant.

Vu la configuration du lieu et la déco raffinée, c'était typiquement le genre d'adresse qu'on se refilait sur le Web pour des soirées gay, échangistes ou hot. Un voisin avait déclaré avoir vu une fille très jeune, très maquillée qui cherchait les Anglais. Mais vu la description, il ne s'agissait pas de Ludane… L'équipe de la police scientifique était au travail pour tenter de retrouver des traces d'ADN et des empreintes.

Quant à Rébecca, elle était toujours dans la nature. Pourquoi ne répondait-elle pas à ses messages ? Il avait du mal à l'admettre : elle lui manquait. Terriblement… Il avait une envie folle de la serrer dans ses bras, de caresser sa peau, de lui faire l'amour.

Léo était d'humeur morose. Il hésita entre regagner l'appartement de Rébecca ou filer au Easyeverything, un cybercafé ouvert jour et nuit rue de la Harpe, à deux pas de l'île de la Cité. Il choisit la seconde option. Après avoir avalé rapidement un kebab et une bière, il s'assit devant un écran, tapa un mot de passe et pénétra dans l'iCloud de Rébecca.

Il avait décidé d'explorer une nouvelle fois le contenu de son « nuage ». Peut-être était-il passé à côté d'infos, de contacts importants ?...

Rien de neuf. Des documents de travail, beaucoup d'échanges avec Milan Lachenal et Arnaud Dumaurrier concernant des transactions. Cette fois-ci, Léo trouva un album photo intitulé FunBox contenant les évènements marquants de la boîte depuis ses débuts avec Julien,

Milan, Serge et les employés de la start-up. Les fêtes, les after… Mais rien de bien personnel à part quelques selfies de Rébecca en compagnie d'une jeune femme brune de son âge aux yeux en amande. Les deux filles semblaient très complices.

Il découpa le visage de la fille sur l'écran, sortit un petit disque dur de son sac à dos. Le logiciel permettait de retrouver la trace d'une personne à travers une photo en la comparant à toutes celles qui traînaient sur les réseaux sociaux. Il le brancha et attendit. L'identification fut rapide. Maud Valbrune. Trente-deux ans, physionomiste au Wanderlust, une boîte branchée des quais de Seine. Pas d'adresse mail ou de portable.

Léo trouva les coordonnées du Wanderlust et appela. On lui répondit que Maud ne travaillait pas aujourd'hui. Il laissa un message lui demandant de le rappeler. C'était urgent.

Puis Léo se souvint de Pierre Corelli. Lui saurait peut-être où se trouvait Rébecca. Il hésita avant de l'appeler et préféra lancer une recherche sur Google. Plusieurs sites titraient sur le retour de Pierre Corelli.

L'ancien virtuose parti à l'étranger retrouvera son public français lors d'un récital à la salle Pleyel.

Un cliché attira l'attention de Léo. On y voyait Corelli en compagnie d'un homme qui ne lui était pas inconnu. Eddy Salvina. Décidément, ce type lui collait aux basques !

En fouillant sur le Net, Léo découvrit que Salvina s'était lancé depuis peu dans la production de concerts musicaux, ce qui expliquait sans doute sa relation avec Corelli. Avec Odyssée, son groupe multimédia, il s'apprêtait à prendre des parts dans un célèbre quotidien d'opinion, ce qui n'avait pas manqué de déclencher une vague d'hostilité dans la presse. *Avant de savoir s'ils sont indépendants, les journalistes feraient bien de savoir si leur journal est pérenne*, venait-il de déclarer le matin même sur une radio privée…

La consécration pour un type qui avait commencé sa carrière dans le porno et les jeux en ligne, songea Léo. Son passé sulfureux avait été quasiment gommé dans les médias et sur le Net. Les sociétés de nettoyage de profil du Web allaient bientôt être cotées en Bourse, se dit Léo avec colère. Et Salvina en serait certainement actionnaire !

Pas une ligne non plus concernant son rôle dans l'affaire du Foyer de l'espoir. Il examina avec attention les visages sur chaque photo, cherchant à découvrir un lien, un indice qui le mènerait peut-être à Rébecca. Beaucoup d'images du producteur recevant des prix dans des festivals, accompagnant des actrices connues et des jolies filles tout à fait recommandables dans des fêtes très VIP…

L'une des photos titilla soudain Léo. On y reconnaissait Salvina en compagnie d'un type dont les traits ne lui étaient pas inconnus. Il l'avait aperçu en compagnie de Rébecca lors du prix du Jeune Entrepreneur. Milan… Milan Lachenal était l'un des trois fondateurs de FunBox avec Julien qui venait de mourir d'overdose. Curieux, tous ces individus qui ne cessaient de se recouper entre eux, pensa Léo…

Rapidement Léo reconstitua le parcours de Milan. C'était indiscutablement une grosse tête. Après un doctorat en mathématiques et sciences appliquées à l'École polytechnique de Montréal, Milan était revenu en France, où il avait travaillé dans une start-up de pointe spécialisée dans la création d'algorithmes. Puis il avait participé à la création de FunBox…

Léo entra sans difficulté dans le compte Facebook de Milan, mais ne trouva rien de spécial. Seulement quelques liens actifs avec d'anciens élèves de sa promo au Canada. Aucune information concernant sa vie privée. Léo continua ses recherches sur Instagram.

Quelle ne fut pas sa surprise d'y découvrir Milan en compagnie de Salvina et de Koscelny !... Décidément, il croisait toujours les mêmes individus ! Qu'est-ce qui les liait tous ? La photo avait été prise durant le festival de Deauville. Léo lança une recherche sur le Darknet. La réponse ne tarda pas à tomber, sous forme d'autres photos réunissant les trois mêmes personnages. Mais dans d'autres lieux : Bangkok, Kiev, Cuba. Tous les bordels de la planète, songea Léo, même s'ils ressemblaient à des touristes lambda. D'ailleurs, sur l'une d'elles, on les voyait en compagnie de trois gamines au bord d'une plage aux eaux turquoise.

Léo n'était pas mécontent d'avoir enfin mis des noms et des visages sur ceux qu'ils pistaient depuis des semaines. Faisaient-ils partie du réseau pédophile qui avait poussé Sybille au suicide ? Étaient-ce les mêmes qui avaient assassiné Jasmine ? Et quel était leur lien avec le groupe Spinoza ?

Il se leva pour se dégourdir les jambes et balaya le cybercafé du regard. Autour de lui, une dizaine d'internautes de toutes nationalités correspondaient avec la planète entière. Des milliards de connexions s'établissaient chaque seconde et pouvaient en un clic changer l'histoire de chacun et le cours du monde... Un effet papillon démultiplié à l'infini ! Léo sourit à cette idée, se dirigea vers le pas de la porte et inspira l'air glacé de la nuit.

Il était une heure du matin au bas de la rue de la Harpe. Malgré le froid, quelques touristes se baladaient, insouciants. Léo fouilla ses poches et trouva un billet de cinq euros. De quoi acheter un café avant de se remettre au boulot.

Une onde d'angoisse le traversa de nouveau. Où Ludane était-elle séquestrée… si elle était encore en vie ?

À chaque nouvel élément, le puzzle devenait plus complexe. Des pièces manquaient toujours. Le temps jouait contre lui… Pourtant, il y avait urgence. Il décida de concentrer ses recherches sur Milan.

86
Urgences

Cette nuit-là, plus que les autres, la salle d'attente des urgences de la Pitié-Salpêtrière avait pris l'allure d'une cour des Miracles.

Depuis vingt-quatre heures, les généralistes étaient en grève contre la nouvelle loi visant à généraliser le tiers payant. Le personnel débordé essayait tant bien que mal de parer au plus pressé, tandis que la file d'attente s'allongeait devant le bureau des admissions. Deux hommes en étaient venus aux mains avant d'être évacués par les policiers.

Rongée par l'inquiétude, Maud ne voyait rien, n'entendait rien… Elle faisait les cent pas devant le sas gardé par deux agents de la sécurité de l'hôpital… À chaque entrée ou sortie, elle se penchait vers la porte coulissante pour tenter d'apercevoir l'urgentiste qui avait pris en charge Rébecca. Il avait promis de la tenir au courant. Maud n'était pas dupe ; elle connaissait par cœur le discours des médecins : en dire le moins possible, car ils étaient tout aussi ignorants qu'elle, sinon plus. Elle les honnissait…

Une heure plus tôt, elle avait réussi à traîner Rébecca jusque dans sa voiture garée en bas de son immeuble. À mi-chemin, son amie s'était mise à convulser. Sa respiration était devenue de plus en plus sifflante, hachée.

Maud conduisait vite et bien. Elle avait brûlé les feux du boulevard Vincent-Auriol sans cesser de parler à Rébecca pour éviter qu'elle ne tombe dans un coma irréversible. Dans le monde de la nuit, où elle travaillait, elle avait souvent eu à gérer des comas éthyliques, des overdoses. Ce n'était pas la première fois qu'elle amenait quelqu'un dans un état critique aux urgences.

En arrivant devant l'entrée, elle avait eu la chance de croiser Max, un des internes du service réa, un des piliers du Wanderlust. Grâce à lui, Rébecca avait été immédiatement prise en charge.

Maud jeta un œil à l'écran de télévision muet qui débitait une émission sur la pêche. Sur le coin de l'image, une horloge indiquait trois heures du matin. Des truites argentées remontaient les flots d'une rivière transparente. L'une d'elles s'approcha d'une cuillère qui tournoyait dans les eaux transparentes, mordit l'appât et fut projetée dans les airs avant d'atterrir aux pieds d'un pêcheur.

Et Rébecca, allait-elle s'en tirer ?

Malgré leur séparation, elles étaient restées très liées. Sans doute à cause de leur passé commun au centre éducatif fermé de Rueil où elles s'étaient rencontrées. Un vrai coup de foudre entre deux adolescentes qui découvraient leur attirance mutuelle pour les filles. Depuis, elles s'étaient toujours soutenues.

Elle fut interrompue dans ses pensées par l'urgentiste accompagné de deux hommes. Il lui demanda de le suivre dans son bureau.

— Je viens de faire transférer mademoiselle Fersen au service de réanimation. Elle a fait un arrêt cardio-circulatoire suite à un choc anaphylactique.

Maud pâlit et murmura dans un souffle.

— Comment va-t-elle ?... Elle va s'en tirer ?

— Pour l'instant, le pronostic vital est réservé. On lui

a fait ingurgiter une benzodiazépine à laquelle elle est allergique. Nous avons prévenu la police.

L'un des types s'avança vers Maud.

— Inspecteur Favro. Vous êtes en garde à vue, mademoiselle. Veuillez nous suivre, s'il vous plaît !

Maud répliqua fermement.

— C'était de la légitime défense… Je peux tout vous expliquer. Ce salaud était en train de la tuer lorsque je suis arrivée chez elle.

— Vous vous expliquerez devant la commissaire Lavelli. Mademoiselle, suivez-nous !

Maud se planta devant l'interne. Déterminée.

— Pas avant d'avoir vu Rébecca.

Le médecin soupira, irrité, puis lança :

— Pour le moment, c'est impossible. Elle est dans le coma.

— Je vous en prie, lâcha Maud avec un sanglot dans la voix.

— Allez, pas d'histoires, venez, dit l'un des flics tout en entraînant Maud vers la sortie.

87

Caché

Léo passa un long moment, immobile sur le trottoir de la rue du Bac, pour étudier la situation. L'immeuble en question était doté d'un lourd portail à deux battants en bois verni, lui-même équipé d'un digicode. Léo avait repéré les lieux sur Google Earth. Il traversa la rue, alla se poster tout près de l'entrée, puis sortit son portable avant d'entreprendre une conversation avec un correspondant imaginaire.

Il rata la première occasion, un homme qui sortit en hâte après avoir à peine écarté la porte. Quand Léo se présenta, après avoir laissé l'homme parcourir quelques mètres dans la rue, le battant s'était déjà refermé.

Vingt minutes plus tard, il commençait à douter du bien-fondé de sa méthode quand la seconde occasion se présenta. Cette fois, ce fut la bonne. Un taxi s'arrêta au bord du trottoir, une femme en descendit et se dirigea vers l'immeuble, jetant à peine un regard à Léo. Du coin de l'œil, il la vit pousser la porte qui céda avec un déclic. Dès qu'elle eut disparu, il se précipita juste avant que le portail ne se referme.

Il y avait effectivement une cour intérieure. Léo jeta un coup d'œil sur les boîtes aux lettres installées dans le passage. LACHENAL, BÂTIMENT 2, 1ER ÉTAGE. C'était la partie qui donnait sur la cour. Elle était en réfection, opération de ravalement. Un échafaudage grimpait jusqu'au toit. Léo réfléchit tout en demeurant dissimulé dans l'ombre du couloir. Il y avait apparemment deux appartements par étage. Un grand et un petit. Une lumière brillait dans le petit ; alors, il choisit d'attaquer l'autre.

Léo traversa la cour d'un pas rapide et souple et, sans hésiter, agrippa le bord de l'échafaudage. L'échelle qui menait à la première passerelle avait été enlevée, mais il grimpa sans difficulté en utilisant les barres transversales. Il se retrouva le nez contre une sorte de porte-fenêtre, mais il ne distinguait rien à l'intérieur. Il sortit son portable et composa le numéro de la ligne fixe de Milan. Il l'avait récupéré dans les fichiers perso qu'il avait « visités » chez FunBox, tout comme l'adresse. Il appuya l'oreille contre la vitre et perçut distinctement la sonnerie à l'intérieur, l'un de ces sons standardisés qu'on entendait d'un bout à l'autre de la planète.

Il ne choisit pas la porte-fenêtre, à cause de l'éventualité d'un vitrage blindé, mais une toute petite ouverture située à l'extrémité du balcon. À peine assez large pour permettre le passage d'un corps. Il déboîta l'un des barreaux métalliques servant de garde-fou à l'échafaudage. Il prit sa respiration et de toutes ses forces propulsa le barreau dans la lucarne. Le bruit lui parut effroyable quand la vitre explosa. Il retint son souffle, s'attendant à voir surgir des têtes alarmées. Mais tout ce qu'il perçut fut l'écho étouffé des journaux télévisés. Trente secondes plus tard, il était dans l'appartement.

Il se retrouva à l'intérieur de ce qui lui sembla être la pièce principale, un espace vaste mais dépouillé, pour autant que Léo pût en juger dans la pénombre. Il actionna un bouton sur le côté de la baie vitrée, et un store descendit en ronronnant. Une rangée de spots lumineux éclaira la pièce quand il pressa un interrupteur.

Décor impersonnel. Ce fut sa première réflexion. De la belle déco, mais sans âme, conçue par un designer tendance. Léo fit rapidement le tour de l'appartement. En dehors de la grande pièce, une chambre, cuisine, salle de bain pavée de marbre noir. Il fut envahi d'un malaise qu'il ne parvint pas tout de suite à expliquer avant d'en comprendre la raison : il n'y avait pas d'ordinateur.

Léo pouvait toutefois comprendre cela. Un informaticien comme Milan Lachenal travaillait à son bureau et se baladait sans doute avec un petit Mac. Il se mit à ouvrir les tiroirs d'une sorte de classeur en bois laqué.

Il trouva des papiers personnels, essentiellement des factures. Son attention fut attirée par un petit carnet relié. À l'intérieur, des colonnes de chiffres et de lettres. Léo reconnut les noms de certains sites Internet bien connus. Il comprit que Lachenal conservait ses mots de passe dans ce carnet. En professionnel d'expérience, il savait qu'il valait mieux ne pas laisser traîner ce genre de renseignements dans un quelconque fichier d'ordi… Léo sourcilla en reconnaissant l'acronyme de sa propre banque. Un identifiant et un mot de passe étaient inscrits à côté. Léo les recopia sur une feuille de papier. Sans ressentir la moindre culpabilité.

Il passa attentivement en revue tous les autres documents, et un détail le fit tiquer : une liasse de factures agrafées, électricité, gaz, téléphone, toutes libellés à la même adresse. Rue des Peupliers, au Chesnay.

Le Chesnay, cela lui évoquait quelque chose et il fit tourner les rouages de sa mémoire. Le résultat ne tarda pas à tomber : *Grégoire Blangille résidait au Chesnay, c'est là qu'il avait été kidnappé.*

Un hasard, une coïncidence étaient toujours possibles. Devait-il appeler Lavelli ? Il hésita. Il lui faudrait expliquer comment il était entré en possession de ces renseignements. Délicat. D'autant plus qu'il ne s'agissait peut-être que d'une fausse piste. Il songea qu'après tout, Le Chesnay n'était qu'à une demi-heure de RER…

88
Onde de choc

— Le commandant Mitchell est occupé. Il te rappelle... annonça Kim en raccrochant.

Anne Lavelli soupira, excédée. Le décalage horaire avec le Canada était de six heures. Il était quinze heures trente à Paris... Ça pourrait prendre des plombes.

— Vers seize heures, précisa Kim tout en plongeant derrière son bureau à la recherche d'un dossier. Mieux valait faire le dos rond. Il connaissait les mouvements d'humeur de sa chef qui pouvaient se transformer en colères mémorables. Dans ces moments-là, il valait mieux battre en retraite.

Lavelli tourna la tête vers l'animal couché sur le sol de son bureau, devant la fenêtre. Comme s'il avait senti le regard posé sur lui, le berger allemand ouvrit ses yeux dorés et la fixa longuement, comme aux aguets du moindre désir.

Deux jours plus tôt, elle était allée chercher le chien au refuge pour animaux de Gennevilliers, où il avait été placé dans l'attente d'une adoption. En arrivant devant son box, elle l'avait appelé par ce qu'elle pensait être son nom : Kubrick. Il s'était immédiatement redressé et dirigé vers elle pour lui signifier qu'il était prêt à l'accompagner. Depuis qu'elle l'avait vu monter la garde près du corps de Jasmine, Anne Lavelli pensait obscurément que le chien possédait une sorte de conscience. Dans son regard brillait par instants une étincelle de présence humaine, peut-être la réincarnation d'une âme disparue, se plaisait-elle à imaginer. Évidemment, la commissaire de police évitait de confier ce genre de réflexions à qui que ce soit.

Elle soupira. Depuis la mort de Julien Campana et l'enlèvement de Ludane, elle n'avait pas avancé d'un iota. Et pour couronner le tout, elle se retrouvait avec un troisième cadavre sur les bras, tué à bout portant par Maud, l'amie de Rébecca Fersen. Cette dernière se débattait toujours entre la vie et la mort à l'hôpital de la Salpêtrière. Lavelli avait demandé à ce qu'on l'avertisse dès qu'elle reprendrait conscience, mais le médecin semblait très pessimiste. Sa patiente venait de faire un second arrêt respiratoire qui aurait de sérieuses séquelles neurologiques si elle s'en sortait…

La veille, peu avant son agression, Rébecca avait tenté de la joindre. Qu'avait-elle voulu lui dire ? Lors de sa garde à vue, Maud lui avait rapporté les paroles de Rébecca : « Julien n'a pas fait d'overdose. On l'a froidement assassiné et je vais découvrir le coupable ! » Les services techniques étaient en train d'analyser la boîte mail de Rébecca ainsi que le dernier message de Julien Campana.

Qui Rébecca avait-elle croisé sur son chemin ?

Maud n'en savait rien. Elle avait eu beaucoup de chance d'avoir échappé au tueur, constata Lavelli. N'ayant aucun doute sur la légitime défense, elle avait relâché la jeune femme qui s'était précipitée au chevet de son amie.

Chez Rébecca, les techniciens de la police scientifique avaient épluché la scène de crime, mais n'avaient découvert aucun indice concernant l'identité de l'agresseur. L'homme ne possédait aucun papier sur lui, les étiquettes de ses vêtements avaient été soigneusement découpées, et son flingue, un Beretta 92, était l'une des armes les plus utilisées au monde. Ça sentait le contrat à plein nez. Probablement un de ces mercenaires des filières tchétchènes, bulgares ou albanaises, grandes pourvoyeuses de tueurs à gages dans l'Union européenne.

Un détail intriguait Anne Lavelli : celui ou celle qui avait passé un contrat sur la tête de Rébecca connaissait son allergie aux benzodiazépines. La mission du tueur, s'il n'avait pas été interrompu par Maud, était de faire passer la mort de la jeune femme pour un suicide.

Depuis celui de Santucci, Lavelli avait l'intime conviction que l'assassin de Jasmine, Julien et Rébecca se trouvait au cœur de la start-up, mais elle n'avait pas l'ombre d'un début de preuve.

Convaincue d'avoir laissé échapper un indice, une piste possible, elle avait passé l'après-midi à relire les dossiers des différents membres de l'équipe FunBox.

Elle avait commencé par Serge Hoffner, le responsable de la maintenance. Le profil du parfait geek devenu récemment l'associé d'une des plus prometteuses start-up françaises. Claquait tout son fric en bagnoles de luxe et en week-ends avec sa copine.

Puis elle s'était plongée dans le dossier de Dumaurrier tout en sachant qu'elle n'y trouverait rien. L'ancien flic ne laisserait jamais fuiter une information compromettante ; il était trop malin.

Elle passa ensuite à Milan Lachenal, le créateur de FunBox. En se penchant sur son CV, elle découvrit qu'au cours de sa dernière année de doctorat à l'École polytechnique de Montréal, il avait subitement abandonné ses études pour rentrer en France. Que s'était-il passé ?

Il y a quelques années, Lavelli avait effectué un stage d'analyste comportementale à la police de Montréal et avait conservé d'excellentes relations avec certains de ses collègues canadiens. Elle avait immédiatement pris son téléphone, avait appelé Mitchell pour lui demander de lancer une recherche concernant Milan Lachenal. C'était son retour téléphonique qu'elle attendait avec impatience.

Elle fut interrompue dans ses pensées par les cris des mouettes rieuses qui piquaient dans les flots de la Seine. Elles étaient de plus en plus nombreuses chaque hiver à nicher devant le 36. La plupart venaient de Lettonie et de Finlande, lui avait expliqué Kim, qui contribuait à la page *Wikipédia* du quai des Orfèvres. Lavelli se dirigea vers la fenêtre et plongea son regard sur le fleuve. Le spectacle de ses eaux troubles la calmait et la fascinait chaque fois, une métaphore du temps qui passait et sur lequel elle n'avait aucune prise...

Elle s'arracha au spectacle et revint à son bureau pour se replonger dans le dossier de Lachenal.

Un tout petit détail attira son attention. *Mère décédée à l'hôpital Richaud de Versailles, il y a huit ans...* Dumaurrier n'avait-il pas parlé de la mère Alzheimer de Milan lors de leur dernière rencontre ?

Elle composa le numéro de FunBox et demanda à parler à Serge Hoffner. Il confirma que la mère de Milan était bien atteinte de la maladie d'Alzheimer. Son de cloche identique chez Natacha, la directrice financière, qui, elle, fut beaucoup plus prolixe. Milan avait toujours refusé de placer sa mère dans une maison de soins spécialisée. Durant la semaine, une aide-soignante s'occupait d'elle, et lui, il lui consacrait ses week-ends. Elle était admirative, car elle-même avait vécu un drame similaire avec son père…

Pourquoi ce mensonge ? s'interrogea Lavelli. Elle n'eut pas le temps de creuser davantage, car la sonnerie de la ligne fixe du bureau retentit. Elle leva la tête vers la pendule murale, vestige d'un de ses prédécesseurs. Il était seize heures tapantes. Mitchell était toujours aussi ponctuel. Malgré les années, elle avait toujours le même plaisir à l'entendre. Il la salua avec son accent inimitable.

— Alors, tu reviens quand ? Prends un *plane* et je te déroule le tapis rouge avec la *police montée.*

Elle avait beaucoup apprécié les rapports décomplexés entre les femmes et les hommes au Canada et avait gardé un souvenir réjoui de ses nuits passées avec lui. Il poursuivit :

— Anne, j'ai des infos qui peuvent t'intéresser. Milan Lachenal a été mêlé à une sale histoire. Ça remonte à plus de quinze ans. Je t'envoie tout le dossier par courriel ce soir.

— S'il te plaît. Je suis très pressée.

Il y eut un silence de l'autre côté de l'Atlantique.

— Bon, OK… Pour toi, j'arriverai en retard même le jour de ma mort.

Une vague d'espoir submergea Anne.

— Une fille est morte étouffée après une soirée un peu *hot*, le style enterrement de vie de garçon. Quatre jeunes, tous étudiants à l'Université de Montréal, dont ce Lachenal, avaient été soupçonnés d'avoir tué la gamine. Finalement, ils avaient été blanchis. D'après ce que j'ai compris, il y a eu un accord entre le père de l'un d'eux, un chirurgien connu, et le procureur général de l'époque. Faut dire que personne n'avait rien à foutre de la morte. C'était une Sri Lankaise sans-papiers.

Lavelli ressentit comme une onde de choc. Elle savait qu'elle venait enfin de trouver un début de piste. Elle savait aussi qu'elle n'avait pas une seconde à perdre.

Quelques instants plus tard, elle fonçait en compagnie de Kim, gyrophare activé et sirène hurlante, en direction de l'appartement de Lachenal, de l'autre côté de la

Seine. Depuis la veille, Milan n'avait pas mis les pieds chez FunBox. Mais il n'était pas non plus à son domicile.

Lavelli et Kim n'eurent aucun mal à convaincre la gardienne de leur « prêter » le double de clés de M. Lachenal. En pénétrant dans le salon, ils remarquèrent le carreau cassé. L'appartement avait été visité. Récemment.

Lavelli eut soudain l'intuition que Léo était passé par là. Elle composa son numéro, mais il ne répondit pas.

Elle demanda des renforts pour installer une planque sur place au cas où Milan réapparaîtrait, puis ils foncèrent chez FunBox. Chrono en main, ils mirent exactement cinq minutes trente-cinq pour retraverser la Seine, remonter le boulevard Magenta et se garer en double file devant le bâtiment qui abritait la start-up.

Dans l'escalier, ils coincèrent Serge Hoffner, qui s'apprêtait à partir en rendez-vous, et Lavelli lui demanda d'appeler immédiatement Milan pour lui transmettre très précisément le message suivant :

« Rébecca vient de mourir à l'hôpital, on y est tous, ce serait bien que tu viennes. »

— Inutile d'en dire plus, précisa Lavelli. Ça suffira. S'il vous demande des précisions, vous lui dites que vous ne pouvez pas lui parler. Alors, vous attendez quoi ?

Serge pâlit et la fixa avec un air stupéfait.

— C'est une plaisanterie, j'espère !…

— Non, je ne rigole jamais pendant les heures de service.

89
Les nerfs à vif

Milan contempla son portable. Songeur. Pourquoi Serge avait-il tant insisté pour qu'il se rende à l'hôpital ? Il avait senti dans la voix de l'autre un frémissement, un trouble infime, et il était particulièrement sensible aux inflexions de la voix. Tout comme lorsqu'il écoutait les filles, les petites amantes virtuelles de Grégoire, et qu'il décelait dans la vibration de leurs cordes vocales cette subtile fêlure, ce signal émouvant qu'elles allaient se rendre à son désir. Son désir à lui.

Il devait savoir. Rapidement, il se connecta sur le serveur de FunBox et entra dans les dossiers personnels des employés. Il s'était depuis longtemps réservé un accès aux courriers et carnets d'adresses de tout le personnel. Il ouvrit celui de Rébecca. Parcourut la liste. Voilà : Severin, Maud Valbrune, la petite pute qu'elle fréquentait. Il composa le numéro du portable.

— Bonjour, c'est Milan Lachenal, le collègue de Rébecca.

— Oui…

La voix semblait voilée, un peu hagarde. Il tenta le coup de bluff :

— J'ai appris que Rébecca avait été agressée. Comment va-t-elle ?

— Elle… Les médecins ne se prononcent pas encore.

Elle a subi des chutes massives de tension et fait un accident cardiaque, mais jusqu'ici elle a surmonté. Il faudrait qu'elle arrive à reprendre connaissance…

— Ah ! c'est terrible, fit-il d'un ton grave. Je vais passer à l'hôpital le plus rapidement possible.

— Merci, elle aura besoin de tous ses amis.

Et voilà. Rébecca était toujours vivante. Traquenard pour l'attirer à l'hôpital. Mais il avait devancé tout cela. Il était déjà prêt à partir, à disparaître. Depuis deux heures, il classait et rassemblait toutes les affaires qu'il voulait emporter. Et se débarrassait des autres. Il avait reformaté tous ses disques durs, brûlé les papiers. Une préfiguration du grand nettoyage qui s'annonçait.

Contrairement à ce qu'il avait annoncé à Dumaurrier, il n'avait aucune intention de rester dans les parages. Il savait que les jours étaient comptés avant que les flics ne l'identifient. Il avait trop tiré sur la corde, mais il ne regrettait rien. Il ne regardait pas en arrière ; c'était cela qui faisait sa force. Du passé faisons table rase. Il eut un petit ricanement. Il allait s'en tirer ; il était plus fort que les autres, plus intelligent. Ce con de Dumaurrier. Flic un jour, flic toujours. Il n'avait même pas pris la peine de dissimuler ses intentions. Après Rébecca et Julien, cela aurait été le tour de Milan. Mais il n'allait pas lui laisser cette opportunité. Dans la vie, comme aux échecs, c'était celui qui anticipait les mouvements de l'adversaire qui l'emportait.

— Tu ne vas pas m'abandonner ?

La petite voix de Grégoire le fit sursauter. Ce n'est pas qu'il l'avait oublié, mais il avait repoussé à plus tard la douloureuse décision. C'était le seul écueil dans son plan. Au début, il s'était dit qu'il ne pouvait pas s'encombrer du garçon, trop dangereux. Des Grégoire, il en trouverait d'autres. Pourtant, cette certitude se fissurait. Ce

Grégoire-là s'était montré exceptionnel, mais il lui avait fallu un an et demi pour forger l'être qu'il était devenu aujourd'hui, un petit animal soumis à sa volonté, ou plutôt qu'il n'avait même plus besoin de soumettre, car il le précédait dans tous ses désirs. Une sorte de double de lui-même, un miroir dans lequel il se reconnaissait, vingt ans plus tôt. Et un bon investissement, cela ne s'abandonnait pas du jour au lendemain.

Il n'avait rien dit à Grégoire, mais le garçon avait deviné qu'il préparait un départ. Définitif. C'était bien la preuve de leur osmose : pas besoin de parler pour se comprendre. Milan s'approcha de la cellule du garçon. Il ouvrit la porte. Grégoire l'observait de ses yeux sombres. Il avait retiré ses verres de contact.

— Tu vas partir et tu vas m'abandonner, c'est ça ?

Une interrogation, puis un éclat de panique voilèrent le regard du garçon.

— Je vais partir en voyage, annonça Milan. Très loin d'ici. Je ne sais pas encore si je vais t'emmener.

— S'il te plaît, je veux aller avec toi. Je ferai tout ce que tu voudras, je te l'ai promis. J'apprendrai à te ressembler. Je veux pas rester dans le noir !

Le ton de Grégoire s'était fait suppliant, presque un cri de douleur. Il s'était levé brusquement, et la chaise où il était assis avait basculé.

Milan sourit.

— Tu as peur ?

Incapable d'articuler une parole, Grégoire hocha la tête. Milan laissa s'écouler quelques secondes, comme s'il jouissait de la terreur du garçon.

— Non, lâcha-t-il enfin, je ne vais pas te laisser dans le noir. Du moins… pas dans le noir ici. Tu vas venir avec moi, mais la première partie du voyage va s'effectuer en voiture. Comme je ne veux pas prendre de risque, je vais t'attacher. Une fois que nous aurons quitté la France, je te libérerai. Tu es prêt à me suivre ?

Grégoire n'hésita qu'une fraction de seconde, puis inclina la tête.

Milan revint peu après avec une paire de menottes. Grégoire se laissa docilement attacher les mains dans le dos. Puis ils quittèrent le réduit où le garçon avait vécu durant dix-huit mois.

En remontant le couloir, ils perçurent un appel en forme de gémissement. Ludane. Toujours enfermée dans la pièce voisine. Grégoire se figea avec un regard interrogateur, et Milan haussa les épaules. Il poussa le garçon dans le dos.

— Allez, avance !

Les bagages que Milan avait préparés se réduisaient à peu de choses : un simple sac qu'il avait déjà placé sur les sièges arrière. Il y glissa ses passeports, le vrai et le faux, puis un pistolet automatique qu'il sortit d'un tiroir fermé à clé. En passant dans le salon, il eut l'œil attiré par un message qui venait de s'afficher sur son iPad : *Confirmation de virement de votre compte courant.* Son compte avait été vidé – plus de douze mille euros –, et les fonds, versés sur un autre compte domicilié dans la même banque.

Une bouffée de rage lui brouilla la vue. Pas pour le fric : il emportait six cent mille euros en espèces et en possédait presque autant sur un compte numéroté à la Barbade, mais parce qu'il s'était fait escroquer comme un vulgaire blaireau. Le maître du jeu, c'était lui !

Son esprit tourna à plein régime. Léo Barthélémy, lui souffla son intuition. Il avait le profil… Comment ? Il était sans doute capable de contourner les sécurités de la banque, puisque même les claviers virtuels n'étaient plus à l'abri du piratage, mais comment connaissait-il l'existence de son compte ? Il s'était introduit chez lui, à Paris, avait trouvé le carnet avec les mots de passe. L'évidence le frappa et en même temps l'urgence du danger, de l'étau qui se resserrait.

Il pressa Grégoire devant lui, jusqu'au garage où la BMW était stationnée. Il ouvrit la portière arrière.

— Allez, monte… Allonge-toi par terre. J'ai pas envie qu'on te reconnaisse dans le quartier.

Comme le garçon hésitait, il appuya fermement sur son épaule, et Grégoire obéit à l'ordre implicite. Il se recroquevilla derrière les sièges avant, et Milan le contempla un court instant. Puis il se pencha sur lui et l'embrassa sur la bouche avec une sorte de ferveur. Ensuite, il se redressa et, sans un autre regard, jeta un plaid sur le garçon.

Il entra dans la cuisine, ouvrit un placard et sortit un jerrican de dix litres. Il en versa soigneusement le contenu dans toutes les pièces du rez-de-chaussée, sur les meubles, les murs et les sols. Il repoussa le tapis qui masquait la trappe d'accès au sous-sol. Afin qu'elle soit parfaitement invisible.

Il revint dans la cuisine. Un instant désorienté. Où allait-il trouver des allumettes ?

90
Les femmes savantes

Le temps s'était écoulé sans les repères habituels du jour et de la nuit, car dans une pièce sans lumière, chaque heure ressemblait à toutes les autres. Ludane était incapable de dire depuis combien de temps elle était enfermée dans ce lieu. Une éternité, lui semblait-il, même si elle se souvenait parfaitement de sa vie avant.

Elle s'était d'abord réfugiée dans le sommeil, puis celui-ci ne venant plus, elle avait occupé son esprit à retrouver le souvenir détaillé d'événements de son passé. Son enfance, son adolescence à peine achevée. La disparition de sa mère. La nouvelle vie avec son père. Étrangement, elle n'avait plus pour lui le moindre ressentiment. En fait, sa présence, sa voix et même sa raideur morale lui manquaient terriblement. Elle songea aussi aux quelques garçons qu'elle avait connus et dut admettre qu'elle n'en avait vraiment aimé aucun, même si elle l'avait cru.

Après les humains, elle était passée aux objets, énumérant mentalement toutes les choses qui occupaient sa chambre, les meubles, les affiches épinglées aux murs, les vêtements entassés dans l'armoire.

Enfin, elle pensa à ses cours de théâtre et s'évertua à recomposer des rôles qu'elle avait tenus. Elle avait joué Armande dans *Les Femmes savantes*.

Mon Dieu que votre esprit est d'un étage bas !
Que vous jouez au monde un petit personnage
De vous claquemurer aux choses du ménage,
Et... et...

Les mots ne lui venaient plus. Elle avait la gorge sèche et piquante à cause de la chaleur permanente qui régnait dans les lieux. Elle entendit le ronflement de la chaudière, un leitmotiv brisant régulièrement la monotonie du silence. Malgré la température, elle frissonna. Elle était toujours nue.

Elle n'était plus suspendue les bras en l'air par une chaîne – l'autre l'avait libérée pour l'emmener aux toilettes deux fois par jour, les yeux bandés –, mais ses poignets étaient encore menottés dans le dos.

La suite surgit soudain de sa mémoire :

Et de n'entrevoir point de plaisirs plus touchants
Qu'un idole d'époux et des marmots d'enfants !

La veille – ou était-ce avant ? –, elle avait déclamé à voix haute une autre tirade en regardant le mur du fond pour mieux oublier l'endroit où elle se trouvait :

C'est faire à notre sexe une trop grande offense,
De n'étendre l'effort de notre intelligence,
Qu'à juger d'une jupe, ou de l'air d'un manteau,
Ou des beautés d'un point, ou d'un brocart nouveau...

Et puis, elle avait senti une présence, s'était retournée d'un bloc : il était là, sa silhouette massive occupant toute l'embrasure de la porte, la prunelle de ses yeux brillants derrière les fentes du masque de carnaval vénitien qui masquait ses traits. Ils s'étaient dévisagés ainsi quelques secondes, puis elle avait voulu rabattre les bras devant elle pour couvrir sa nudité, mais, réalisant l'impossibilité de son geste – ses bras attachés dans le dos –, elle lui avait fait face pour lui jeter, comme un défi :

J'ai grand regret, monsieur, de voir qu'à vos visées,
Les choses ne soient pas tout à fait disposées.

Il avait paru un instant stupéfait, puis sa poitrine s'était mise à tressauter doucement, un rire qui avait enflé jusqu'à le plier en deux. Puis il s'était approché d'elle, avait soudain tendu le bras pour serrer son visage dans sa main. Elle avait eu peur, avait été terrorisée par cette lueur de folie qui s'agitait comme un feu follet dans le regard de l'homme. Elle avait senti juste après son autre main qui s'était posée sur son entrejambe et son doigt fouillant son intimité.

— Je vais m'occuper de toi, petite pute. Tu vas aimer ça, tu verras… T'es une salope, hein ? Allez, dis-le que t'es une salope.

Sa voix rauque sifflait et chuintait derrière le masque.

Mais elle secoua la tête avec une résolution si farouche que ce fut elle qui sortit vainqueur de l'affrontement muet les opposant. Il la repoussa violemment contre le mur, puis la gifla à toute volée et elle s'effondra en ramenant les jambes devant elle pour se protéger. Certaine qu'il allait encore la frapper. Jusqu'à la soumettre. Quand il l'avait enfermée dans la pièce, il lui avait lancé :

— Ici, tu peux hurler autant que tu veux, personne ne t'entendra.

Alors, elle ne souffla pas un mot, pas une plainte, refusant aussi de lui donner ce plaisir. Mais tandis qu'elle attendait d'autres coups, il fit demi-tour et quitta la pièce en claquant le verrou derrière lui.

Depuis, elle attendait. Et la panique et l'effroi s'insinuaient en elle, inexorablement, malgré toutes les diversions, tous les subterfuges. Le pire était la pensée qu'elle était allée se jeter elle-même dans la gueule du loup…

Et voilà que, quelques instants plus tôt, elle avait perçu dans la cave où elle était enfermée une sorte d'agitation, un mélange de bruits, de rumeurs de conversation d'où filtraient des interrogations, des éclats de voix. Son instinct avait soufflé à Ludane qu'un acte décisif se jouait. Et elle faisait – forcément – partie des protagonistes. Restait à savoir quel rôle on lui avait réservé. L'agitation s'était révélée plutôt brève. Quelque chose avait claqué. Une porte ? Puis plus rien.

À présent, elle attendait, tous les sens en alerte.

Elle ne voyait rien, sinon le décor réduit à peu de choses de sa pièce. Elle n'entendait rien.

Elle réalisa soudain qu'elle percevait une odeur. D'abord infime, elle n'y prêta pas attention jusqu'à ce que les effluves se fassent lourds, insistants. Une odeur qu'elle connaissait, mais qu'elle mit quelques instants à identifier. Essence.

Une terreur noire, incontrôlable, la submergea.

Elle ouvrit la bouche pour hurler.

91
Incendies

Léo était plutôt satisfait. La petite manipulation opérée aux dépens du compte de Lachenal lui avait permis de faire un virement vers la Résidence du Parc, à Rouen, et d'offrir ainsi un répit de plusieurs mois à sa mère. Après, il trouverait une autre solution. Il marchait vivement dans les rues du Chesnay en suivant les indications du GPS sur son portable.

Rue des Peupliers, il approchait. Il avait tenté d'élaborer un plan durant le trajet : il commencerait par faire un repérage des lieux sans s'attarder, puis il reviendrait un peu plus tard pour sonner à la porte. Il prétendrait faire un sondage sur l'installation de la fibre optique dans le quartier. Il avait un avantage sur Milan : il le connaissait, mais l'inverse n'était pas vrai. Et après ? Après, il ne savait pas.

Il était à la fois survolté et serein. Survolté, car il se sentait arrivé au bout de sa quête ; serein, car, ce qu'il s'apprêtait à faire, c'était simplement rendre justice à ses défunts : Sybille, Guillaume, mais aussi Jasmine et sans doute d'autres qu'il ne connaissait pas. Et rien ne lui semblait plus naturel que la justice. Il s'engouffra dans la rue des Peupliers. Son souffle traçait devant lui un petit chemin vaporeux. Une voiture sortit d'un garage à une trentaine de mètres devant lui et fonça dans sa direction.

Une grosse berline noire allemande. Dans les quelques secondes qui s'écoulèrent, tout un mécanisme composé de souvenirs, de rapprochements et de pressentiments se déclencha dans la tête de Léo pour aboutir à une certitude : la voiture, c'était celle-là même qui avait emporté Ludane sous ses yeux, trois jours plus tôt, et, en même temps qu'il formulait cette conclusion, la berline noire arrivait à sa hauteur.

Léo tenta de transpercer l'opacité des vitres fumées. Le conducteur était seul à bord. Un homme qui tourna un instant la tête vers lui et croisa son regard.

Ils se reconnurent.

Dans les yeux de l'autre, la fraction de seconde que dura cette rencontre, Léo vit le défi, la rage, une arrogance et un mépris infinis. Et puis, il n'y eut plus rien, juste le vrombissement du puissant moteur qui emportait le véhicule.

Léo demeura pétrifié. Il s'attendait à ce que l'homme fasse demi-tour, revienne l'affronter, mais rien ne se produisit.

Une sonnette d'alarme retentit dans sa tête. Il courut pour franchir la distance qui le séparait encore du pavillon occupé par Lachenal.

Son œil saisit au vol le numéro fixé sur le portillon : 12, c'était bien ça, une construction en meulière banale, avec un étage et un toit de tuiles rouges. Tout de suite, il vit la lampe orange qui clignotait au-dessus du garage attenant au corps de la maison. La porte basculante avait commencé à se rabattre.

Léo ne prit pas vraiment le temps de réfléchir. D'un bond, il sauta la barrière qui clôturait le petit jardin et, en trois enjambées il rejoignit le garage. Il plongea sous le battant, juste à temps pour se glisser dans l'ouverture. Il se redressa, embrassa les lieux d'un regard, une pièce nue avec quelques outils, des cartons vides et, comme il l'espérait, une porte de communication avec la maison.

Il s'approcha et quelque chose attira tout de suite son attention : un filet de fumée qui glissait sous la porte. Une odeur de brûlé. Son cœur s'emballa. Il ouvrit à la volée, et une bouffée de chaleur lui sauta au visage tandis qu'une flamme devant lui bondissait, comme attisée par son entrée.

Il a mis le feu avant de prendre la fuite.

Grégoire. Ludane. Les deux noms lui sautèrent à l'esprit. *L'incendie, c'est pour éliminer les témoins gênants*... Il se mit à hurler. À les appeler.

Aucune réponse à son appel. Il traversa la pièce où il se trouvait, une cuisine, et s'engouffra dans le salon en sautant par-dessus des buissons de flammes rugissantes. La fumée lui piquait les yeux, le faisait tousser. Il avait du mal à respirer. Il comprit vite qu'il n'y avait personne au rez-de-chaussée. Il hésita un instant, puis se rua dans l'escalier, mais après avoir effectué à toute vitesse le tour de l'étage, il ne put que constater qu'il n'y avait personne. Il redescendit, saisi par un début de panique.

Où pouvaient-ils se trouver ? S'était-il trompé ?

Le feu crépitait de plus belle, se propageant à toute vitesse. Le vernis et les peintures s'écaillaient dans des petits éclatements. Léo hurla encore et, alors, il lui parut percevoir un cri, comme une réponse à son appel, un écho semblant venir de très loin. L'écho se répéta. *Sous ses pieds*... C'était l'unique possibilité.

Pourtant, le pavillon de plain-pied n'avait apparemment pas de sous-sol. Aucune porte ne conduisait à un escalier descendant. Se protégeant comme il le pouvait des flammes, les poumons brûlés par les fumées toxiques, Léo se mit frénétiquement à soulever les tapis qui recouvraient le sol du salon.

Il y avait une trappe, avec un anneau, en plein milieu de la pièce. Il tira sur l'anneau, de toute sa rage, et le panneau bascula en arrière, dévoilant une volée de marches. Il dégringola l'escalier, la vue brouillée par les larmes, trouva un interrupteur qui actionna des plafonniers. Il entendit à nouveau l'appel au secours. Plus proche. C'était la voix de Ludane. Il traversa un local déjà envahi par les émanations du brasier, au centre duquel trônait un ordinateur, puis s'enfila dans un couloir où s'ouvraient trois portes. Deux des pièces voisines étaient ouvertes et vides. La troisième était fermée par un verrou manuel. Qu'il fit tourner. Le battant s'ouvrit.

Face à lui, Ludane le fixait, le regard exorbité, la bouche emplie de trop de mots pour qu'un seul puisse sortir. Complètement nue. Léo eut un bref instant de stupéfaction, puis il lui tendit la main.

— Allez, vite !

Il réalisa à cet instant qu'elle avait les poignets menottés dans le dos. Alors, il lui saisit le bras et l'entraîna jusqu'à l'escalier. L'atmosphère devenait irrespirable. Ils se pinçaient le nez pour tenter de filtrer l'air. Ils traversèrent le salon à toute vitesse et durent franchir un rideau de flammes. Léo sentit la morsure de la brûlure sur sa peau, et Ludane poussa un hurlement, mais il ne lâcha pas son bras. Ils rejoignirent le garage, toussant et crachant. Léo frappa du poing le bouton rouge qui commandait l'ouverture du vantail basculant.

Quelques secondes plus tard, ils étaient dehors, à l'instant où les vitres commençaient à exploser. Léo jeta sa parka sur les épaules de Ludane. Elle s'effondra contre lui et fit alors ce qu'elle s'était retenue de faire durant toute la durée de son enfermement : elle se mit à pleurer.

92
Amnésia

Ses paupières étaient en plomb. Elle essaya d'ouvrir les yeux, mais sans y parvenir. Au loin, elle crut entendre une voix dont elle ne comprit pas les paroles. Puis les mots se précisèrent :

— Elle vient de bouger…

Elle sentit une main froide se poser sur sa tempe, voulut l'éloigner, lorsqu'une autre voix, cette fois beaucoup plus distincte, lui dit :

— Mademoiselle, vous pouvez m'entendre ?

Elle fit un effort surhumain pour écarter ses paupières. Tout d'abord, elle vit deux fines lames blanches qui l'aveuglèrent. Elle referma les yeux. Qu'on lui foute la paix, qu'on la laisse retourner dans son cocon inaccessible où personne ne viendrait l'emmerder.

— Rébecca…

Mais qu'est-ce qu'ils avaient tous à vouloir la réveiller ? Cette fois, elle parvint à entrouvrir les yeux. Que faisait-elle dans cet espace incolore ?

Soudain, elle eut la sensation de chavirer, eut un haut-le-cœur et crut qu'elle allait vomir, quand un visage s'approcha d'elle en très gros plan. Elle tenta de faire la mise au point, de s'accrocher à quelque chose de tangible pour ne pas perdre l'équilibre et basculer en arrière.

— Comment vous sentez-vous ?

— Fichez-moi la paix, murmura-t-elle.

— Très bien, fit le visage.

C'était celui d'une femme qui portait de curieuses lunettes bicolores. Derrière elle, un peu floue, une silhouette qui lui sembla vaguement familière.

— Est-ce que vous pouvez compter jusqu'à dix ? demanda le visage aux lunettes.

— Pas envie, marmonna Rébecca.

— Vous vous appelez comment ?

Rébecca ferma les yeux pour ne pas être emportée par la vague monstrueuse qui allait la submerger. Elle se rendormit aussitôt.

Au coin du lit, Maud avait le sourire aux lèvres. Cela faisait trois jours que le pronostic vital de Rébecca était engagé. Son réveil était un véritable miracle. Dans le couloir, le médecin modéra son enthousiasme.

— Il est peu probable que mademoiselle Fersen n'ait pas de séquelles. Même si sa motricité n'est pas touchée, elle aura sans aucun doute une très, très longue rééducation…

***

Quelques heures plus tard, Rébecca ouvrit de nouveau les yeux. Elle eut une fois de plus la sensation très désagréable de chuter en arrière.

Elle attendit que le vertige s'estompe, tenta de se relever quand elle ressentit une douleur au bras. En tournant la tête, elle aperçut une poche plastique transparente à laquelle son coude était relié. Transfusion.

Qu'est-ce qu'elle foutait dans un hôpital ?

Elle tenta de rassembler des souvenirs, mais malgré ses efforts, rien ne remontait à la surface. Le trou noir. Elle décida de se concentrer sur le moment présent, commença à examiner la chambre quand une infirmière poussa la porte. Elle était suivie par le visage aux lunettes bicolores.

— Bonjour, je suis le docteur Isabelle Warin… Vous m'entendez ?

Le visage se pencha vers Rébecca, qui mit toute son énergie à hocher la tête.

— Très bien. Je vais vous poser quelques questions. Vous êtes d'accord ?

Elle n'attendit pas la réponse pour poursuivre :

— Vous vous appelez comment ?

Rébecca réfléchit, tenta de rassembler les fragments de sa mémoire. Chercha… Rien ne vint. Impossible : elle ne se souvenait ni de son prénom ni de son nom de famille. Elle se concentra à nouveau très fort... Page irrémédiablement blanche. Amnésie totale. Elle eut envie de pleurer. Le visage s'approcha.

— Est-ce que vous pouvez compter jusqu'à dix ?

— Un, deux, trois… Cinq… Non, quatre, dix…

À l'expression du visage, elle comprit qu'elle s'était trompée. Elle paniqua. Qu'allait-il lui arriver ? Elle était devenue un légume… Son cerveau était foutu, mort… Encéphalogramme plat.

Elle se révolta, refusa cette fatalité et se concentra à nouveau. Tenta d'aller chercher au tréfonds de sa mémoire. Elle avait forcément un nom.

— R…ébecca… Corelli.

— Très bien, Rébecca. Faites un effort. Votre nom de famille n'est pas Corelli mais Fersen. Vous vous souvenez ?

Rébecca acquiesça, même si elle ne comprenait pas ce que lui disait l'autre. Pourquoi ne s'appelait-elle plus Rébecca Corelli ?

93
Le baiser du tueur

La souricière installée à l'hôpital pour cueillir Milan Lachenal se solda par un échec. Il n'était pas venu. Il avait évité le traquenard, ce qui signifiait donc qu'il avait compris qu'il était suspect.

La première chose que fit Lavelli fut d'interroger le fichier central au sujet des véhicules possédés par Lachenal. Il était propriétaire d'une BMW série 5, grosse cylindrée. La commissaire fit immédiatement diffuser le numéro sur toute l'Île-de-France en attendant d'élargir éventuellement. Puis elle reçut un appel téléphonique de Léo qui lui résuma en quelques mots les derniers événements. Elle se fit confirmer par les pompiers qu'aucun corps n'avait été découvert dans le pavillon.

Lachenal avait pris la fuite, mais où se trouvait Grégoire ? Léo n'avait aperçu qu'une seule personne dans la voiture.

— Soit il l'a planqué dans le coffre, soit il l'a fait disparaître avant, résuma Kim. Mais pourquoi l'aurait-il emmené ?

Lavelli aurait aimé avoir une réponse. Elle décida que le temps était venu d'employer les grands moyens. Elle appela le procureur, lui fit un résumé de l'enquête et lui demanda de délivrer en urgence une commission rogatoire promulguant une interdiction de sortie du territoire pour Milan Lachenal ainsi que la possibilité d'explorer toutes les récentes transactions numériques du suspect. Elle remua ciel et terre pour qu'un informaticien du labo se mette immédiatement au travail. Trente-cinq minutes plus tard, le résultat tomba : Lachenal avait, trois jours plus tôt, versé une réservation pour la location d'un avion privé basé au Bourget.

— Merde, il va se barrer.

Kim avait déjà enfilé sa veste et glissé son arme dans le holster. À peine une minute plus tard, ils fonçaient, toutes sirènes hurlantes. Kim sortit son grand numéro de *driver* : couloirs de bus, gyrophares, gymkhana entre les véhicules. Pendant ce temps-là, Lavelli contactait la police de l'aéroport. Déception : aucun Lachenal ne figurait sur les listes d'embarquement. Ni pour aujourd'hui ni pour les jours à venir. Les deux policiers échangèrent un regard angoissé. Ils allaient se planter sur toute la ligne, c'était le sens non dit de ce regard.

— On continue, on y va quand même, décida Lavelli.

Ils atteignirent la porte de la Chapelle et s'engouffrèrent sur l'A1, ignorant tous les ralentissements en roulant sur la bande d'arrêt d'urgence. Ils ne mirent pas dix minutes à atteindre Le Bourget. Ils dépassèrent le Musée de l'air et de l'espace pour accéder à l'aérogare réservé à l'aviation d'affaires et qui abritait les services douaniers.

L'officier que Lavelli avait contacté les attendait. Il eut un geste d'impuissance. Une nouvelle vérification sur les registres de police n'avait rien donné.

— Il a pu se procurer un autre passeport, avança Kim.

Puis il indiqua à l'officier le montant de la somme que Lachenal avait versé pour réserver son propre vol. L'officier eut une moue embarrassée. Chaque jour, cent cinquante vols en moyenne décollaient de l'aéroport et il leur était impossible de bloquer le trafic pour contrôler les passagers.

— Les prix varient en fonction de la destination.

Il réfléchit un instant.

— Ce n'est pas non plus une somme très importante, cela pourrait correspondre à un petit appareil, un bimoteur du genre Beechcraft ou Piper Seminole. Nous en avons ici.

— Où sont-ils stationnés ? interrogea Lavelli en s'approchant de la grande baie vitrée surplombant le tarmac.

— Un peu partout, chaque compagnie à son hangar, dit l'officier en désignant l'enfilade de parallélépipèdes grisâtres collés les uns aux autres.

Un petit bimoteur au fuselage effilé quittait justement le tarmac, s'engageant sur la bretelle qui menait à la piste principale.

— Un Diamond DA42, fit le douanier avec un regard de connaisseur. C'est la dernière génération.

Lavelli sentit sa gorge se nouer. Son regard plana sur l'enfilade de carlingues disposées dans tous les sens devant les hangars. Puis Kim agrippa son bras et désigna un autre bimoteur dont les hélices tournaient déjà, le nez pointé sur la bretelle de départ. Trois silhouettes marchaient dans sa direction, deux hommes et une femme vêtue d'un uniforme d'hôtesse. La femme s'arrêta, leur adressa quelques mots en leur désignant l'avion, puis fit demi-tour.

Lavelli saisit une des jumelles que les douaniers utilisaient pour surveiller les embarquements. Elle les braqua sur les deux hommes, fit le point. Il y avait un individu, qui avait coiffé une casquette masquant son visage, et un garçon plus jeune. Ils quittèrent soudain l'ombre du hangar et le soleil éclaira leurs visages.

— Grégoire ! souffla Lavelli.

Elle hésita un instant. À cause de leur attitude réciproque, rien n'indiquait une contrainte de l'homme envers le garçon, qui aurait pu s'enfuir ; mais quand elle distingua mieux leurs traits, elle l'identifia formellement ainsi que Milan Lachenal.

— Vite !

Ils se précipitèrent, dévalèrent l'escalier et surgirent sur le tarmac. Ils étaient environ à deux cents mètres de l'avion. Ils s'élancèrent en courant et rapidement Kim se mit à souffler comme un phoque. Manque de sport. Lavelli le surpassa, à l'aise dans ses jeans et chaussures souples. Elle choisit de ne pas appeler, pour ne pas perdre l'effet de surprise, et le bruit de leur course était couvert par le grondement des moteurs. Pourtant, dans les derniers mètres, elle entra dans le champ visuel de l'homme alors qu'il venait d'atteindre la porte latérale d'accès à l'appareil. Il se retourna brutalement.

Elle plongea une main sous son blouson pour saisir son automatique, mais Lachenal attrapa Grégoire à bras-le-corps pour s'en faire un bouclier avant d'exhiber lui-même un pistolet qu'il braqua sur la tempe du garçon. Le cœur de Lavelli bondit dans sa poitrine. Le souffle des hélices balayait l'espace d'un vent puissant.

Il y eut les sommations d'usage – « Lâche ton arme », « C'est fini pour toi », « Tu n'iras nulle part » –, pendant lesquelles elle s'efforça de maîtriser sa voix, mais Milan ne parut pas impressionné.

— Laissez-moi partir sinon je le bute, fut sa seule réponse, et Lavelli vit la lueur de démence qui traversa le regard de l'homme.

Kim les avait rejoints et dégainé lui aussi son arme. La commissaire ne parvenait pas à capter le regard de Grégoire. Le garçon semblait vouloir accrocher l'attention de Milan, telle une victime hypnotisée par son bourreau, et il y avait dans ce désir une telle ferveur que Lavelli en fut bouleversée, puis immédiatement après révoltée.

— Grégoire, regarde-moi !

Elle dut hurler pour surmonter le fracas de la turbine.

— Tu ne dois pas rester avec lui, Grégoire. Ce type est un malade mental et un assassin. Il ne te fera que du mal !

Le garçon semblait frappé de stupeur par les paroles de Lavelli.

Le pilote de l'avion observait la scène derrière le cockpit, l'air ahuri. Puis pour la première fois, le garçon tourna les yeux vers la commissaire tandis que, lentement, Lachenal progressait vers la porte de l'avion en maintenant sa proie collée à lui.

— Lâche Grégoire ! lança Lavelli à l'intention de Milan, lâche-le et je te laisse partir. Tu n'iras nulle part avec lui ! C'est ta seule chance…

— N'essayez pas de me baiser ! C'est moi qui dicte les conditions ! lança Milan dans un hurlement rageur.

Grégoire fixait Lavelli, les yeux écarquillés, porteurs d'un immense point d'interrogation.

— On se calme, Lachenal, on va discuter… Trouver un arrangement. Regarde, on baisse nos armes, dit-elle en se remémorant les recommandations des négociateurs du RAID dans les prises d'otages.

À force de reculer, Lachenal avait presque atteint la porte de l'avion. Il heurta le marchepied au niveau des jambes, fut déséquilibré un court instant et s'appuya par réflexe avec la main qui tenait le pistolet.

Dans une sorte de cri étranglé, Grégoire bondit en avant, s'arrachant à l'étreinte de son geôlier. *S'y arrachant pour la première fois depuis si longtemps.*

— Non ! Arrête ! Reviens ! cria Milan.

Il tenta de rattraper Grégoire. En vain. Alors, dans la

fraction de seconde qui suivit, il leva son arme et fit feu. Grégoire poussa un hoquet et s'aplatit, face en avant, sur le ciment du tarmac.

Deux autres détonations retentirent, presque simultanées. Lavelli et Kim avaient tiré en même temps.

Milan sursauta sous l'impact des balles qui le repoussèrent en arrière. Il passa sous l'aile de l'avion. Soudain, il fut happé par l'hélice du moteur gauche. Sa tête et le haut de son corps disparurent littéralement tandis qu'un jet de sang et de chairs aspergeait le fuselage de l'appareil. Il y eut le regard terrorisé du pilote, son hurlement muet.

Lavelli se précipita sur Grégoire. La balle avait découpé un orifice bien net dans son blouson. Juste à la hauteur du cœur.

Elle le retourna. Le visage du garçon semblait étrangement détendu, presque rêveur. Elle posa immédiatement le doigt sur la veine jugulaire.

— Ah non, merde, c'est pas juste…

94
Memento

Amnésie rétrograde partielle. Impossibilité de se souvenir d'un ou de plusieurs épisodes de vie antérieurs à l'accident.

Le verdict était tombé. Curieusement, Rébecca n'avait pas été affectée. Au contraire. Cela l'avait rassurée de pouvoir mettre un nom sur sa « maladie ».

— Et comment on récupère après un bug de ce genre ? demanda Rébecca, faussement détachée.

Isabelle Warin lui expliqua qu'elle envisageait une prise en charge multiforme avec ergothérapie, kinésithérapie et orthophonie. Une demande était en cours auprès d'un centre spécialisé ; elle attendait la réponse. Elle avait prévenu Rébecca que les soins s'étaleraient sur plusieurs mois et qu'il était possible, vu le choc traumatique, qu'elle ne récupère pas entièrement. Traduction : elle ne serait plus jamais comme avant et aurait des pertes de mémoire à vie.

Rébecca refusa de s'avouer vaincue et décida de commencer elle-même sa rééducation. En s'autoexaminant, elle avait constaté que sa mémoire auditive était quasiment intacte. Certaines des pièces musicales qu'elle avait apprises enfant resurgissaient par moments, associées à des souvenirs d'elle, petite fille avec sa mère.

Aussi demanda-t-elle à Maud de lui apporter un violon. Elle n'avait pas joué depuis plus de quinze ans. Depuis qu'elle avait dénoncé son père pour maltraitance, lui apprit Maud. De nouveaux souvenirs plus sombres affluèrent après cette révélation, mais laissèrent Rébecca de marbre.

Pendant plusieurs heures, elle tourna autour de l'instrument pour le réapprivoiser, mais ne parvint pas à l'épauler. Même si une partie de sa mémoire avait été effacée, le traumatisme était bien là. Elle refit une tentative qui se solda par un nouvel échec.

Puis elle s'enfonça dans une somnolence médicamenteuse.

***

Le lendemain, elle reçut la visite d'Anne Lavelli. Sa mèche blanche lui disait vaguement quelque chose… Mais malgré ses efforts, elle ne parvint pas à la resituer.

— Que vouliez-vous me dire, lorsque vous m'avez appelée juste avant votre agression ? lui demanda son interlocutrice.

Rébecca fut incapable de répondre. Elle n'avait gardé aucune trace des évènements qui avaient précédé son « agression ».

Ce fut Anne Lavelli qui patiemment l'aida à recoller une partie du puzzle : la mort de Sybille, le meurtre de Jasmine, le suicide de Santucci, l'overdose de Julien qui s'était révélée être un meurtre, et enfin le rôle abject de Milan. Elle lui raconta brièvement la mort de son ex-associé, mais Rébecca sembla faire un effort de réflexion qui ne donna aucun résultat.

Lavelli apprit aussi à Rébecca que « l'affaire FunBox » en croisait une autre : celle du juge Vandermeck qui avait mis en examen Martin Koscelny, le dirigeant de la filiale France de ViaBank, pour évasion fiscale.

Rébecca dressa l'oreille : l'un des actionnaires de ViaBank était SoftTech, l'entreprise de Virgil Hammersmith, le numéro 1 mondial des logiciels, celui-là même qui lui avait remis le prix du Jeune Entrepreneur, et l'un des proches de Dumaurrier.

En partant, Lavelli annonça qu'elle maintenait la surveillance policière. Depuis l'arrivée de Rébecca à la Salpetrière, un flic la surveillait vingt-quatre heures sur vingt-quatre. Sur le pas de la porte, elle lança une dernière question :

— Qui était au courant de votre allergie aux benzodiazépines ? Quelqu'un de votre famille ?

Rébecca ne répondit pas. Elle avait oublié ou plutôt elle fit semblant. Si elle fut effarée par la dernière question de la commissaire, elle n'en montra rien.

Une fois seule, elle réfléchit et arriva à la conclusion qu'elle devait rapidement recoller les morceaux manquants si elle ne voulait pas sombrer dans la folie. Son regard glissa sur le violon posé sur la table de nuit… Elle approcha la main, le caressa du doigt et murmura :

— Il va te falloir beaucoup de patience, car mes doigts sont si rouillés...

Une chambre d'hôpital n'était pas l'endroit idéal pour se remettre au violon. Aussi décida-t-elle, au grand dam des médecins, de quitter les lieux.

Elle signa une décharge et disparut. Elle s'installa pour quelques semaines dans un appartement loué près du jardin du Luxembourg, non loin de chez Maud.

Elle s'enferma, ne voulut voir personne et interdit à Maud de communiquer son adresse à quiconque. Puis elle appela Dumaurrier, sans succès. Elle tenta de le joindre aux bureaux de FunBox, mais personne ne savait où il était. Rébecca demanda à Natacha, la directrice financière, d'assurer l'intérim en l'absence de Dumaurrier.

Les débuts furent difficiles. Peu à peu, ses doigts se dégourdirent et retrouvèrent une certaine aisance. Maud, qui passait la voir tous les jours, lui apporta toute une série de partitions pour violon ainsi que des enregistrements. Rébecca commença par Lully. La partition du *Petit Violon du roi* la replongea dans l'année de ses quatre ans, au moment où elle commença à étudier la musique. Avec le premier mouvement de *L'Automne* de Vivaldi, elle revécut l'anniversaire de ses six ans, où elle joua pour la première fois devant ses parents. Ce fut l'une des rares occasions où elle les vit ensemble avant la disparition de sa mère. Puis ce fut au tour de Bach, Mozart, Beethoven et Schubert.

En quelques jours, elle récupéra des pans entiers de sa mémoire. Grâce à la musique, elle remonta méthodiquement le temps jusqu'à ses treize ans. Lorsqu'elle attaqua les premières mesures du *Concerto* de Sibelius, le morceau maudit que lui faisait répéter son père pour le concours Marguerite Long, une angoisse sourde s'empara d'elle.

Des images de Corelli remontèrent à la surface.

Elle revit en accéléré les humiliations et les souffrances qu'il lui faisait subir. Mais au lieu de fuir, Rébecca décida d'affronter le monstre dans ses souvenirs et réussit malgré quelques grosses maladresses à interpréter le Sibelius jusqu'à la fin. Elle le rejoua plusieurs fois pour se prouver qu'elle n'était plus terrorisée par le fantôme de son père. Elle prit un certain plaisir à faire une version jazz du concerto… et essaya même une version rock.

C'est à ce moment-là que Rébecca revit Virgil Hammersmith.

Par un après-midi ensoleillé du mois de mars, ils se retrouvèrent au Pavillon de la Fontaine, un café situé à l'intérieur du jardin du Luxembourg, non loin de la fontaine Médicis. Un lieu idéal pour les amoureux, songea Rébecca qui éprouva soudain une curieuse nostalgie. Et Léo ? Qu'était-il devenu ?

Hammersmith était égal à lui-même. Toujours aussi affable et pressé. Avec ses lunettes noires et son éternel sourire, il ressemblait à n'importe quel touriste lambda venu passer un week-end à Paris, sauf qu'il était accompagné de deux gardes du corps qui prirent place à une table voisine.

Il était heureux de la savoir rétablie. Malgré un agenda surchargé, il avait tenu à lui communiquer lui-même le résultat des recherches qu'elle lui avait demandé lors de leur dernière rencontre.

— Mes experts ont formellement démenti l'existence d'un serveur qui se trouverait aux îles Caïmans et vers lesquelles des fichiers appartenant à ton entreprise seraient ou auraient pu être acheminés.

Rébecca décida de jouer franc-jeu. Peu de temps avant son rendez-vous avec Hammersmith, elle avait appelé le juge Vandermeck. Il avait accepté de lui parler et lui avait raconté sa version des faits.

— C'est impossible, Virgil…

Le patron de la plus grosse entreprise de logiciels de la planète cilla un bref instant, puis eut un mouvement d'incompréhension.

— Explique-toi, Rébecca.

— Tu es forcément au courant !

Elle le regarda droit dans les yeux. Il la scruta avec un air de dire « J'attends la suite… » Rébecca eut un petit sourire avant de poursuivre. Elle n'avait rien à perdre, donc, forcément tout à gagner.

— Ici en France, on parle beaucoup de l'affaire ViaBank dans les médias.

Hammersmith balaya la fin de la phrase de Rébecca.

— Quelques difficultés passagères. Rien de plus.

— SofTech possède vingt-cinq pour cent des parts de ViaBank, je ne me trompe pas ? continua Rébecca.

— Tu es bien renseignée, mais je ne vois pas le rapport entre une banque suisse et le renseignement que tu m'as demandé…

— Certains journalistes parlent de ramifications financières entre cette banque et des paradis fiscaux, situés notamment à Chypre et aux îles Caïmans.

— Cela ne prouve rien !

— Effectivement. Mais il y a aussi ce fameux groupe Spinoza, celui auquel tu m'as invité à participer. D'après certaines rumeurs qui circulent sur Internet, il existerait derrière ce groupe tout un système de fichage généralisé visant à installer un contrôle et un pouvoir occulte sur le monde.

Hammersmith soupira, enleva ses lunettes noires et fixa Rébecca avec un air réprobateur.

— Tu me déçois, car tu n'as pas bien compris ce que je t'ai proposé.

Il marqua une pause, puis reprit avec un ton professoral :

— Le monde est dans un chaos complet et ce ne sont plus les politiques qui peuvent décider du sort des nations. Ils ont montré leur incompétence et surtout leur cynisme. Aujourd'hui, tu ne me contrediras pas, c'est la finance qui dirige le monde. Mais la finance a besoin d'un projet, d'une gouvernance – disons d'une éthique comme le préconisait Spinoza. C'est ce que j'aimerais apporter. Un nouvel ordre global, puisque nous assistons à la faillite de la démocratie. Il faut que les meilleurs éléments – disons une élite – soient en mesure de gouverner puisque les peuples en sont incapables.

Tétanisée, Rébecca attendit la suite.

— Je t'offre d'en faire partie. En dépit des épreuves que tu as traversées, tu as su révéler une force incroyable et construire un vrai projet.

Rébecca eut froid dans le dos.

— Virgil, tu ne sais rien de moi...

Hammersmith ne laissa pas Rébecca continuer.

— Réfléchis bien, Rébecca.

— Je te répète que tu fais erreur, déclara Rébecca d'un ton glacial. Jamais je ne ferai partie de ton ordre nouveau. Jamais.

— C'est une proposition qui ne se refuse pas !

Les yeux de Rébecca lançaient des éclairs quand elle se pencha vers Hammersmith.

— Si, par le passé, j'ai pu susciter ce type d'appréciations ou de jugements, je ferai tout pour corriger le tir le plus rapidement possible. Et je me battrai contre ce nouvel ordre que ton monde de la finance internationale et quelques autres cinglés veulent instaurer.

— Tu comprendras vite que tu as fait le mauvais choix ! lança sèchement Hammersmith en se levant.

— Je plains ce pauvre Spinoza, qui doit se retourner dans sa tombe, rétorqua Rébecca.

Il tourna les talons, suivi par ses deux cerbères, et s'éloigna dans l'allée centrale. Soudain, Rébecca se sentit plus légère. Quelque chose à la fois d'imperceptible et de très lourd venait de la quitter. Un poids qui pesait sur elle depuis de nombreuses années. Elle inspira joyeusement. Fière d'avoir su dire non à ce besoin de reconnaissance qui l'avait animée durant des années. Autour d'elle, les passants souriaient au printemps précoce.

Elle se leva, dépassa les statues des femmes et des reines de France en les saluant d'un sourire. Puis s'arrêta devant la promenade surplombant la magnifique perspective des jardins qui bordaient le grand bassin.

Il n'y avait pas encore de fleurs, mais dans quelques semaines, des taches de couleur illumineraient les massifs et les pelouses. Un léger frisson de plénitude la parcourut.

95

Conversation secrète

Léo assista de loin à l'entretien entre Rébecca et Hammersmith. Il s'était posté de l'autre côté de l'allée centrale du jardin du Luxembourg, à une centaine de mètres. Une casquette, un imperméable au col relevé, des lunettes sombres le rendaient méconnaissable. Il avait emprunté à Vandermeck des jumelles, petites mais performantes. Le juge lui avait expliqué qu'il avait été amateur de courses de chevaux, à l'époque où ses yeux lui permettaient encore de faire la différence entre le jockey et sa monture. Il avait proposé à Léo de l'héberger quelque temps dans une chambre qu'il possédait au dernier étage de son immeuble. Il avait avoué qu'il ne savait plus s'il devait condamner Léo pour avoir entraîné sa fille dans un traquenard ou s'il devait le remercier pour l'avoir sauvée. A priori, il semblait avoir choisi la dernière option.

Vandermeck avait désormais un autre motif de reconnaissance envers Léo. Ses recherches sur le Darknet avaient porté leurs fruits. Il avait appris le nom de la société abritant le serveur vers lequel les données confidentielles et les photos privées des clients de FunBox étaient dérivées. Owen & Jones Associates, siège à

George Town, capitale des Caïmans, évidemment. Mais les investigations ne s'étaient pas arrêtées là : elles avaient révélé qu'Owen & Jones Associates, qui se présentait comme un cabinet fiscaliste, était détenu à quarante pour cent par Sopralink, une autre société, basée au Liberia, et qu'elle était une filiale à part entière de… SoftTech. Virgil Hammersmith.

Léo et le juge avaient longuement discuté. Les données n'étaient pas détournées pour être revendues, avaient-ils conclu. Trop disparates et trop confidentielles. Elles avaient une autre destination : créer une base d'informations sur certains individus, les sélectionner. Pour l'avenir.

Repérer ceux qui avaient les capacités de devenir les futurs dirigeants. Avoir éventuellement un moyen de chantage sur les récalcitrants, ceux qui feraient obstacle. En gros, créer un nouvel instrument de pouvoir. Combien d'autres réseaux participaient, à leur insu ou non, à ce projet clandestin ? Après la disparition de Milan, ils attendaient impatiemment l'arrestation de Dumaurrier pour en savoir plus.

Bien sûr, la justice française n'avait aucun moyen d'action. Quand Rébecca appela Vandermeck, il lui livra leurs conclusions. À la demande de Léo, qui insista pour que son nom ne soit pas cité.

Il n'avait pas eu trop de difficultés pour retrouver la trace de Rébecca. Il avait suivi Maud, à la sortie du Wanderlust, jusque chez elle. Il avait dû patienter jusqu'à la fin de la nuit et elle était ressortie au matin pour gagner un immeuble, deux cents mètres plus loin. Léo avait repris sa surveillance à cet endroit et, une heure plus tard, Maud était apparue en compagnie de Rébecca.

Chaque jour depuis une semaine, il la suivait ainsi. Il n'approchait jamais, respectant la volonté qu'elle avait exprimée auprès de Lavelli de ne voir personne. Il l'observait de loin, avec des jumelles, comme un amant jaloux, avait remarqué Vandermeck avec ironie, et Léo s'était senti violemment embarrassé.

Il avait suivi attentivement la conversation entre Rébecca et Hammersmith. Sentiment curieux d'avoir à portée de main l'un des maîtres de la planète. Selon leurs réactions, il pouvait presque deviner la teneur de leurs propos, l'évolution du discours. Entouré de ses anges gardiens, Hammersmith s'était levé brusquement avant de s'éloigner.

Léo avait songé qu'une étape était franchie. Que le moment de faire sa réapparition s'approchait.

96

Un après-midi de chien

— Purée !

La commissaire Lavelli abattit violemment le poing sur son bureau et, en face d'elle, Kim et ses trois autres collaborateurs baissèrent les yeux pour éviter de croiser son regard.

— Le juge nous a bien baisés. Il a réussi à récupérer le dossier ViaBank et maintenant il tire toute la couverture à lui… Sans doute pour nous remercier d'avoir retrouvé sa fille !

— Ce n'est pas exactement nous qui l'avons… commença Kim, mais il préféra se taire pour ne pas envenimer encore les débats.

— *Monsieur le procureur général met en examen monsieur Martin Koscelny au chef d'incitation à l'évasion fiscale*, lut Lavelli sur un mail qu'elle venait de recevoir. Rien de plus. Participation à un réseau pédophile, détournement de mineures, rien, nada. Oublié.

— Ils ont fait un deal, dit Kim.

— Évidemment qu'ils ont fait un deal ! explosa-t-elle. C'est clair, Vandermeck a obtenu sa putain de liste et, en échange, ils ont déchargé ce salopard de Koscelny !

— On a quand même serré les autres, tempéra Kim.

Eddy Salvina avait été interpellé grâce au témoignage de Ludane Vandermeck, et le gros producteur fort en gueule s'était lamentablement dégonflé après quelques heures de garde à vue avant de livrer les noms de ses principaux complices. Un réseau très bien structuré qui racolait des gamines sur des sites de rencontres pour ados et les soumettait à divers chantages. En utilisant notamment des photos détournées du site FunBox.

Le regard de Lavelli se déplaça vers l'emplacement vide qu'avait laissé la photo de Grégoire sur le tableau des enfants disparus. En dehors de l'issue tragique de la scène sur le tarmac du Bourget, la relation trouble entre Milan Lachenal et l'adolescent n'avait pas échappé à la commissaire. Les relations psychologiques entre les ravisseurs et leurs victimes étaient toujours complexes. C'était simplement une réaction de survie qui poussait les individus séquestrés à s'attacher à leurs bourreaux. Surtout quand il s'agissait d'enfants. Elle connaissait parfaitement la question. Et au-delà du présent, c'était l'avenir des autres enfants du mur qui la tourmentait.

Quelle serait l'existence de ceux qui survivraient ? Sauraient-ils un jour retrouver leur liberté ou deviendraient-ils les élèves de leurs ravisseurs ? Et secrètement, elle redoutait que ceux dont l'apprentissage avait commencé si tôt ne parviennent un jour à surmonter leurs maîtres. Les limites du mal n'en finissaient jamais d'être dépassées ; elle était bien placée pour le savoir.

Elle les avait longuement contemplés, comme si elle les voyait pour la première fois. Elle-même n'avait pas eu d'enfants, mais ils étaient tous, d'une certaine façon, les siens, et leur disparition, leur absence, lui semblaient d'autant plus insupportable.

— Et le groupe Spinoza ? interrogea soudain Kim.

— Quoi, le groupe Spinoza ?

— C'est quoi son rôle là-dedans ? Koscelny en faisait partie, Bonello et deux autres aussi. Sans parler de votre copain Dumaurrier.

— Celui-là, dès que j'arriverai à le coincer, on aura une discussion très, très serrée.

— Il n'a pas réapparu chez FunBox depuis dix jours.

Un silence tomba dans la pièce. Lavelli perçut un mouvement et un long soupir derrière elle. Kubrick croisait les pattes pour y poser la tête. Elle n'avait pas encore annoncé à Éric, son compagnon, que désormais ils seraient trois dans l'appartement. Elle se demandait s'il y aurait une acceptation réciproque entre Éric et Kubrick, en dépit d'une certaine consonance entre leurs noms.

Lavelli planta ses coudes sur le bureau. Elle dévisagea ses équipiers.

— On a fait ce qu'on a pu, on a coffré un réseau pédo. Vous allez me dire qu'on vide un océan à la petite cuillère et moi je vous répondrai que ce n'est peut-être qu'une grande mare et qu'on peut y aller à la louche. C'est comme ça que je vois les choses, sinon il vaudrait mieux que je change de service. Quant au groupe Spinoza…

Elle se tourna plus particulièrement vers Kim.

— Je n'ai aucune idée de ce qu'est exactement ce truc et on a pas les moyens de le savoir. La seule chose que je peux dire, c'est que si on devait faire un casting des mecs qui dans dix ans seront les plus puissants sur la planète, on pourrait piocher dans la liste… Voilà. Peut-être que d'autres que nous se mettront au travail pour comprendre ce qui se trame derrière ça… Mais je n'y crois pas plus que ça.

97
Le concert

Elle se fit déposer place des Ternes par le taxi. Le printemps semblait vouloir signaler son véritable départ ce soir-là, comme l'ouverture d'une symphonie. L'air était tiède et souple, la lumière du jour faisait de la résistance.

Rébecca remonta lentement la rue du Faubourg-Saint-Honoré. Elle marchait avec précaution, comme quelqu'un qui recherche ses propres traces. Elle avait effectué tant de fois ce parcours, jadis, en prenant toujours par la place des Ternes, une sorte de chemin sacré qui menait au temple.

Elle aperçut de loin la foule déjà amassée devant la salle Pleyel. Il régnait parmi les spectateurs l'atmosphère à la fois festive et recueillie qui précède les grands événements. Certaines femmes portaient des tenues de soirée, d'autres, un simple jean et un blouson.

Sous son manteau, Rébecca arborait une robe noire en soie plissée d'un couturier japonais, sur laquelle tranchait un collier de pierres turquoise. Elle était soigneusement maquillée. Elle approcha encore, atteignant le magasin où étaient exposés les pianos dont elle admirait tant, quand elle était gamine, les vernis immaculés et l'ivoire impeccable des touches.

Rébecca passa entre les colonnes de marbre noir décorant l'entrée de la salle. Dans le hall, une affiche annonçait le programme de la soirée : *Concerto pour violon en mi mineur opus 64* de Friedrich Mendelssohn. Soliste : Pierre Corelli. Rébecca parcourut le texte sans manifester la moindre émotion, puis alla se placer dans la file d'attente pour les billets.

Ayant obtenu une place au second rang, elle s'installa. Elle sentait la tension monter en elle, même si elle s'était longuement préparée à cette rencontre. Elle ne devait rien montrer. C'était un combat qu'il lui fallait gagner. Autour d'elle, la salle se remplissait rapidement.

Au premier rang, un peu plus sur sa droite, un couple vint s'installer, une femme d'une quarantaine d'années, blonde et jolie, accompagnée d'une petite fille. *Rébecca sut instantanément que c'étaient elles.*

Dès son premier regard sur la gamine, elle revit celle qu'elle était à cet âge-là, non seulement à cause de traits physiques similaires, mais surtout dans cette expression où se mélangeaient l'espoir et l'anxiété. Rébecca aurait préféré qu'elle ne soit pas là. Comment s'appelait-elle déjà ? Louise. Oui, voilà : Louise. Elle était sa demi-sœur, mais ne souhaitait pas qu'elle soit sa sœur de souffrance à part entière. C'était aussi pour cela qu'elle était venue. Mais à présent que la petite fille était là, ses certitudes s'effritaient. Elle se força à respirer calmement, évitant de regarder en direction de Louise et de sa mère.

Puis les lumières de la salle s'éteignirent, et le brouhaha des conversations aussi. Les musiciens entrèrent sur scène, saluèrent, puis accordèrent leurs instruments. Les mains de Rébecca étaient moites, mais sa bouche était sèche. Enfin, le chef d'orchestre apparut, accompagné par le soliste.

Pierre Corelli portait le même smoking sombre que les musiciens, mais un nœud papillon blanc le différenciait du groupe. Sa silhouette élégante s'inclina sous les applaudissements qui restaient pour l'instant courtois, sans plus. En raison de sa longue absence, il avait été oublié par la majeure partie du public français. Rébecca ne doutait pas qu'il était là ce soir pour le reconquérir, pour retrouver sa gloire passée et qu'il attendait avec une avidité féroce la fin du concert et l'ovation qui saluerait sa prestation.

Ce n'était pas pour rien qu'il avait choisi le concerto de Mendelssohn, l'un des morceaux les plus prestigieux du répertoire violonistique, où il pourrait donner la pleine mesure de sa maestria et de son talent. Le sommet du romantisme allemand couronnerait son triomphe. C'est ainsi que Rébecca imaginait les choses. Elle jeta un regard vers Louise et aperçut son visage rayonnant qui contemplait son père avec adoration. Son cœur se serra.

Le chef donna trois petits coups de baguette sur le pupitre, et le silence se fit dans les rangs de l'orchestre. Début du premier mouvement, allegro molto appassionato. Le violon attaquait directement le thème principal, sans introduction, et ce n'était qu'ensuite que l'orchestre reprenait ce thème. Spectaculaire et original, permettant au soliste de faire immédiatement montre de sa virtuosité, jusqu'au passage exécuté entièrement en double corde, une difficulté technique majeure de l'instrument.

Corelli s'en tira parfaitement bien. Les notes s'enchaînaient à toute vitesse, mais toujours juste et bien détachées, et Rébecca, si elle avait fermé les yeux, si elle avait imaginé que quelqu'un d'autre jouait à la place de son père, aurait pu apprécier la performance. Mais elle ne ferma pas les yeux. Au contraire, elle les conserva fixes et grands ouverts, braqués sur lui sans faiblir un seul instant. Comme un sniper qui suivrait sa cible.

Ce fut à la fin du premier mouvement, pendant la transition sur quelques mesures assurée par un solo de basson, que Corelli s'autorisa un instant de relâchement et qu'il jeta un coup d'œil sur le public. Vers les premiers rangs, cherchant peut-être à localiser sa fille. Sa fille Louise. Ce fut le visage de Rébecca qu'il rencontra. Sa main se crispa sur le manche du violon, seul signe de sa surprise.

Juste après, leurs regards s'accrochèrent, immédiatement traversés par un courant violent véhiculant des émotions contraires : rage et défi chez Rébecca, plaisir et orgueil chez son père. Car, elle le voyait bien, elle s'y attendait même, il se méprenait sur les raisons de sa présence. Il pensait qu'elle était venue l'admirer, lui offrir une réconciliation en célébrant le grand virtuose. Elle fit alors briller ses yeux de toute l'intensité de la haine qu'elle portait en elle, sa volonté, son refus, comme un résumé de toute son existence, exprimés dans ce regard, une flèche tirée au cœur de son père, au siège de son arrogance et de sa vanité. Elle le vit tressaillir sous l'impact, elle vit son front se plisser, puis juste après épauler à nouveau son violon pour l'introduction du second mouvement.

Andante… Rythme plus lent, moindre difficulté technique pour le soliste, tout dans le sentiment et l'inflexion romantique. Rébecca ne le quittait toujours pas des yeux, un rayon laser accroché à son objectif, toujours chargé du même potentiel de fureur. Plusieurs fois, sous ses paupières baissées, elle perçut l'éclat fugitif des pupilles braquées sur elle et qui fuyaient aussitôt le contact, autant de points d'interrogation semés dans l'esprit de son père, d'aiguillons instillant le doute et le soupçon.

Elle décela une infime hésitation dans son jeu, une nuance perceptible seulement aux initiés, un léger décalage par rapport au tempo de l'orchestre, qu'il rattrapa aussitôt avec un geste de la tête, comme pour chasser ce désordre inadmissible.

Fin du second mouvement. Il y avait un court silence avant d'attaquer l'allegro ma non troppo, puis l'allegro vivace qui clôturait le concerto. Le passage le plus virtuose, d'une frénésie et d'une vélocité insensées, où Mendelssohn avait laissé libre cours à son exubérance, à sa joie de vivre. Il était mort à trente et un ans. Le même âge que Rébecca.

Durant le bref intervalle, Corelli leva à nouveau les yeux sur elle. Ce n'était plus le même regard ; c'était celui d'un boxeur qui jetait toutes ses forces dans un combat à l'issue incertaine, conscient d'y risquer sa vie. Et qui avait devant lui un adversaire qui voulait sa peau. De toutes ses forces, avec une concentration qui lui brûlait les tempes, Rébecca lui communiqua qu'elle allait le tuer. Que, ce soir, des années de persécution, une enfance martyrisée allaient se payer au prix fort. Et qu'il n'y aurait pas de quartier.

Le front de Corelli était à présent couvert d'une mince pellicule de sueur. Son jeu devenait un peu plus saccadé et il scandait souvent ses coups d'archet par des mouvements du torse et des épaules. Les yeux de Rébecca la brûlaient, mais pour rien au monde elle ne les aurait baissés. C'était une poigne qui appuyait sur la tête de son père pour le faire plier. Elle refusait d'imaginer que, dans dix minutes, il puisse triompher devant la salle qui l'applaudirait debout.

Il y eut le premier accroc. Une fausse note, un demi-ton au-dessus. Rébecca eut envie de hurler « C'est un ré, un ré, pas un mi bémol ! Voyons, concentre-toi ! » Le chef tourna la tête une fraction de seconde vers son interprète. Soudain, Corelli se mit à observer fixement Rébecca et elle vit la lueur de folie dans le trou noir de ses orbites. Son jeu se faisait mécanique, presque laborieux et il y eut la deuxième erreur, une autre fausse note suivie d'un contretemps manifeste par rapport à l'orchestre. Il secoua à nouveau la tête tandis que le premier violon montrait une expression déconcertée.

Rébecca sut à cet instant qu'il ne passerait pas l'épreuve de l'allegro vivace. Une certitude qui s'afficha sur ses traits sous la forme d'un sourire sarcastique. Il vit le sourire, en déchiffra tout de suite le sens. Une sentence qui le condamnait. Et bientôt, la catastrophe annoncée se produisit : les erreurs s'enchaînèrent, fausses notes, décalages de tempo, oublis. Il y eut des murmures dans la salle, les musiciens échangeaient des coups d'œil inquiets, le dos du chef d'orchestre se crispait. Une pente glissante à laquelle il devenait chaque instant plus difficile d'échapper.

Soudain, à l'attaque de la *cadenza*, le passage où le soliste jouait seul et que certains compositeurs laissaient à l'improvisation de l'interprète, après un nouvel accroc, Corelli s'effondra.

Il arrêta de jouer, ses bras tombèrent le long de son corps et le violon lui échappa, sonnant dans sa chute comme un coup de gong terminal. Il y eut un silence stupéfait dans la salle. Rébecca tenta de capter une dernière fois son regard pour lui dire « Tu vois, tu peux connaître l'échec, toi aussi. Tout homme a une faille… » Mais il se refusa à elle et quitta la scène à grandes enjambées.

Tandis qu'un brouhaha confus parcourait les rangs du public et que le chef d'orchestre bredouillait des excuses confuses, Rébecca tourna la tête vers Louise. Elle vit avec surprise que la gamine l'observait. *Elle l'avait reconnue, elle aussi.* Elle avait compris… peut-être. Rébecca lui sourit. *C'est pour toi aussi que j'ai fait ça…*

98
L'île au trésor

Ils atterrirent à l'aéroport international Owen Roberts, Grand Cayman, sous une pluie tropicale. Une fois passés les contrôles de police et récupérés leurs sacs à dos, Léo et Rébecca s'achetèrent des lunettes de soleil dans une boutique du terminal. Puis ils sortirent et s'installèrent dans le premier taxi libre.

Rébecca avait réservé via Internet deux chambres contiguës au Beach Resort, un hôtel situé à Seven Miles, une langue de sable connue pour ses splendides couchers de soleil.

Pendant le trajet qui dura une vingtaine de minutes, ils longèrent de grandes plages blanches, où des palmiers se balançaient mollement au vent.

Le rocher de deux cent soixante kilomètres carrés posé à quelques encablures de Cuba, qui avait inspiré Stevenson pour son *Île au trésor*, était en tous points identique à celui imaginé par Léo : eaux turquoise et fonds opaques, où plus de cinq cents banques et une multitude de sociétés-écrans lessivaient des fonds qui provenaient aussi bien de l'évasion fiscale que des cartels de la drogue.

Depuis leur arrivée, Rébecca et Léo s'étaient comportés en touristes lambda. Le premier soir, ils avaient exploré les bars de George Town, la minuscule capitale de la colonie britannique, expérimenté une série de cocktails aux noms exotiques et avaient terminé la nuit en faisant l'amour sur une plage.

Ils s'étaient réveillés avec un violent mal de tête dans une carte postale idyllique, les pieds léchés par l'océan. Après s'être changés, ils avaient loué une voiture et entrepris un second repérage à George Town. Plus sérieux, celui-là.

28, Oak Hill Street. Un immeuble de cinq étages à la façade banale et discrète. Le siège de plusieurs compagnies d'assurances, de deux sociétés d'import-export et, au dernier étage, d'Owen & Jones Associates, le cabinet de fiscalistes vers lequel les données confidentielles et les photos privées des clients de FunBox étaient dérivées.

Dans le hall, une hôtesse doublée d'un agent de sécurité contrôlait les entrées et les sorties des visiteurs. Léo repéra plusieurs caméras de surveillance dans le sas d'entrée. Difficile d'accéder discrètement à ce sanctuaire.

Depuis la disparition de Dumaurrier quelques jours plus tôt dans un accident d'avion, Rébecca se tenait sur ses gardes. Alors qu'il se rendait dans une mystérieuse réunion à Gstaad, une station de montagne suisse, le Falcon affrété pour l'occasion avait eu une avarie de moteur et s'était écrasé sur un glacier. À bord, il y avait cinq passagers et trois membres d'équipage. Il n'y avait eu aucun survivant.

Rébecca suspectait sérieusement Hammersmith de ne pas être étranger à la mort brutale de son ex-conseiller. Impliqué dans le réseau pédocriminel qui utilisait FunBox à son insu, Dumaurrier était devenu l'homme à abattre.

Elle fut interrompue dans ses pensées par le bruit d'une vespa qui approchait en pétaradant. Un coursier de Sushi Express stoppa son deux-roues devant le 28, Oak Hill Street. Il venait livrer des plateaux-repas. En pénétrant dans le hall, il salua familièrement l'hôtesse et l'agent de sécurité avant de s'engouffrer dans l'ascenseur. À sa sortie, Léo l'invita à boire une bière. Un rendez-vous fut pris pour le soir même.

L'après-midi, Léo et Rébecca explorèrent les fonds marins, où grouillaient des centaines de poissons multicolores, visitèrent l'île aux tortues et paressèrent au soleil. Puis Léo se rendit à son rendez-vous avec Joe, le livreur de sushis.

En sirotant un mojito sur la terrasse de l'hôtel, Rébecca songea qu'elle n'avait jamais éprouvé une telle sensation d'insouciance. Bien sûr, il y avait Léo. Tendre, parfois imprévisible et très bon amant, elle avait trouvé en lui un véritable ami. Comme Julien l'avait été avant qu'il ne sombre dans la défonce à outrance.

Mais Rébecca avait une autre explication : le fait d'avoir « oublié » des pans entiers de son passé ne la rendait-elle pas plus légère ? Était-il vraiment nécessaire de récupérer tous ses souvenirs, surtout les plus traumatisants ? Elle ne le pensait pas et avait changé de psy. Elle avait aussi décidé de prendre un congé de six mois et avait confié la direction de FunBox à Natacha.

Tous les jours, elle travaillait son violon qui avait repris son rôle de confident et faisait réémerger des émotions.

***

Trois jours plus tard

Rébecca frissonna. Elle éteignit la clim de la voiture et abaissa la vitre. Une brise chaude et odorante pénétra dans l'habitacle. Elle entendit le son d'un deux-roues qui approchait. Il était exactement treize heures trente, comme prévu. Le coursier de Sushi Express se gara devant le 28, Oak Hill Street. Rébecca sourit en reconnaissant Léo qui s'engouffra dans le hall, portant ses cartons de plateaux-repas… et serra les poings.

Léo passa sans encombre le premier barrage constitué par l'hôtesse d'accueil et l'agent de sécurité. Cela faisait maintenant deux jours qu'il remplaçait Joe, celui-ci ayant dû se rendre au chevet de sa mère malade. Avec en poche une confortable enveloppe remise par Rébecca.

Il prit l'ascenseur jusqu'au quatrième étage, où il livra trois plateaux sashimis et un bento aux employés de la compagnie d'assurances. Puis il s'engagea dans l'escalier de secours, grimpa jusqu'au cinquième où se trouvait la société Owen & Jones Associates, la lointaine filiale de SofTech, où Hammersmith stockait les données détournées de FunBox. Et attendit dans le noir.

Quelques instants plus tard, un SMS de Rébecca l'avertit que le responsable du site venait de sortir de l'immeuble. Chaque jour, l'unique employé s'absentait durant quelques minutes pour aller jouer aux courses au coin de la rue. Léo sortit de sa planque, déboucha sur le palier. Une seule porte sécurisée avec un digicode et une caméra devant laquelle il ne chercha pas à se dissimuler. Avec son casque muni d'une visière, il n'était pas reconnaissable.

Il pianota cinq chiffres sur le digicode et retint sa respiration. Pénétrer le système de sécurité d'Owens & Jones avait été un jeu d'enfant. Il s'était procuré les plans du site et surtout les numéros de codes d'accès qui changeaient chaque jour. Le voyant vert clignota, et la porte s'ouvrit sur une vaste salle au mobilier réduit à sa plus simple expression, en dehors d'une rangée d'armoires de racks chargés de disques durs.

Léo frissonna. La température avoisinait les quatorze degrés. Pour le moment, le plan fonctionnait impeccablement.

Il s'approcha du serveur central et y glissa une simple clé USB contenant un *malware* de type Cryptolocker. Un des virus les plus malveillants au monde, créé par la NSA pour infecter les institutions-clefs au Moyen-Orient et en Russie. Récupéré par l'entremise d'un ancien Script Kiddies sur le Darknet. Tous les microcodes des disques durs seraient reprogrammés et ceux-ci deviendraient définitivement illisibles. Léo murmura, très ému :

— Pour toi, Sybille… et pour toutes les autres.

***

Quelques instants plus tard, Léo rejoignit Rébecca et annonça d'un ton grave :

— Voilà, c'est fait. Dans quelques minutes, il n'y aura plus rien. Les milliers de fichiers FunBox que ces salauds avaient raptés auront disparu à jamais… Évaporés, évanouis…

Rébecca sourit. Ils savaient tous les deux que rien ne disparaissait jamais complètement sur le Net.

Elle se pencha vers Léo et l'embrassa.

Puis elle démarra sur les chapeaux de roues vers l'aéroport, où les attendait un vol pour New York.